遙かな森の天使

ヘザー・グレアム
風音さやか　訳

MIRA®

Beguiled

by Heather Graham

Published by Harlequin K.K., Tokyo, 2008

リンダ・ヘイウッド、アリス・ディーン、ポーラ・メイヨー――
そして〈カーニバル・プライド〉号の朝のコーヒーに。

遙かな森の天使

■主要登場人物

アレグザンドラ（アリー）・グレイソン……森のコテージで育てられた孤児。
マーク・ファロウ……ウォレン伯爵家のひとり息子。
ジョゼフ・ファロウ卿……マークの父親。ウォレン伯爵。
ブライアン・スターリング……アリーの後見人。カーライル伯爵。
カミール・スターリング……アリーの後見人。ブライアンの妻。
ジェームズ卿（ジェイミー）……アリーの後見人。
レディ・マギー……アリーの後見人。ジェームズ卿の妻。
サー・ハンター・マクドナルド……アリーの後見人。
キャット・マクドナルド……アリーの後見人。ハンターの妻。
ヴァイオレット、メリー、エディス……アリーを育てた三姉妹。
ライオネル・ウィトバーグ卿……元軍人。王制主義者。
サー・アンガス・カニンガム……元軍人。州長官。
エリザベス・ハリントン・プライン……反王制主義者ジャック・プラインの妻。
サー・アンドルー・ハリントン……元軍人。エリザベス・プラインのいとこ。
ジャイルズ・ブランドン……文筆家。反王制主義者。
エレノア・ブランドン……ジャイルズ・ブランドンの妻。
セイン・グリア……新聞記者。
イアン・ダグラス……ロンドン警視庁の刑事。

プロローグ

〝神よ、女王を守りたもうな！〟


ペンは間違いなく剣よりも強い。彼の指はタイプライターのキーをたたいているとはいえ、気持ちは同じだ。

至福の静寂のなかで執筆を続けていたジャイルズ・ブランドンは心身に力がみなぎるのを感じた。ありがたいことに、仕事は終わりに近づいていた。

よし、みごとな出来栄えだ。

ジャイルズは口元に満足そうな笑みを浮かべ、タイプライターから論説の最終原稿を引き抜いた。人が見たら悦に入ったにやにや笑いと言われるかもしれない、と愉快な気分で考える。これは今までに彼が書いたなかで、おそらく最高に出来のいい、そして最も扇動的な論説なのだ。

紙片を置いたジャイルズは、椅子の背にもたれて胸の上で両手を組み、しばらくのあいだ静寂に身を浸して、達成感と自分自身の才覚に対する満足感を心ゆくまで味わった。ロンドン市内の彼の屋敷は騒がしい街路からかなり引っこんだところにあるので、あわただしく行き交う庶民のやかましい声や、馬車を引く馬が舗道にたてるひづめの音、このところ増えてきた自動車の不快なエンジン音や耳障りな警笛に煩わされずにすむ。自動車といえば、いまいましいことに近ごろは裕福な階層だけでなく、たいして金持ちでない人々まで持ちたがるようになった。この屋敷はただでさえ奥まっているうえ、窓には厚手のダマスク織りのカーテンを引いているので、通りの喧騒《けんそう》はまったく耳に達しなかった。

ジャイルズはふと片手をあげた。「まったくもって」高らかに言う。「ペンは剣よりもはるかに危険な武器だ」

もちろん彼の言葉に応じる者はいない。ジャイルズは妻を彼女の妹のところへ行かせてあった。彼の才能を存分に発揮するには完全な集中力が要求されるのだ。ありがたいことに妻は彼に財産をもたらしてくれたばかりか、並はずれた彼の文才に敬服しきっていた。彼はまた、やせこけた醜い老家政婦に今夜ひと晩、休暇を与えておいた。だから今は気楽そのものだった。家には自分のほかにだれもいない。

彼は笑い声をあげ、再び大声で言った。「ここにいるのはおれの愛すべき連れ合いである純粋な知性と狡猾《こうかつ》さ——それとおれ自身だけだ」

みずからの輝かしい知性の結晶ともいうべき原稿を、うやうやしい手つきでとりあげる。

「これを読めば、人々はみな怒りに駆られて通りへ繰りだすはずだ」ジャイルズは満足そうな笑い声を漏らした。彼自身はそうした騒動のまっただなかに身を投じる気はなかったものの、自分には騒動を起こすだけの力があると考えるのは楽しかった。これまで彼は数えきれないほどのあざけりを受け、招かれて当然の社交的催しでも、あまりにしばしば招待客名簿から除外されてきた。

だから今度は……そうした権力者どもに報いを受けさせてやるのだ。

彼はみずからものした原稿の見出しを、芝居がかった抑揚をつけて読みあげた。

「王室は冷酷な殺人という手段に訴えたのか？」

そうとも、人々は不満の声をあげて通りへ繰りだすだろう。すでに国民のあいだに疑惑が生じている。当然といえば当然だ。この国の王制を廃止しようと積極的に運動を展開している者たちが、残虐な殺され方をしているのだ。

礼儀正しい振る舞いが身についていなかったら、ジャイルズは出来栄えに満足するあまり、両手をこすり合わせていただろう。

彼は立ちあがって椅子を離れ、あたりを見まわして自分が成し遂げたものに喜びを覚えた。このすばらしい家――もちろん、これはもともと妻の家族が所有していたものだが、そんなことは問題ではない。机は桜材で作られた最高級品で、その上にのっているランプはティファニーで買ったものだし、床に敷かれているふかふかの絨毯《じゅうたん》は中東製だ。そうとも、おれは立派にやり遂げた。それもひとえに人並みはずれた文才が備わっているからだ。

　明日、この論説が新聞に載る。

　そして午後も半ばを過ぎるころには……。

「いやはや、おれはなんと……」文章を巧みに操るすべを身につけていた彼も、このとき

ばかりはほかに言葉を思いつかなかった。「才能にあふれているんだ！」

　突然、すぐ背後で手をたたく音がしたので、ジャイルズは驚きのあまり心臓がとまりそ

うになった。彼はぎょっとして振り返った。数時間前からこの家には自分しかいなかった

はずだ。とすれば、いったいだれが……？

　壁に沿ってずらりと本棚が並んだ部屋の一隅に、ひとりの人物が立って拍手をしていた。

熱のこもったものではなく、ゆっくりと、リズミカルに……あざけりをこめた拍手を。

「あんたか！」ジャイルズは叫び、怒りのこもった目で相手をにらんだ。部屋のドアにち

らりと視線を走らせる。ドアは閉まったままになっていた。家じゅうのドアや窓には錠が

おろしてあったはずだ。戸締まりをしないで出ていったらあとで主人にこっぴどくしから

れることを、家政婦が忘れるはずもない。

　すると……？

「すばらしいぞ、ジャイルズ。ああ、そうとも、まったくすばらしいというほかない」侵

入者が言った。

「ここでなにをしているんだ？　いったいどうやってなかへ入った？」

訪問者は肩をすくめ、暗がりからランプの明かりのなかへ歩みでた。

今では招かれざる客の姿が見えたし、相手が武器を手にしていないことも見てとれたにもかかわらず、ジャイルズは急に激しい恐怖に襲われた。だれにせよ、なかへ入るのは不可能だったはずだ。広大な闇《やみ》の世界にずっとふたりでいたはずはない。ジャイルズにとって安息所ともいうべきこの部屋のなかで、彼はなにひとつ物音を聞かなかった……。

ジャイルズの声を聞いた者もいないはずだった。

「おれはこの国のためによかれと思って行動しているんだ。しかも立派に貢献している」

ジャイルズは声に怒りをこめて言った。

「おまえは自分のために行動しているだけだ。それにおまえは利己主義者だ」訪問者は応じ、酷薄そうな口元にゆっくりとあざけりの笑みを浮かべた。「しかし、これからおまえは国に対してははるかに大きな貢献をすることになるだろう。なんといってもおまえが書いたように、われわれはみな進んで身を捧《ささ》げなければならないからな」

ジャイルズ・ブランドンの目が大きく見開かれた。

そのときようやく彼は武器を見た。

「やめろ！」彼はわめいた。

「おまえは祖国に貢献することになるのだぞ。約束しよう、おまえの死を悼む言葉はきっと……すばらしいものになる」

〝戦え！〟ジャイルズは自分に命じた。

ジャイルズは立派な体格の男だった。

けれども悲しいかな、敏捷《びんしょう》さには欠けていた。

身を守るためのはかない試みがいつ失敗に帰したのか、ほとんど意識する暇がなかった。

ジャイルズは痛みさえ感じなかった。

意識したのは自分の喉から絞りだされたすさまじい悲鳴……。

さまざまな考えがとめどなく頭のなかを駆けめぐる。

ペンは剣よりも強し。だが、殺人者の手に握られた鋭いナイフの刃は……。

ジャイルズは自分の血が熱くほとばしるのを感じた。ランプに照らされた机の周囲の小さな光の世界を包んでいた闇が侵食を開始し、視界が灰色と黒に満たされた。やがて……。

彼は机の上の紙へ手をのばした。書きあげたばかりの論説。みごとな出来栄えの。ああ、そうとも、おれは才能にあふれている。彼の両手が痙攣《けいれん》し、指が震えた。

ジャイルズは紙にふれた。

自分の悲鳴が聞こえる。それは次第に小さく、かすかになって……。

叫べ。彼は口に、喉に、命じたが、体は命令に従わなかった。

彼の喉は詰まってあえぎ、ごぼごぼと恐ろしい音をたてた。

その音もまた、やかましい世間の騒音に煩わされずに仕事ができるよう隔離された部屋の外へは漏れていかなかった。

戸外ではいつもどおりの生活が営まれている。玉石を敷いた道路や舗道にひづめの音が響き、自動車の警笛が鳴り響く。レストランからにぎやかな音楽が漏れてくる。一頭の馬がいななき……。

そして道路から遠く隔たった部屋の厚いカーテンの奥では、とうとうなにもかもが静かになった。

ジャイルズ・ブランドンが見えない目で見つめているあいだも、豪奢《ごうしゃ》な中東の絨毯に血がしみこんでいく。

彼は自分の鼓動が遅くなるのを聞いた。

どくん、どくん……どくん……。

そしてそれきり打たなくなった。

あれほど求めていた静寂のなかで、彼は死んだ。自分には人々を動かす力があると最後まで信じながら。ペンは剣よりも強いと……。

けれども肉体は弱く、ナイフは鋭かった。

1

「王制打倒！」

アリー・グレイソンは次第に速度をゆるめだした馬車のなかで人々の叫び声を聞いた。馬車はサットンという小村のメインストリートを進んでいるところだ。村へ近づいているときから、彼女は騒ぎが起こっているのを感じた。田舎の雰囲気に物悲しさをかきたてられ、憂鬱《ゆううつ》になっていた彼女は、好奇心も手伝って馬車の窓のカーテンを開けた。

〝泥棒による支配を終わらせろ！〟とか〝王室による殺人！〟などと書かれたプラカードを掲げ、人々が怒りもあらわに通りを練り歩いていた。黙々と歩いているだけの者もいれば、州長官のオフィスが入っている立派な赤煉瓦《れんが》の建物に向かって罵声《ばせい》を浴びせている者もいる。

敵意に満ちた視線が馬車に向けられたが、襲ってこようとする者はいなかった。アリーは後見人のカーライル伯ブライアン・スターリングに会いに行く途中だった。カーライル伯爵は気の毒な老ヴィクトリア女王の熱烈な支持者であるにもかかわらず、人々から大いに尊敬され愛されている。だれひとり彼に盾突いたり所有地を侵犯したり、彼の庇護《ひご》下にある人間に危害を加えたりはしない。伯爵の馬車に乗っていることからして、アリーが彼の庇護を受けているのは明らかだった。

とはいえ、通りの緊張は険悪なほど高まっていた。

アリーは知っている人間を何人か見かけた。この地域ではありふれた古びたチューダー様式の一軒の家の前に、新聞記者のセイン・グリアの姿があった。彼はデモには参加せず、ただ熱心に群集を観察している。アリーもまた、たっぷり時間をかけて彼を観察した。セイン・グリアは背の高いハンサムな男性で、著名な文筆家として認められることで社会の階段を駆けあがっていこうという野心に燃えていた。目下の問題に対して彼がどういう見解を持っているのかアリーは知る由もなかったし、セイン本人も自分の意見など重要ではないと考えているようだ。それまで彼の記事をいくつも読んできたアリーは、今日の騒動に関しても彼はきっと客観的な記事を書くだろうと考えた。セインは一介の記者にとどまらず、鋭い観察眼と健全な判断力の持ち主として名をあげようと決意しているらしい。

「諸君！」そう叫んだのは、オフィス前の階段の上に姿を現した州長官その人だった。「諸君はただちにこのような無意味な行動をやめて、それぞれの仕事に戻りなさい！」彼は大声を張りあげた。「きみたちはいったいなにが目的で集まったのかね？　サーカスでも見るためか？」

州長官のサー・アンガス・カニンガムならきっと群集を鎮められるだろう。アリーはそう確信した。彼はインドでの戦功によってナイトに叙せられた戦争の英雄だ。背も高ければ肩幅も広い大男で、胴まわりが大きくなるにつれて髪も雪のような白へと変わり、顔に頬ひげと立派な口ひげが蓄えられた。

だが、州長官の言葉にもかかわらず、あちこちで不平や不満の声があがった。「人殺し！」ひとりの女性が弱々しく叫んだ。「人がふたり殺されたのよ。ふたりとも宮廷における浪費を公然と非難した人たちだわ。そのような忌まわしい悪事を見逃している、いえ、命じている女王を、どうにかしなくては」

アリーのところからでは、その女性の顔が見えなかった。黒い服を着て顔をベールで覆っている。喪服をまとっているのだ。その女性の隣にいて、彼女を両腕で抱きしめて黙らせようとしている女性は、アリーの知っている人だった。エリザベス・ハリントン・プライン、二番目の殺人事件の被害者であるジャック・プラインの未亡人だ。夫の遺産を相続したエリザベスは、村を囲む林のすぐ西側に何千エーカーもの土地を所有している。

「人殺し！」黒衣の女性が再び叫んだ。

サー・アンガスがそれに応じるより早く、正義という大義を共有する同志のひとり、初老のライオネル・ウィトバーグ卿《きょう》が階段上の彼の横へ歩みでてきた。ウィトバーグ卿のほうが背は高いけれどやせていて、髪もまだ真っ白ではなく薄い銀色をしている。彼の名声はヴィクトリア女王の統治下にある大英帝国の津々浦々に及んでおり、不屈の軍人として常に国民から敬愛されてきた。彼はアリー自身が思っているのとそっくり同じ言葉を口にした。「きみたちはよくもこのようなまねができたものだ!」

　だが、力強いその言葉にもかかわらず、アリーは彼が今にも泣きだしそうであるのを感じたし、その理由も知っていた。反王制主義者のひとりだったハドソン・ポーターがつい最近、殺害されたのだ。ウィトバーグ卿とハドソン・ポーターにはほとんど共通点がなかったけれど、インドでともに戦って刎頸《ふんけい》の交わりを結ぶに至ったのだ。

　三人めの男性が階段の上に姿を現した。前のふたりよりずっと若くて魅力的なその男性は、新聞の社交欄にしばしば登場する人物で、周囲の人々をたちまち魅了する能力の持ち主だ。「みんな、よく聞いてくれ、このような行為は英国の善良なる男性にとうていふさわしいとはいえない。それは女性にもいえることだ」彼はいたずらっぽい笑みを浮かべてつけ加えた。「このような行為に走る理由はなにひとつないし、必要もない」彼は黒衣の女性を慰めようとしている未亡人、エリザベス・ハリントンのいとこのサー・アンドルー・ハリントンだった。アリーの知る限りハドソン・ポーターは結婚していなかったから、黒衣の女性が彼の未亡人であるはずはない。姉妹だろうか、いとこだろうか……それとも恋人かしら?

「諸君、よく聞きなさい。それぞれ仕事に戻るがいい。このようなまねをしたところで問題がなにひとつ解決しないことは、諸君もよくわかっているだろう」サー・アンガスが群集に呼びかけた。

　相変わらず不平のつぶやきが聞かれたけれど、それでも人々は散らばりだした。

　どうやら群集がまばらになったらしく、スターリング卿の御者であるシェルビーが慎重に馬車を進めだした。シェルビーは御者というだけでなく、スターリング卿の従者兼助手としてあらゆる仕事をこなしている。道路をゆっくりと進んでいく馬車のなかから、アリーはセイン・グリアに再び目をやった。彼は今も群集から距離を置いて、ベストのポケットから出したメモ帳に黙々と走り書きをしていた。

　アリーはカーテンをおろし、馬車は村の小さな広場をあとにして林のなかの道を進んでいった。

　最初のうちアリーは、馬車が速度を増したことに気づかなかった。王国が置かれている状況を憂慮して深い物思いにふけったあと、彼女自身の立場についてあれこれ考えをめぐらせていたからだ。わたしが城へ呼ばれた理由はなにかしら、と疑問を抱かずにはいられない。彼女の誕生日が間近に迫っているのと関係しているのはたしかだ。アリーは何年も前から自分を大人と見なしていたが、後見人たちはいつまでたっても彼女を世間の荒波から守りたがっている。今度の誕生日が来ればようやく彼らに大人と見なしてもらえるだろうとアリーは期待していた。愛情をもって育ててくれた人々を愛していたけれど、自分の身の振り方については早く発言権を持てるようになりたい。育った場所は世間から隔絶されていたとはいえ、彼女は新聞や本をむさぼり読み、ロンドンへの数少ない小旅行を、劇場や博物館のある世界への冒険旅行を、大いに楽しんできた。たとえ受けた教育のほとんどは田舎の小さな学校におけるものや、森の奥の質素なコテージへ送りこまれた家庭教師たちによるものであったにせよ、アリーは自分を聡明《そうめい》で教養豊かな人間と考えていた。

彼女はまがりなりにも現実世界の一端をかいま見てきた。育ててくれたのは三人の〝おばたち〟だが、ほかに三組の夫婦の後見人がいた。なぜ自分がそれほどまでに恵まれていたのか、アリー自身も想像すらできなかった。実際に彼女を養い育てたやさしいすてきな三人の女性に加えて、アリーに最高の教育と多くの恩恵を施そうと努めてきた上流階級に属する三組の夫婦。彼ら夫婦のうち三人の女性、マギーとキャットとカミールはそれぞれたぐいまれな人たちで、アリーは彼女たちに面と向かって言いはしなかったものの、ひそかな羨望《せんぼう》を抱いていた。三人とも、かつては危険な冒険をしてきたのだ。彼女たちが波乱に満ちた過去を送ってきたことは、アリーにとって好都合だった。というのは、アリーが自分の将来をみずからの意志で決めようとしていることに気づいた三人が怒りをあらわにしたら、彼女は三人に向かって、あなたたちだって現代の女性として自由に行動してきたではないか、と反論できるからだ。レディ・マギーは世間のしきたりをことごとく無視してイーストエンドの売春婦の世話をしてきたし、カミールは大英博物館の古代エジプト遺物部で仕事をしていたときに夫のスターリング卿と知りあった。そしてキャットはといえば、すでにエジプトのピラミッドへ何度も発掘調査に出かけ、王家の谷にまで行った経歴を持つ。その彼女たちがアリーに、おとなしく言いつけに従えとか、将来を自分で決めようとするななどと命じたら、それこそお門違いもはなはだしい。

アリーが考えにふけっているあいだに馬車はますます速度を増し、とうとう狂ったように疾走し始めた。

彼女は座席からほうりだされてようやく物思いから覚め、なんとか座りなおして、二度とほうりだされないよう必死に座席へしがみついた。恐怖を感じるというよりも、ただ仰天しただけだ。

シェルビーは村の広場に集まっていた抗議者の群れが馬車を追いかけてくるのではと心配しているのだろうか？　そんなはずはない。怯《おび》えた農民や田舎の商店主たちがカーライル伯爵の馬車に危害を加えるわけはないと、シェルビーなら知っているはずだ。とりわけサー・ハリントンやサー・カニンガム、ウィトバーグ卿といったそうそうたる面々が断固たる口調で言い聞かせたあとでは。

だとすれば、シェルビーはなぜ急に、猛然と馬車を走らせ始めたのだろう？

顔をしかめてバランスをとりながらアリーは考えた。村に恐怖と動揺をもたらした暗殺事件は、たしかに身の毛のよだつものだ。女王に公然と異を唱え、王制廃止に向けて積極的に運動を展開していた著名人がふたり殺害されたのだ。その死が世間を震撼《しんかん》させる一方、国内全般の状況は厳しい局面にある。気の毒な老ヴィクトリア女王はいまだに夫を亡くした深い悲しみに沈んでおられるので、エドワード王子がますます多くの公務をこなすようになり、南アフリカでは再び戦争の気運が高まって……当然ながら人心は乱れに乱れている。今や労働者はかつてなかったほど保護されているが、多くの人々にとっては、ヴィクトリア女王の治世がもたらした教育と医学の分野における驚くべき進歩よりも、貧困と無知のほうが重要な問題だ。王室へ支給される手当に文句をつける人々もいれば、莫大《ばくだい》な不動産や贅沢《ぜいたく》な生活様式を維持するために注《つ》ぎこまれる税金に見合うだけの役割を、王室は果たしていないと考える人々もいる。英国には首相がいて議会もあるのだから、それで充分だと多くの人が感じているのだ。

がつんという鋭い音がして車輪が道路の穴にはまり、アリーは馬車の天井へ頭をぶつけそうになった。いったいどうなっているのだろう？　シェルビーは簡単に怯えるような人ではない。法を守る抗議者の群れに恐れをなすはずはない。けれどもそれを言うなら、現在、新聞紙上をにぎわせて街に大きな不安をまき散らしているのは、抗議者の群れではない。世情を乱しているのは、王室への反感をあおっている者たちだ。反王制主義者たちの暗殺の背後には王室が控えている、彼らはそう喧伝《けんでん》している。あまりにも多くの人々が、女王がひそかに暗殺を指示したのだと手もなく信じこまされているのだ。

反王制主義の運動は英国の政治においてなんら新しいものではないことを、アリーは勉強によって知っていたし、そのような運動が今になって再び活発になった理由もある程度は理解していた。ヴィクトリア女王が王室に節制と美徳をとり戻そうと決意したにもかかわらず、彼女の子供たちは、世継ぎのエドワード王子も含め、放蕩《ほうとう》を繰り返して醜聞ばかり起こしてきた。切り裂きジャックが暗躍したときには、女王の孫のアルバート・ヴィクター王子が殺人者だという説まで巷《ちまた》をにぎわせた。そのころから反王制主義者のなかでも過激な分子が積極的に行動を展開するようになったのだ。現在の暗殺事件は、そうした声高な者たちを黙らせるための王室のたくらみなのだと多くの人々は信じている。いずれにしても事件によって政治論争が危険なまでに熱を帯びてきたため、英国の分別ある政治家の多くが、なんらかの妥協点を見いだして自制ある行動をとらない限り内戦が勃発《ぼっぱつ》するだろうと警告している。

アリーは一度もヴィクトリア女王に会ったことはないけれど、今までに見聞きしたことから判断して、大英帝国にこれほどの進歩をもたらし、何十年も前に亡くなった夫の死をいまだに悼んでいる女王が、このような恐ろしい犯罪に手を染めることができるとはどうしても信じられなかった。

だが、いくら歴史や政治に関する知識を総動員したところで、なぜ馬車がすさまじい速さで疾走しているのか、アリーにはまったくわからなかった。

突然、馬車ががくんと揺れて速度が落ちだした。

きっとこれは、女王を中傷したふたりの活動家が喉を切り裂かれた死体となって発見されたために起こった騒動とはなんの関係もないのだわ、とアリーは思った。あるいは女王や王子への抗議のプラカードを掲げて、とり乱して通りを練り歩いていた人々とは。シェルビーが馬車をこんなに急がせた理由は、それとはまったく別のものに違いなく、もしそうなら……。

もしそうなら、わたしは答えを知っている。

馬車は次第に速度をゆるめ、今や馬たちは全速力から速歩《はやあし》に移っていた。アリーは銃声を聞いて凍りついた。近くで怒鳴り声がし、続いてシェルビーが怒鳴り返すしわがれ声が聞こえたけれど、言葉の中身までは聞きとれなかった。

「馬車をとめろ！」太い、高圧的な声がとどろいた。

城まではまだかなり距離がある。アリーは緊張に身をこわばらせながらも窓のほうへ手をのばし、カーテンを開けて外を見た。

そして驚きに目をみはった。そのときになってようやく、恐怖が冷たい細流となって背筋を伝った。

〝わたしの考えがあたった〟

馬車のすぐ横に、大きな黒馬にまたがった男がいた。黒いマントに、黒い帽子、黒い覆面をしている。その男の後ろを、やはり馬に乗った黒ずくめの男たちがせわしなく動きまわっていた。

追いはぎだ！

自分の単調な人生にこのようなことが起こりうるなどとは、夢にも考えたことがなかった。新聞の熱心な読者であるアリーは追いはぎ連中に関する記事を読んだ覚えがあった。道路を走る自動車の数が日ごとに増えている時代にあって、馬に乗った追いはぎがいまだに出没しようとは。

この追いはぎに殺された人はいないのだわ、とアリーは思いだしていくぶんほっとした。実際、彼をロビン・フッドになぞらえる人さえいるくらいだ。彼がどこの貧乏人に施しを与えているのかはだれも知らないらしいが、ウォレン伯爵の馬車が追いはぎに遭ってまもなく、イーストエンドにある教会が突然、貧しい民衆に食べ物や衣服を施すための多額の寄付を受けとった。

数週間前から、この追いはぎはあちこちで馬車をとめては金品を盗んできたが、被害者にとっての思い出の品は不思議な経路をたどってもとの所有者の手に戻されていた。泥棒ではあっても人殺しではない……。

実を言えば、略奪行為が始まったのは最初の暗殺事件があった直後からだ。暗殺という忌まわしい問題に、もうひとつ問題が加わったことになる。

車輪がきしんで馬車がとまった。いきなり手綱を引かれた馬たちの抗議のいななきが聞こえ、そのあとにシェルビーの声がした。

「おい、なかの娘さんを傷つけないでくれ。その前におれを撃ち殺すがいい」

やさしいシェルビー。思いだせる限り昔から彼女を守ってきた大柄な勇者。彼は死んでもアリーを守ろうとするだろう。

シェルビーのおかげでアリーは勇気がわいた。

彼女は馬車のドアをさっと開けて彼に呼びかけた。「シェルビー、こんな盗人とその仲間のために命を失うのはばかげているわ。欲しいものはなんでもやって、さっさと先へ進みましょう」

追いはぎは大きな黒馬の手綱を引いてすばやく地面におりた。彼の仲間たちは馬に乗ったままだった。

「馬車のなかにはほかにだれがいる？」追いはぎがきいた。

「だれもいないわ」アリーは言った。

明らかに追いはぎは彼女の言葉を信じなかった。彼は開いているドアへつかつかと歩み寄り、失礼とも言わずに馬車のなかへ手を入れると、アリーの腰を両手でつかんで無造作に持ちあげ、立派な馬車から出して地面に立たせた。どうやら馬車の内部に秘密の仕切りがあるに違いないと考えたらしく、なかへ入ってしばらくごそごそ探していたが、やがてひょいと飛びおりて彼女のかたわらに立った。

「きみはだれだ？　こんなところでひとりで馬車に乗って、いったいどこへなにをしに行くんだ?」追いはぎがきいた。彼の顔は黒いシルクの覆面に隠れて見えなかったが、うなじのところで一本に編んだその髪が黒褐色であることはわかった。まとっているのはウールのマントで、履いている乗馬靴は膝まである。

最初のうち、アリーは震えていたけれど、脅されて言いなりになる気はなかった。追いはぎがこれまでの方針を変えて彼女を殺すつもりなら、言いなりになろうが抵抗しようがどのみち死ぬのだ。だったら戦う道を選ぼう。卑屈に振る舞うなんてまっぴら。この男は盗人で、山賊で、人間の風上にも置けないごろつきなのだ。

「あなたは人間のくずじゃない」アリーはきっぱりと言った。「わたしがだれで、どこへなにをしに行こうと、あなたの知ったことではないわ」

「お嬢さん！」シェルビーが彼女の身を心配して大声をあげた。

追いはぎが仲間のひとりにうなずくと、同じように闇《やみ》にまぎれるための黒いマントをまとって覆面をした男のひとりが、拳銃《けんじゅう》に手をのばそうとしていたシェルビーに近づいていった。

「やめておけ」追いはぎが穏やかな声で警告した。「おまえに危害を加える気はない。この娘にもだ」

わたしがこれほどいらだち、これほどまでの勇気を奮い起こしたのは、わたしがどんな教養の持ち主であるのかまったく知らない男に〝娘〟呼ばわりされたせいかしら、とアリーはいぶかしんだ。わたしはいつも〝娘〟のひとことで片づけられてしまう。だれもかれもが常にわたしにとって最善と思えることをしてくれるし、わたしが成し遂げたことは賞賛してもらえるけれど、わたしの将来はわたし自身のものではなくてみんなのものに思われる。恵まれた教育を受けたおかげで、わたしはラテン語やフランス語、イタリア語、地理、歴史、文学に通じている。ピアノの腕前は趣味の範囲を超えているし、マダム・ダルプの指導のたまもので歌も歌えれば、ムッシュー・ロンヴィルの手ほどきを受けてダンスもできる。それに自慢ではないけれど、乗馬に関してもどんな女性にも負けないという自信がある。アリーにはわかっていた。以前は男性にしか許されていなかったさまざまな分野に女性が進出するようになり、今では社会を、それどころか世界を形作るのに大きな役割を果たしているのだ。わたしも自分が生きたあかしを歴史に残したい。なんとかして、その夢を実現させたい。

彼女はまた、自分が大英帝国で最も堅固に守られている孤児だと確信していた。

「その子にさわるな——」シェルビーが怒って言いかけた。だが、彼はおしまいまで言えなかった。追いはぎが携えていた鞭《むち》をぴしりと鳴らすと、長い凶器が空気を切り裂いて弾丸のように走り、シェルビーがつかんだばかりの拳銃をはじき飛ばしたからだ。シェルビーは悲鳴をあげたが、痛さによるものではなくて驚きによるものだった。

「やれやれ」追いはぎが言った。「われわれはおまえにもその子にも危害を加えるつもりはない。さあ、そこからおりるんだ」

怒りと緊張と不安がないまぜになった表情で、シェルビーは命じられたとおりにした。息を吐きだす小さな音を聞いてアリーが振り返ったときは、彼はもう立ってはいなかった。まるで疲れきって立ったまま眠りこんだかのように、ゆっくりと地面にくずおれた。

アリーはぎょっとして叫びながらシェルビーに駆け寄ろうとした。

彼のところまで行けなかった。追いはぎがアリーの肩をつかんで引きとめたのだ。彼女が蹴《け》ったり殴ったりかみついたりしようとすると、追いはぎは小さく悪態をついた。

「おいおい、いったいどうしたんだ？　自分の命をもてあそぶようなまねはやめておくんだな」

「その人になにをしたの？」

「心配しなくていい、しばらくしたら気がつくだろう」追いはぎは断言した。

「彼をどうしたの？　殺したのね！」

「大丈夫、死んではいない」

アリーは彼女を捕まえている手に再びかみつこうとした。

「ばかなことはやめるんだ」追いはぎは小声でしかりつけると、アリーが抵抗する間もなく彼女を肩に担ぎあげ、広い道路から林のなかの小道へすたすたと歩み入った。

〝わたしがなにをしたというの？〟

覚悟を決めていたにもかかわらず、アリーは戦慄《せんりつ》が背筋を伝うのを感じた。

「森のなかでわたしの喉を掻《か》っ切ろうと考えているのなら、後悔するわよ」彼女は追いはぎに警告した。「警察に地の果てまで追われることになる。あなたはすでに罪を犯して指名手配されているのよ。政府は公開処刑を復活させるでしょう。ええ、そうよ、きっとあなたを八つ裂きの刑に処すわ。はっきり言っておくけど――」

「そんなことより命乞《いのちご》いをしたらどうだ」追いはぎが警告した。

「わたしをどこへ連れていくつもり？」アリーはきいた。「わたしがだれなのか、あなたは知ってさえいないじゃないか！」

どうやら追いはぎは目的地へ達したようだ。アリーは森を流れている小川のほとりの切り株の上へ手荒におろされた。奇妙なことに、泡立つ流れの音が耳に快く響いた。ちょうど日が沈んだばかりで、森のなかには早くも夜の気配が忍び寄り、頭上を覆う枝のあいだから漏れてくる光がふたりの周囲をほんのりと照らしているだけだ。追いはぎは丸太に片足をのせて彼女のほうへ身をかがめた。「正直なところ、娘さん、ぼくはきみがだれなのか知っちゃいない。最初にきいたときにきみがちゃんと答えていたら、今ごろは馬車で目的地へ向かっていただろうに」

「わたしを〝娘〟呼ばわりしないで」

「じゃあ、おばかさんと呼べばいいのかな」

「わたしが？　おばかさん？　そんなことを言うのは、いずれ縛り首になると決まっている見さげ果てた犯罪者に、わたしが抵抗するから？」

「どうせ縛り首になるのなら、これまで犯した数々の罪に、もうひとつここで殺人の罪を加えても大差ないだろう？」追いはぎがきいた。

「あなたはきっと縛り首になるわ」

「かもしれない。しかし今日ではない。今日はきみがぼくの質問に答える日だ」

アリーは口をつぐんで彼をにらみ、再びわいてきた恐怖心を必死に抑えた。簡単に屈してたまるものですか。

彼女は昂然《こうぜん》と頭をあげ、目に怒りの炎を燃やして追いはぎをにらみつけた。「あなたは若くて立派な体格をしている。いくらでもちゃんとした仕事に就けたはずよ。それなのに犯罪者の道を選んでしまったのね」

追いはぎは心底愉快になったとみえて穏やかな笑い声をあげた。「まったくだ、娘さん、きみはこれまでに会った若い女たちのなかで間違いなく最高に度胸がある。あるいは最高に愚かというべきか。どちらなのか、まだ判断しかねるがね」

「わたしを〝娘〟呼ばわりしないでと言ったばかりよ」

「きみはどう見ても娘じゃないか」

「だったら、あなたは大人のまねごとをしている少年にすぎないわ」

追いはぎは気分を損ねたふうには見えなかった。それどころか、かすかにほほえみさえ浮かべた。

「じゃあ、きみには称号があるのかい?」彼が尋ねた。

アリーは冷ややかなまなざしで追いはぎを見た。「わたしのことはお嬢さん《ミス》と呼べばいいわ」

「ではお嬢さん。きみはだれで、どこへ行こうとしているんだ? いや、していたんだ?」

「あなたって本当におばかさんね。あの馬車がカーライル伯爵のものだってことに気づかなかったの?」

彼がそれに気づいていたかどうか、アリーは知ることができなかった。というのは、彼は答える代わりに問い返したからだ。

「伯爵の馬車できみはなにをしているんだ?」

「盗んだんじゃないわよ」アリーは言い返した。

「答えになっていない」

「それ以上答えるつもりはないわ」

追いはぎはいっそう体を近づけた。「しかし、それはこちらの求めている答えではない」

「お気の毒様」

「ふん、気の毒がってもらう必要はないさ。それよりもこちらの質問に答えてもらおう」

「あなたは威張りくさった盗人よ。答えなくちゃならない義理はないわ」

「ぼくは追いはぎなんだぞ。きみの命はぼくが握っていることを忘れるな」

「だったら、わたしを撃ったらどう?」

彼はいらだたしそうに頭を振った。アリーはつんと顎をあげた。内心では怖かったけれど、不思議なことに気分の高ぶりを覚えてもいた。血管を血液が勢いよく流れている。ばかげていると思われるかもしれないが、彼女は試練に立ち向かう気力がわくのを感じた。

奇妙なことにアリーは、追いはぎが本気で危害を加えようとしているとは信じなかった。彼の物腰にはなにかがある。一種の気品だろうか?

もしかしたらこれは、わたしが以前から望んでいたことではないかしら。とうとうわたしの人生になにかが起こったのでは? アリーは本当に生きているという実感を味わっていた。こんなに強く味わったのは、これがはじめてかもしれない。その人生が今ここで終わるとしたら、なんと残念なことだろう。

追いはぎがさも愉快そうな笑い声をあげた。「もう一度最初からやりなおそうか。どうかお嬢さん《マドモアゼル》、お願いします、伯爵の馬車でなにをしていたのかお教えください」

「伯爵に会いに行くところだってことは明らかじゃない」

「ああ。すると伯爵とは親しい友人なのかな？」

「伯爵はわたしの名づけ親といってもいいの」アリーは説明した。

「本当か？」

「ええ。だから気をつけたほうがいいわ、わたしを怒らせないように」

「お言葉だが、だれを怒らせようと、ぼくにとってはどうでもいいことだ」

「伯爵はあなたを串刺《くしざ》しにさせるでしょう」

「それにはまずぼくを捕まえなくてはならないのでは？」

「彼を見くびらないほうがいいわ」

「見くびりはしないさ」

「ねえ、あなたはわたしをいったいどうしたいの？　残念だけど、わたしは金目のものをなにひとつ持っていないわよ」

彼は相変わらず顔に笑みを浮かべ、片足を丸太にのせてアリーのほうへ身を乗りだしていた。話し方が上品で、立派な服装をし、じゃこうと革のにおい以外は清潔な香りを漂わせているこのような人が、なぜ人生の道を踏みはずしたのだろう、とアリーは不思議に思わずにいられなかった。

「金ならいろいろな方法で手に入れることができるさ。きみが伯爵に愛されているのなら、相当な金になるだろう」

「そんなに愛されてはいないわ」アリーはきっぱり言いきった。

追いはぎの笑みがいっそう広がった。この人の顔がもっとよく見えればいいのに、と彼女は願った。

「きみ自身についてもっと詳しく話してくれ」追いはぎが要求した。

アリーは膝の上で両手を組んだ。「あなた自身のことをもっと話してちょうだい」

「ぼくが最初にきいたんだ」

「だけどあなたは、わたしがあなたについて知っているより多くのことを、わたしについて知っているじゃない」アリーはとり澄まして言った。

「それはそうだが、ぼくは追いはぎで、きみは被害者なんだ」彼は言った。

「そのとおりね。そして被害者は、どんな社会基準に照らしても、犯人への協力を求められてはいないわ」彼女は応じた。

追いはぎはいっそう彼女のほうへ身を乗りだした。「被害者っていうのは怯えるのが当然だけどな」

「わたしがなにを考えているかわかる?」

「さあね。教えてくれ」

「あなたはちっとも危険じゃないってこと」

「本当に？」

「少なくとも、あなたにはある程度の知性がありそうだし、立ち居振る舞いからしてだれかに立派な育てられ方をしたように見えるわ。その気さえあったら、手あたり次第に人を襲って金品を巻きあげるまねをしなくても、ちゃんと生計を立てていけるんじゃないかしら」

「残念ながら」彼はささやいた。「きみは手あたり次第に襲われたんじゃないよ」

アリーはびっくりし、恐怖で血が冷たくなるのを感じた。

「わたしはなにも持っていないわ。なぜわたしを選んだの？」

「きみはカーライル伯爵の馬車に乗っていた」

「繰り返すけど、わたしは盗むに値するものをなにひとつ持っていませんからね」アリーはなんとか彼に信じさせようと断固たる口調で言った。

「きみは人質として大変な値打ちがあるかもしれない」追いはぎが言った。

「まあ！」アリーはじれったくなって大声をあげた。「あなたって本当にばかな人。いったいなにを考えているの？　世の中は今、大変なことになっているのよ。もしかしたらわが国は無政府状態になるかもしれないわ。男の人たちが殺されて、人々は大騒ぎをしている。それなのにあなたときたら、自分のことしか頭にないのね」

「ふーむ」

「ふーむ？　それしか言うことがないの？」アリーはきいた。

「きみは世の中の悪すべてに戦いを挑むつもりでいるのかな？」追いはぎがやんわりと尋ねた。

「あなたは世の中に悪がはびこっているのを見ながら手をこまねいているつもり？」アリーはやり返した。

追いはぎは肩をすくめた。「そうだな……今すぐぼくに世の中を変えることができるだろうか？　おそらく無理だろう。ぼく自身の状況を変えることができるだろうか？　たぶんできるだろう。なぜって、ぼくはきみを、何者かは知らないがカーライル伯爵の馬車に乗っていたきみを、こうして捕まえているんだから」

「お願い。さっきも言ったように、わたしにはなんの値打ちもないわ」

「おやおや、きみがそれほど単純だとは信じられないね。きみのようにどう見ても……世知に長《た》けた女性がそのようなせりふを口にするとは」

アリーは顔を真っ赤にして目をそらした。まるで体内を炎が駆けめぐっているようだ。追いはぎなんかのためにこれほど激しく感情を揺さぶられるなんて、いったいどうしたのだろう？　まったく愚かというほかはない。彼女は自分を戒めた。

「いいこと、あなたがどう考えているか知らないけど、いくら脅したってわたしを人質にして身代金を手に入れるのは不可能よ。わたしはやさしくて親切な何人かの未亡人たちと森のコテージに住んでいる。あの人たちには財産なんてほとんどない。わたしはめったにその森から出ないの」

「しかし、出るときは贅沢な乗り物を使うらしいね」

「幸い、わたしには小さなときから目をかけてくれている土地持ちのお友達がいるのよ」

「きみは伯爵のために働いているのか？」

「いいえ」

「だったら……？」彼はアリーを意味ありげな目つきでじろじろ見た。

「なにを言いたいの？」アリーは憤慨して尋ね、ぱっと立ちあがると、怒りに任せて彼をぐいと押した。「伯爵夫人ほど親切で美しい女性はほかにいないわ。断言してもいいけど、伯爵も同じように夫人のことを思っているはず。よくもそんなみだらな……？　そうね、あなたはただの追いはぎですものね。あなたには上品なところがあるように思えたけど、顔を隠しているその覆面と同じで、卑しい心を隠すための見せかけにすぎなかったんだわ。こんなところでくだらない話をしているのはもうたくさん。できたら今すぐ馬車のところへ連れ戻していただけないかしら？」

最初、アリーは彼が暴力で応じるのではないかとたじろいだ。なにしろ彼を後ろに倒しそうなほど強く押したのだ。しばらく彼女は、さっきの自分の行為を後悔しながらじっと立ちつくしていた。思いきって逃げだそうかしら。このあたりの土地には詳しくないけれど、追いはぎの人質になるよりは、どこへなりと逃げるほうがずっとましだ。

　だが、彼は暴力で応じようともしなければ、アリーにさわろうともしなかった。彼は明るく笑って、さっきまで足をのせていた丸太に腰かけた。

「すばらしい！」

「すばらしい？」

「このような熱烈な擁護者がいるなんて、伯爵は運がいい」

「伯爵は強い心と清廉潔白な人柄で知られているわ。あなたも伯爵に会えばそれがわかって、大いに尊敬するようになるでしょう。あなたがごろつきでさえなければ」

「ああ、なにしろぼくはこういう卑しい人間だから」

「どんな人も努力次第で立派な人間になれるわ」

「どんな人間にもあのような城が持てるかな？」彼は愉快そうに尋ねた。

「お城を持っているから偉いというわけではないのよ」

「金持ちもかい？」彼がきいた。

　彼の口調に含まれていた、おそらくいくらか辛辣《しんらつ》な響きのせいだろうか、アリーは不意に自分が危険きわまりない状態に置かれていることを悟った。

　さっき彼を力いっぱい押したときに、ふたりのあいだにいくらか距離ができていた。しかも彼は今この場をとり仕切っているのは自分だと確信し、気どった様子でのんびり丸太に腰をおろしている。逃げるなら今しかない。

森のコテージで育ったことには多くの利点がある。幼いころからアリーは毎日コテージ近くの小道を探検し、想像上の友達と遊んだりあちこち駆けまわったりして過ごした。木こりの息子たちと森のなかの道を駆けっこしては負かし、おてんばと呼ばれた時期さえある。今も健康そのもので足が速い。きっと彼を振りきることができるだろう、とアリーは思った。

最初はそのとおりになった。

濡《ぬ》れるのもかまわずアリーは小川をぴょんぴょん跳び越え、森のなかの小道の一本を疾走した。突然の彼女の行動に驚いた追いはぎが悪態をつくのを聞いて、一瞬、快感を覚えさえした。

そのうちにアリーは彼が追いかけてくるのを、しかもぐんぐん迫ってくるのを感じた。彼女は頭上を枝が覆っている木立のなかへ駆けこみ、木の根や岩や落ちている枝を巧みによけ、跳び越えた。道らしきものをたどって走りつづけたあと、草木が生い茂っているなかへ分け入ってしゃにむに進み、追っ手をまこうとした。

走っているうちに追いかけてくる音が小さくなった。それとも彼女の心臓が大きな音をたてているので、ほかの音が小さく聞こえるのだろうか。

とうとうアリーは走るのをやめた。肺が空気を求めてあえぎ、心臓が狂ったように打って、ふくらはぎが引きつっている。履いている上等な靴は森のなかを走るのにふさわしくなかった。

彼女は木の幹に寄りかかり、深呼吸して心臓と体の痛みをやわらげようとした。髪はくしゃくしゃに乱れ、顔にかかった房が鼻をくすぐっている。彼女はそれを吹き払うと、きっとひどい格好をしているに違いないと考えて髪を後ろへなであげた。そして、してやったりとほくそえんだ。

あの追いはぎから逃げおおせたのだ。

満足感がじわじわとわいてきたとき、低い忍び笑いが聞こえた。

アリーはくるりと振り返った。

追いはぎが一本の木にもたれて腕組みをしていた。まるでこの世に心配事はなにひとつないと言わんばかりのくつろいだ様子をしている。うなじで編んだ髪はまったく乱れていないし、荒い息づかいもしていない。運動をしたようにはまったく見えなかった。

アリーはまっすぐ体を起こして挑むように彼をにらんだ。

「これで逃げきれないことがわかっただろう」

「一度は逃げきったわ」

「いいや、そんなことはないさ」

アリーは自分の置かれている立場に考えをめぐらせた。ええ、もう一度逃げだすことはできる。でも、彼はどうやったのだろう？　なぜこうもやすやすとわたしに追いついたのだろう？

彼女は自分が犯した過ちに気づいて落胆した。追っ手をまこうと小道から茂みのなかへ入ったために、ぐるりと一周してもとのところへ戻ってしまったのだ。アリーの過ちに気づいた追いはぎは追うのをやめて、彼女が木々のあいだから出てくるのを待っているだけでよかった。

二度と同じ過ちはしない、とアリーは決意した。

「やめておけ。時間と体力を無駄にするだけだ」追いはぎがアリーに言った。

「ごめんなさい。わたしはあなたにご迷惑をおかけしているんじゃない？」彼女は皮肉たっぷりに尋ねた。

彼は肩をすくめた。「かまわないさ、今日はこれといってほかに急ぎの用事もないし」

「あなたはご存じかしら？　馬車がいつまでも来ないことに気づいたら、カーライル伯爵はすぐに捜索を開始するわ」

「そりゃそうだろう……しかし、まだしばらくはしない」

「どうしてそう言えるの？」

「伯爵はまだロンドンにいるんじゃないかな。今日、バッキンガム宮殿で祝賀会が催されている。だれかの誕生日らしい。伯爵が城へ戻るのは夜になってからだろう」

「カーライル伯爵についていろいろとご存じなのね。どうしてそんなに詳しいの?」アリーは時間稼ぎをしようとして尋ねた。とにかく呼吸を整えなければ。伯爵の居場所に関する思い違いを追いはぎに教えてやるつもりはさらさらなかった。

「新聞をよく読むんだ、ミス……おっと、そうそう、忘れていた。きみの名前をまだ教えてもらっていなかったな」

「あなたの名前を教えてもらった覚えもないわ」

「きみはぼくの名前を知らないでおいたほうがいいだろう。知ったら、きみはぼくにとって危険人物になる。そうじゃないか?」

「だったら、わたしの名前も教えてあげない」

彼はにやりとした。「もう呼吸は整ったかい?」

「ええ、すっかり。ありがとう」

「やめたほうがいい」

「なにを?」

「もう一度逃げだすのをさ」

「逃げだす以外にわたしになにをしろというの?」

「さっきも言ったように、ぼくはきみに危害を加えるつもりはないよ」

「あなたの言葉を信じろと?」

「きみが逃げたら、ぼくはまたきみを捕まえなくちゃならない」

「でも、今度は捕まらないわ」

彼はため息をついて頭を振った。「捕まえるさ。それに今度は容赦しないからな。やめておいたほうがいい」

「わたしは人にあれこれ指図されたくないの。足どめされるのだっていやだし、なによりならず者と話をするのなんて大嫌い」

追いはぎは両手をあげてやれやれという仕草をした。「きみはきみのすべきことをすればいい。ぼくはぼくのすべきことをする」

アリーは再び顎をつんとあげ、もつれた長い金髪を少しでも整えようとした。今や背中に垂れているだけでなく、顔にかかって視界の邪魔になっている。「その気さえあれば、あなたは犯罪から足を洗うことができるのに。今すぐやめなさい。伝説の人になりなさい。ちゃんとした仕事に就いて、新しい人生を始めたらいいわ」

「しようと思えばできる……」

「だったらそうしなさいよ」アリーはしつこく言い張った。

「残念ながらそうはいかないんだ」

「まあ……」アリーはいらだたしげにため息をついた。追いはぎの筋肉が緊張し始めたのを見てとり、きっとこの人はわたしに襲いかかるつもりなのだと気づいた。

もうほかにとるべき手だてはない。アリーは再び逃げだした。

今度はたちまち捕まった。

つかまれる前から彼女は追いはぎがすぐ背後に迫っているのを感じた。息を、熱を、彼の力を感じた。

やがて彼の腕が彼女の体にまわされた。

死に物狂いで駆けていたアリーは勢いあまって前へつんのめり、追いはぎともども松葉の散り敷いた地面に倒れた。松葉とやわらかな土が口のなかへ入ってくる。彼女は咳《せ》きこんで口のなかのものを吐きだし、反転しようとしたが、追いはぎが上にのっていた。なんとか仰向けになったものの、それ以上は動けなかった。追いはぎが息ひとつ乱さず彼女にまたがり、相変わらず愉快そうな目で見おろしているので、侮辱されたような気がした。

アリーは咳きこみ、怒りのまなこで彼をにらんだ。実際に捕まってみると、さっきよりもっと大きな恐怖に襲われた。

彼女は追いはぎと言い争おうとはしなかった。わたしの上からどいてと懇願する代わりに、あらん限りの力で彼の胸にこぶしをたたきつけ、必死で体をよじった。けれどもそれは追いはぎの怒りを募らせるだけだった。彼がアリーの手首をつかんで頭の上の地面へ押さえつけたので、ふたりの顔がいっそう近づく結果になった。

彼の顔から愉快そうな表情が消えているのに気づき、アリーはいくぶん気が晴れた。

だが、その小さな勝利の喜びのなかで、自分が敗者であることを悟った。

「もう観念したらどうだ？」追いはぎが言った。

アリーはなにも言わずに横を向いたままじっとしていた。

彼が力を抜いた。依然アリーにまたがってはいるものの、もうそれほど強く地面へ押さえつけてはいない。

「今度捕まえたときは容赦しないから、逃げださないでおけと忠告しただろう」彼は穏やかに言った。

「あなたって本当に卑劣な人ね」アリーは小声で応じた。

「そりゃあ、追いはぎだからな」彼はじれったそうに言った。「礼儀正しい振る舞いを期待してもらっては困る」

アリーは彼の感触を、押さえつけてくる彼の太腿を、彼女に苦痛を与えないように座っている彼の配慮を意識した。

追いはぎが彼女にふれた。

手をのばして、彼女の顔にかかっている乱れた髪をかきのけたのだ。ほんの少しのあいだ、彼の指が名残惜しそうに彼女の頬にとどまっていた気がした。

彼のふれ方はやさしかったけれど、彼女を放す気はないとみえてしっかり地面へ押さえつけている。

アリーは彼から視線をそらしたまま尋ねた。「今度はどうするの？　わたしをどこへ連れていく気？」

「ぼくが最初から知りたがっていた質問に答えてもらおう。きみの名前は？　なんの用事で伯爵の城へ行くんだ？」

突然、激しい恐怖に見舞われたアリーは、眉根を寄せて彼を見あげた。口をつぐんでいるべきだとわかっていたが、できなかった。

「まさかあなたは……例の反王制主義者のひとりではないでしょうね？」小声で尋ねる。

驚いたことに彼はにっこりし、安心させようとするかのように指の関節で彼女の顎を軽くなでた。

「いいや、違う。女王陛下万歳さ。ぼくは昔ながらの善良なる英国の悪党だ」追いはぎは低い声で断言した。

アリーはその言葉を信じた。仰向けに地面へ押さえつけられて完全に彼の支配下に置かれていながらも、彼を信じた。彼女はそっとため息を漏らした。

「それで、あなたはわたしを殺すつもりはないの？……あるいはほかのだれかを」

「絶対に殺しはしないよ、娘さん」

「お願い、わたしを〝娘〟呼ばわりしないで」

「きみが名前を教えないからさ」

　アリーは彼をじっと見つめた。わたしたちはなんて親密な姿勢をとっているのかしら。そう考えたとたんに彼女の頬が真っ赤になった。この人はまぎれもない悪党だ。それなのにわたしときたら、彼の声をハスキーで魅力的だとか、彼のふれ方がだれよりもやさしくて心地よいなどと感じているなんて。

「よかったらわたしの上からどいてくれないかしら?」アリーは頼んだ。

　彼は立ちあがってアリーに手を差しのべ、らくらくと彼女を引っ張り立たせた。そしてしばらく手を握っていたあとでやっと放した。

「わたしの名前はアレグザンドラ・グレイソンよ」

「なんだって?」彼がたちまち顔に緊張の色をみなぎらせて鋭い声で問い返したので、アリーは一瞬たじろぐと同時に、またもや恐怖に襲われた。

〝なぜかしら?〟

　わたしの名前が、あるいはわたし自身が、だれかにとってなんらかの意味を持っているはずはないのだ。

「わたしはアレグザンドラ・グレイソン、断っておくけどとるに足らない人間よ。さっき話したように、何人かのおばたちと森のなかのコテージに住んでいるの。カーライル伯爵夫妻はわたしにとって名づけ親ともいえる人たちで、ほかの何人かの人たちと一緒に、わたしが物心ついたときから世話をしてくれたわ」

「きみが……きみがアレグザンドラ・グレイソンなのか?」彼は息を詰めたような声を出した。

「わたしの名前があなたにとってどんな意味があるの?」アリーは不安に駆られておそるおそる尋ねた。この人は正気を失ったのではないかしら? 両脇《りょうわき》に垂らした手をぎゅっと握りしめている。

彼は頭を振って握りしめていた手を開いた。一瞬ののち、再び愉快そうな笑みを顔に浮かべていた。

「なにも……ぼくにとってなんの意味もないよ」

「だったら――」

「ぼくはきみがほかの女性だと考えていたんだが、間違っていたようだ」

この人は嘘《うそ》をついている、とアリーは思った。

けれども彼が手を差しのべてきたので、嘘をついた理由について考える暇はなかった。アリーは彼の手を見つめ、不安のあまりごくりと唾《つば》をのみこんだ。緑の森を覆いだした暗がりのなかで、彼はとても背が高くてたくましく見える。身動きせずにじっとしていても、彼の熱く燃えるような活力が伝わってきた。彼女は奇妙な思いにとらわれた。わたしが身を寄せて彼にもたれたら……。

きっとすてきだろう……心地よくて。わくわくして。

すごく生き生きした気がして。

アリーは身をこわばらせてうなだれ、歯をくいしばった。この人は卑しい犯罪者にすぎないのよ！

彼女が目をあげると、彼は相変わらずじっとアリーを見つめていた。

「ついておいで」ようやく追いはぎは言った。「馬車のところへ連れ戻してあげよう」

2

馬車を目的地へ向けて送りだしたあと、マーク・ファロウは道路に立って遠ざかっていくその姿を見ていた。

「マーク」パトリック・マキーヴァが黒いシルクの覆面をとって呼びかけた。「すぐにここを離れなくちゃだめだ。あれはカーライル伯爵の馬車だった。馬車が城に着き次第、伯爵は猟犬みたいにわれわれを追ってくるだろう」

追いはぎ一味としてマークと一緒に馬に乗ってきた三人の友人、パトリック・マキーヴァ、ジェフ・ブレナン、トマス・ハウエルは、みな彼を見つめていた。マークはうなずいた。

「よし、ふた手に分かれよう」彼は言った。「ジェフとトマスは西の森の道をたどれ。パトリックとぼくは東の森の道を行く。忘れずにチェックポイントで馬を替えるんだぞ。われわれも同じようにする。打ち合わせどおり〈オフラナリーズ〉で会おう」

彼らはうなずいたが、すぐには動こうとしなかった。「それで」ようやくトマスが口を開いた。「彼女はだれだったんだ？」

「アレグザンドラ・グレイソン」マークは答えた。

パトリックは息をのんだ。「あれが彼女だったのか？」

「とても魅力的だ」トマスが言った。

「すごい美人だ」ジェフが言った。

「うーむ……かなり自信に満ちた態度だったな」パトリックが感想を述べた。覆面はとったものの、パトリックは帽子を深くかぶって、目立ちすぎる真っ赤な髪の大部分を隠していた。

「興味をそそられるよ」ジェフが軽く言った。多くの国民から尊敬されている英国下院議員のヘンリー・ブレナンを父親に持つジェフは、四人組のあいだで知恵袋と呼ばれている。背が高くてやせているが、その体格に似合わぬ怪力の持ち主で、目が黒く、髪は黒褐色、たいていいつも深刻な表情をしている。

トマスはジェフと正反対だった。砂色の髪とはしばみ色の目をしたトマスはユーモアのセンスに富む陽気な性格をしており、真剣になるのは必要があるときだけ。このときも彼はからからと笑いだした。「なあ、サー・ファロウ、きみは大変な厄介事を抱えこんでしまったんじゃないか」

「さっさとここを離れよう。なるほどぼくは面倒な事態に陥ったかもしれないが、笑いものにするのはあとにしてくれ」マークは冷ややかに応じた。

「じゃあ〈オフラナリーズ〉で」ジェフが言ったので、彼らは暗黙の了解に従ってそれぞれ馬の向きを変え、指定された道筋をロンドンの中心街《シティ》目指して進みだした。

マークとパトリックは馬を急がせ、エニスファーンと呼ばれる開けた場所に達した。ここにファロウ家は昔から狩猟ロッジを所有してきた。厩舎《きゅうしゃ》の見張り番はバートラムひとりしかいないと知っていたが、ふたりは裏口から入ってすばやく馬をおりると、マントを脱いでベストとジャケットを身につけ、馬から鞍《くら》をはずした。そして棚から新しい馬具をおろして別の馬につけ、無法者用の衣服を鞍袋に詰めた。そのあいだ、ふたりはひとことも口をきかなかった。

馬に乗って再び森のなかの小道をたどりだしたとき、ようやくパトリックが口を開いた。

「こんなことを言ってはなんだけど、ぼくがきみの立場だったら、あの娘さんを見たからには与えられたチャンスに喜んで飛びつくだろうね。もっとも……うん、ぼくらは新しい時代の幕開けにいる。きみのお父さんがずいぶん昔にきみの結婚話をとり決めたのは、少々古くさいんじゃないかな」

「ぼくがまだ少年で彼女が赤ん坊だったときに、父とブライアン・スターリングのあいだで婚約の合意が交わされたんだ」マークは肩をすくめて言った。「その理由は知らない。スターリング卿《きょう》は彼女の親ではなくて後見人だ。ぼくは前々からなにか秘密があるに違いないとにらんできた。

「ああ、そうだろう。彼女はきっとスターリング卿の隠し子なのさ」パトリックがささやいた。

マークが彼をにらみつけた。「そういう噂《うわさ》を流したりしたら承知しないぞ」

パトリックは笑った。「そんなことはしないよ」彼はまじめな表情になって続けた。「きみの結婚話はさておき、ひょっとしたら追いはぎとしてのわれわれの評判に傷がつくかもしれない。ぼくらは彼女からなにひとつ金品を奪わなかったんだからね」

「心配するな。さあ、〈オフラナリーズ〉へ急ごう」

「それで……?」パトリックがきいた。

マークはにやりとした。「ぼくがなぜきみに噂を流すなと警告したかわかるか? それはぼく自身が噂を流すつもりでいるからだ。いいかい、今夜のうちにわれわれは、切り裂きジャック以来、最も危険な犯罪者になっているだろう」

わたしはなんともないのに、とアリーは思ったが、馬車が城に到着したとたんにシェルビーが騒ぎたてたので、彼女はもろいガラス細工さながらに扱われた。門を入ると、城の建物へと続く曲がりくねった長い私道を進みだす前に、シェルビーは大声で助けを求めて叫び始めた。その声を聞いてカーライル伯爵に雇われている者たちが建物から飛びだしてきた。馬車が正面玄関の近くへ来たときには、伯爵夫人も表へ出てきていた。

「警察に連絡してください！」シェルビーは伯爵夫人に向かって叫んだ。「警察に通報しなくちゃなりません！　このところ新聞紙上をにぎわしている卑劣なやつらに襲われたんです――例の追いはぎどもに。あの男はわたしを殴って気絶させ、ミス・グレイソンをさらいました。まだ遠くへは行っていないはずです。すぐ伯爵に知らせなくては。けしからん行為というほかありません。それに気の毒なお嬢さん！　無礼だ、まったく無礼きわまりない。あの男、よくもあんなまねを！　この盾形紋章を見ればスターリング卿の馬車であることぐらい、英国人ならだれでもわかるはずなのに」

伯爵夫人のレディ・カミールはたちまち心配そうな表情をしたが、幸い、彼女はどんなときも冷静さを失わない聡明《そうめい》な女性で、人に影響されてすぐに騒ぎたてるようなことはなかった。伯爵と結婚する前、庶民として生活のために働いていた彼女は、今でも時間の許す限り大英博物館の古代エジプト遺物部で仕事をしている。彼女は心配そうな表情で、動転したシェルビーに馬車から助けおろされているアリーを見た。

「シェルビー、お願い、落ち着いて、なにがあったのかを順序だてて説明してちょうだい。アリー、怪我《けが》をしなかった？　大丈夫？」

「大丈夫です、なんともありません」

背の高いハンサムな伯爵が出てきて夫人の横に立った。「本当に大丈夫なのだろうね？」

彼は手をのばしてアリーの髪にさわった。「木の葉がついている」

「嘘《うそ》じゃありません、本当に大丈夫です」アリーは言った。

「警察に電話するわ」カミールが言って向きを変え、城の正面玄関へと続く階段をあがりだした。「アリー、一緒にいらっしゃい。大丈夫だろうと大丈夫でなかろうと、恐ろしい経験をしたことに変わりはないわ。ブライアン、お願い、彼女をすぐ連れてきてね」

「ああ、わかった。シェルビー、ぼくの馬に鞍をつけて出かける準備をしてくれ。その男がまだ近くにいるようなら追跡しよう」

「まあ！　でも、それはやめておいて！」アリーは抗議した。「彼は……彼は武器を持っていて危険なの」

ブライアン・スターリングが眉をつりあげてじっと見たので、アリーは思わず顔を赤らめた。自分の身内が危ない目に遭わされたのだ、いくら危険だと忠告したところで伯爵が思いとどまるわけはない。

「さあ来なさい。馬に鞍をつけさせるあいだに事の次第をできるだけ詳しく話してもらおう」彼はアリーに腕を差しだし、肩越しに呼びかけた。「シェルビー、一緒に行く男たちを三人ほど集めておいてくれ」

アリーは伯爵の腕をとって一緒に城のなかへ入った。玄関広間で伯爵は家政婦を呼んで指示を与えてから、アリーを広いキッチンへ連れていった。彼女の大好きな場所のひとつだ。子供のころに城へ来たときは、よくそのキッチンで遊んだものだ。大きな炉床があって、火にかけられた鍋《なべ》のなかではいつもなにかがぐつぐつ煮えていた。最近はセオドアが考えだした料理であることが多い。彼は城へ来てすでに十年になるのに、いまだに〝新しい〟コックと呼ばれている。赤ら顔をした陽気な大男で、アリーが城へ来るとわかっているときには必ずおいしい特別の献立を作っておいてくれた。

「セオドア、すまないがこの子にブランデーを用意してくれないか」伯爵が頼んだ。

巨大なまな板の前に立ち、大きな手でハーブを信じられないほど細かく刻んでいたセオドアは、心配そうな表情を見せ、エプロンで手をふきながら戸棚へ急いだ。

しばらくするとアリーは火の近くの椅子に腰をおろし、真向かいに座った伯爵に両手をとられて目をじっとのぞきこまれていた。「さあ、ゆっくりと一部始終を話してごらん。なにがあった？」

「その……シェルビーが話したように、わたしたちの馬車が待ち伏せしていた追いはぎに襲われたんです」

「彼らの狙《ねら》いはなんだった？」

アリーはかぶりを振った。「実際のところ……なにもとられませんでした。彼らはただ馬車のなかを探しただけ……それからわたしがだれなのか、どこへ行こうとしているのかを知りたがりました」

伯爵は一瞬、非常に不安そうな表情を見せた。「で、やつらはまったくきみに危害を加えなかったのだね？」

「ええ、全然」アリーはささやいた。

伯爵は立ちあがって髪に指を走らせた。背の高いたくましい肉体の持ち主で、その称号をちらつかせればなんの努力もせずに欲しいものを手に入れられる身分でありながら、エジプト研究にいそしみ、古代遺物の保護に力を注ぎ、さらには日常的な社会問題の解決に尽力する人物でもあった。かつては陸軍軍人として祖国のために戦ったこともある。カミールと同じくらい伯爵を敬愛しているアリーは、なぜわたしはこのようなすばらしい人たちに庇護《ひご》される幸運に恵まれたのかしら、とつねづね不思議に思っていた。恩のある伯爵の質問にわたしは正直に答えていない。追いはぎはわたしに危害を加えなかったかですって？　ええ、加えたわ、彼はわたしの誇りと自尊心を傷つけた。でも……。

アリーはあまり多くを話したくなかった。

追いはぎを捕まえてもらいたくないと願っている自分に気づく。あのような勇ましい泥棒が縛り首になる場面を想像するのは耐えがたかった。

「正直なところ、伯爵、話せることはあまりありません。馬車をとめられて数秒後には危険はないとわかりました」

「追いはぎは犯罪者だ」伯爵が厳しい口調で言った。

「ええ、もちろんです。でも、わたしに危害は加えられなかったし、なにもとられませんでした」アリーはためらったあとで続けた。「気の毒なシェルビー。彼は勇気と能力に富んだ実にすばらしい人で、わたしを守るためなら死をもいとわなかったでしょう。だけどあの追いはぎは長い鞭《むち》を持っていて、それでシェルビーの手から拳銃《けんじゆう》をはじき飛ばしたんです。きっとシェルビーはかつてない屈辱を味わったんじゃないかしら」

伯爵夫人がキッチンへ入ってきた。「警察へ連絡したわ。さっそくターナー警部が出向いてくるそうよ。彼が正直に話してくれたところでは、残念ながら今となっては手の打ちようがないだろうというの。悪人一味はとっくに現場から逃げ去っただろうって。でも、アリー、警部は犯人の容貌《ようぼう》や態度についてできるだけ詳しくあなたの話を聞きたいとおっしゃっていたわ。だから、お願い、なにがあったのか話してちょうだい」

アリーは伯爵を見た。彼はかすかにほほえんでアリーを見た。「気の毒だが、アリー、きみは体験した冒険談を何度も繰り返すことになりそうだよ」

「冒険談ですって?」カミールが非難の声をあげた。

「ああ。実のところ、アリーはなんら危害を加えられなかったようなんだ」ブライアンが言った。

「だからといって、アリーの味わった恐ろしさがやわらげられることはないでしょう」カミールが反論した。ほつれた髪が額に垂れている。彼女は腰に両手をあて、憤慨した目つきで夫を見た。「まあいいわ、警察はすべきことをするでしょう。それにしてもぞっとするわね」

「アリー！」

「アリー！」

ふたつの幼い声が彼女を呼んだ。六歳のブレントと五歳のウィリアムがキッチンへ駆けこんできて、母親の脇《わき》を走り抜けてアリーに飛びついた。

「あなたたち！」カミールがたしなめた。

「いいんです」アリーはカミールに言い、少年たちの屈託のない笑顔をうれしく思って、ふたりをぎゅっと抱きしめた。彼らは不安を抱いてもいなければアリーに話を繰り返せと迫ることもなく、ただ彼女に会えたことを喜んでいるのだ。そんなふたりがアリーは大好きだった。未来の伯爵ブレントはやんちゃ盛りで、しょっちゅういたずらばかりしている。ウィリアムはそんな兄を英雄のように崇《あが》めて、どこへ行くにも喜んでつき従っている。まだ五歳にしかならないのに、早くもウィリアムは大人になったらアメリカ大陸へ渡ってひともうけするのだと公言していた。

「ブライアン」カミールが夫に懇願した。「この小さな紳士たちに命じてちょうだい、せめて今はアリーにうるさくつきまとうのをやめなさいって」

「いいんです」アリーは強い語調で言った。質問攻めから逃れるためにも少年たちにいてほしかった。

「なあ、おまえたち、アリーはしばらくここにいるからね。おまえたちが風呂に入って着替えをしたら、きっと一緒に遊んでくれるよ」ブライアンは子供たちを両脇に抱えた。廊下へ運ばれていくあいだ、ブレントとウィリアムはくすくす笑いどおしだった。「さあ、二階の遊戯室へ行きなさい」ブライアンが命じた。「今日は新しい電話機を分解するんじゃないよ、わかったね?」

「しないよ、お父さん」ウィリアムが誓った。少年はまだ笑っていた。

「実際、これは軽々しく片づけていい問題ではないわ」カミールが穏やかな口調で夫に言った。「馬車に乗っていたのがその子たちだったらどうするの? もしも……もしもその子たちが逃げようとしたら? あるいは戦おうとしたら?」彼女は心配そうに尋ねた。

「馬車に乗っていたのは子供たちではなくアリーで、そのアリーはどうやら賢明に対処したようだ」ブライアンは子供たちを放して戻ってきた。「よし、これからはいつも馬車にふたりの男を乗せるようにしよう」彼はカミールに言った。「それで少しは安心できるだろう?」

カミールはうなずいた。「ええ、それでいいわ。悪者が捕まるまでそうしましょう。そうそう、今、ルーシーにお風呂の用意をさせているの、アリー。それと、今夜のパーティで着るドレスを出させておいたわ。あなたのおばさんたちも出席してくれればいいのにね……あの人たちは、いくらこちらが説得しても、気の向かないことは絶対にしようとしないから。それにしても、こんな日にそんな不愉快な出来事に遭うなんて。まもなくお客様が到着し始めるというのに」カミールは夫にほほえみかけた。「もっとも、せっかくここへ来たのに刺激的な出来事がなにもなかったら、みんながっかりするかもしれないわね」

「アリーはすぐ二階へあがって風呂に入ったほうがいい」ブライアンが言った。「ぼくはこれから出かけてくる。警部が来たら、カミール、きみがまず彼と話をしてくれ。たぶんそのころにはアリーも事の次第を詳しく思いだしているだろう」

「今夜はいったいなにがあるんです？」アリーは尋ねた。伯爵夫妻が彼女の〝冒険談〟をしつこく聞きだそうとしなくなったのでほっとしていた。「なぜお城へ呼ばれたのか、さっぱりわからないんです」

「とてもわくわくすることがあるの」カミールが請けあった。「だから、ブライアンが言ったように、警察の方が到着するのを待つあいだ、支度にかかったほうがよさそうね」

「ええ、お風呂に入ったら気分がよくなりそう」アリーは同意した。しばらくひとりにしてほしいと頼みたかったけれど、その勇気はなかった。伯爵が心の奥底まで見透かすような目で見つめるので、刺激的な冒険をしたと考えていることを悟られるのではないかと気が気ではなかった。あの男と話したことによって抱いた感情に、アリーはわれながら驚いていた。あの追いはぎへの感情に。

庇護を受けてきたわたしの生活があまりにも退屈だったために、あのような出会いにやすやすと心を奪われてしまったのだろうか？

残念だけど、それに対する答えはイエスだ。

「さあ、行きましょう、アリー。ブライアン、神経を落ち着かせるために、お風呂のなかで彼女にブランデーをもう一杯飲ませてあげたいんだけど、かまわない？」

「彼女の神経ならもうすっかり落ち着いたんじゃないかな」ブライアンが言った。「しかし、もう一杯飲むぐらいはかまわないだろう」

彼は振り返り、この現代の世に追いはぎが出没して田舎町を恐怖に陥れている奇怪な事実に頭を振った。早くもセオドアが新しいグラスにブランデーを注《つ》いでいた。

「ありがとう」アリーは小声で礼を述べてグラスを受けとり、伯爵に考えを読まれないよう目を伏せて、カミールについて急いでキッチンを出ようとした。

「ぼくはこれからそのならず者を捜しに行く。やつには仲間が三人いると新聞に出ていたが、そのとおりなのかね、アリー？」

アリーはうなずいた。彼女が教えなくても、どうせシェルビーが知っていることを全部話すだろう。それに捜索にはシェルビーも同行するに決まっている。「ええ、全部で四人いました」彼女は答えた。

「で、ほかにはなにも話すことはないのだね？」伯爵が念を押した。

アリーは肩をすくめた。「彼らはみな黒いマントに帽子と覆面をしていました。すみません、役に立ちそうなことをなにも話せなくて」

「話せないのかな？　それとも話したくないのかな？」ブライアンが低い声でささやいた。

「ブライアン！　その男たちは犯罪者なのよ」カミールがとがめた。

「ああ、そのとおりだ」ブライアンはアリーを見つめたままきっぱり言った。

「すみません、伯爵。彼らの背丈や髪の色さえ教えられないなんて、本当にごめんなさい」

「その男がきみをさらったあと……なにがあった？」ブライアンが問いただした。

「わたしは怒りに駆られて彼と言い争ったのですが、結局、名前を教えるはめになりました」

「そうしたら？」ブライアンがきいた。

「彼はわたしをシェルビーのところへ連れ戻し、わたしたちは馬車でまっすぐここへ来たのです」アリーは言った。

伯爵はうなずいてドアのほうへ歩いていった。カミールがアリーの腕をとった。「行きましょう、お風呂の湯が冷めてしまうわ」

「フローレンスがいる」パトリックが陽気な声で言った。彼らはパブ〈オフラナリーズ〉

の煙がたちこめた店内へ入ったところだった。

　カウンターにあるビールの注ぎ口のところで、ウエイトレスのフローレンス・カーターが忙しそうに立ち働いていた。三十代半ばの彼女はつらい人生を歩んだ時期もあったけれど、〈オフラナリーズ〉で天職を得ることができた。この店で毎日、長時間の厳しい労働に従事しているが、イーストエンドの貧しい教養のない女が通常陥る、売春婦への転落の道をたどりはしなかった。赤い髪と明るい緑色の目をした魅力的な女性で、激しい気性の持ち主でもあるので、客たちは彼女との会話を楽しんでも礼儀を失した振る舞いに出ることはない。このパブの主人である大柄なアイルランド人、ロバート・オフラナリーはフローを雇えた幸運を大いに喜んでいた。彼女は身のこなしがすばやく、授業のあとでこのパブにたむろする大学生たちをやすやすと扱う。軽口をたたいたり客をからかったりするのがうまい一方で、乱闘騒ぎが起こりそうな気配を察したときは事前にくいとめることができる。たまにそうした場面にでくわすと、ほっそりしたきゃしゃな体のどこにそんな力が秘められているのだろうと、たいていの男はびっくりした。

「あなた方、なににする？　ビールでいいのかしら？」フローが大声でふたりに呼びかけた。

「ああ、頼む、フロー」マークが応じた。「それと、ぼくらの――」

「あなた方の共犯者なら、そこの仕切り席にいるわ」フローは軽い口調で言いながら指さした。

「少々核心に迫りすぎていないか？」パトリックがマークにささやいた。

「ちっとも。彼女は冗談を言っただけさ」マークは答えた。

店内は混雑していて、ほとんどの客はカウンターの周囲に群がっていた。シティでの仕事を終えてきたばかりの勤め人、工場帰りの労働者、本を携えている学生、兵士、上流階級に属する若者も数人いる。いずれ父親の称号を継ぐことになる息子たちだ。彼らのあいだを縫うように進んでいったマークとパトリックは、仕切り席に座っているジェフとトマスを見つけた。

「なにか問題でも？」ジェフがきいた。

「別にないよ」マークは答えてフローに手を振った。彼女はすでにビールのグラスがのったトレイを運んでこようとしていた。途中でテーブルにグラスをいくつか置き、彼女の尻をなでたりたたいたりしようとする客の手を巧みによけながら進んでくる。彼らの仕切り席へ来てグラスを置いている彼女にマークが言った。「きみは耳にしたかい？　ここへ来る途中、ぼくらは今日また追いはぎが出たと話している男に会ったよ。どうやらその追いはぎは無謀にもカーライル伯爵の馬車をとめたらしい。幸い、馬車に乗っていた娘さんは無傷のままなにも奪われずに解放してもらえたそうだ」

「ぼくが聞いたところでは」パトリックが身を乗りだして言った。「その追いはぎのやつ、いつもはそれほど情け深くないらしい」

「新聞はやつの行為を控えめに報道しているんだ。実際はみんなえらく腹を立てているよ」ジェフがささやいた。

「新聞が控えめに報道するのはかまわないけど」フローまで声をひそめて応じた。「わたしが耳にした話では、彼は被害者をひとりだかふたりだか殺して、死体に重しをつけて湖か川に沈めたっていうじゃない」

「ああ、その話ならぼくも聞いたことがある」マークは言った。「馬車に乗っている人たちが騒ぎたてなければ、やつは金品を奪うだけで危害を加えずに放してくれるそうだが、抵抗したり手向かったりしたら……きっと事実に違いない。きみがそれを聞いて……ぼくらも同じ話を聞いたとなると。やつは逆らう人間には残虐さを発揮するようだ。フロー、気をつけなくちゃだめだよ」

「ご心配には及ばないわ。オフラナリーは人使いが荒いけど、ここの二階の部屋を提供してくれているの」そう言いながらもフローは身震いした。「だから、道路を行き来する必要はないのよ」

「きみはさっさと飲み終えて家へ帰る必要があるんじゃなかったっけ」パトリックがマークに気づかせた。「今夜のパーティに出席しなくちゃならないのだろう?」

「そのとおり」マークはつぶやいた。「しかしフローがここにいるんで、どこへも行きたくないんだ」

「あなたってお世辞がお上手ね、サー・マーク・ファロウ。そのうえ、いずれは伯爵になるんだわ。そうなったらいつでも自分の好き勝手に振る舞えるんですもの、今のうちに少しでも謙虚さを学んでおくのはいいことよ。じゃあ、今夜はカーライル伯爵のお城での催しに出席するのね？」

マークはほほえんで大きな硬貨をフローの手のなかへ押しつけた。「ああ、出席することになっている。だけどフロー、その追いはぎがのさばっているんだ、用心しなくちゃだめだよ。夜、ひとりで出歩くのはやめたほうがいい。カウンターの友達にも忠告しておきなさい」

「あなたっていい人ね」フローは硬貨を握りしめた。「将来、きっと立派な伯爵になるでしょう。それと、ええ」口調を変えて言う。「ちゃんとみんなに忠告しておくわ」

フローが向きを変えて歩み去ろうとしたとき、ひとりの男が勢いよく店へ駆けこんできた。「殺人だ！」男は叫んだ。「また殺人事件が起こった！」

「殺されたのはだれだ？」カウンターのそばにいただれかが大声できいた。

「ジャイルズ・ブランドンだ。警察がちょっと前に死体を発見して、たった今、話が外部に漏れたばかりだ。ほかの被害者同様、喉を掻《か》っ切られていたんだと」

にわかに店内がざわめき始め、だれもが競うように大声でしゃべりだした。

やがて、先ほど来たばかりの男の声が他を圧して響いた。「彼は書きあげたばかりの原稿を手に握っていたそうだ。王室を非難する最後の原稿ってわけだ」

「しかし、新聞には載るだろう」だれかが予想した。

「ああ、血塗られた言葉が」別の男が大声を張りあげた。

「ヴィクトリア女王なんかくたばっちまえ」別のしわがれ声がわめいた。

マークは憤慨して立ちあがりかけた。

パトリックが彼の腕に手をかけた。「ぼくに任せたまえ。知ってのとおり、ぼくはどこからどこまでも庶民だ」彼は静かに言った。

マークはどうにか怒りをこらえ、うなだれてうなずいた。

パトリックが立ちあがった。「ヴィクトリア女王に神の祝福を。きっと女王陛下はこの残虐行為を働いている犯人を突きとめるだろう」

店内を沈黙が覆った。やがてカウンター近くのだれかが言った。「この事件に女王はかかわっていないさ。そうとも、かかわっているはずがない」

その言葉が終わると同時に「女王陛下万歳」の声があがり、自然と英国国歌が歌われだして、不満の声はささやきへと変わった……。

マークは立ちあがって仲間たちを見た。「このような事件が発生したと聞いては、今夜のパーティにのんびり出席しているわけにはいかなくなった。みんな、またあとで話そう」彼は言った。

ほかの三人がうなずいた。

殺人に対する非難の声とヴィクトリア女王を擁護する声が飛び交うなか、マークはパブの出口目指して足を急がせた。


アリーは熱い風呂が用意されていたことを感謝し、時間の許す限りゆっくりと湯につかって、心地よいあたたかさとひとりの気楽さを心ゆくまで味わった。風呂からあがると、ルーシーが出しておいてくれたやわらかなリネンのタオルを体に巻いてベッドルームへ戻る。化粧台の一方の側には大きなイシスの像が、その反対側にはカノープスの壺《つぼ》があって、そのあいだに銀の櫛《くし》とブラシが置かれていた。室内にはたくさんのレリーフや像が飾られ、壁には美しい額に入ったパピルスの古文書がずらりとかかっている。ここはアリーの部屋だ。思いだせる限り昔から彼女の部屋だった。城のほかの場所と同様、この部屋には古代から現代に至るエジプトの、目をみはる美術品や工芸品が飾ってある。カーライル伯爵の両親は探検家で、その精神を受け継いだ伯爵はカミールという熱烈な協力者に出会った。貧しい国の財宝が外国人によってあまりにもやすやすと国外へ持ちだされていることを知った伯爵は、貴重な品の多くをその国に残そうという運動の熱心な推進者になった。もっとも、それほど貴重でない品物を自分の楽しみのために英国へ持ち帰ることはいとわなかったが、そういうときでもたっぷり金を払った。いつだったか伯爵はアリーに、古代の宝物を買うたびに現在への配慮もし、芸術家や職人を雇って自分の収集用に新しい作品を作らせるのだと語ったことがある。

アリーは、ウィトバーグ卿の娘と一緒にこの城へ来た、幼いころのことを思いだした。今は東欧のさる国の公爵夫人になっているルシンダは、かわいそうにミイラの棺《ひつぎ》をたいそう怖がり、最初のころよくアリーにからかわれたものだった。実際、アリーが棺のなかに隠れていてルシンダの前へ飛びだし、少女のあまりの怖がりようにかえってアリーのほうが動転したことがある。ルシンダを落ち着かせるのに何時間もかかり、このいたずらが大人たちに知れたら、これきり城への出入りは禁止されるかもしれないと心配した。だが、心根のやさしいルシンダは告げ口をしなかった。アリーはそのときの経験がもとで、自分はほかの人たちとかなり違っていると考えるようになったが、幼いころからミイラの棺やさまざまな古代の遺物を見慣れてきた彼女がそれらをなんとも思わないのは当然だった。エジプトではミイラはありふれているので、よくたきぎとして使われるし、多くのエジプト人は大きな石棺を植物のプランターとして利用している。それでも彼女は、エジプトについて学んでいくうちに、かの国に対する情熱をみずからの心にはぐくんできたのだった。

不意にアリーは喪失感を、郷愁を覚えた。まるでこれからなにかが永遠に変わろうとしているかのようだが、それがなにかはわからなかった。

　彼女はシルクのシュミーズとブルマーをそそくさと身に着け、ストッキングをはいた。まだ半分しか身支度ができていないときにドアをノックする音がした。二階を担当しているメイドのモリーだ。アリーが今夜のパーティ用の衣装を着るのを手伝いに来たのだ。

「ドレスをごらんになりました？」モリーが青い目をきらきらさせて尋ねた。

　アリーの視線は大きな四柱式ベッドの上に広げられているドレスに向けられた。金色に近い黄色をした優雅なドレスで、繊細な縫いひだがついており、アリーの若々しい容姿を際立たせるようにデザインされていた。手縫いされた刺繍《ししゅう》もみごとな出来栄えだった。

「これ、おばさんたちが作ったの？」アリーはそっと尋ねた。

　モリーはうなずいた。「あの人たちときたら、それを持ってきたとき、少女みたいにはしゃいでいたんですよ」

　アリーは生地にさわって頭を振った。「それなのに、今夜のパーティには出席しないと言い張るんですものね」彼女は悲しそうに言った。

「ああ、あの人たちを変えることはできません」モリーがきっぱりと言った。

「口がすっぱくなるほど頼んだのよ」アリーは言った。「まったく、次にまたこういう機会があったら、おばさんたちが出席しないならわたしも行かないと言ってやろうかしら。伯爵夫妻も説得しようとしたけど、彼女たちの頑固さにはかなわなかったみたい。そうよ、次はわたしが頑固さであの人たちを負かしてやるわ」

モリーはため息をついた。「でも、このような機会はもうないんじゃないかしら」彼女は穏やかに言うと、慎重にドレスをとりあげてアリーの頭からそうっと着せた。

長い優雅なドレスに頭をくるまれていたので、最初、アリーはモリーの言葉に応じられなかった。ようやく口がきけるようになって尋ねる。「モリー、このような機会って、いったいなんなの？　どうしてわたしは今夜ここへ呼びだされたの？」

モリーは顔を赤らめて肩をすくめた。「それを説明するのはあなたの後見人の役目です」

「モリー……」

「さあさあ、早くしましょう、もうすぐみなさんがお見えになります」モリーはそう言うと、アリーをくるくるまわしてドレスをきれいに整えた。「もちろんご存じでしょうけど、このデザインを考案したのは、あなたの後見人のひとりであるレディ・マギーだったのですよ。彼女はおばさんたちを連れてご自分で生地を買いに行かれたのです。当然ながらデザイナーを雇おうとはだれも言いだしませんでした。だって、レディ・マギーは衣装に関してとても洗練された感覚をお持ちですもの。それにレディ・マギーは、わが国にはおばさんたちよりすぐれたお針子はひとりもいないとおっしゃって、彼女たちに縫製を任せたんですよ」

森の小さなコテージに住んでいるやさしいおばたちを誇りに思い、アリーはほほえんだ。三人のおばは質素な生活を愛している。彼女たちにその気さえあれば、高級なファッションの世界でも相当な成功をおさめたに違いない。それなのにおばたちは成功の道よりも、森のなかで人知れず静かに暮らすほうを選んだのだ。「レディ・キャットのお姉さんはファッション界ではとても有名な人なのよ。パリでファッションショーを催しているほどなの。その彼女でさえ、すごく重要な仕事はおばさんたちのところへ頼みに来るのよ」

「知っています」

「モリー」不意をついたら聞きだせるかもしれないと考えて、アリーは再び尋ねた。「今夜はなにがあるの？　早めの誕生日のお祝い？」

「そう言ってもいいでしょうね。さあ、そこに座って。髪を整えてあげましょう」

アリーは座って、今度は別の方面から攻めることにした。

「キッチンは仕出し業者でいっぱいだったわ」彼女は言った。

「スターリング卿がこのお城でパーティを催すと決めたら」モリーが誇らしげに言った。「招待状を受けとった人はみな、たとえ仕事だろうと娯楽だろうと予定を全部とりやめて、ほかの招待を断ってでも、ここのパーティに出席するんですよ。もちろん仕出し業者が大勢来ています。さあ、じっとしていて。お客様が到着し始めています。とにかくあなたの支度を整えないことには」

またドアをノックする音がして、レディ・カミールが顔をのぞかせた。彼女は夜のパーティに備えて体にぴったりした濃紺のドレスを着ていた。腰あて《バッスル》がたいそう小さいせいで、そのドレスを着て歩くと、まるで床の上を滑っているように見える。いつものように彼女はとても美しかった。貧しい生い立ちのカミールは、孤児となって路上生活を余儀なくされる寸前に救われた女性で、アリーから見れば、高貴さとは生まれや称号によってもたらされるものではなく、心や魂とともにあるのだということを示すよい見本だった。彼女は伯爵にとって完璧《かんぺき》な伴侶《はんりょ》だった。というのは、ふたりとも強い意志と情け深い性格の持ち主だったからだ。

「まあ」カミールが言いながら入ってきてモリーの横に立ち、アリーを上から下まで眺めまわした。「完璧よ。それにしてもおばさんたちには腹が立つわね。なぜ今夜のパーティに出席しないのかしら。でも、マギーが来たらさっそく褒めてあげなくては。そのドレスの生地や色を選んだのはマギーなの。アリー、あなたの目は金色に見えるし、髪はそれよりほんの少し暗い色をしているのね。本当に大きくなったものだって、つくづく思うわ」

「ありがとう」アリーは言った。「ねえ、カミール、今夜は誕生パーティなの？　それともほかにもっとなにかが予定されているのかしら？　あなた方がわたしを大切にしてくださるのはありがたいけど、ただ……」

カミールはしばらく黙っていたあとで言った。「ブライアンはもう戻ってきて一階にいるの。たいそう怒っていたわ。シェルビーと一緒に襲われた場所へ行って森のなかの道をくまなく捜してみたけれど、追いはぎ一味の姿は影も形もなかったんですって。でも、今夜のパーティは中止するわけにはいかないの。今、キッチンでセオドアがロンドン警視庁から来た警部さんにお食事を出しているところ。わたしたち、あとでその警部さんとお話ししなくちゃならないわ。それに今夜はサー・アンガス・カニンガムもお見えになるから、今日の出来事をご報告しなくては」

「これでおしまい」モリーがアリーの髪をヘアピンでとめて言った。そして二、三歩さがって両手を握りしめた。「プリンセスみたい！」彼女は叫んだ。

アリーはモリーの頰にキスした。「プリンセスなんかじゃないわ。わたしはただの庶民よ、モリー。でも、ありがとう、あなたが大好き」

突然、モリーははなをすすってポケットからハンカチを出した。

「モリー、やめてちょうだい」アリーは言った。「わたしもあなたとここにいるわ、いいでしょう？」

「とんでもない、あなたは下へ行くのよ」カミールが笑って促した。「さあ、行きましょう、娘さん」

またただ。またあの言葉。〝娘さん〟わたしを育てるのに力をつくしてくれた人たちの目から見たら、わたしは年老いて死ぬまで子供のままなのかしら。

「今夜のパーティにあたって、ぜひあなたにお話ししておきたいことがあるの」アリーは伯爵夫人に言った。

「話しておきたいこと？」

「ええ。たぶんみなさんがそろっているときにお話ししたほうがいいのでしょうね」アリーは言った。「だって、今夜はわたしをわが子のように思って親切にしてくださった人たちが全員ここに集まるんですもの。サー・ハンターとレディ・キャット、ジェームズ卿とレディ・マギー、そしてあなたとスターリング卿が」

「そうね、たぶん」カミールは首にかけている精巧な金時計のペンダントをちらりと見て言った。「パーティが始まる前に、少しならみんなで話をする機会を持てるかもしれない。でも、とりあえずキッチンへ行きましょう。ターナー警部が待っているわ」


「マーク、今帰ったのか？」

ジョゼフ・ファロウが暖炉のそばに立っていた。背が高く、威厳があって、いまだに若々しい引き締まった体を保っている父親を、マークは誇りにしていた。

マークはひとりっ子だった。母親は彼が少年のころに熱病で亡くなった。マークは母親のやさしい笑顔や、自分をあたたかく包んでくれた愛情や、彼女がつけていた香水のにおいを今でも覚えているが、彼の人生をここまで導いてきたのは父親だった。

ジョゼフがあまりにも立派な人間なので、マークは父親が交わした婚約のとり決めに従おうと考えていた。息子のせいでジョゼフ・ファロウともあろう人物が約束を破る事態になりでもしたら、父親に申し訳ないと思ってきた。とはいえ……。

「父さん、ぼくは今夜の催しには出席できません」マークは言った。

たちまち父親の額にしわが刻まれる。

「マーク、この催しは何年も前から予定されていたのだぞ」

「知っています」

「わたしが約束を交わしたのにはしかるべき理由があった」

「その約束を反故《ほご》にするつもりはさらさらありません。ただ――」

電話が鳴りだした。市内にある伯爵の邸宅はロンドンでもいち早く電話を引いた家のひとつだが、ジョゼフ・ファロウはいまだに電話の音が苦手とみえて、甲高い音にたじろいだ。

ジョゼフの従者にして執事であるジーターがせかせかと応接室へ入ってきて受話器をとった。ファロウ卿の家である旨をもったいぶった口調で相手に告げ、黙って先方の言葉に耳を傾けたあと、ジョゼフのほうを見た。

「ダグラス刑事からです」ジーターは静かに言った。

ジョゼフは息子に視線を向けたままジーターのところへ行って受話器を受けとった。

「ファロウ卿だ」

先方の言葉を聞くあいだも、伯爵はマークから視線をそらさなかった。

「なんたることだ」ようやく彼は言った。

ジーターがジョゼフから受話器を受けとってフックへ戻した。

「なあ、マーク」ジョゼフは穏やかに呼びかけた。「気の毒にというのもおかしな話だが、しかし……ジャイルズ・ブランドンまで殺されるとは」彼は悲しそうに言った。「ジーター、悪いが、わたしの馬車の用意をさせてくれ」

ジーターが部屋を出ていくと、ジョゼフは息子を見た。

「では行くがいい。死者がおまえの名を呼んでいる」

3

相変わらずキッチンは活気に満ちていた。セオドアの大声の指示のもと、少なくとも二十人以上の使用人や仕出し業者があわただしく動きまわっている。

カミールがアリーを従えて入っていくと、あらゆる動きがぴたりととまり、城の女主人に向かってうやうやしく頭がさげられた。

「お願い」カミールは頬をほんのり染めてささやいた。「仕事を続けてちょうだい。あなた方の邪魔をしに来たのではないの」彼女はアリーを伴って、ターナー警部が待っている大きな寄せ木のテーブルのほうへすたすたと歩いていった。

セオドアの計らいで、ターナー警部はごちそうにありついたあとだった。

彼はふたりの女性が近づいてくるのを見て立ちあがった。「このような晩にお邪魔して申し訳ない」彼は謝った。

アリーの目には、警部はまるで哀れなバセットハウンドの老犬みたいに映った。あらゆる出来事を見てきた黒い目と、たくさんのしわが刻まれた顔。けれども背が高くて堂々としており、話し方は穏やかだった。きっとこの人は自分の仕事に真剣にとり組んでいるのだわ、とアリーは思った。

「はじめまして」彼女は小声で挨拶《あいさつ》した。

「ターナー警部、こちらはわたしが後見人になっているアレグザンドラ・グレイソンです」

「ミス・グレイソン……スターリング卿《きょう》とはもうお話ししたが、実際に被害に遭われたのはきみなので、ぜひとも力をお借りしたくて。男は、例の追いはぎは、どんな風体をしていたのかお聞かせ願いたい」

「お役に立てればいいんですけど、警部さん」アリーは言った。「でも、様子を説明するとなると……とても難しいんです」

「わかった、それではわたしがいくつか質問をしよう。彼は背が高かったかね？　それとも低かった？」

「高かったです」

「体格は？」ターナー警部がきいた。

アリーはためらった。

「やせてはいなかっただろう？　もっとも拳銃《けんじゅう》を持っていると、小柄な男でも実際より大きく見えたりするものだが」

「ええ、やせてはいませんでした」アリーは答えた。警部もカミールも彼女をじっと見つめている。もっと詳しく話さずにはすみそうにない。「彼はスターリング卿と体格が似ていたんじゃないかしら……」

「乗馬の腕前は？」ターナー警部がきいた。

「とても上手でした」

「おそらく軍務に服した経験のある男だろう」警部はひとりごとのようにつぶやいた。「で、顔はどんなだったかね？　目や髪の色は？」

アリーは眉根を寄せた。「警部さん、本当にお役に立てなくてすみません。彼らは全員が覆面をして帽子をかぶり、マントをまとっていたんです」

「しかし、スターリング卿の従者のシェルビーによれば、一味の頭目はきみをさらっていったそうだが」

アリーはかぶりを振った。「彼はわたしの名前を知りたがっただけです。さっさと教えればよかったのに、わたしは少し意地を張りすぎたみたい。彼はなにも奪いませんでした」

「すると……やつはきみになんら危害を加えなかったのかね？」

アリー自身がこれほど気まずい思いをしていなかったら、ターナー警部を気の毒に思ったことだろう。彼は質問をするにあたって、できるだけあたり障りのない言い方をしようとしているのだ。

「ええ、どんな危害も加えられませんでした」アリーは急いで断言したあと、自分の顔が赤くなっているのではと心配した。

「そしてなにも奪われなかったと?」

「なにひとつ」アリーはためらったあとで続けた。「たぶん彼は、とめたのがスターリング卿の馬車であることを知り、下手なことをしたらスターリング卿みずからが追跡してくるに違いないと考えたのではないかしら」

「そうかもしれん」ターナー警部が思案しながら言った。

彼が再び厳しい視線を向けてきたので、アリーはますます気まずくなった。ターナーは人々を尋問することを仕事にしているのだ。彼と相対していると、アリーは自分の一挙手一投足や言葉の端々から、その奥にあるものを読みとられている気がした。

「じゃあ……彼の目の色も教えてはもらえないのかな?」

「教えてあげられたらいいのですが。黒い色をしていたと思うけど、なにしろ覆面で影になっていたので」

「それにあなたは怯《おび》えきっていたんですもの」カミールがささやいたので、アリーはますます後ろめたくなった。

「彼の様子はほかの人たちからいろいろ聞いているんじゃありません?」アリーは小声で

言った。

「それがいつも同じ説明なのだ」ターナー警部がため息まじりに言った。「真っ昼間に襲われたというのに、人々が覚えているのは覆面に帽子、マント……それと乗馬靴。イングランドの人間で乗馬靴を持っていない男がいるだろうか？　だが、心配しなくていいよ、ミス・グレイソン。警察は必ず犯人を捕まえてみせる」

「お客様が到着したようね」タキシード姿の給仕たちがシャンパングラスののったトレイを持ってキッチンから出ていき始めたのに気づき、カミールが言った。

「それでは、わたしのほうはもうけっこうなので、来客の相手をしに行ってください。どうやらミス・グレイソンはさしあたって話せることをすべて話してくれたようだ。彼女の気持ちが許す限り」ターナー警部が言った。

今のはどういう意味かしら、とアリーは首をひねった。

「見あげたことに」ターナー警部は悲しそうに頭を振った。「少なくともミス・グレイソン、きみはその追いはぎにとめられたほかのご婦人方と違い、分別をなくしているようには見えない。ご婦人方のなかには、その追いはぎに出会えた感激に比べたら、ダイヤの装飾品くらい奪われてもかまわないと考えている人さえいるくらいでね」

「なんですって？」カミールが驚いて大声をあげた。

ターナー警部は肩をすくめた。「ご婦人方の話では、追いはぎは物品を奪うときも愛想がよくて礼儀正しいそうです」

「いくら礼儀正しくたって、アリーは悪者にのぼせあがるような愚かな子ではありません」カミールが言った。

「もちろんです」ターナー警部は同意した。「さてと、ご協力を感謝します。どうぞパーティをお楽しみください」

「ターナー警部、よかったらあなたもいかがかしら、歓迎しますよ」カミールが誘った。

「まだ仕事が残っているんですよ、レディ・スターリング。しかし、ありがとう。もう充分にもてなしを受けました。あなたのコックの計らいで、これまで食べたこともないごちそうをいただくことができましたよ。それでは失礼します」

「わざわざお越しいただいてありがとうございました」カミールが言った。

「本当にありがとうございました」アリーはぼそぼそと言った。

カミールが彼女の腕をとった。アリーはカミールに連れられてキッチンから出るとき、ぎこちなくターナー警部にほほえみかけた。大広間へ通じる廊下でカミールが頭を振りながら言った。「こんな大切な夜にひどい目に遭ったものね」

「カミール、教えてちょうだい、どうして今夜の催しがそれほど大切なの？」アリーは懇願した。

カミールが答えようと口を開きかけたところへ、恰幅《かっぷく》のいい紳士の相手をしていたブライアンが話をやめてふたりのところへやってきた。「カミール、ちょうどよかった、ちょっときみに用事があるんだ。アリー、きみはあちらへ行ってウィトバーグ卿の相手をしてあげてくれ」

大広間を横切って歩きだしたアリーは目的の場所までたどり着く前に、肩をぽんとたたかれて振り返った。

後ろに立っていたのはアリーの自称後見人のひとり、ハンター・マクドナルドだった。彼女はハンターが大好きだった。ハンターはある意味において大変な放蕩者《ほうとう》だ――というより、今は妻となっているキャットと大恋愛をする前は放蕩者だった。どちらも大胆なところのある、この向こう見ずな夫婦は、世間の常識にとらわれることなく、機会さえあれば冒険の旅に出たがる。

「これはまたなんと美しい！」ハンターがきらきらする目でからかうようにアリーを眺めまわしながら賛嘆の声をあげた。「すっかり大人になったものだ。きみのその姿を見たら、どんな男でも胸を焦がさずにはいられないだろう」

「うれしいことをおっしゃるのね、サー・ハンター」アリーは言った。「でも、わたしはとっくに大人になっていたわ。あなた方が気づかなかっただけで」

「傷つくことを言うね」

アリーは笑った。「あなたがまだこちらにいらしてうれしいわ。またエジプトへ冒険旅行に出かけたんじゃないかと思っていたの」

「アリー、ぼくの教えはすべて無駄だったのかい？　今の時期、エジプトは焼けるように暑いんだよ。たぶん今年はきみも一緒に行けるだろう。きみにとっては、それが最初で最後のチャンスかもしれない」

「最初で最後のチャンスですって？」アリーは尋ねた。

だが、ハンターは彼女の質問に答えなかった。キャットが彼の横をさっと歩いてきて、アリーを力いっぱい抱きしめた。「信じられないわ」キャットはうれしそうに言った。「このドレスを着たあなたを、ぜひ絵に描《か》かなくては」

「まったくだ。きっとすばらしい絵ができあがるだろう」ハンターが同意した。

「あなたを描く栄誉はわたしの父に譲るべきかもしれないわね」キャットが言った。

「きみのお父さんはたしかに偉大な画家だが、きみにも彼の才能は受け継がれているんだよ、キャット。自信を持ちなさい」ハンターが妻を励ました。

アリーはふたりを見て羨望《せんぼう》にも似たあこがれを抱いた。そして急に、ふたりが分かちあっている愛を自分も経験してみたいという強い思いに駆られた。ハンターがキャットを見るのと同じ目つきでわたしを見てくれる人がいたらいいのに。

「アリー」キャットの声が彼女を現実へ引き戻した。「わたしが描くにしろ父が描くにしろ、いずれにしてもあなたのその姿を油絵にしておかなくては」

「ありがとう」アリーはふたりがほかの話題を持ちだす前に急いで続けた。「今夜はいったいなにがあるのかしら？」

だが、今度こそ答えてもらえるだろうという彼女の願いはまたもや打ち砕かれた。

「そこにいたのね！」大声がした。

すぐに彼らのところへレディ・ラヴィニア・ロジャーズがやってきた。英国の東北部の土地の半分を所有していた伯爵の未亡人であるラヴィニアは、いくら詮索《せんさく》好きだったり遠慮のない発言をしたりしても人々から許されていた。

「もう聞いた？」彼女は彼らの頬にひとわたり軽いキスをしたあとで尋ねた。「アリーが例の追いはぎに襲われたのよ」

アリーは大きなうめき声をあげそうになった。

「なんてことだ！」ハンターが怒りもあらわに言った。今すぐ城を出て犯人を捜しに行きかねない勢いだった。

「襲われたんじゃないの」アリーは反論した。

「襲われたんじゃない？」キャットが問い返した。

「彼は馬車を待ち伏せしていただけ。わたしはなんともなかったわ」

「ええ、そうでしょうとも」レディ・ラヴィニアが言った。彼女は背の低い小太りの女性で、きらきらした青い目と純銀のような髪をしていた。藤色《ふじいろ》の夜会服をまとい、たくさんの宝石で飾りたてている。あまりにもけばけばしいと非難する人もいるだろうが、多すぎるほどの宝石で身を飾っても、この老婦人にはそれがお似合いなのだとアリーは思った。ラヴィニアは他人からどう思われようとまったく気にしない。自分自身をよくわかっているのだ。彼女は人々や生活を愛していたし、それを公言してもいた。

「わたしもその男性には感銘を受けたわ」ラヴィニアはきっぱり言って、ウインクした。

「あなたもその男に待ち伏せされたんですか？」ハンターが顔を激しくしかめて尋ねた。

「されたわ。でも、全然危害を加えられなかった。警察は彼を捜しているけれど、わたしは捜すべきではないと思うの。警察が捜さなければならないのは、人々を殺しまわっている極悪人のほうよ。三件めの殺人があったことは、あなた方も知っているでしょう？」

ハンターとキャットが暗い顔をしてうなずいた。アリーは眉をひそめた。「三件めの殺人ですって？」

「殺されたのはジャイルズ・ブランドン。喉を切り裂かれていたそうよ。警察は手がかりをなにもつかんでいないの。なにひとつ。少なくともわたしはそう聞いているわ」ラヴィニアが言った。

「ラヴィニア、お願いです。警察にチャンスを与えてやってください」ハンターが言った。

ラヴィニアは鼻を鳴らした。「チャンスを与えてやれですって？　警察がその殺人犯を捕まえるころには、この国はとっくに崩壊しているわよ。あなたはジャイルズ・ブランドンが何者だったのか知っているでしょう？」彼女はアリーに尋ねた。

「ええ、もちろんです。彼の論説を読んだことがあります。ずいぶん扇動的な文章でした」アリーは答えた。

ラヴィニアが重々しくうなずいた。「理不尽な話よね。わたしたちはヴィクトリア女王とその一族を支持していることでさんざんたたかれているにもかかわらず、常に高貴な態度を保っていなければならないなんて。死体となって発見されたとき、ジャイルズ・ブランドンの手には彼の最後の論説原稿が握られていたんですって。その文章が、彼の殺害に関する記事と一緒に明日の新聞に載るでしょう。今でさえ反王制主義者がかまびすしいというのに、明日の記事でどんな騒ぎが巻き起こることやら、あなた方に想像できる？」

「アリー！」

今度、彼女の名前を呼んだのはレディ・マギーだった。彼女は夫のジェームズ卿を従えて、知人とすれ違うたびにいちいち優雅な会釈をしながら人ごみを縫うようにしてこちらへやってくる。

マギーは周囲の人などおかまいなしにアリーを抱きしめ、ジェイミーがそれにならった。夫妻がハンター、キャット、レディ・ラヴィニアとにぎやかに挨拶を交わしたあと、マギーはアリーのドレスを見てうれしそうに言った。「そのドレスの色、完璧《かんぺき》だわ」

「今夜の催しにぴったりだ」ジェイミーが言って、アリーの顎に指を添えて上を向かせ、頬にキスした。

「今夜はなにがあるんです?」アリーはもう一度尋ねた。

「三件めの殺人事件のことを聞いた?　ちょうど今その話をしていたの」レディ・ラヴィニアが言った。

「アリーが追いはぎに待ち伏せされたことを聞いたかい?」ハンターが怒りのこもった声でジェイミーに尋ねた。

「たった今聞いたところだ」ジェイミーが答えた。

「殺人事件のこと?　それとも追いはぎのこと?」ラヴィニアがきいた。

「殺人事件については電話があって知ったし、アリーが卑劣な追いはぎに待ち伏せされたことはたった今聞きました」ジェイミーは応じた。

「その追いはぎはちっとも卑劣じゃないのよ」ラヴィニアが言った。「それどころか、とても魅力的だったわ。で、その殺人事件だけど……」

「残虐な行為です。当然ながら今後ますます王室非難の声が高まるでしょう。このような忌まわしい残虐行為の背後に女王陛下がおられるとでも考えているんでしょうかね」ジェイミーは憤慨して言った。「しかし、ラヴィニア、ご安心ください。殺人犯は必ず捕まりますよ」

ラヴィニアはふふんと鼻を鳴らした。「切り裂きジャックを捕まえられなかった警察に、なにができるというの？」

「ラヴィニア」ジェイミーは静かに言ったが、奇妙にも落ち着かない表情をしていた。

「切り裂きジャックは遠い過去の話です。それに、その事件に王室がかかわっていたと本気で信じている人はいません」

「ジェイミー、あなたって世間知らずね。王室がかかわっていたという説は歴史の本に記録されて後世に残るのよ。でも、わたしたちみんなが知っているように――」

「切り裂きジャックによる殺しはなくなったわ。警察は本当は真実を知っていたのに、それを公表できなかったのだとわたしは思うの」マギーがラヴィニアに言った。

「沈黙は人々の怒りをいっそうあおりたてるだけよ」ラヴィニアが応じた。

カミールが足早に彼らのところへやってきてラヴィニアの腕をとった。「みなさん、あちらの正餐室《せいさん》へ移っていただけません？　ディナーの用意ができているの。それからダンスが始まったあとで、あの発表が行われることになるわ。わたしはほかのみなさんを正餐室へお連れしないと……ハンター、ジェイミー、どちらかレディ・ラヴィニアをご案内してさしあげて」

「なんの発表？」アリーは尋ねた。

「あら」カミールが言った。「ウォレン伯ファロウ卿がおいでだわ。アリー、ちょっと一緒に来て。変ね、ひとりでいらしたみたい。さあ、いらっしゃい」

「カミール」アリーは懇願した。「なんの発表か教えてちょうだい」声に決意をこめて真剣に言った。

カミールは美しい頬を赤く染めてアリーを見つめた。「ずっと前に話しておくべきことだったし、わたしたちも話そう話そうと思っていたのよ。でも、みんなが集まったところで話したかったのと、そのたびになにかが起こって……」カミールは両手をあげた。「ほら、人生ってそういうものでしょ」彼女はそっとささやいた。「わたしたちのだれかが話しておけばよかったのかもしれない。これはずっと昔、あなたがまだ物心つく前に決められたことなの。あなたが物事を理解できる年齢になってからも、なかなか話す機会がないうちに、ここまで来てしまったのよ」

「レディ・カミール、発表って、いったいなんのこと?」

だが、ひとりの紳士が到着したので、ふたりの会話は中断した。「こんばんは、カミール」紳士が言った。背が高く、髪は白くて、しわの刻まれた魅力的な顔をしている。称号などなくても人々の尊敬を勝ち得る人物と見受けられた。貴族院議員であるファロウ卿その人であることを、アリーは悟った。彼が先ほどカミールの言ったファロウ卿の賃金値上げと労働時間短縮のために絶えず奮闘している。アリーはファロウ卿に関する記事を何度か読んでいるが、それらによると彼は女王の熱烈な支持者であると同時に、一般民衆のよき友人でもあるらしい。

アリーは彼に会えたことを喜んだ。

「ファロウ卿、わたしたちが後見人になっているミス・アレグザンドラ・グレイソンをご紹介します」カミールが言った。

ファロウ卿は慇懃《いんぎん》にお辞儀をしてアリーの手をとり、やさしい黒い目で興味深そうに彼女を見つめた。アリーは彼にふれられてあたたかさを感じると同時に、奇妙な感覚を抱いた。まるで、考古学の発掘調査から持ち帰られたたぐいまれな工芸品を見るような目で見られている気がしたのだ。ファロウ卿はアリーのなにもかもを魅力的だと感じているようだった。

「はじめまして」アリーは小声で挨拶した。

「どうぞよろしく。きみに会えてうれしいよ」ファロウ卿が応《こた》え、アリーにほほえみかけてからカミールを見た。「聞いていたとおり、ミス・グレイソンは実に美しい女性だ」彼は一瞬、苦渋に満ちた表情を浮かべた。「まことに申し訳ないが、マークは来られなくなった。女王陛下の用事で呼びだされたもので。ほかの用事だったら断らせてこちらへ来させたのだが。どうか息子を許してやってほしい」ファロウ卿の最後の言葉はアリーに向けられたものだった。

わたしはあなたの息子さんを知ってさえいないのよ、とアリーは思ったが、とにかく礼儀正しく応じておくことにした。「ほかのなによりも女王陛下の用事を優先するのは当然ですわ」

「恐ろしいではないか」ファロウ卿がカミールに言った。「ジャイルズ・ブランドンはどうしようもない愚かなうぬぼれ屋だったが、彼の死によって一般大衆の怒りが一気に燃えあがるのではないかと心配だ」

「ええ、わたしたちもそれを心配しています」カミールは言った。

「せっかくこのような美人に囲まれているんだ、今はそのような忌まわしい話はやめておこう」ファロウ卿が言った。

「アリーを正餐室へ連れていっていただけません?」カミールが頼んだ。「もちろん並んで席にお着きください」カミールはそう言い残して旋風のように去った。

もちろんですって?

「ジャイルズ・ブランドンはうぬぼれ屋でしたが、筆は立ちました」アリーはまじめな口調でファロウ卿に言った。

「彼の書いたものを読んだことがあるのかね?」ファロウ卿が顔をしかめて尋ねた。

「わたしはなんでも読むことにしています。物事のよしあしを論じるには、いろいろなことを知っておかなければなりませんもの」

ファロウ卿は眉をつりあげた。「それは興味深い。きみのことをもっと詳しく知りたくなった。さあ、あちらへ行こう。カミールは早く客を席に着かせようとやきもきしているようだ」

アリーはファロウ卿の腕をとった。客たちがゆっくりと広い正餐室へ移動しつつあった。ふたりはブライアンとカミール、マギーとジェイミー、ハンターとキャットの三組の夫婦に囲まれてテーブルの北の端に座った。料理が出されて食事が進むにつれ、会話は秋のエジプトへの調査旅行から、ロンドンの博物館の現状、絵画や文学、さらには天候へと移っていった。

アリーは終始笑顔を保ち、質問に答えたりひとつふたつ意見を述べたりしていたが、本当は立ちあがって叫びたかった。さっきからわたしが尋ねている質問にだれか答えてちょうだい、と。

これからなにが行われるの？　発表って、なに？

けれどもテーブルの自分の近くに座っている人たちを見まわした彼女は、やめておくほうが賢明だと悟った。赤ん坊のアリーが捨てられて地元の牧師の手にゆだねられたとき、引きとってくれたのがレディ・マギーとジェイミーなのだ。マギーの執事だった親切な男性は今から数年前にこの世を去っているが、〝おばさん〟たちの親戚《しんせき》だったので、アリーは森のコテージで彼女たちによって養育されることになった。孤児だからといってアリーがみじめな思いを味わったことは決してない。コテージがある場所はスターリング卿の所有地のなかだった。スターリング卿夫妻と仲のいいキャットとハンターも、純然たる愛情からアリーの後見人になろうと申しでた。彼女はここにいる人たち全員に大きな恩義がある。事実上の両親があまりにも大勢いると、時には難しいこともあるけれど、彼らは後見人としてこれ以上望めないほど立派な人たちだ。みな美しい容姿と、大きな権力と、豊かな同情心を兼ね備えており、運命が与えてくれた高貴な身分に伴う責任や義務を強く意識している。

アリーは彼らの面目を失わせるようなことは断じてしたくなかったので、カミールがとり仕切る晩餐《ばんさん》の席で無作法な行為をするのは差し控えようと考えた。

とはいえ、にこやかにあたりを見まわしたり軽いおしゃべりをしたりしてパーティを楽しむふりをしているあいだも、彼女の胸のなかには例の疑問が絶えず渦巻いていた。

なにが起ころうとしているのだろう？

彼女の心に不安がみなぎった。

アリーは今夜、自分自身の胸のうちを公表するつもりでここへ来た。みんなの前で、だれがなんと言おうと自分の人生はみずからの手で切り開いていくことに決めたと告白するつもりだった。だが、なぜかそれを発表する機会は訪れない気がした。

遺体保管所はつんとする消毒薬のにおいで満ちていたが、それでも死と腐敗の悪臭を消しきれてはいなかった。

マークはジャイルズ・ブランドンの死体がのっている手術台の脇《わき》に立っていた。死体の上の裸電球がともってはいるものの、部屋は薄暗い。室内にはマークのほかに検死官のドクター・エヴァン・ティールと刑事のイアン・ダグラスがいた。

ダグラス刑事はマークが今までに会ったなかで最高に腕の立つ警察官のひとりだ。大柄の無愛想な男で、たとえ相手がどれほど屈強でもひとりで立ち向かうことができる。スコットランドの小地主の五男である彼は、イートン校で道楽半分に法律を学んだあと、生まれ故郷へ戻って、エディンバラで医学を修めた。けれどもその勉強を終えるころには、自分は患者の命を救うことよりも、殺人犯を正義の裁きにかけたり無実の人間を冤罪《えんざい》から救ったりすることのほうに、より深い関心を寄せているのだと気づいた。彼はハンサムな男で、肩幅が広く、見るからにたくましいが、無垢《むく》な人々を守ったり悪を根絶したりという勝ち目のない戦いを絶えずしている人間特有のストレスが顔にはっきりと表れていた。われわれが生きているのは輝かしい繁栄の時代かもしれないが、それでもロンドンには貧困がはびこっており、貧困は犯罪の温床になっているのだ。

ドクター・エヴァン・ティールも負けず劣らず優秀な人間だった。背はそれほど高くなく、やせた筋肉質の体をしている彼は、蜂鳥《はちどり》みたいに活動的だ。近年、犯罪捜査に科学や医学の知識がますます用いられるようになってきたが、彼はそうした分野に魅了されていた。ティールもダグラスもエディンバラの大学でドクター・ジョゼフ・ベルの授業を受けている。外科医で教師のドクター・ベルは、アーサー・コナン・ドイルの小説の主人公、シャーロック・ホームズのモデルになった人物である。真実を探し求めるにあたって小説家なんぞの言葉に耳を傾けるという考えをあざわらう人々もいるが、ティールもダグラスもシャーロック・ホームズが披露した捜査術を知恵のあるすぐれた方法と見なしていた。ドクター・ベル本人は自分の観察力をもっぱら病気の原因を特定するのに用いたけれど、そうした方法は医学以外のことにも適用できるのだ。

「発見されたとき、死体は机の上にもたれていて、手には彼の最後の原稿が握られていた」イアン・ダグラスが言った。

「実際のところ」ティールがつけ加えた。「血の流れ具合からして、彼は首を後ろへそらされて喉を切られ、それから前へ押し倒されて、机に突っ伏したまま失血死したようだ」

「しかし、争ったのだろう?」マークは死体の腕の切り傷を指して尋ねた。

「おそらく」ドクター・ティールが言った。「彼は襲撃者を見て抵抗したが、結局は背後をとられたのだろう。彼らはこんなふうに立っていたんじゃないか」ティールは実演してみせようとイアン・ダグラスを被害者に見立て、手にした架空のナイフで被害者の喉を切り裂くふりをした。

「つまり、こういうことか」マークは推論を口にした。「ジャイルズ・ブランドンは机に向かって座り、タイプを打っていた。彼が原稿を仕上げたところへ殺人者が入ってきた。

そして小競りあいになり、結局、彼は殺人者に後ろへまわられて喉を切り裂かれた」

イアン・ダグラスが咳払《せきばら》いをして言った。「ただし、ひとつ問題がある。庭へ通じるドアは内側からかんぬきがかかっていたし、庭へ入る表の門には錠がおりていた。それにジャイルズ・ブランドンはいつも自分の仕事場に鍵《かぎ》をかけていた。殺人者がすんなりドアから入ってブランドンの不意を襲ったとは、とうてい思えないんだ。犯人は室内でブランドンの帰りを待っていたんじゃないかな」

「そうだとしたら、犯人は部屋の奥のあの暗がりに長時間立っていたことになる」マークは指摘した。

「ああ、そうなるな」イアンが同意した。

「すると……これは単なる殺人ではなくて、計画的な暗殺なのだろうか」マークは思案しながら言った。

イアン・ダグラスがじっとマークを見た。「ああ、たぶん」

マークはジャイルズ・ブランドンの哀れな死体を見おろした。多くの人々がこの男を憎んでいたが、たとえ不倶戴天《ふぐたいてん》の敵に対してさえ、このような死に方を望む人はほとんどいないだろう。

マークは腕の切り傷を丹念に調べてから首の深い傷を見た。

「体にこれ以外の傷はついていないのか？　死んだあとにつけられた傷は？」

「なにもない」ドクター・ティールが断言した。

マークは後ろへさがった。「じゃあ、仮に犯人が最初から室内にいたとすれば、そいつは鍵を持っていたに違いない」

イアン・ダグラスはかぶりを振った。「ジャイルズの妻は夫を崇拝していた。聞いた話では、ジャイルズはしばしば人前でさえ妻を大声でののしるようなろくでなしだったが、彼女は夫を天才と考えていたらしい」

「きっとジャイルズ自身が、妻に自分は天才なのだと吹きこんでいたのさ」マークは皮肉っぽい口調で言った。

イアンはうなずいた。「そうだろうな。しかし、彼女がこのようなことをしでかした可能性はないし、知っていながら見て見ぬふりをしたとも考えられない」

「彼女のほかに鍵を持っていた者は？」マークはきいた。

「ジャイルズ・ブランドン本人と、家政婦のハッティだけだ。しかしハッティに会ってみれば、彼女の仕業でないことは一目瞭然《いちもくりようぜん》だ。骨と皮ばかりにやせこけているからね。働き者ではあるが、ブランドンみたいな男と争って勝てる力などありっこない。しかも彼女にはブランドンからもらっている給料が必要だった。それにいくらブランドンが怒りっぽい人間でも、ああいう男の家政婦をしていることにはある種の利点もあったに違いない」

「殺したのが妻でも家政婦でもないとしたら、ふたりのうちのどちらかが犯人に利用されたのだろう。ぼくが思うに、たぶんどちらかの鍵が盗まれ、あとで戻しておかれたんだ。明らかにこれは行きあたりばったりの犯行ではなく、前もって計画された殺人だ」マークは言った。

「今度もまた反王制主義者が襲われたってわけか」イアンが頭を振って言った。「殺しを繰り返しているばかな狂信者は、自分が女王の立場を危うくさせているだけだということに気づかないのだろうか？」

マークはしばらく黙っていた。「おそらく」ようやく彼は言った。「犯人は反王制主義者だろう」

「なんだって？」イアンが仰天して問い返した。「なぜ、反王制主義者が仲間を殺すんだ……？」彼の声がとぎれた。マークの言わんとしているところを理解したのだ。

「そのとおり」マークはささやいた。「犯人の狙《ねら》いは、王室非難の声をあげている男たちを王制主義者が殺しまわっていると一般大衆に信じこませることだ。目的を達成するために、大勢の殉教者を出すことほど有効な手段はないからな」

「だとしたら……？」イアンが目を細めて言いかけた。

「ジャイルズ・ブランドンの友人や仲間を調べる必要があるだろう。ぼくが確信していることがひとつある」マークは言った。

「ほう、それはなんだ？」

「ジャイルズ・ブランドンは犯人を知っていたということだ。しかも、かなり親しい間柄だったに違いない」

ディナーが終わるやいなや長いテーブルが手早く片づけられて、上品な小さいコーヒーカップやデザートの小皿や食後酒ののった新しいテーブルが壁際にしつらえられた。ダンスが始まると、アリーは大勢の客のなかに、よく知っている人や話に聞いたことのある人がいることに気づいた。

彼女を真っ先にフロアへ連れだしたのはブライアン・スターリング卿だった。アリーが最初にダンスの手ほどきを受けたのがスターリング卿だったので、彼となら息がぴったり合う。子供のころ、彼女はスターリング卿の爪先の上に立って、けらけら笑いながら部屋のなかを踊りまわったものだ。

彼と組んでフロアの上を滑るように踊っているとき、アリーがささやいた。「あの新聞記者が来ているわ、セイン・グリアが」

「ああ」

ブライアンの口調はうれしそうではなかった。

「あなたが彼を招待なさったの？」

「もちろんだ。招待しなかったら……そうとも、敵と親しくしておくに越したことはないからね」

「彼は敵なの？」

「報道機関に関係している人間はだれでも危険な敵になる可能性がある」ブライアンが言った。「そこで当然ながらぼくは今夜の招待状を彼に送った。特に今夜は必ず来てくれるようにと書き添えて」

「ブライアン、あなたにぜひおききしたいことが――」

ブライアンが動きをとめた。アリーはだれかが彼の肩をたたいたのだと知った。「スターリング卿、代わっていただけませんか？」

サー・アンドルー・ハリントンだった。アリーは今日の午後、彼が州長官のオフィス前の階段上にサー・アンガス・カニンガムやライオネル・ウィトバーグ卿らと並んで立っているのを見たことを思いだした。アリーは彼とこれまでに二度、顔を合わせたことがある。一度は博物館の古代エジプト遺物部の資金調達のために催されたパーティで、あと一度はイーストエンドの貧しい人々の窮状に世間の目を向けさせるためにマギーが開いたパーティだった。

ブライアンは慇懃にお辞儀をしたが、アリーをサー・ハリントンに譲るときの表情がどことなくこわばって見えた。

サー・ハリントンは愛想よくアリーにほほえみかけると、彼女の手をとって体に腕をまわし、ワルツの調べにのせて滑るようにフロアへ出ていった。「実に美しい大人の女性になられたものだ、ミス・グレイソン」彼は言った。

「ありがとう。で、あなたは？　毎日、どのようにお過ごしなの？　今日、あなたをお見かけしたわ」

「どこで？」

「村で」

「ああ、なるほど……。あのときはアンガスが群集を鎮めるのに苦労していたので、手伝おうと思って」

「軍人はみな協力しあうのね」アリーはささやいた。

サー・ハリントンはにっこりしたあとでまじめな顔になった。「きみはあの怪物、例の追いはぎに待ち伏せされたそうじゃないか」

「わたしならなんともなかったわ」

「ぼくがその場に居合わせたらよかったのに」サー・ハリントンが怒りもあらわに言った。

「だれかがその男をこっぴどく懲らしめる必要がある」

「ありがとう。でも、こう見えてわたしはけっこう力が強いの」

彼は頭を振ってそっと言った。「きみは自分の美しさや魅力を過小評価している。男のなかにはよこしまな欲望を抱いている者がいるから気をつけたほうがいい。これだけは言っておこう。きみに強力な後見人が何人もいることは知っているけれど、もし必要な事態が生じてきみが助けを求めたら、ぼくは真っ先に駆けつけるよ」

サー・ハリントンは豊かな茶色の髪にトパーズ色の目をした、たいそうハンサムな男性だ。背が高くて力強い。筋肉質には見えなかったものの、彼に抱かれていると鋼のような力を感じた。

アリーは頭をかしげてほほえんだ。「ありがとう」

「ところで……今夜行われる謎《なぞ》の発表とは、いったいなんだい?」サー・ハリントンが尋ねた。

アリーはわたしも知らないのと答えようとしたが、その機会はなかった。たった今自分が話題にあがったことを聞きつけたかのように、サー・アンガス・カニンガムが割りこんできたのだ。

非常に大柄な男性にしては、アンガスはたいそうダンスが上手だった。彼はいくぶん不機嫌そうな声で言った。「きみに降りかかった災難に対して、まことに申し訳なく思っている。村とその周囲の森の治安を担当している州長官として、わたしはきみの安全を守る責任があるのに、それを果たせなかった。許してくれ」

「サー・アンガス!」アリーは幼いころから彼を知っていた。「今日のあなたはほかのことで手いっぱいだったんですもの。あの追いはぎは少しも危険じゃありません。危険なのは怒り狂った暴徒です」

「きみはあれを見たのか」彼はつぶやいた。

「あなたをたいそう誇りに思いました。あなたとウィトバーグ卿とサー・ハリントンを。あなた方はとても手際よく人々の怒りを鎮めていたわ」

アンガスは物思いに沈んだ表情で部屋の反対側を見やった。「うむ、それはまあ……セイン・グリアもあの場にいた。明日の新聞にどんなくだらん記事を書くことやら。もちろん明日はさらに事態が悪化するかもしれん……また殺人事件が発生したからな」彼は懸命に気持ちを抑えているようだった。「すまない。今夜は、この話はしないでおこう」

「とても重要な問題です」アリーは穏やかに言った。そのあと不意に別の考えが頭に浮かび、彼女は眉をひそめた。

アリーは今夜のパーティに黒衣をまとった女性が何人も来ていることに気づいた。ヴィクトリア女王が夫君のアルバート公の死を長年悼みつづけてからというもの、黒衣をまとうことがひとつの流行になった。今でも女性たちは愛する人を亡くしたあと、長いあいだ黒衣をまとって過ごす。だから黒衣の女性を見かけること自体は、なんら奇妙ではない。

とはいえ……。

サー・アンガスの大きな肩越しに目をやったアリーは、だれかの姿を認めて動きをとめそうになった。なぜかわからないが、彼女は急に、午後に村で見かけた、大声でヴィクトリア女王を非難していた女性を思いだした。

「サー・アンガス？」突然、アリーは口を開いた。

「なんだね？」

「今日いた女性はだれだったのですか？」

「今日いた女性とは？」

「人々にまじって王室に対する怒りの声をあげていた女性です」

「怒りの声をあげていなかった者がだれかいたかね？」サー・アンガスが問い返した。

「おそらく何者かが群集をたきつけたのだろう。至るところにプラカードが掲げられていた。わが国の一般市民は、例の卑劣な追いはぎは別として、普段は法を守る穏やかな人々だ。その追いはぎだが、たぶんロンドンを根城にし、わたしの管轄下にある道路を卑劣な行為に使っているのだろう」

「今日の騒動のなかで、ひとりだけ目立った女性がいたことを覚えていません？　その女性の横にサー・アンドルーのいとこがいて、彼女をなだめていました」

　サー・アンガスが答えようと口を開いたときに、またもやダンスが中断された。今度割りこんできたのはウォレン伯ジョゼフ・ファロウ卿だった。アンガスは場所を譲った。

「きみはたいそうダンスが上手だ」ウォレン伯爵がアリーに言った。

「ありがとうございます」

「聞くところによれば、きみの歌声はひばりのように美しく、ピアノを弾かせれば達人そこのけにうまいらしいね」

アリーはにっこりした。「ピアノは弾きますけど、上手と感じるかどうかは聴く人によるのではないかしら」

「いずれにしてもうれしいことだ」ウォレン伯爵は愉快そうに目を輝かせてつぶやいた。

この人がうれしかろうとうれしくなかろうと、それが問題かしら、とアリーは思いながらもほほえんだ。

やがて音楽が終わり、それきりいつまでも再開しなかった。アリーはあたりを見まわした。スターリング卿夫妻、サー・ハンターとレディ・キャット、レディ・マギーとジェームズ卿の六人が楽士たちの前に集まっていた。ブライアンがカミールの手をとって話し始めた。

「みなさん、今宵《こよい》の催しにお越しいただいたことを深く感謝します。ご存じのように、ここにいるわたくしども三組の夫婦は、若く美しい女性の養育にあずかるという光栄に浴してまいりました。そして今夜、喜ばしいことにわたくしどもが後見人を務めるミス・アレグザンドラ・グレイソンの婚約を発表するに至ったのです」

アリーは自分の口があんぐり開いていることに気づき、あわてて閉じた。

「一緒に来なさい」ジョゼフ・ファロウ卿が彼女の腕をとって言った。

アリーは彼を見たが、仰天のあまり逆らう気も起こらず、ファロウ卿に連れられてブライアンたちのほうへ歩いていった。

この人と？　と彼女は思った。彼らはわたしをファロウ卿と結婚させるつもりなの？

幸い、彼女はファロウ卿が話そうとしていることに気づいた。彼はアリーの手をとって客たちのほうを向かせた。「わたしは今夜ここへ来て、息子に代わってこの場に立てることを光栄に思っております。残念ながら息子のマークはこの席に列することができません。この催しはスターリング卿とわたしとで以前から計画してあったことです。今宵のこの席において、われわれはわたしの息子のマークとミス・アレグザンドラ・グレイソンの婚約を発表します」

万雷の拍手が起こった。

だが、その響きもアリーの鼓動ほどには大きくなかった。

彼女は雷に撃たれたような気分だった。

婚約ですって？　それも、わたしの父親といってもいい年齢のこの男性とではなくて、自分の婚約披露パーティにさえ出席しようとしない男性と！

もちろんその男性がだれであろうと問題ではない。こんなのは……時代遅れもいいところだ。わたしにはわたしなりの計画が、夢が、野心がある。すでにその計画に着手しているのだ……。

アリーは呆然《ぼうぜん》と立ちつくした。後見人たちに抱きしめられては頬にキスされていることに、ほとんど気づかなかった。

ファロウ卿がポケットから指輪を出したことにも、なぜかそれが指にぴったりはまったことにも、ほとんど気づかなかった。気がついたときには、彼女の指でダイヤモンドがまばゆい輝きを放っていた。

「そして」カミールが拍手の音に負けまいと大声を張りあげた。「新たに婚約したふたりに、わたしたちから最初の贈り物があります。わたしの被後見人は天使のような歌声と、鍵盤《けんばん》の上を魔法のように動きまわる指を持っています。そこで……」

シェルビーと数人の召使がみごとなピアノを押してきた。

アリーは口をもごもごさせてカミールに礼を述べようとした。

「ドレス姿がこれほど美しい女性は、イングランドじゅうを探してもほかにいないでしょう」次に口を開いたのはマギーだった。「ジェームズとわたしは花嫁衣装を手配しました」

モリーがにこにこしながらすばらしい服地一式を持って入ってきたのを見て、アリーは目をぱちくりさせた。またもや室内に拍手の音が満ち、気がついてみるとアリーはジェイミーとマギーを抱きしめていたが、そのあいだじゅう自分を最低の偽善者だと感じていた。

次はキャットが話す番だった。彼女は目をきらきらさせて歩みでた。「ハンターとわたしは――」

すさまじい悲鳴が彼女の言葉をさえぎった。

室内にいた全員が凍りついたようだった。

再び悲鳴がして、そのあとになにを言っているのか聞きとりがたいヒステリックなわめき声が続いた。声は玄関広間のほうからしてくる。

「失礼」ブライアンがささやき、わめき声のしてくるほうへ歩きだした。

客が一団となって彼のあとをついていく。

まだ呆然自失《ぼうぜんじしつ》の状態にあるアリーは人波に押されて移動していった。

玄関でシェルビーがひとりの女性をつかんでなだめようとしていた。四十歳前後とおぼしきその女性は全身黒装束だった。銀白色の髪と同じような色をした目には、常軌を逸した怒りの炎が燃えていた。

「あの人が死んだ！」女性は金切り声をあげた。そして狂気がもたらす力を借りてシェルビーの手を振り払った。

ブライアンが片手をあげて、もう一度その女性を捕まえようとしているシェルビーを制した。

「エレノア」ブライアンは呼びかけて、彼女のほうへ手を差しのべた。

エレノアと呼びかけられた女性がブライアンを見た。そして目を細め、またもやすさまじい悲鳴をあげた。彼女は黒い喪服の裾《すそ》を翻してくるりと向きを変え、集まっている人々をねめつけた。「あの人は死んだ！　それなのにあなた方はひとり残らず女王を支持しているのね。恥を知るがいい！　あなた方は自分の目的のためにいくらでも人殺しをするんでしょう。彼は死んだ。わたしの夫は死んだ。ジャイルズ・ブランドンはあなた方が束になってもかなわない人よ。その彼が死んでしまった！」

「エレノア」ブライアンが再び呼びかけた。彼はシェルビーが行動を起こそうとしているのに気づいてそっと首を振り、エレノアが悲しみと怒りに任せてわめきたてるのを妨げないよう身ぶりで示した。

またもやエレノアはくるりと向きを変え、とりわけだれかを捜すかのように周囲を見まわした。

アリーがびっくりしたことに、突然エレノアは彼女に狂気のまなざしを向け、喪服の袖《そで》から骨ばった腕をのばしてきた。「あんた！」エレノアが甲高い声で言った。「貴族の娘気どりのあんた。呪《のろ》われるがいい！　苦しみのたうって死んでしまえ。これはあんたの誕生パーティなのかい？　婚約したんだって？　だったらもう一度言ってやる。呪われるがいい！　結婚式を迎える前にのたうちまわって死んでしまえ」

4

ロンドン市内のジャイルズ・ブランドンの邸宅は大勢の警官が配備され、厳重な警備下に置かれていた。イアン・ダグラス刑事と一緒に家へ入るとき、マークが尋ねた。「死体が発見されたあと、何人がこの家へ入った？」

イアンは眉をつりあげて残念そうに肩をすくめた。「家政婦と、その家政婦が通りへ駆けだして最初に見つけたパトロール中の警官と、知らせを受けて駆けつけた三、四人の警官。そのあとやってきた検死官と数人の助手といったところだ」

マークはうなずいた。それについては今さらどうしようもない。

彼はランタンを手にしてずっしりした錬鉄製の門外の歩道を調べだしたが、血の跡は見つからなかったし、手入れの行き届いた庭を調べても踏み荒らされた形跡はまったくなかった。玄関ドアの手前へ来たマークとイアンは、入口用通路の大理石やタイルや煉瓦《れんが》を入念に調べた。

そこもきれいだった。

「死体が発見されたあと、家政婦は床をふいたりなにかを片づけたりはしなかっただろうな」マークは言った。

「事件の知らせを受けてすぐ、ぼくはどこへもさわらないように指示を出しておいた。床について尋ねたところ、家政婦はふいていないと答えた。彼女はキッチンで仕事をしていたそうだ。そこなら音が二階まで届かないから主人の邪魔にならないだろうと考えたらしい。家へ着いた当初、彼女はまだジャイルズ・ブランドンが仕事をしていると思っていたようだな」

家の正面側の床や壁や家具を徹底的に調べたが、血痕《けっこん》も見つからなければ、なにかが動かされた様子もなかった。

けれども階段をあがりだしたとき、マークの数歩前を進んでいたイアンが低く叫んだ。

「しみだ！」

マークはその箇所をランタンで照らした。事実、それは靴が残した血のしみに見えた。しかし、小さなそのしみは、殺人犯が正面階段を通って逃げた可能性があることを示しているにすぎなかった。

「ジャイルズ・ブランドンは火山が溶岩を噴出するように血を噴きだしたに違いない」イアンが言った。「それなのに犯人は返り血を浴びなかったようだ」

「犯人は被害者の背後にまわっていて、血は前方へ噴きだしたのだろう」

「それでもやはり血が飛び散ったはずだ」イアンは言った。「これまでにわかっているところでは、この殺人者は同様の手口でほかにふたりの人間を殺している。おそらくやつは、喉を切ったら血がどのように飛び散るかを経験で学んでいたのだろう」

「人を殺すにあたって、返り血を浴びずにすむやり方を心得ているというわけか」イアンが吐き捨てるように言った。

「部屋を見せてもらえるか?」マークがきいた。

「いいとも、そのためにここへ来たんだからな」イアンが応じた。

二階のジャイルズ・ブランドンの仕事場へ行ってみると、犯人が殺害方法をよく心得ていたことがいっそう明らかになった。ブランドンは机の後ろに立っているところを殺された。殺人者はブランドンが前を向くように、そして前へ倒れて死ぬように計らったのだ。机の上に凝固した血だまりがあった。

ブランドン自身の武器であるタイプライターに、血がべっとりこびりついていた。

「死んだとき、彼は最後の原稿を握りしめていたんだな?」マークが低い声で尋ねた。

イアンがうなずいた。「例によって政府を激しく非難する内容だったが、われわれはその原稿を新聞社に渡したよ。その手の原稿を警察が握りつぶしでもしたら、噂《うわさ》は必ず漏れるに決まっているから、印刷を許可するよりもはるかに危険な事態を招くことになる。

そう署長は判断したんだ」

「ぼくもそのとおりだと思う。とはいえ……原稿は血で汚れていたに違いない」

「ブランドンの書いたものは彼の死亡記事と一緒に明日の新聞に載る」イアンが言った。

マークはうなずいた。「それに対して世間の人々が分別ある反応を示してくれればいいが」

彼はこの部屋で起こった出来事を、頭のなかに思い描いてみようとした。部屋の隅に、人が気づかれないでひそんでいられそうな一角がある。机の左後方だ。黒っぽい背表紙の本がぎっしり並んだふたつの本棚がそこでL字形をなしている。だれかが身じろぎもせずに立っていたら……。

マークはその隅へ行って机のほうを見た。

「ぼくがブランドンになる」イアンが静かに言った。

そうしてふたりは犯行場面を演じてみた。

「おそらくまずブランドンが立ちあがり、殺人者のたてた音か声を聞いて振り返ったのだろう」イアンが言った。

「ああ。そして殺人者が歩みでてきた」マークは言った。

「ブランドンは殺人者がナイフを持っていることに気づき、両腕をあげて身をかばおうとした……」イアンが先を続けた。

「殺人者は前へ出て……切りつけた。ブランドンは腕を切られ、血が滴った」

「襲撃されたブランドンが動揺しているすきに、殺人者は彼の肩をつかんで後ろ向きにさせた」

「そして彼の喉を」マークが言った。「このように左から右へ切り裂いた」

「ブランドンは机の上へ前のめりに倒れ、原稿へ手をのばした」

「殺人者はすぐに後ろへさがり、血は前方へ噴きだした。しかしナイフからは血が滴っていたに違いない」

「そこで」イアンが思案しながら言った。「やつは急いでナイフをしまった。さもなければ部屋を出るときに血が床へ落ちたはずだ」

「もう一度、階段を調べてみよう」マークはささやいた。

イアンがうなずいた。

ふたりはさっき見つけた小さな血のしみを通り過ぎて階段を下までおりた。そして立ちどまった。

「裏口だ」イアンが考えながら言った。

「よし、そちらを調べよう」

彼らは廊下を歩いてダイニングルーム、リビングルーム、キッチン、食器室の前を通り過ぎた。裏口へ達したマークはランタンを近づけてドアのノブを照らした。

「やはり犯人はここから外へ出たんだ」

「どうしてわかる……そうか！」イアンがつぶやいた。よく見ないと気づかない小さな血痕がそこにもついていた。「しかし、裏口のドアにも錠がおりていたんだぞ」

「犯人は鍵《かぎ》を持っていたのさ」マークは言った。

イアンがドアを開け、マークがランタンを掲げた。裏庭にタイルを敷いた小道があって、その先に白いペンキを塗った錬鉄製のテーブルや椅子があり、その近くの小さな噴水が奇妙なほど楽しそうな音をたてていた。イアンとマークは互いに顔を見交わしてから噴水のほうへ歩いていった。石造りの部分に、やはり数滴の血痕が見つかった。

「ふーむ、犯人はここでナイフを洗ったのだな」イアンが低い声でつぶやいた。「それから……」

「それから犯人はさらに先へ進んだ」マークは言って、枝打ちしたオークのあいだを曲がりくねって続く土の小道をたどった。小道は煉瓦塀で行きどまりになっていた。

「ここまで来たのはいいとして、犯人はこの塀をどうやって乗り越えたのだろう？」イアンが首をひねった。

マークはイアンを振り返った。「仲間がいたのさ。そいつは塀の外で待っていて縄を投げてよこしたんだ。犯人はそれを使って塀をよじ登り、向こう側の歩道へ飛びおりた。家の裏手の道路は人通りがあまりない。上流階級の家が並んでいるが、夜中のその時刻にはほとんどの人が眠っていただろう。犯人は塀から歩道へ飛びおりて、仲間ともども表通りの人ごみへまぎれこむなり安全な場所へ向かうなりしたってわけだ。やつの衣服には血がついていたはずだから、それを隠す必要があった」

「安全な場所へ向かったか、それとも……」イアンがつぶやいた。

「馬車に乗ったのかもしれない」マークは言った。

「馬車だとすれば、警察にとめられるおそれのない立派な馬車だっただろう」イアンが意見を述べた。「血のついた衣服を隠してある場所が見つかりさえすれば、犯人を特定できるに違いないのだが」

マークはうなずき、暗い顔で肩をすくめた。「イアン、たしかにきみの言うとおり、犯人は立派な馬車で逃走しているのかもしれない。しかし、血のついた衣服をいつまでもとっておくと思うかい？　なぜ捨ててしまわないんだ？」

「捨てたりしたら見つかるおそれがあるからだ」イアンがきっぱり言った。「それにぼくの考えでは……」彼は言いよどんだ。

「なんだ？」マークはきいた。

「これといってたしかな根拠はないが……われわれが相手にしているのは頭のおかしい人間ではなく、政治的な目的を持った抜け目のない冷酷な暗殺者だ。おそらく自分を他人よりもすぐれた人間と考えていて、自分がやっていることは正しいと信じこんでいるだろう。

だからぼくが思うに、そいつは逃走する際にナイフを隠すのに使ったベストやマントを捨てずにとっておく。時にはそれらを眺めて満足そうにほくそえむことだってあるかもしれない。どうしてぼくをそんなふうに見つめるんだ?」イアンがきいた。「ぼくの説はそれほどばかげているか?」

マークはかぶりを振った。「ちっとも。しかし、ぼくの考えは……いいとも、犯人が敏《びん》捷《しょう》な人間であるのはわかった。音をたてずに動きまわれることも、縄で塀をよじ登れることもわかった」

「そうだな」

「わからないのは、犯人が男かどうかということだ。ひょっとしたら犯人は女かもしれない」

「だが、ジャイルズ・ブランドンは大柄で力が強い。いや、強かった」

「だからこそ彼の腕に抵抗の傷跡があったのではないか。ブランドンは襲撃者から武器を奪いとる力が自分にはあると考えたのかもしれない。ぼくは犯人が女だと言っているんじゃないよ。女の殺人者という考えも除外しないほうがいいと言っているんだ」

エレノア・ブランドンが甲高い声で呪《のろ》いの言葉をわめきちらしたあと、城内はしんと静まり返って、まるで時間がとまったように思われた。誰ひとり身じろぎもせず、全員が呼吸をやめたかのようだった。

もっとも、アリーがそう感じただけなのかもしれない。なぜなら彼女は自分に向けられた呪いの言葉に仰天するあまり、感覚が麻痺《まひ》していたからだ。

彼女は背筋を走った寒気と闘い、頭に浮かんだ考えをそのまま口にした。「ミセス・ブランドン、ご主人のことは本当にお気の毒です。わたしとしては神様があなたに心の平和をもたらされるよう祈るしかありません」

やがてブライアン・スターリングがエレノアの両肩に手を置いて、彼女を自分のほうへ向かせた。「エレノア、聞いてくれ、頼む。誓ってもいい、われわれのなかにジャイルズの死を願った者はひとりもいない」ブライアンは言った。「みんな、きみのことを気の毒に思っているんだよ」

エレノア・ブランドンはもう甲高いわめき声をあげてはいなかった。彼女はブライアンの腕のなかで、ぐったりしたまま体を震わせてすすり泣いていた。両手を弱々しく彼の胸へたたきつける。「わたしはこれからどうしたらいいの、スターリング卿《きよう》？　これからどうしたら？」急に彼女は体をまっすぐ起こした。「あなたはわたしを逮捕させる気なのでしょう」

「エレノア、きみを逮捕させる気なんてないよ」ブライアンは視線をあげた。アリーは彼が妻のカミールを捜しているのだとわかった。

カミールが急ぎ足で出てきた。すぐ後ろにレディ・マギーがついている。

「いらっしゃい、エレノア、二階へご案内するわ。今夜はここにお泊まりなさい。ブランデーを持ってこさせましょう」

エレノアはかぶりを振って、カミールとマギーを交互に見た。「夫は女王陛下を非難する論説を書いたのよ。わたしはあなた方が夫の書いた記事をどう思っているのか知っているわ」

「ここは英国よ」カミールが言った。「わたしたちには自分の意見を述べる自由があるわ。ジャイルズは彼の信念を表明する権利があったの。さあ、こちらへ来て、エレノア。お願い、力になってあげたいの」

エレノアは片手をあげて弱々しく振った。「わたしの……御者が」

「御者のことなら心配しないで」マギーが請けあった。

「みなさん」ブライアンが優雅に着飾った客たちのほうを向いて呼びかけた。彼らはいまだに黙って玄関広間に立ったまま、かたずをのんで成り行きを見守っていた。「楽士たちが演奏を再開するので、ダンスをしたい方はどうぞ」泣いているエレノアをカミールとマギーに任せ、彼は人ごみをかき分けてレディ・ラヴィニアのところへ行った。「まだお帰りにならないのでしたら、ダンスの相手をしていただけませんか?」

「そのような申しこみをされたら、帰ることなどできないわ」ラヴィニアが軽い口調で応じた。「喜んでお相手しましょう」

ブライアンとラヴィニアが舞踏室へ戻っていくのを見たハンターが、ある上流階級の未亡人の前へ進みでてうやうやしくお辞儀をし、彼女の手をとった。ジェームズ卿も別の女性を誘って舞踏室へ向かった。

アリーがぼんやりとその場に立ちつくしていると、キャットがかたわらへ来て声をかけた。「あなた、大丈夫？」

アリーは悲しそうにほほえんだ。「考えてみたら、わたし、ついさっき自分が婚約していることを知ったばかりで、そのうえ相手の婚約者は発表の席に姿を見せようとさえしなくて……。もしかしたら彼も婚約のことを知らなかったのかしら。そして今度は呪いの言葉までかけられてしまった。本当に興味深い晩ですこと」

キャットはそっと笑った。「あなたは忘れているわ。そのうえ今日は追いはぎに襲われたじゃない。ああ、アリー、お願い、エレノアがわめきちらした呪いの言葉なんか気にしてはだめよ」

「それにしてもひどい呪いだった」

「わたしは呪いなんて信じていないの。だからあなたもあんなことを気に病んではだめ。ところで、ハンターとわたしからの贈り物をまだ渡していなかったわね」キャットはスカートのポケットに手を入れて宝石箱を出した。「お願い、アリー、これを受けとってちょうだい」

「ありがとう」アリーは小声で礼を述べて宝石箱を受けとった。蓋《ふた》を開けてみると、なかに入っているのはみごとな出来栄えのスカラベだった。古代エジプトで神聖視されていたこがね虫をかたどった、黄金に宝石をちりばめたその装飾品は、ひと財産になりそうな代物だ。アリーは首を横に振った。「こんなに高価なもの、とても受けとれないわ」

「アリー、エジプト学はわたしたちの専門分野よ」キャットが彼女に指摘した。「それに、これは本物の古代の工芸品ではなくて、わたしたちが職人に依頼して作ってもらった新しい品なの。実物はハンターが手配してカイロの博物館におさめさせたわ。でも、複製品とはいえ実物そっくりだし、宝石をしかるべき場所に配置してあって、魔力を秘めていることになっているの。身に降りかかる危険をそらしてくれるんだそうよ」キャットはほほえんだ。「もとのスカラベはネタフラレ王女への贈り物だったんですって。言い伝えによれば、兄の妻がネタフラレ王女を毒殺しようとしたけれど、王女は気分が悪くなっただけで死ななかった。反対に兄の妻は王女殺害のたくらみがばれてその毒を飲まされ、苦しみにのたうちまわりながら死んだの。このスカラベは、もとの品物と同じ力を発揮して、あなたを危険から守ってくれるでしょう。わたしはもちろん呪いなんて信じていないけれど、仮にそのようなものがあったとしても、これを身につけていたら呪いをはね返してくれる。だからなんの心配もいらないわ」

「わたしだって呪いなど信じていないけれど、でも、すてきな贈り物に対してあなたとハンターに心から感謝するわ。それよりキャット、あなた方みんなにぜひお話ししたいことがあるの。今夜、なにが行われることになっていたのか、わたしはまったく知らなかったし、それに――」

「キャット、そこにいたのか！」声の主はハンターだった。わずかに息を切らして戸口に立ち、ふたりを見ていた。「ああ、スカラベをあげたんだね。どうだ、アリー、気に入ってくれたかい？」

「ええ、とても。なんて美しいんでしょう。こんなもの、わたしにはもったいなくて」

「とんでもない。きみはほれぼれするような大人の女性になった。ぼくら全員の誇りなんだよ」ハンターが力強く言った。そしてアリーの頬にキスをし、妻の手をとった。「失礼なことは言いたくないが、太った娘さんや年のいった奥さん連中の相手ばかりしたんで、口直しに妻と踊りたくなった。アリー、かまわないだろう？」

「ええ、だけど……」

夫妻はさっさとダンスフロアへ出ていった。アリーは不満を胸に秘めてふたりの後ろ姿を見送った。

彼女はうなだれて、今夜は無理かもしれないと考えた。彼らに自分の考えを打ち明けて理解させるのは、どうやら今夜はできそうにない。けれども、いずれなんとかして彼らを説得しなければならないのだ。わたしはあなた方のおかげで立派な教育を受けられた、だから今後はそれを支えに自立したいのだ、と。

「どうだね？」

アリーはくるりと振り向いた。彼女の将来の義父、ウォレン伯ジョゼフ・ファロウ卿が立っていた。

「錯乱した女のたわごとを気にしてはいけないよ」ファロウ卿が穏やかに言った。

「気になんかしていません」アリーはきっぱり言った。その言葉に偽りはないと理屈ではわかっていたものの、背筋をかすかな戦慄《せんりつ》が伝うのは否定できなかった。

でも、わたしにはスカラベがあるのだ！　彼女はそう自分に言い聞かせた。

「よかったら最後のダンスをわたしと踊ってくれないかね？」ファロウ卿が申しでた。

「時刻も遅くなったことだし、そろそろおいとましようと思うのだ」

「もちろんです」アリーはささやいた。

一緒にダンスフロアへ出ていくとき、アリーはファロウ卿の目に愉快そうな光が宿っていることに気づいた。

彼女が物問いたげに見あげると、ファロウ卿はにっこりして言った。「きみは今回の件について、発表があるまでなにも知らなかったのだろう？」

アリーは顔を赤らめた。「どうしてわかったんですか？」

「きみが口をあんぐり開けていたからね」

「まあ、恥ずかしい」

「かまうことはないよ。それはともかく、正直に打ち明けてくれたまえ。いずれは伯爵夫人になると知って、きみは困惑しているのかね？　それとも喜んでいるのかね？」

「わたしが結婚する相手はあなたではありません、伯爵」アリーはからかった。「それにあなたはとても若々しくて健康そうですもの、きっといつまでも長生きされますわ」

「それはどうも。しかし、老いた世代はいつだって次の世代に道を譲らなければならないし、ありがたいことにわたしには息子がいる」

「あなたはまだそれほどのお年ではありませんわ、伯爵。お望みとあれば、いつでも再婚して大勢の息子さんをもうけることができます」

ファロウ卿はわずかに頭をかしげ、アリーの目を見つめた。「わたしは再婚しない。それにきみはわたしの質問に答えていない。わたしの息子との結婚について、きみはどう考えているのかね？」

「息子さんにはまだ一度もお目にかかったことがありませんもの。考えなど持ちようがありません」

アリーはきっとファロウ卿がすぐに、息子は数多くの美点を備えており、だれからも高い評価と尊敬を勝ち得ているると断言するに違いないと思ったが、そうではなかったので驚いた。

「なるほど、きみの言うとおりだ。わたしはてっきり、きみの後見人のだれかから説明を受けていると思っていたよ」ファロウ卿が言った。

「あの人たちも今日こそは説明するつもりでいたのだと思います」アリーは言った。「ところが今日になってみたら、その……次から次へと邪魔が入ったみたいで」

「息子を知らないのにこんなことをきくのもなんだが、この結婚についてきみはどう思っているのかな？　なにしろ伯爵夫人になるためならどんな愚か者とでも結婚したがる娘さんが大勢いるからね」

それを聞いてアリーはほほえんだ。「息子さんにふさわしい女と見ていただいて、とても光栄に思っております。それにわたしは後見人たちを深く愛していますし、あの人たちがわたしのためにしてくれたことや、これからもしようとしていることを、大変感謝しています」

「そつのない答えだな」ファロウ卿は言ってわずかに頭をさげ、アリーに楽しそうな笑みをちらりと注いだ。「正直なところ、わたしは心配で仕方がなかった。きみは知らないだろうが、これはすべて昔なされた誓いにもとづくもので、残念ながらわたしの口から話すわけにはいかないのだよ」

アリーは頭を振った。「わたしのためにどのような誓いがなされたのか知りませんが、わたしは自分の力で生きていけるように育てられました。あなたの息子さんがわたしと結婚する必要はまったくありません」

「いいや、将来は定められているのだ」ファロウ卿は断言した。

アリーは眉根を寄せて彼を見つめた。そのときになって彼女は音楽がやんでいることに気づいた。人々が帰り始めていた。

「でも……」

客がかたわらを通りしなにおめでとうと言ったり結婚を喜ぶ言葉を述べたりしたので、彼女は先を続けることができなかった。

「さてと、わたしもおいとましなくては」ファロウ卿が言った。「きみとはあとでまた話しあうことになるだろう」彼はアリーの両手を握りしめて頬にキスをし、部屋を出ていった。その後ろ姿を見送っていた彼女は、肩に手が置かれたのを感じた。振り返るとレディ・ラヴィニアが立っていた。

「マークはとても気高い魅力的な若者よ」ラヴィニアは言った。「あなた方にはきっと、玉のような子供が大勢できるでしょう」

アンドルー・ハリントンがラヴィニアの後ろへやってきて笑い声をあげた。「おやおや、ヴィニー」彼はささやいたあとで、大げさに身震いした。「知らないんですか、見目麗しい両親から見るに耐えない醜い子ができることはよくあるんですよ」

「アンドルー、なんてひどいことを言うの」ラヴィニアがしかった。

「だけど真実です」彼はひょうきんな笑みを浮かべてアリーの手をとった。「許してくれたまえ。ぼくは負け惜しみを言っているだけだからね。できればぼくもきみの求婚者のひとりとして名乗りをあげたかった。それにしても不公平じゃないか。スターリング卿は長年きみのようなすごい美人を人目につかないところに隠しておいて、われわれにひと目拝ませてくれたと思ったら、もうすぐ結婚すると発表するんだもの」

「あなたってやさしいのね」アリーは小声で言った。彼女は新聞記者のセイン・グリアが近くでメモ帳に走り書きしているのを見た。

「ちっともやさしくなんかない、ねたましくてしょうがないんだ」アンドルーがあからさまに言った。「まあ、いいさ……未来がどうなるかなんてだれにもわかりはしない。とはいうものの、ぼくは身分の低いナイトにすぎないが、きみの婚約者は未来の伯爵だ」

「わたしのいちばん大きな望みは、その人自身の実力で評価される人間になること、称号だとか他人の威光だとかを借りないでこの世に足跡を残せる人間になることなの」アリーは言った。

「すばらしい！」

そう言ったのはセイン・グリアだった。彼はメモ帳をポケットに入れ、アリーたちのほうへ急ぎ足でやってきた。

「では、名前の前に〝サー〟の称号すらつかない卑しい男にもチャンスはあるのかな？」

「あるでしょうね」ラヴィニアが鋭い口調で言った。「でも、ミス・グレイソンは今ではマーク・ファロウと正式に婚約しているのよ」

「婚約しているのと結婚しているのとは違います」セインが反論した。アリーは彼が立派な体格をしており、ハンサムな容貌《ようぼう》に浮かべる笑みも純粋そうであることに気づいた。けれどもそれを言うなら、アンドルー・ハリントンだって淡い茶色の髪にトパーズ色の目と上品な物腰をしていて、仕立てのいい高価な服を着ているところはとても魅力的だ。

それでいながら、ふたりのどちらもあの追いはぎに比べたら……。

アリーはそんなことを考えた自分にぎょっとした。

「あなた、大丈夫？」ラヴィニアがきいた。

「ええ、大丈夫です」アリーはあわてて答えた。

「まさかきみはあの頭のいかれた女の呪いを気にしているんじゃないだろうね？」アンドルーがきいた。

「この方は健全な精神の持ち主だし分別を備えている。あんな女のたわごとなど気にしやしないよ」セインが言って、きらきらする目で賞賛するようにアリーを見た。まるでアリーを彼女本人よりもよく理解しているかのようだった。

シェルビーがやってきてアリーの前に立った。

「失礼します」彼はほかの人たちに礼儀正しく断った。「スターリング卿にミス・グレイソンを家へお送りするよう申しつけられたもので。そろそろおばさんたちが心配し始めるでしょうからって」

「そうね、もう帰らなくては。おやすみなさい」アリーは言って、セインとアンドルーとラヴィニアにうなずいた。

「おやすみ。それと、気をつけて」セインが後ろから呼びかけた。

出口へ向かって歩いていくときにシェルビーがささやいた。「レディ・カミールのお話では、今夜の催しが計画されたとき、きみは城に泊まるよう誘われたにもかかわらず、それを拒んでおばさんたちのところへ帰ると言い張ったとか。気が変わったら、今からでも城に泊まることができるんだよ。ベッドルームの用意はしてあるからね」

「いいえ、やっぱり帰るわ。でも、ありがとう。送らせてごめんなさい。おばさんたちがパーティへの出席を断ったとき、わたしもここへ泊まるわけにはいかないと思ったの」アリーはきっぱりと言った。

すんなりと城をあとにはできなかった。まだ大勢の客が城の前の石段をうろうろしながらそれぞれの馬車を待っていた。サー・アンガス・カニンガムが近づいてきてアリーに祝いの言葉を述べた。疲れのせいかいつもより老けて見えるライオネル・ウィトバーグ卿もアリーを呼びとめ、健康と幸せな結婚を祈る言葉を述べた。ようやくシェルビーの手を借りてスターリング卿の盾形紋章がついた馬車に乗りこんだアリーは、ブライアンの従者のひとりが、御者台の片側に座っているのを見た。しばしば門の警護にあたっているたくましい男だ。スターリング卿は二度と自分の馬車が襲われないよう、御者のほかにもうひとり護衛をつけることにしたのだ。

座席に着いたアリーは、シェルビーが御者台へあがって手綱をとっているあいだに城を振り返った。

彼女は奇妙な既視感を覚えた。

入口の階段の、ほかの人たちから少し離れたところに、新聞記者のセイン・グリアが立っている。

階段の上には州長官のサー・アンガス・カニンガムがいる。

その隣にサー・アンドルー・ハリントンがいて、彼の横にはライオネル・ウィトバーグ卿がいる。

入口から漏れる明かりが三人の姿を浮かびあがらせ、彼らの周囲は闇《やみ》に包まれているように見える。

アリーはひとりの女性を……黒衣の女性を見た気がした。

パーティには黒衣の女性が何人もいたことを思いだした。喪に服している未亡人、父親を亡くした娘、息子を失った母親。

エレノア・ブランドンも黒い喪服を着ていた。

夫のジャイルズに死なれたばかりのエレノア・ブランドン。彼女は鎮静剤を与えられて自宅で休んでいるのが当然なのに、どういうわけか御者に命じて馬車を走らせ、スターリング卿の城へやってきた。

今日、アンドルー・ハリントンのいとこの隣に立っていた女性はエレノアだろうか?

それはありえない。

あの時点ではまだジャイルズが殺されたことはわかっていなかったのだ。

アリーは頭を振って気持ちを奮い立たせた。わたしは幻を見ているのだ。エレノア・ブランドンは二階のベッドへ連れていかれた。今ごろはブランデーをたくさん飲まされて寝かされているだろう。それでもヒステリックにわめきたてるようなら、スターリング卿が医者を呼びに行かせただろう。

だが、サー・アンガスと踊っていたときに、アリーは黒衣に身を包んだ女性を見てぎょっとした。その女性は不気味なことに、今日の午後にいた女性を思いださせたのだ。

アリーは馬車の座席に深く座りなおし、もう一度窓の外を見た。

気のせいだろうか、それとも現実だろうか……。

暗がりに黒衣の女性が立っていた。

マークが注《つ》いだウイスキーをイアン・ダグラスは礼を言って受けとり、一気に飲み干した。マークはにやりとして、お代わりを注いでやった。

「いずれ真実を明らかにできるさ」マークは友人に請けあった。

イアンは注いでもらったウイスキーを手にリビングルームのしゃれたソファベッドへ向かい、その端に腰かけて、グラスを両手で抱くように持った。「通常の合法的なやり方では無理だろうな」彼は言った。

「どんなやり方であれ、いつかは真実が明らかになるものだ」マークが断固たる口調で言った。

イアンが暗いまなざしでマークを見た。「捕まったらどうするんだ?」彼はきいた。

「捕まりはしないさ」

イアンは頭を振った。「いくらきみでも失敗しないとは限らないぞ」

「だったら迅速に行動する必要がある」マークはウイスキーをすすった。「三件の殺人事件はどれも手口が似通っている。殺された男はみな机で仕事をしていた。彼らが書いていたのは王室批判の論説だ。外部から押し入った形跡はない。まるで幽霊に殺されたみたいだ。もちろん、われわれはそうでないことを知っているがね。どの件においても鍵が重要な役割を担っている。鍵は家人から犯人に提供されたのだろうか、それとも盗まれたのだろうか。明日の午後、きみは例の家政婦をもう一度事情聴取しに行くのだろう。ぼくも同行させてもらうよ」マークはためらった。「イアン、ぼくが思うに被害者は犯人をよく知っていたのではないだろうか。そればかりか、犯人も反王制主義者ではないかと思うんだ。彼は――それとも彼女かな、いちおう男ということにしておこう――彼は自分の仲間を殺すのが、政府を転覆させるという目的を達成する最善の方法だと信じているのだろう」

イアンが応《こた》える前に、正面玄関のほうでドアを開けた音がした。

ジョゼフ・ファロウ卿が脱いだマントを執事のジーターに渡してリビングルームへ入ってきた。

そこにマークとイアンがいるのを見ても、彼は少しも驚いたふうには見えなかった。イアンがすぐに立ちあがってうやうやしく一礼した。

「それで？」ジョゼフはいきなり尋ねたあとで思いとどまった。「これは失礼。こんばんは、ダグラス刑事。わたしの息子にちゃんともてなしを受けただろうね？」

「もちろんです」イアンは小声で応じた。

「ぼくらは今いくつかの説を論じあっていたんです、お父さん」マークが言って、父親に説明した。

「それはいくらなんでもばかげている！」ジョゼフが言った。「なぜ反王制主義者が同志を殺さなければならないのかね？」

「やつは殉教者を作り、その責任を王室になすりつけようとしているんです」マークは言った。

ジョゼフは自分でウイスキーを注ぎ、室内を行ったり来たりし始めた。「かつて切り裂きジャックの犯行を王室になすりつけようとしたやつらがいた」彼は頭を振って言った。「ばかばかしい！　ヴィクトリア女王はそうした誹謗《ひぼう》中傷にもめげず、凛《りん》とした態度を崩さなかった。今度こそ、そうしたよこしまな連中を捕まえねばならん」

「そうですとも、お父さん、絶対に捕まえなければなりません」マークが言った。

「で……？」ジョゼフがきいた。

イアンは後ろめたそうにマークを見てからジョゼフに言った。「ファロウ卿、殺人者はかなりの財力を有する人間ではないかと思うのです。犯行現場からいつもやすやすと逃げおおせるのは、近くに逃走用の馬車を待たせているからに違いありません」

ジョゼフが言った。「切り裂きジャックのときも、犯人は逃走するのに馬車を使ったと考えた人が大勢いた。だからこそ、犯人を目撃した人間がひとりもいないのだ、と。もっとも、切り裂きジャックが出没したのは食肉加工場が密集する地区で、家畜の血がついたエプロンをしている人間が大勢いたから、簡単に彼らのなかへまぎれこめたのかもしれん。今回の場合は……」ジョゼフは一瞬うつむいて頭を振った。「今回の場合は、ダグラス刑事、わたしもきみが正しいと思う」

「だからぼくらは真実を見つけるまで、あらゆる可能性を探ってみる必要があるんです」

マークはささやいた。

イアン・ダグラスが桜材のテーブルへグラスを戻して言った。「お邪魔しました。もう失礼します」

「きみの骨折りに感謝する、ダグラス刑事」ジョゼフが礼を述べた。

「それが仕事ですから」イアンはあっさりと言った。ジーターが現れて彼を玄関へ送っていった。

イアンが去ると、ジョゼフ・ファロウは息子に視線を向けた。「おまえの婚約披露パーティについて聞きたくないのか?」

「出席できなくてすみません。きっとすばらしい催しだったでしょうね」

「アレグザンドラ・グレイソンはしとやかなだけでなく、非常に魅力的な娘さんだ」ジョゼフが言った。

「知っています」

「そりゃそうだろうとも。彼女は例の追いはぎと出会ったのだからな」ジョゼフは顔をしかめた。

「お父さん、ぼくはあの馬車に乗っているのがだれなのか知らなかったんです。馬車をとめてはじめて盾形紋章に気づいたんですから。それに追いはぎとしての威信を保つためには、あのような金持ちの馬車を見逃すわけにいきませんでした」

ジョゼフは納得したようには見えなかった。「ミス・グレイソンは自分の婚約披露パーティにすら出席しようとせん相手に、あまりいい印象を抱かなかったようだぞ」

「仕方がないじゃありませんか」

「早急に準備を整えて、できるだけ早く婚礼を挙げようと思う」

「なんですって?」マークは驚いて問い返した。

「さもないとおまえは彼女を失うだろう」ジョゼフがそっと言った。

「お父さん、スターリング卿とお父さんとのあいだで交わされた誓いのことは前に聞きました。子供のときに親が結婚を決めるのは古くさいばかげたやり方ですが、ぼくがそれに従うのはお父さんを尊敬しているからです。しかし、他人の謀略によってぼくの未来の妻を失うなんて、ありえませんよ」

ジョゼフは息子に背を向けて暖炉の火を見つめた。「わたしが心配しているのは、今後、彼女の命が危険にさらされるかもしれないということだ。おまえはまだ彼女をよく知らないからわからないだろうが、彼女を失うのは実に悲しむべきことだぞ」

「お父さん、なぜ——」

「理由は話せない。とにかくわたしを信じなさい」

「お父さん……」

「今夜、サー・アンガス・カニンガムからある話を聞いた。マーク、おまえもレディ・ロウィーナの名前は耳にしたことがあるだろう？　彼女はカーナレンフュー卿の娘だ」

「ええ……彼女は西側の森の向こうに土地と邸宅を持っています」

「昨日、彼女は殺されそうになった」

「どのようにして？」

「彼女の家に銃弾が撃ちこまれたのだ」

マークは頭を振った。「たぶん道に迷った猟師が誤って撃った――」

「わたしはレディ・ロウィーナを狙《ねら》って撃ったのだと思う。彼女がヴィクトリア女王のおじの庶出の孫であることはよく知られている」

「お父さんがなにを言いたいのか、ぼくにはさっぱりわかりません」

「ミス・グレイソンは森のなかのコテージに住んでいる。一緒にいるのは老いた三人のおばだけで、番犬すら飼っていない」

「お父さん、ぼくは彼女との結婚に同意しました」

「だったら、できるだけ早く結婚式を挙げよう」ジョゼフが言った。「おまえに見る目があるなら、彼女を妻にするのは試練ではないとわかるはずだ」

マークは目を伏せた。試練だって？　とんでもない。問題の若い女性との出会いは、今日一日マークの頭から離れなかった。彼女はマークが予想していた女性とはまったく違った。妻に迎えたあと、ただ守ってやればいいだけの存在ではなくて、強い女性だった。固い信念と、明敏な頭脳と、鋭い感性の持ち主……。
　その彼女がこのような結婚を簡単に受けいれるとは思えない。
　マークの口元に悲しそうな笑みが浮かんだ。「お父さん、なぜ再婚しなかったんです？」
彼はそっと尋ねた。
「なぜ？」ジョゼフがけげんそうな表情で繰り返した。いつものように母親を思いだした
だけで父親のまなざしがやわらいだのを、マークは見た。「わたしは今でもおまえの母親
を愛している。ほかの女性を妻に迎える気はさらさらない」
「ぼくもそれほど深く愛せる女性を妻にしたいものです」マークは言った。「それはそう
と、わが国が置かれている、目下の危険な状況をなんとかしないことには」
「だからこそ結婚を急がなければならんのだ」ジョゼフが言った。「おまえには本当にす
まないと思う。このような差し迫った状況下では、愛情がどうとか言っている余裕はない。
わたしの願いは、なるべく早く結婚式を挙げてミス・グレイソンの安全を図ることだ。お
まえはいずれ伯爵になる。それなのにおまえはひそかに女王陛下の身辺護衛隊に加わるこ
とを決めたり、刑事のまねごとをしたりして、命を危険にさらしている……」
　ジョゼフは息子から顔をそむけた。マークは体をこわばらせた。「お父さんだって軍務
に服したではありませんか」
「ああ、そしてありがたいことに生き残った。おまえがこれからも危険に身をさらすつも

りなら、せめてわたしに孫の顔を見せてからにしてくれ！」

「それはまた単刀直入な言い方ですね」マークはつぶやいた。「わかりました。必ずぼくが……ミス・グレイソンを……彼女を守ってみせます。しかし、わかるでしょう、お父さん？　この恐ろしい犯罪を早く解決すれば、それだけ早くだれもが安全になるのです。明朝の新聞にジャイルズ・ブランドン殺害に関する詳細な記事が、彼の書いた最後の論説と一緒に載るでしょう。どこかに筆の立つ人間がいて、こうした忌まわしい殺人を犯しているのは同じ反王制主義者であると書いてくれたらいいのに」

「まったくだ」ジョゼフがうんざりしたように言った。彼は階段のほうへ歩きかけて振り返った。「マーク、わたしを許してくれ。おまえはわたしの誇りだ。わたしはおまえを、自分の気持ちを大切にする人間に育ててあげた。わたしは……おまえを失うことにでもなったら耐えられん」

「そんなことにはなりませんよ、お父さん」マークは断言した。

ジョゼフは階段をあがっていった。

暖炉の上の時計が鳴りだした。

すでに朝になっていた。

ジーターが入ってきた。「あの……刷りあがったばかりの新聞が届いたものですから」

「ありがとう、ジーター」

マークはせかせかと部屋を横切っていって、ジーターから新聞を受けとった。新しいインクのにおいがした。

予想どおり第一面にジャイルズ・ブランドン殺害の見出しがでかでかと出ていた。なかほどから下の右側にジャイルズ・ブランドンの最後の論説が載っている。

しかし、その左側にもうひとつの論説が載っていた。その出だしの言葉が目を引いた。

〝王室に罪はあるのか？　それとも狂信的な反王制主義者による犯行か？　これら一連の事件は、同志を殺害してその罪を王室になすりつけ、王制打倒と政府転覆をもくろむ反王制主義者の仕業ではなかろうか〟

マークの口があんぐり開いた。幸い、近くに椅子があったので、彼は床にへたりこまずにすんだ。

なんたることだ！　ついさっきこのような論説を書く筆者がいればいいと言ったら、ここにこうして……。

彼はその論説を読んだ。よくできた文章で、今回の殺害事件がなぜヴィクトリア女王やその一族の犯行でありえないのかを、ひとつひとつ理由をあげて説明してある。さらに筆者は、なぜ熱狂的な反王制主義者の犯行である可能性が大きいのか、その根拠を列挙していた。もちろんこれが書かれたのはジャイルズ・ブランドンの殺害が明らかになる前のことだが、それ以前の二件の殺害事件のみにもとづいて書かれているとはいえ、完璧《かんぺき》な論理の組み立てといい、巧みな言葉づかいといい、だれをも納得させる力を持っていた。

マークはすばやく筆者名を記した行に視線を走らせた。

〝匿名A〟

彼は新聞をたたんで立ちあがり、考えにふけりながら歩いていって柱の脇《わき》のテーブルへその新聞を置いた。

匿名A。

筆名を使ったのは賢明だった。

筆者の本名がわかったら、匿名A氏は真っ先に陰惨な殺人の標的になるだろう。

5

「スケッチブックを持って森へ散歩に行くだけよ。そんなこと、今まで数えきれないほどしてきたじゃない」アリーは言って、心配そうな顔をしている三人を順ぐりに見た。彼女はにっこりして頭を振った。「今朝に限ってみんないったいどうしたの?」

背が高くてやせっぽちのヴァイオレットが両手を握りあわせた。「アリー、たしかにあなたはしょっちゅう森へ出かけていたけど、それは追いはぎの待ち伏せに遭う前だったわ」ヴァイオレットがメリーを見ると、メリーがエディスを見て、それから三人そろってアリーを見た。

不意にアリーは気づいた。あのパーティがあって以来、このおばたちによって四六時中忙しくさせられっぱなしだったのだ。日曜日は教会へ行き、そのあとでおばたちがコテージへ教区牧師をディナーに招いた。月曜日はヴァイオレットにドレスの縫製を手伝ってくれと頼まれた。火曜日はメリーが庭仕事を手伝ってくれと言った。水曜日はエディスに頼まれてキッチンの仕事を手伝わなければならなかった。そんな具合に毎日なにかしらすべきことがあった。そしてまた土曜日がめぐってきた。

会ったこともない男性との婚約発表があったパーティから、ちょうど一週間。

追いはぎとの出会いを思いだしながら過ごした一週間……そのあいだ、後見人たちのだれとも話をする機会がなかった。

一週間のあいだに、少なくとも文章を書く時間くらいはあった。

「例の追いはぎ……そうなのね！　わたしをいつも忙しくさせていたのは、それが理由なんでしょう？　わたしを外へ出さないためだったのね。彼はとっくにどこかへ行ってしまったのよ」

「そしてあのあと、アリーは正式に婚約したんだわ」メリーが夢見るようにほほえんで言った。婚約披露パーティからアリーが戻って以来、メリーは絶えずそんな表情をしている。

「わたしは今でもアリーが帰ってきたときのことを夢に見るの。あなたは本当にすてきなプリンセスだった！」

「いいえ、プリンセスなんかじゃないわ！」アリーは反論したが、すでにメリーは空想上の男性を相手にワルツを踊っていた。アリーは思わずほほえんだ。彼女はおばたちを心から愛していた。ヴァイオレットは三人のなかでいちばんきまじめだ。メリーはいつまでも若々しい気持ちを失わないでいる。エディスはふたりの性格をあわせ持っていて、時にはメリーと一緒になって陽気に騒ぐかと思えば、時には厳格なヴァイオレットの方針を支持して厳しい態度を示す。あの晩、アリーがパーティから帰ってきたとき、三人はコテージの前で待ち構えていて、大きすぎる妖精《ようせい》みたいに彼女の周囲を動きまわっては、一部始終を聞きだそうとした。アリーはドレスの礼を繰り返し述べた。おばたちはドレスを手配したのはマギーだと言い張ったけれど、アリーが大勢の人たちにドレスをたいそう褒められたと話したときの、三人のうれしそうな目つきを、彼女は見逃さなかった。

アリーは城やディナーやダンスの様子を事細かに話して聞かせた。彼女を仰天させた婚約発表についても。けれども婚約の件は、おばたちにとって少しも驚きではなかったようだ。ジャイルズ・ブランドンの妻が来てヒステリックにわめきちらし、アリーに呪《のろ》いの言葉を浴びせたことは話さないでおいた。

今もまた、おばたちにもっと詳しく聞かせてほしいとせがまれて、アリーは思いだせる限りのことを話したが、やがて話すこともなくなった。「ううん、もうこれで全部よ。とてもすてきなパーティだった。ただ一点を除いては」

「その一点って、なに？」ヴァイオレットが不審そうに尋ねた。

「あなたたち三人が来なかったこと。わたし、昨夜ひと晩考えて決めたの。あなたたちが参加しないのなら、いくら後見人たちが親切にしてくれようと、わたしは今後二度とパーティや催しに参加しないって」

「まあ、そんなのだめよ！」ヴァイオレットが抗議した。

「わたしたちは……わたしたちは……その……パーティ向きの人間ではないの」メリーがどうにか言った。

「ええ、そう、そうなの」エディスも続いた。

「だったら、わたしもパーティ向きの人間じゃないわ」アリーは言った。「あなたたちを引きずってでも連れていけばよかった。次はそうしますからね」彼女は断言した。

「まあ、でも……わたしたちは……」ヴァイオレットが再び抗議しようとした。

「あなたたちが社交的でなくて、わたしは社交的だなんて言うのなら、もう二度と城へ行かない！　あなたたちは孤児のわたしを育ててくれた。わたしにとってあなたたちは親なのよ。わかった？」

メリーがくすくす笑った。「親にしては、わたしたち、年をとりすぎているわ」

「あなたたちはわたしの家族なの。わたしは後見人たちを尊敬しているし、あのようなすばらしい人たちがついていてくれることを本当に幸運だと思っている。でも、あなたたちがわたしの家族なの。わかっているでしょう？」

三人は互いに顔を見交わした。「もちろんよ、アリー」声を合わせて言う。

アリーは現実に立ち戻って言った。「お願い、森へ散歩に行くだけなの」

「いいえ、だめ」ヴァイオレットが反対した。

「あなたは婚約しているのよ」メリーが言った。

アリーは身をこわばらせた。婚約しているという実感は少しもないし、実際に結婚するかどうかもまったくわからないなどと言おうものなら、おばたちはいきりたって彼女を説き伏せにかかるだろう。

「でも、結婚はしていないんだわ」彼女は明るく言った。

「婚約はしている」アリーはつぶやいた。指にはまっている指輪が重たく感じられた。

「まあ、なんてことを。いったいどういう意味かしら？」メリーがヴァイオレットに尋ねた。

「そりゃ、まあ、これから結婚するつもりだという意味でしょ」ヴァイオレットは応じたあとで、アリーを見た。「あなた、結婚する気があるんでしょうね？」

「まあ！　結婚するに決まっているじゃない！」エディスが大声をあげ、ほかの人たちを不安そうに見た。

「ねえ、アリー」ヴァイオレットが言った。「さっきのはどういう意味だったの？　まだ結婚はしていないって」

「結婚していないんだから、森へ散歩に行くのは自由だって意味よ」アリーはにっこり笑って答えた。「みんな、大好き」彼女は言い添えてひとりずつ抱きしめた。そしてそれ以上なにか言われる前に、ドア脇《わき》のフックからケープをはずしてすばやく外へ出た。

アリーは駆けるように小道を進んで、家からたっぷり三十メートル離れたところでようやく立ちどまり、いとおしそうに振り返った。

わらぶき屋根のコテージはおとぎばなしに出てくる森の小屋そのままで、煙突から絶えずなびいている煙は、なかがいつもあたたかいことをうかがわせる。花が大好きなメリーのおかげで、コテージの周囲には美しい花壇が作られ、玄関の両側に小さな石のプランターが並べられている。今ではかなり高齢のおばたちだが、いまだに元気のよさや陽気さや少女らしさを失っていない。彼女たちに言わせれば、ココアでどんな病気も治るし、ココアが効かない場合は、いれたての紅茶と焼きたてのスコーンがある。アリーは多くの家庭教師から勉強を教わると同時に、おばたちからもいろいろなことを学んだ。彼女たちは片時もじっとしておらず、椅子に腰をおろすのは本を読んだり縫い物をしたりするときだけだ。彼女たちからは勤勉さや、国を愛さなければならないこと、掃除にはそれなりの効能があることなどを教わったが、なかでも無条件の愛について教えてもらった。わたしはなんて幸運なのかしら、とアリーは再び思ってほほえんだ。

だがいつしかその笑みは消え、眉間《みけん》にしわを寄せて彼女は考えた。〝わたしはなにを不安に思っているのかしら？〟

アリーは頭を振って目的地へと足を向けた。そそり立つ美しいオークの古木のあいだを、小道が曲がりくねって続いている。幾度となくたどったその小道を進んでいくと、森のなかをさらさらと流れる小川のほとりに出た。岸辺に太い幹をしたオークの古木が立っていて、そのすぐ横に、アリーが数知れず座ったせいでもなかろうが表面のすべすべした古い岩がある。そこなら靴とストッキングを脱いで足を垂らして座り、絵を描《か》いたり文章を書いたりできる。

　今日の新聞にはどんなことが書かれていたかしら、とアリーは思ったが、おばたちのところへ新聞が届くのは午後遅くになってからなので、彼女が読めるのはまだかなり先のことだ。アリーはスケッチブックを膝に抱いて岩の上へ這《は》いあがり、習慣となっている行為をひととおり行った。煩わしい靴とストッキングを脱ぎ、爪先で冷たい水を確かめてから、スケッチブックを小脇に抱えてオークの幹に寄りかかる。

　目を閉じて、描きたい光景を思い浮かべようとした。

　まず……村。村の風景が最も重要だ。

　残念ながら、婚約と欠席した婚約者に関する考えが絶えず脳裏に浮かんでいた。

　村……。

　広場に集まっていた人々。叫び声……。

　王制打倒！

　あのときの光景が次から次とアリーの脳裏をよぎっていく。ゆったりと構えて成り行きを見守っていたセイン・グリア。

　続いてオフィス前の階段上に登場し、群集を鎮めようとした州長官のサー・アンガス・

カニンガム、そしてあの女性……黒衣をまとって顔をベールで隠し、大声で叫んでいた女性。サー・アンガスの横へ歩みでてきたウィトバーグ卿《きょう》、最後に姿を現したサー・アンドルー・ハリントン。群集はようやく彼らの言うことを聞いて散らばりだし、シェルビーは再び馬車を進めることができたのだった。

そしてそのあと……。

あの追いはぎ。

「ぼくのことを夢見ているのかい？」

小川のさらさら流れる音と美しい小鳥のさえずりしか聞こえないはずの森のなかで、深みのある愉快そうな力強い声が不意に聞こえた。その質問があまりに意外だったので、アリーはびっくりしてオークの幹から体を離し、岩の上でバランスを崩しかけた。事実、小脇に抱えていたスケッチブックが下へ落ち、鉛筆がもう少しで流れにのみこまれるところだった。

「あなたなの！」アリーはぎょっとしてあえぐように言った。悲鳴をあげるべきだろうか？　立ちあがって逃げるべきだろうか？

本当にあの追いはぎだった。彼は馬車をとめたときと同じく、黒い乗馬ズボンにゆったりとした生成りのシャツ、膝まである乗馬靴といういでたちで、やはり黒いシルクの覆面をしていた。片足を岩にかけて、片肘を膝にのせている。いつからそこでわたしを見てい

ろした。

「そう、ぼくだ」追いはぎは言った。

彼は鉛筆とスケッチブックを拾いあげて安全な場所に置き、岩の上の彼女の横に腰をおろした。

アリーは彼がひとりきりであることに気づいた。危害を加える意志のないことにも。どうやら彼はアリーを捜しに来たようだ。この一週間のあいだに、彼はわたしを捜しに来たことがあるのかしら、と思わずにはいられなかった。

「これはきみ専用の岩なのかい？」追いはぎがきいた。

「実はそうなの」

「すると、ここはきみの土地というわけか？」追いはぎがたたみかけた。

「いいえ。ここはスターリング卿の所有地よ」

「じゃあ、ぼくもきみも不法侵入者ってわけだ」

「ばかなことを言わないで。わたしはいつでもスターリング卿の土地に出入り自由なの。だけどあなたは……」

追いはぎは笑い声をあげ、のんびりした様子でオークの幹に寄りかかった。「実を言うと」彼は言った。「ここはスターリング卿の所有地ではないんだ」

「そうなの？」

彼は小道を指さした。「あそこまでは……たしかにスターリング卿の土地だ。しかし、今ぼくたちが座っている場所は……ぼくの思い違いでなければ、ウォレン伯ファロウ卿の所有地だ」

アリーはできるだけ冷ややかな目つきで追いはぎを見つめたが、胸のなかでは心臓が音高く打ち、血管を熱い血が勢いよく流れていた。

「そう、きっとファロウ卿ならわたしを歓迎してこの岩に座るのを許してくれると思うわ。でも、あなたにはすぐに出ていけと命じるんじゃないかしら。それどころか逮捕させるかもしれないわ」

追いはぎは肩をすくめた。「その可能性は大いにある」そう言って相変わらず愉快そうに彼女を見た。アリーは彼の目を注視した。青灰色をしたその目は明るく輝いたかと思うと、闇《やみ》に覆い隠されたかのように暗くなる。実に移ろいやすく、彼の気分に合わせて刻々と変化した。

「本当にあなたってばかな人。ここへなにしに来たのか知らないけど、見てのとおりわたしが持っているのはスケッチブックだけ、金目のものはなにもないわ。どこかの道路で罪もない人々を襲っているべきではないの？」

「やれやれ、ミス・グレイソン、ぼくが襲うのは罪もない人々だけだなんて思わないでほしいな」追いはぎが言った。「正直なところ、ぼくはここが好きなんだ。それに勤勉な追いはぎにはときどき休息が必要なのさ」

「わたしの岩で休まないで」

「さっき、この岩はきみのものでもぼくのものでもないことで決着したんじゃなかったっけ」追いはぎは物憂げに言った。

わたしはすぐに立ちあがって逃げるべきだ、とアリーは思った。追いはぎは武器を携えてもいなければ、馬の姿も近くになかった。

彼はアリーのほうを見て気楽そうにのびをし、片手を頭の後ろへやった。「きみにお祝いの言葉を述べたほうがいいのかな」

「どうして知っているの？」アリーは鋭い口調で問いただした。

「先週の新聞で読んだのさ」

「ご立派ですこと。文章を読めるくらいなら、ちゃんとした仕事に就けるはずよ」

追いはぎは肩をすくめて小川の流れに視線を戻した。「新聞の第二面がまるまるきみに関する記事で埋まっていたよ、ミス・グレイソン。第一面に載っていたのは殺人事件に関する記事と、ヴィクトリア女王を批判するジャイルズ・ブランドンの論説、それともうひとつ、女王を擁護する論説だ。実にみごとな出来栄えの文章で書かれていた」彼は考えにふけり、顔いっぱいに笑みを浮かべた。「ぼくがきみを襲ったという記事は、きみの婚約発表に関する記事の後ろに追いやられていた。残念だが事実だ」

「前にわたしが言ったでしょ、あなたは人間のくずにすぎないって」アリーは言ったものの、心のなかでは歓喜の渦が巻いていた。

〝実にみごとな出来栄えの文章〟

そうなの？　そんな言葉が追いはぎの口から？

「じゃあ、きみはまもなくファロウ夫人になるんだね」

彼女は返事をしなかった。

「早く伯爵夫人になりたくないのかい？」追いはぎがそっけなくきいた。

アリーは彼を見つめた。彼女自身驚いたことに、気がついたらこう言っていた。「新聞には将来の夫が欠席したことも書いてあった？」

「ああ、書いてあった。まったくもってけしからん男だ。きみもそう思うだろう？」

彼女は視線をそらして首を横に振った。「正直なところ、そんなことはちっとも問題じゃないわ」

「彼に傷つけられたんじゃないのか？」

「知りもしない人にどうして傷つけられたりするの？　実際、発表があるまでわたしは婚約についてなにも知らなかったのよ」

「ブライアンは……カミールは……きみに一度も話さなかったのかい？」追いはぎは心底驚いたように尋ねた。

「ブライアン？　カミール？　ずいぶんとなれなれしい口をきくじゃない」アリーはとがめた。

「これは失礼。言いなおさせてもらおう。スターリング卿夫妻のどちらもきみの運命について話さなかったのかい？」

アリーはぷっと吹きだした。「わたしの運命ですって？」

「だって、きみの運命だろう？」

彼女は小川の流れに目をやった。いくら魅力的であろうと、無法者などに自分の気持ちを打ち明ける気はまったくなかった。

「運命は人がみずから切り開いていくものではなくて？」彼女はささやいた。

「彼らは一度もきみに話さなかったのか」彼は言って、岩の上に腰をおろしたまま、アリーとの距離を縮めた。

「そんなこと、あなたに関係ないでしょ？」アリーは反論した。

追いはぎはにやりとして肩をすくめた。ふたりの肩がふれあっていることに気づいた彼女は、彼を見た瞬間に悲鳴をあげて助けを呼ぶなり逃げだすなりすべきだったと悟ったものの、正直なところ彼と並んで座っていることに喜びを覚えた。満足感を。いいえ、満足感どころではない。うきうきしている。彼との議論が楽しくて、彼がすぐ近くにいても全然気にならない。無法者にしては、彼はいいにおいがする。あさましい仕事をしていても、どうやら風呂に入ったり服を清潔に保ったりするだけの余裕があると見受けられる。

「人間性を探究しているぼくとしては大いに興味をそそられるのさ」追いはぎが言った。

「いつものパーティの夜となんら変わりがなかったわ」アリーはささやいた。「きっと彼らはわたしに話してくれたはず……あなたさえいなかったら」彼女は非難し、怒りに駆られて彼の二の腕をこぶしでたたいた。

「ぼくはパーティに出席さえしていなかったんだよ」追いはぎは抗議して、殴られた箇所をさすった。

「城へ着いたとき、シェルビーが興奮して騒ぎたてたものだから、ブライアンもたいそう怒って、馬に乗ってあなたを捜しに出かけたの。捕まらなかったのは運がよかったわね。でも覚えておきなさい、用心しないといつ捕まらないとも限らないわ」

「わかっているよ」彼は穏やかに言ったが、顔には相変わらず笑みが浮かんでいた。「ぼくは断じてカーライル伯爵をあなどったりしない」

「それを肝に銘じておくことね」

「ご忠告ありがとう。で……だれもきみに話してくれなかったのか?」

「そのあとわたしはパーティの支度をしなければならず、下へおりていったらターナー警部がキッチンで待っていて、話が終わったころにはお客様が到着し始めていたの。だからあなたのせいで、ウォレン伯爵は婚約発表を聞いた未来の義理の娘が口をあんぐり開ける

のを目撃するはめになったのよ。さぞかしばかな娘に見えたことでしょう。それはさてお
き、ウォレン伯爵ってとても立派な方のようね」
「なんだかきみは婚約をあまり喜んでいないように聞こえるよ」
「喜んでなんかいないわ」
「どうして？　きみと同じ立場の若い女性は、伯爵夫人になる機会を与えられたらたいて
い飛びあがって喜ぶものだが」
　アリーはひらひらと手を振った。「あなたの知ったことではないわ」
　驚いたことに追いはぎが彼女の手をつかんだ。アリーは指輪をはめていることをすっか
り忘れていた。追いはぎのほうは指先の出たニットの手袋をはめている。自分でも意外な
ことに、それまでゆったり構えていた彼が急に居住まいを正して指輪をじろじろ見ても、
アリーは抗議しないでされるがままになっていた。
「いい指輪だ」彼が言った。
　手を引っこめたアリーは頬が赤く染まるのを感じて困惑した。「気に障ったら悪いけど、
私の婚約については無法者なんかと話したくないの」
「ぼくの聞いたところでは」追いはぎは彼女の言葉を無視して言った。「この秘密のとり
決めは何年も前にスターリング卿とファロウ卿とのあいだでなされたんだってね」
「どうしても話さないではいられないの？」彼女は言い返した。

「するときみは、完璧《かんぺき》な伯爵夫人になるべく長年教育されてきたってわけだ。ひばりのような声で歌ったり天使のように踊ったりできるように」

アリーは歯がみした。「あなたのほうこそダンスを習って、それを仕事にしたらいいんじゃないかしら。馬車を襲っているよりずっとましよ」

「なぜぼくにはダンスができないと思うんだい、ミス・グレイソン?」

彼はすばやく立ちあがって岩からおり、アリーに向かってうやうやしくお辞儀をした。

彼女は追いはぎを見つめて笑い声をあげた。

追いはぎが体を起こした。「知ってのとおり、ぼくは危険な無法者なんだ。笑いものにしないほうがいい」

「あなたを危険な人だと思ったら、わたしはとっくにどこかへ逃げ去っているわ」

「なるほど。きみはぼくを愉快な人間だと思うんだね?」追いはぎはアリーの手をとって有無を言わせず引っ張り立たせた。突然、彼に近づいて、魅惑的な彼のにおいをかいだアリーは、自分が正気を失ったのではないかと怪しんだ。だが、彼は危険人物ではない。少なくとも彼女にとっては。なぜかそれはわかる。

アリーは彼に抱かれても逆らわず、ほほえんで言った。「ええ、わたしはあなたをとても……愉快な人だと思うわ」

「じゃあ、ぼくと踊ろう」

「音楽がないわ」

「ハミングすればいい」

「ばかなことを言わないで」

「わかった。ぼくがハミングしよう」

彼は言葉どおりなかなか上手にウィンナワルツをハミングし始めた。アリーが気づいたときには、彼らは森のなかを軽快に踊りまわっていた。アリーはふたりの体が密着しているのを感じると同時に、これほどぴったり相手の動きに合わせて踊ったことはないと思った。彼は力強く手をまわし、確信に満ちたステップで彼女をリードしていくが、強引さは少しもない。アリーは彼のふれ方が、ふたりの動きが、はだしの足裏にふれる地面の感触が気に入った。空気はさわやかな風となって周囲を流れていく。彼の太腿は筋肉が張って堅く、全身は生命力にあふれている。

無法者相手に森のなかでダンスをしているのがこっけいに思えて、アリーは笑い声をあげた。ふたりの体は密着し、顔はふれそうなほど近くにある。彼の口が彼女の口のすぐそばにあって……。

自分がなにをしているかに気づいたアリーは急に怖くなった。夢を追い求めて生きていくつもりなら、結婚に同意していいのかどうか、彼女自身まったく確信はないけれど、この行為が彼女を愛している人々を侮辱するものであることはたしかだ。

彼女は笑うのをやめて身を引いた。こんなばかげたことをするなんて、自分自身を恥じなければならない。

「こんなこと、できないわ」アリーはそっと言った。

「できないって、森のなかでダンスをすることが？　ああ、そうか。きみは婚約している身だものな」

「わたしはファロウ卿の息子さんになんの義理もないわ」

「ほう？」

「わたしは彼と会ったことさえないんですもの」

「なるほど」

アリーはかぶりを振った。「あなたは犯罪者なのよ」彼女は言いきった。

「犯罪者ではあっても新聞を持っているよ」彼が言った。

アリーの頭からほかのすべてが消え去った。「どこに？」彼女は尋ねた。

彼はためらった。「とってこよう」

追いはぎが小道のかなたへ姿を消すと、アリーは胸をどきどきさせながら不安のうちに待った。馬は近くにつないであったのだろう。

まもなく彼が今日の新聞を持って戻ってきたので、彼女は喜びの叫びをあげて引ったくるように彼の手からとった。

この前の日曜日、匿名Aが投稿した最初の論説が新聞に掲載された。新聞は、追いはぎがさっき述べたようにジャイルズ・ブランドン殺害に関する記事と、ブランドンが書いた最後の論説を載せていた。

そして匿名Aによる王室擁護の論説があった。

今日、第一面には再びブランドンの遺稿が載せられ、比較するかたちで、匿名Aによる別の論説が掲載されている。

アリーはその論説をむさぼるように読んだ。この前のものと同じように、残念ながら今もって未解決の殺人事件を起こしているのは、反王制主義者自身ではないかと指摘する内容だった。ページをめくったアリーは、そこにまた彼女の結婚に関する記事が載っているのを見た。

そしてそのあとに……。

追いはぎに関する記事。追いはぎはこの一週間に数台の馬車を襲っているが、怒りや憎しみをかきたてる代わりに、ある上流階級の老婦人を魅了した。その老婦人は追いはぎに奪われた指輪が〈ヴィクトリア朝女性地位向上推進婦人協会〉の手に渡ったことを知って大いに喜び、代金を払ってその指輪を買い戻した。結果として老婦人は寄付を行ったことになり、教会で貧しい人々に一日分の食事がただで振る舞われた。

「驚いた、読むのが速いんだね」彼女がページをめくるのを見て、追いはぎが言った。

アリーはちらりと彼を見た。「わたしには遊び相手になる子供のお友達がいなかったでしょう。だから読書が……わたしのお友達になったの」彼女はささやいた。「それはそうと、あなたってずいぶん謙虚なのね。あなたの冒険はけっこう人気を博しているじゃない。このご婦人は、口ではそう言っていないけど、きっとあなたにもう一度襲われたいと願っているんじゃないかしら」

彼は肩をすくめた。

追いはぎが再び岩の上で隣に座ったことに、アリーはほとんど気づかなかった。彼がそこへ座るのはごく自然なことに思われた。ふたりの腕はふれそうなほど近くにあり、彼は体を彼女のほうへ傾けて一緒に新聞を読んでいる。アリーはまたもや彼のにおいや、彼によってもたらされた体のほてりを意識した。彼女は気になって体をまっすぐ起こした。

「匿名Aか」追いはぎがつぶやいた。「こんな論説を投稿するなんて、どうしようもない間抜けだな」

「なんですって?」アリーは激しく顔をしかめた。「わたし、あなたのことをならず者はならず者でも、女王陛下に敬意を抱いている愛国心旺盛《おうせい》なならず者だと思っていたわ」

「匿名Aの正体はいずれ暴露されるだろう。そしていったん暴露されたら、反王制主義者どもは彼を殺しの標的リストに載せるに決まっている」

「彼には自由に意見を述べる権利があるわ。それにあなた！　あなたはたとえならず者でも、女王陛下の臣下だと自分で言ったじゃない。だったら彼の行為をたたえるべきよ」

「ぼくはただ、彼は絶対に正体を明かさないで匿名を貫くべきだと言っているんだ。あるいは彼自身の命のために、書くのをやめるべきかもしれない」

「書くのをやめるなんて、きっと彼にはできないんだわ。たぶん彼はこのような論説を書いて新聞に載せることが必要だと思っているのよ。たとえ匿名を貫かなければならないとしても」

「新聞社はこうした政治的な論説に対して金を支払う」追いはぎが指摘した。

「匿名Aは頭が切れるから、小切手を私書箱宛《あて》に送らせるよう手配しているんじゃないかしら」

「その程度のことは殺人者たちも気づくだろうとは思わないか？　やつらはあらゆる手を使って真実を探りだすだろう。なんらかの方法を用いて新聞社の書類を手に入れ、小切手の送付先を突きとめて、そこで待ち伏せするんじゃないかな」

アリーは血が凍るような感覚に襲われて身震いした。すぐに追いはぎが顔をしかめた。

「寒いのか？　マントがあるんだ……馬のところに」彼は残念そうにつけ加えた。

「いいえ、いいの……ケープがあるから。ほら、そこに」

アリーは小声で言って、地面に落ちているケープを指さした。追いはぎは岩からひょいと飛びおりてケープを拾いあげ、アリーの肩にかけた。ふたりがふれあったその行為のなかで、信じられないほど甘美に思える瞬間があった。

　アリーは思わず身を引いた。「あなたは匿名Aに及ぶ危険について語っているけれど、あなた自身はどうなの？　いつかだれかに殺されるかもしれないわ」

「自分の身くらい自分で守れるさ」

「あなたはどう見たって犯罪者だわ。そしてあなたのような道をたどりつづける犯罪者は、いずれ破滅すると決まっているのよ」

　覆面の下の彼の唇がゆがんだ。「しかし、ぼくは少なくとも普通の犯罪者とは違う。礼儀作法を厳しくしつけられてきたからね」

「ええ、そうね。だからこそ、あなた自身が選んだ道に対してなんの言い訳もできないのよ」

　アリーは彼に背を向けて、ストッキングと靴が置いてある場所へ歩いていった。

「行かないでくれ」追いはぎが急に真剣な口調になって呼びかけた。

「もう行かなくては。それと、もう二度とここへ……ここへ来ないで。さっきも言ったように、ブライアン・スターリングはとても危険な人なの」

「きみは信じないだろうが、ぼくだって危険な男だよ」

「彼はカーライル伯爵なのよ」

「そしてぼくは泥棒だ」

「あなたと一緒にここにはいられないわ」アリーはきっぱりと言った。

この人はまたわたしにふれようとしているのだわ、と考えた彼女は、愚かにも彼の腕のなかへ身を投げだしたいという衝動に駆られた。この人の胸にもたれて、指先で軽くふれられ、顎をあげてもらって……唇に唇を重ねてほしい。

「行かなくちゃならないの」彼女は言った。

「待ってくれ！」彼が呼びかけた。

アリーは思わずためらった。

追いはぎはアリーの立っている木のところへやってきてその幹に手をあて、彼女のほうへ身を乗りだした。彼の目にはさっきまでなかった真剣さがあって、それがアリーをたじろがせた。

「正直なところ、ぼくは自分の……無法者としての仕事に対する情熱に、やむにやまれぬ必要性から生じた情熱にとりつかれていた。しかし、ぼくが犯罪者でなかったら、ミス・グレイソン、たとえどんなにちっぽけでもいい、きみの人生のなかに、きみはぼくの居場所を与えてくれただろうか？」

「わたしの人生のなかに……？」

「ぼくらは暗黒時代を抜けて未来へと進んでいる」彼は沈んだ口調で続けた。「ぼくがきみを求めたら、きみはそれを許してくれただろうか？」

　アリーは彼を見つめ返した。覆面の下の彼の笑みには痛切な思いがこめられていた。わたしを破滅させるなにかが起こる前にここから逃げなくては、とアリーは思った。

「残念ながら、あなたは犯罪者だわ。そしてわたしは婚約している身よ」

「おそらく……きみからもうひとことふたこと言葉をかけてもらえたら、ぼくは自分の罪を償えるかもしれない」

「わたしをからかっているのね。悪いけど、これ以上あなたの遊びにつきあっていられないわ」アリーは言った。コテージへ逃げ帰りたい一心だったが、追いはぎの横をすり抜けるとき、思わず彼の胸に手をあてた。

　追いはぎはアリーが引き返してくることを願いながら彼女の後ろ姿を見送った……。

　彼女は長くとどまった自分自身に腹をたてているのだ。

　彼はアリーが新聞を持ったまま逃げ去ったことに気づいて思わずほほえんだ。あんなささいなことであれほど大喜びするとは。アリーがスケッチブックを忘れていったことに気づき、しかめ面になる。

　そのままにしておくほうがいい。そのうちに彼女は気づいてとりに戻ってくるだろう。

　しかし、戻ってくる前に雨が降るかもしれない。それにぼくが持っていれば、返すために彼女と会う口実ができる――もちろん追いはぎとして。彼はスケッチブックを抱えて小道を急ぎ、馬をつないである場所へ行った。

森のなかのコテージが父親の狩猟ロッジからそれほど離れていないのはむしろ好都合だ、とマークは皮肉まじりに考えた。それに実際のところ、小川は父親の所有地を流れている。ミス・アレグザンドラ・グレイソンと出会ったあとの気持ちをどう表現していいものやら、マークは自分でもわからなかった。彼女は森のなかで無法者なんかと楽しく会話を交わすべきではなかった。ましてや今では婚約指輪をはめているのだから。

とはいえ……。

マークは彼女の肩に垂れている長い金色の髪に、ほほえみに満ちた目の表情に、新聞を読むときのひたむきさに魅了された。議論する彼女の口ぶりにさえも。なぜぼくはあれほどむきになって意見を主張したのだろう？　理由のひとつは、おそらく彼女と議論を戦わせるのが楽しかったからだ。ぼくは新聞に掲載された女王擁護の論説を褒めたたえた。実際、あれはすぐれた文章だった。そしてそれを書いた哀れな愚か者のために祈った。なぜなら、だれかが新聞社の書類に目を通そうと思うなら賄賂《わいろ》を使って簡単にできるだろうし、新聞社内部に、金銭と引き換えに真実を漏らす不届き者がいないとも限らないからだ。

口笛を耳にしたマークは手綱を引いて馬をとめ、同じように口笛で応じた。しばらくすると馬に乗ったパトリックが小道を勢いよくやってきた。

「父君が狩猟ロッジへ来て、きみを捜しているぞ」パトリックは言った。

「なんの用事だろう？　ぼくは居場所の説明はしないことにしているんだ」

「どうやら父君はきみがロッジにいるものと考えたようだ。きっと探偵用の小道具でもいじっているのだろう、と。なんでも彼はきみを昼食会に出席させると約束したらしい」

「昼食会に?」

「大英博物館での」

「今日の午後は道路という道路をもう一度徹底的に調べようと考えていたのだが……」

「マーク、今日の午後くらいは父君の頼みを聞いてあげたらどうだ。調査はわれわれだけでやって、不審なものを見かけたら残らず報告するよ。仲間のならず者を信用してくれ」

パトリックはにやりと笑って言った。

「わかった。しかし、抜かりなく道路を見張るんだぞ。だれがどこへ行ったのかを、あとで逐一報告してもらいたい」マークは言った。そして馬に拍車をかけ、ロッジへの道をまっしぐらに駆けた。

父親は机に向かって座り、長いスカーフを手にして不審そうな顔をしていた。スカーフを持ちあげてみたらやけに重たかったのだ。

「これはなんだ?」彼は息子に尋ねた。

マークは机のところへ歩いていって長いニットのスカーフをとりあげ、首に巻いた。そして首からはずし、鞭《むち》のように振ってばしっという音をたてた。

「予備の武器です、お父さん」

ファロウ卿は不審そうな顔をした。

「それの作り方をどこで学んだ?」

「本で」

「戦争に関する本か?」

「シャーロック・ホームズを主人公にした本です。アーサー・コナン・ドイルは実に頭のいい小説家ですね」

父親はため息をついた。「おまえは外で小説の主人公のまねごとをしていないときは、文壇に出入りしてコナン・ドイルを質問攻めにしているのか?」

「ときどきは」

ジョゼフは再びため息をついた。「わたしはおまえのしていることを知らずにいたほうがよさそうだ」

「お父さん、忘れないでください、ぼくは女王陛下のために働いているんですよ。ぼくもお父さんと同じように陸軍で戦いました。そして今ではもっといい方法で女王陛下につくせると信じています。ぼくの活動をやめさせたいのですか?」

「いいや」ジョゼフはしばらくして言った。「わたしは現在国内に吹き荒れている忌まわしい争い事を終わらせたい」彼は深々とため息をついた。「人はみな心の声に従って行動しなければならない。しかし、今日くらいはわたしの息子として振る舞ってもいいだろう。

一緒に博物館へ行けるかね？　急がなければならないが」

「いいですよ」

「いいのか？」ジョゼフが念を押した。

「ええ、一緒に行きます」

ジョゼフはほほえんだ。「これほどたやすく説得できるとは思わなかった。馬車を待たせてある。さあ、急いで貴族の家柄にふさわしい服に着替えなさい」

「非の打ちどころがない服装をしてみせます」マークは約束し、ベッドルームへ歩きかけて立ちどまった。「昼食会へ出かけるのには、なにか理由があるのですか？」

「あるとも。その席でおまえは婚約者に会う予定だ」

「今日？」

「先週会うことになっていたのだぞ」

「ええ……しかし……」

「なにかまずいことでもあるのか？」

「それは……いいえ。いいえ、もちろんありません。すぐに着替えてきます」

アリーはコテージの前の空き地にスターリング卿の馬車がとまっているのを見て驚いた。彼女の身に起こったさまざまな出来事について伯爵夫妻と話しあっておく必要は感じていたものの、先週のパーティでの騒ぎ以来、夫妻は彼ら自身の問題で忙しいだろうと考えていたのだ。

　追いはぎがつけてきていたらどうしようと狼狽《ろうばい》し、彼女はあわてて背後を振り返った。彼がブライアン・スターリングに捕まったときのことを考えると、思わず鼓動が速まった。

　追いはぎの姿はどこにもない。

　アリーは見苦しい格好をしていなければいいがと願いながらコテージに向かって進みだした。

　そのときになってようやく、新聞をまだ手に持っていることや、スケッチブックを置き忘れてきたことに気づいた。アリーは追いはぎからあわてて逃げてきた自分の愚かさを嘆くと同時に、スケッチブックをとりに戻ろうかと考えた。彼女が体の向きを変えかけたとき、コテージのドアが開いた。

　キャットが戸口に立っていた。「アリー？」

　スケッチブックをとりに行っている時間はない。

　アリーは新聞をポケットに入れてスカートの乱れを直し、小道を再びコテージ目指して歩きだした。

「キャット」彼女はさもうれしそうに言った。「スターリング卿の馬車がとまっているのを見たわ」

「ええ、ここへはカミールも来ているわ。これから森へあなたを捜しに行こうとしていたところ。昼食会や催しに出かけるので、あなたを迎えに来たの」

「催し？　昼食会？」

「遅い昼食になるわね。大英博物館で急にちょっとした催しが行われることになって、その開会式でブライアンが演説をすることになったの。このような場合の催しって、たいていは資金集めが目的なのよ」キャットが言った。「カミールがぜひわたしたちも同行させようと考えたってわけ。催しのあと、博物館のカフェで昼食をとるんですって」

「すてきじゃない。わたし、あの博物館が大好き」

「だれだって好きよ。あそこのカフェには、最近になって目録に記載された古代エジプトの石棺がいくつも飾られているの。人が集まるのにふさわしい場所よ」

「話をするのにもふさわしい場所ならいいけど」

「あら、もちろんそうよ」

「あなた方にぜひ話しておかなければならないことがあるの」アリーは静かに言った。

「あなたが会うのに最適の場所といっていいでしょうね」キャットが陽気な口調で言った。

「わたしが……だれと会うの？」アリーは尋ねた。

「婚約者と。ウォレン伯爵のご子息のマークと。きっとあなたは彼が大好きになるわ。マークはとてもハンサムで、ものすごく博識なの」キャットは頭を振った。「普段は何事によらず責任感の旺盛な方で、約束をすっぽかすなんて絶対にないのだけど、この前は女王陛下の急な用事で呼びだされたということだったから仕方がないわ。ジョゼフはたとえ息子のためでも嘘《うそ》を方便に用いる人ではないから。今日はパーティの華やかさには欠けるけど、それでもすてきな出会いになるでしょう」

すてきな出会い？　アリーは一瞬の狼狽のなかで思った。たじろいだ彼女は口を開けた。こうなったらまずキャットから始めよう。見ず知らずの男性と結婚することはできないと話すのだ。きっと彼女たちなら理解してくれるだろう。

アリーが話し始める前にコテージのドアが勢いよく開いて、その日の新聞を手にしたブライアン・スターリングが大股に歩みでてきた。「たわごとだ！」彼は腹立たしそうに大声をあげた。「ジャイルズ・ブランドンの書いたこの論説……なるほどやつが言葉を操るすべに長《た》けていたのはたしかだ。それだけに、人々をたきつけかねん。たとえ政策は支持できなくても殺人事件まで女王陛下のせいにすることはできないという世論がぐらつくかもしれない」

「もうひとつ、別の論説が載っています」アリーは新聞をまだ読んでいないことになっているのを忘れて言った。

幸い、ブライアンは気づかなかったようだ。事態をひどく憂慮しているらしい。

「うむ、匿名Aによる立派なふたつめの論説が載っている。これを書いたのはなかなか勇敵な人間だ。正体をだれにも知られなければいいが」

アリーは深く息を吸った。「なぜです？」彼女は尋ねた。

するとブライアンは、ついさっき追いはぎが口にしたのと同じことを言った。

「こういう愚かな行為は死を招くからだ！」

6

ブライアン・スターリングは追いはぎを警戒して馬車のなかには乗らず、御者台のシェルビーの横に座った。ハンターもまた道中に不穏な動きがないか警戒しながら、馬に乗って馬車の後ろをついてきた。

このときもおばたちは、来週の催しには喜んで参加するので今日は遠慮させてもらうと、同行するのを断った。数日後にはレディ・マギーがイーストエンドの貧しい子供たちのためにチャリティを催す予定で、女性陣は全員が参加して手伝うことになっている。アリーはおばたちも来るべきだと主張し、最後には説得上手なレディ・カミールに頼んで説き伏せてもらおうとしたが、おばたちは頑として行かないと言い張った。今日は出かける予定になっていなかった、それに前もって教えられていなかったんだもの、どうやって支度をしたらいいの、と言うのだ。

とうとうあきらめて馬車に乗ったアリーは、ずっと気になっていた別の問題を思いだした。「カミール、エレノア・ブランドンの様子はどう？　彼女は今どこにいるの？　お気の毒に。彼女には親戚《しんせき》がいないのかしら？　夫の遺体が発見された直後だというのに……御者とふたりきりでお城へ駆けつけたのよね。なぜって、ほかに苦しみをやわらげる方法がなかったからだわ」

カミールはそっとため息をついた。「翌朝はかなり具合がよくなっていたわ。帰宅してみたら、夫はすでに遺体保管所に横たわっていたなんて、さぞかしぞっとしたでしょうね。あれから一週間たつけど、あと数日は遺体を返してもらえないみたい。日曜日の朝にシェルビーが馬車でエレノアを自宅へ送り届け、家政婦と話をしたんですって。家政婦はこれからずっとエレノアについていると約束したそうよ」

「本当にお気の毒だと思うわ」アリーはささやいた。

「呪《のろ》いの言葉を浴びせられて怖くはないの？」キャットが尋ねた。

「ええ、もちろん怖くないわ」アリーは答えた。

それからためらいがちに窓の外へ目をやった。呪いのことはほとんど忘れていたのに、思いだしたとたんに寒気を覚えた。

いらだたしくなったアリーは呪いに関する考えを無理やり頭から追いだした。

そうする必要があった。というのは、今が彼女にとって絶好の機会だからだ。

馬車のなかにはアリーのほかにカミールとキャットしかいない。みんなが骨折ってくれたことには心から感謝するけれど、結婚はしたくないと打ち明けるのに、これほどいい機会はない。たとえ相手の男性がいくら身分の高い人で、その父親がいくら魅力的であろうとも。今ここでカミールとキャットに話そう。大勢の教師をつけてもらってさまざまな教養を身につけられたことは感謝するけれど、わたしは天職を見つけたし、今では自分ひとりの力で生きていける自信がある、と。

だが、追いはぎとスターリング卿《きょう》が匿名Aについて同じ意見を口にするのを聞いたあとで、どうして目の前のふたりに話せようか？

アリーは深く息を吸った。このふたりには真実をすべて話すのではなく、親や後見人が決めた結婚を唯々諾々と受けいれるのはずいぶん古風なやり方だという事実のみを述べておくにとどめるべきかもしれない。

「カミール、キャット……」アリーは言いかけた。

しかし、どうしても邪魔が入る運命にあったようだ。彼女がその先を続ける前に馬車が大きく揺れて速度が落ちだした。

「村だわ」キャットが言った。

「また抗議行動が行われているのね」カミールがつけ加えた。

「当然よ。例の殺人事件の記事が新聞に大きく載っていたもの」キャットが言った。

「それに王室を批判するジャイルズ・ブランドンの論説も……」カミールが言った。

「そうね。残念だけど、彼は文章にかけては驚くべき才能の持ち主だった」キャットがささやいた。

「ええ、だけど……ああ、一般大衆って、全然考えないのね！」カミールが嘆いた。「そして今日の新聞にはもうひとつの論説も載っていたわ」アリーは口をはさんだ。「事実を見ようとしないで簡単に扇動されてしまう愚かな人々を叱責《しっせき》する論説が載っていたわ」

「あなた、それを読んだの？」キャットがきいた。「その新聞はわたしたちが出てくる直前に届いたんじゃなかったかしら」

「見出しを見たの」アリーはあせって言った。

「ブライアンはたいそう動揺していたわ」カミールが心ここにあらずといった様子で言った。「見て！　いったいどうなっているの！　ここは小さな村だというのに、あんなにたくさんの人々がいるわ！」

アリーは窓のカーテンを開け、外を見て呆然《ぼうぜん》とした。先日よりもっと大勢の人々が集まっていた。カミールが言ったように、この小さな村にしては多すぎる。もっとも最初の殺人事件から六週間、二番めの殺人事件から二週間、三番めの殺人事件から一週間がたつのに、今もって警察は必死に犯人を捜している段階とあっては、人々が大挙して抗議行動に出るのもわからなくはない。しかし群集の多さからして、周辺の村々から人々が組織的に駆り集められたとしか思えなかった。州長官のオフィスや裁判所が入っている煉瓦《れんが》造りの建物の前の階段上に、先日と同じようにサー・アンガス・カニンガムが立って群集を鎮めようとしている。だれかにトマトを投げつけられたアンガスは怒り狂って大声をあげた。

　馬車がとまった。

　御者台からひょいとおりたブライアン・スターリングは、憤慨しているハンターを従えてつかつかと階段へ近づいていった。

　ふたりがそこへ到達する前に、もうひとりの男性が階段を駆けあがってアンガスの横に立った。

「やめなさい！　きみたちはひとり残らず分別を失ったのか？」男性は問いかけた。

　若くて背の高いその男性は背筋がぴんとのびて、豊かな黒褐色の髪と強固な意志を示す容貌《ようぼう》をしていた。角張った顎、彫刻のような輪郭のはっきりした高い頬骨、群集を鎮める力のある眼光鋭い目。

「あの！」だれかが男性に大声で呼びかけたが、声がわずかに震えていた。「なにかをしなければならないとは思わないんですか？　まだ殺人犯は捕まっていないし、手がかりさえ見つかっていません。警察はこれら非道な殺人行為を容認しているんです」

「このような行為を警察が容認するわけがない。現在、特別の捜査班が編成されて、毎日懸命に真実を追い求めている。いずれは真相を突きとめるだろう。きみたちは新聞を読んでいるか？　行間に書かれていることを読みとっているか？」男性は問いかけた。「きみたちは操られている。いいか、われわれは英国民なのだ！　それぞれが望む政治的信念を持ち、自由に話したり感じたり考えたりする権利を与えられている。輝かしい新世紀を迎えようとしている今、われわれ英国民の創意工夫と卓越した技術力とによって、生活は日ごとに向上している。そうした時代にありながら、嘆かわしいことに、きみたちがそれぞれの意見を持つことを許そうとしない卑劣な者どもがいるのだ。女王陛下を見てみるがいい。国民の生活向上のために努力された女王陛下が、わが国にもたらした進歩を見てみるがいい。ぼくは王室を支持しろとか支持するなとか言っているのではない。きみたち自身の頭で考えろと言っているのだ。なるほど、また殺人事件があった。実に恐ろしいものだった。しかし今日の新聞に、何者かがわれわれを結論に飛びつかせ、警察に非難の矛先を向けさせようとたくらんでいることを指摘した論説が載っている。その論説を読みたまえ。知性にあふれた文章で書かれているので、編集者たちは第一面に掲載するのがふさわしいと判断したのだ。冷血かつ巧妙に遂行されたこれら一連の殺人は、大義のための殉教者を作ろうと何者かがたくらんだものではないだろうか？　自分の望みどおりに人々を操ってよこしまな目的を達成するのに、これ以上うまい方法があるだろうか？　そこを考えなさい。あらゆる方面に目を向けなさい。羊の群れみたいに駆り集められてはならない。自分の頭で考えて、自分なりの意見を持つようにするんだ」

彼の力強い演説のあとに沈黙が続いた。やがて人々の高ぶった感情が落ち着いてきたようだった。馬車の近くにいたひとりの男がプラカードを投げ捨てた。ささやき声が起こり、相変わらず殺人の背後に女王がいると主張しつづける者がいる一方で、それに対する反論があがるようになり、こんなことをして仕事を失うのはいやだとつぶやく者たちも出始めた。だれかがはっきりした声で言った。「おれは信じないぞ。切り裂きジャックのときも信じなかったが、今度の殺人事件の背後に女王陛下がいるなんて、おれは信じない。今言われたとおり、おれたちは操られている。羊みたいに駆り集められているんだ」

「他人に好き勝手に利用されてはならない」別の声がした。発したのは、階段へ達したブライアンだった。

「スターリング卿だ」だれかがささやいた。

「いいかね、今、わたしの尊敬する友人が述べたように、諸君は自分の頭で考えて行動しなければいけない。われわれ人間は思考する生き物だ。したいならいくらでも抗議すればいいが、人を非難したり中傷したりする前に、よく考えてあらゆる可能性を検討しなさい」ブライアンは言った。

人々は散り始めた。

「ねえ、あなたはどう思う？」カミールが前へ身を乗りだし、アリーの膝を軽くたたいて尋ねた。

「人々を上手に鎮めたんじゃないかしら」アリーは答えた。先ほどまでは恐怖にとらわれていたのに、今は大きな誇りを覚えていた。あの男性は人々に、匿名Aの論説を読むように言ったのだわ。「あの男の人はどなた?」

カミールがキャットを見ると、キャットはにっこりして肩をすくめた。

「あなたの婚約者よ、アリー。あれがサー・マーク・ファロウよ」

「サー……?」

「彼は南アフリカでの戦功によってナイトに叙せられたの」カミールが説明した。「ほら、あそこ、見えるでしょう? 馬車のところでお父様が彼をお待ちになっているわ」

アリーは再び窓の外を見た。最初、彼女はさっきの男性が見えなかった。こちらへ背を向けていたのだ。彼はブライアンやハンターや父親と話をしていた。彼女が見ていると、やがて彼らは別れてそれぞれの馬車へ戻っていった。

「ファロウ卿もマークもロンドンにいるものとばかり思っていたわ」カミールがキャットにささやくのを耳にし、アリーはカーテンをおろしてふたりに注意を戻した。

「きっとファロウ卿の狩猟ロッジにいたのよ。彼の地所はあなたのところと隣りあっているんでしょう?」キャットが言った。

「ええ、そうみたい。もちろん塀なんかないわ。だから、どこまでがわたしたちの地所で、どこからがファロウ卿の地所なのかさえ知らないの」

窓をたたく音がして、アリーは座席から飛びあがりそうになった。彼女はもう一度カーテンを開けた。

「みんな大丈夫か？」ブライアン・スターリングがきいた。

「もちろんよ、あなた」カミールが答えた。

ブライアンはほほえんだ。彼は御者台のシェルビーの横へ戻り、ハンターはつないである馬のところへ戻った。馬車が大きく揺れて前進を再開した。

「で、アリー」キャットがいたずらっぽい笑みを浮かべて言った。「どう思った？　彼って、なかなかのものでしょう？」

「マーク・ファロウのことをおっしゃっているの？」アリーは問い返した。

「もちろんよ」カミールが言った。キャットとカミールはまるで猫みたいに心得顔の笑みを浮かべてアリーを見つめている。

「彼はたいそう……立派な人に見えるわ」アリーは言った。

「それだけ？」キャットが笑った。

「まだ彼をよく知らないんですもの」アリーはふたりに言った。

「でも、もうすぐ知るようになるわ」カミールが言った。

「彼はすごいハンサムなの」キャットがアリーに言った。「もちろん、わたしの心のなかではハンターほど魅力的でハンサムな男性はいないけど、それにしても……」

「マークのほうがハンターより若いんですもの、アリーには彼がふさわしいわ」カミールがキャットに指摘した。

再びふたりは猫のような笑みを浮かべてアリーを見た。

〝話すなら今しかない〟

「彼は演説がとても上手みたいね。それに聡明《そうめい》な方で、新聞をよく読んでいるし、認めるべきものをちゃんと認めているわ」アリーは話し始めた。「でも……」

「でも?」カミールが問い返し、ほほえむのをやめて眉をひそめた。

アリーはかぶりを振った。「わたしは……」

「アリー、彼はいずれわが国の将来を左右する重要な地位に就く人なのよ」カミールが穏やかな声で諭した。

「それにマークは気どり屋ではないし、自分のために他人が戦ってくれることを期待するような人でもない。地位の高いのをいいことに象牙《ぞうげ》の塔にこもってのらくら人生を送る人間ではないわ」キャットが続けた。

「ブライアンとファロウ卿は古くからの友人なの」カミールが言った。「ファロウ卿のご子息が信頼できる責任感旺盛《おうせい》な人間に成長することを、ブライアンは知っていたんですって。子供のころからマークは品格や名誉を重んじる心を持っていたそうよ」

あなたがブライアン・スターリングと恋に落ちたのは、彼がそうした品格や名誉なんてつまらないものを重んじる人だったから?　アリーはそう尋ねたかった。

「お願い、カミール」アリーはそっと言った。「あなたとブライアンがわたしの幸せのためにいろいろと配慮してくださったことは知っているわ。とりわけあなたにはご自分の家族があって、わたしは牧師様がマギーとジェイミーに預けた孤児にすぎなかったことを考えれば、あなた方にはいくら感謝してもしきれないほどだし、それに……」

「わたしたちに感謝する？」カミールはいぶかしそうな顔をした。

「わたしたちに感謝する？」キャットがカミールの言葉を繰り返した。

「感謝なんて必要ないわ」カミールが言った。

「わたしたちはあなたを愛しているのよ！」キャットが断言した。「あなたは、こうなってほしいとだれもが願う立派な女性に成長したわ」

「だからこそ彼と一緒になるのが望ましいのよ」カミールが言った。

「彼がすばらしい人であるのはたしかでしょうけど……」アリーは思わず声にいらだたしい響きがこもるのを意識しながら言いかけた。

「待って。あなたはマークを知らないじゃない。彼がどれほどすばらしい人であるかを知ったら、あなたはきっと驚くわ。実際に会ってみれば、彼がどういう人かわかるでしょう」カミールが言った。

「わたしはただ……職業のことを考えていたの」アリーはどう続けようか悩んだあげく、ようやく言った。

「職業ですって?」カミールが問い返した。

アリーはほほえまざるを得なかった。「キャットは画家という職業を持っているわ。それからカミール、あなたはエジプト学者でしょ。わたしも職業を持ちたいと考えていたの。なぜって」アリーは急いで続けた。「ありがたいことに、わたしは幼いころからあなた方の思いやりある養育を受ける特権に恵まれてきた。わたしのかねてからの望みは、なによりもあなた方みたいになることだったの」

ふたりはアリーをうつろな目で見つめた。

「でも、わたしはスターリング卿と結婚しているのよ」ようやくカミールが言った。

「それにわたしだってハンターがいなかったら絵なんか描《か》いていられなかったわ」キャットが言った。

「あなたはご自分を過小評価していらっしゃるわ、キャット」アリーは静かに言った。「どのみち、あなたの才能は開花したはず。それを抑えることは、あなた自身にもできなかったんじゃないかしら」

再びふたりはアリーを見つめた。

しばらくしてカミールが尋ねた。「どんな職業を考えているの?」

「書くことを仕事にしたいの」

「書くこと」キャットは繰り返した。そしてカミールを見た。「でも、書くことなら結婚していたってできるわ」彼女はアリーに視線を戻した。「日記をつけている女性は大勢いるし――」

「日記なんかじゃなく、書いたものを作品として出版したいの」

またもやふたりはアリーを見つめた。

「だけど」カミールがキャットのほうを向いて言った。「結婚している女性だって、書いたものを出版することくらいできるわよね」

「ええ、もちろん」キャットが同意した。「書くのはたいてい机に向かってするわけだから」

「あるいは岩の上で」アリーはつぶやいた。

「なんですって?」カミールが言った。

「書く仕事って、たいてい家のなかでするものよ」キャットが指摘した。

ふたりは座席にゆったり座って再びほほえんだ。

「それでうまくいかない理由なんかひとつもないわ」カミールが言った。

「そのとおりよ」キャットが同意した。

「あなたはさっき、マーク・ファロウはいずれ重要な地位に就く人だとおっしゃったわね」アリーはカミールに言った。「権力を持つ人になると」彼女はマークの演説ぶりを思いだして言いなおした。「そういう男性はたいてい、妻が彼女自身の仕事に関心を、いいえ、情熱を抱くことを望まないものだわ」

カミールが身を乗りだした。「わたしたちが生きているのは中世じゃないのよ。だれもあなたを祭壇へ引きずりだして無理やり誓いの言葉を述べさせたりはしない。だけどアリー……」彼女は困惑したような表情になってためらった。「このような時代ですもの、あなたはなんとしてもあのような男性と一緒になるべきだと思うの」

「どうして?」アリーは尋ねた。

カミールは困ったようにキャットを見た。彼女たちの様子からアリーは、ふたりが自分に話していないことがある、しかもふたりはそれを話すつもりがないのだ、という強い確信を抱いた。

「今は大英帝国の時代なのよ」キャットが軽い口調で言った。

「でも、やっぱり危険な世の中だわ」カミールがあっさり言った。

「いったいなんの話をしているの?」アリーは尋ねた。

「あなたは望まないの……その、たいていの若い女性が望むものを?」キャットが穏やかな声できいた。

「家庭や、夫や……子供を?」カミールが続けた。

ためらったあとで、アリーは慎重に返事をした。「奇妙に聞こえるかもしれないけど、さっきも言ったように、わたしはすばらしい女性たちから学んできたわ。愛は重要よ。それに自分自身を大切にすることも。わたしは感じるの……わたしには能力があるって……わたし自身でなにか重要なものを生みだす能力が。それ以外のものについては、あなた方が持っているものを、わたしも持ちたいと思う。あなた方と同じように男の人を愛したい。カミール、ブライアンがあなたを見るように、わたしを見てくれる夫が欲しいし、キャット、ハンターがあなたを見るように、それからジェイミーがマギーを見るように、わたしを見てくれる夫が欲しいわ」

ふたりとも黙りこんだ。

やがてカミールが言った。「だけど、最初からそうだったんじゃないのよ。わたしたちは恋に落ちたの」

「あなたもきっとマークと恋に落ちるわ」キャットがアリーに請けあった。「かつてのわたしはばかだった。ハンターがすぐ目の前にいたのに、ほかの男性にのぼせあがっていたの。ほんの数週間つきあっただけで哀れなほどつまらない人だとわかった男性に。愛というのはいつも……突然生まれるとは限らず、時にはゆっくりと生まれるものなの……言葉とか……身も心も揺さぶられるような感覚に気づかされて……」

アリーはためらった。彼女は今キャットが口にした、身も心も揺さぶられるような感覚を実際に味わったのだ……。

あの追いはぎに対して。だが、犯罪者なんかと恋に落ちるつもりはまったくない。

「せめてマークに会ってちょうだい」カミールがアリーに頼んだ。

「もちろん会うわ」アリーは指にはまっている指輪の重さを意識した。「でも、わたしの計画についてはブライアンやジェイミーやハンターにも話さなければならないと思うの」

「だめよ！」キャットが反対した。

「やめて、お願い。まだ話さないで」カミールが懇願した。「少なくともマークと話をするまではなにもしてはだめ。せめて彼にチャンスをあげてちょうだい。いいでしょう？」

「お望みどおりにするわ」アリーはつぶやいた。気に入らなかったけれど、少なくとも心のうちをカミールとキャットに打ち明けたのだ。このふたりのことだから、アリーの話したことはすぐにマギーの知るところとなるだろう。

そんなわけでアリーは未来のウォレン伯爵であるマーク・ファロウと会うことにしたが、自分の夢をあきらめる気はなかった。

大英博物館の正面階段をあがりきったところで、マークは父親が小さく舌打ちするのを聞いた。

その理由はすぐにわかった。

ドアの内側にイアン・ダグラスが立って彼らを待っていたのだ。

「今回はなんの用だ？」ジョゼフがうなるような声できいた。

イアンは顔を赤らめ、押し殺した声で答えた。「お許しください、ウォレン伯爵。これほど重要な問題でなかったら……しかし、署長が首相のところへ行ってきた結果、すぐにブランドン家の家政婦やエレノア・ブランドンと話をする必要があるということになったのです」

「その事件に関しては、州長官をはじめロンドン警視庁やシティの警察署の大勢の警官が捜査にあたっているではないか」ジョゼフがイアンに言った。

イアンは気まずそうに身じろぎし、あたりを見まわしてから再び言った。「すみません、ファロウ卿。どうやら女王陛下は警察以外の人間を捜査にあてたがっているようなのです。たとえば……」

「わたしの息子みたいな、というわけか。いいかね、息子がここへ来たのは、先週の婚約披露パーティで会い損ねた婚約者に会うためなのだ」

「お父さん、たしか最初に展示物を見て、そのあと昼食会の予定でしたね」マークは言った。「イアンの言うとおり、女王陛下の命令とあっては従わないわけにいきません。ブランドン家で事情をきいたら、なんとか昼食会に間に合うよう戻ってきます」

ファロウ卿がイアンに顔をしかめた。「遅くとも息子をデザートとコーヒーの時間までには帰してくれ」

「承知しました、伯爵」イアンは答え、大きく息をついた。「馬を待たせてあるんだ。こんでいる道路を馬車で行くよりずっと速いと思ってね」彼はマークに言った。

「お父さん、必ず戻ってきます」

マークは向きを変えてイアンと一緒に階段をおりた。美しい二頭の馬が警官に手綱をとられて待っていた。イアンが馬を選んだのは正解だった。道路はエンストを起こして立ち往生している自動車や、乗合馬車や荷馬車などで大混雑していたからだ。馬上の人となったふたりはたちまちジャイルズ・ブランドンが殺害された家へ着いた。

事件から一週間がたつのに、家の前にまだ数人の警官が配備されていた。マークに言わせれば無駄な任務だ。殺人者はここですべきことをし終えた。エレノアはもはや危険にさらされてはいない。

玄関のドアへ出てきたのは家政婦だった。骨と皮ばかりにやせこけた女で、大きな茶色の目と骸骨《がいこつ》のような顔に、生きている人間とはとうてい思えない青白い肌をしていた。

「ハッティ・シモンズ」イアンが声をかけ、愛想よくほほえんで手を差しだした。こうした慇懃《いんぎん》な態度で接せられることに慣れていなかったのだろう、ハッティは数秒間イアンを見つめたあとで、やっと手を握った。イアンがマークを紹介しようとしたが、マークはかぶりを振ってさっと手を差しだした。

「マーク・ファロウです。ミス・シモンズ」彼は言った。

「ミセス・ブランドンがリビングルームでお待ちです」ハッティが言った。

「ところで紅茶はあるかな？」マークはきいた。

イアンはかすかに眉をひそめたあとで、すぐにマークの意図を読みとった。「ぼくはミセス・ブランドンのところへ話をしに行く。きみはハッティが紅茶をいれるのを手伝うといい」

「喜んで」マークは応じた。

「紅茶をいれるのは家政婦のわたしの仕事です」ハッティが言った。

「ぼくはよく母が紅茶をいれるのを手伝ったものだ」マークは言った。「楽しかったよ。見たところ、きみは昼も夜も大変つらい時間を過ごしてきたに違いない。頼む、ぼくに手伝わせてくれ」

ハッティは返事もしなければ、なんの感情も示さなかった。向きを変えてキッチンのほうへ歩きだしただけだった。マークはイアンに肩をすくめてみせ、彼をそこに残してハッティのあとをついていった。

キッチンへ行ったハッティは重たいやかんをこんろにのせた。マークはトレイを見つけてきてテーブルに置き、椅子に座った。彼はハッティが蓋《ふた》つきのパン容器を開けてなかをのぞきこむのを目にし、客に出すスコーンかマフィンを捜しているのだろうと察した。ハッティもエレノア・ブランドンも、だれかに食事をするよう促されるまで食べることを忘れていそうな女に見えた。

「ハッティ――ハッティと呼んでもいいかな？」

「みなさん、わたしをそう呼んでいます」女は気難しそうに言った。

「ハッティ、恐ろしい事件の話を蒸し返すのは気が進まないが、どうしても話さなければならないことを理解してもらえるね？」

ハッティは唇を引き結び、陰気な顔でうなずいた。

「すべてを正しく理解しておきたいので、ぼくが今までに聞かされたことを最初に繰り返すよ。殺害された日の夜、ミスター・ブランドンがひとりになりたいと言ったので、きみはひと晩よそで過ごした。彼はだれにも邪魔されずに完全な静寂のなかで仕事ができることを望んだ」

今度もハッティは陰気な顔でうなずいた。「わたしの知っていることは全部ほかの警察の方に話してあります」

「実を言うと、ぼくは警官ではないんだ、ハッティ。ぼくの望みはきみから一部始終を聞いて、この恐ろしい犯罪を解決するために、これまで警察が打ってきた手以外になにか策があるかを考えることだ」

ハッティは首を横へかしげて肩をすくめた。

「朝、きみが家へ帰ってきたときは、玄関のドアに鍵《かぎ》がかかっていたのだね？」

「門と玄関の両方です」ハッティが答えた。

「そのマフィンはとてもおいしそうだ」マークは言った。「ひとついいかな?」

彼女は餓死寸前の馬みたいにやせこけていたが、パンやケーキを焼くことにかけては誇りを抱いているようだった。「これは二日前に焼いたものです。焼きたてのものを用意できたらよかったのですが」彼女はそう言って、皿にのせたマフィンを持ってきた。

「きみの焼いたマフィンなら、たとえ二日前のものでも、ほかの人の焼きたてのマフィンよりはるかにおいしいだろうな」マークはマフィンをひと口ほおばって断言した。「思ったとおりだ。実においしく焼けている」

青白いハッティの顔が赤くなった。「ありがとうございます」

「それでと、ハッティ、きみはひと晩留守にしたあとでこの家へ戻ってきた。いったい夜をどこで過ごしたんだ?」

「友達のモードのところに泊めてもらいました。彼女は前の通りをずっと先へ行ったところのペリー家の家政婦ですが、主人の家とは別の出入口がある小さな部屋を持っているんです」

マークはうなずきながら考えた。だれかをペリー家へやってモードに話をきき、ハッティの言葉の裏づけをとる必要がある。

「で、きみは朝この家へ戻って、キッチンで仕事をしていた」彼は続けた。

「はい。だんな様の声も、歩きまわる音も聞こえませんでした。そのうちに紅茶を持ってこいと怒鳴る声がするのはわかっていましたけど、こちらから声をかけるのははばかられたのです」

「なるほど」ハッティが見ている前でマークはおいしそうにマフィンを食べてみせた。「ハッティ、きみは何時に二階のミスター・ブランドンの仕事場へ行った?」

「朝の九時ごろだったと思います」

「仕事場のドアは鍵がかかっていたかい?」

「はい、いつものように」ハッティはためらって言葉を切り、マークを見てから進んで話しだした。「ドアの前まで行ったものの、ノックしたくなかったので、いったんそこを離れました。だけど思いなおして……」再び彼女はためらい、顔をしかめた。「引き返してドアをノックしたのです。ところがだんな様の怒鳴り声がしません。そこで何度も強くノックしたのですが、それでも返事がないので、わたしは鍵をとりに一階へおりました」

「鍵をとりに一階へおりたのか。その鍵はいつもどこに置いてある?」

ハッティが指さした。家じゅうの鍵が輪にはまって、裏手のドア脇《わき》のフックにかかっていた。

「で、きみはあの鍵を持って二階へ戻った」

「はい。もう一度ドアをノックして、だんな様の名前を呼びました。そしてドアを開けたんです」

そのときに覚えたであろう恐怖の色がハッティの顔に浮かんだ。

「開けたとたん、大量の血が見えて……」彼女の声がとぎれた。

「彼が死んでいるのがわかったんだね？」

「ええ、そうです！」

「彼にさわった？」

ハッティは首を横に振った。「いいえ。さわるまでもありませんでした」彼女はマークを見つめた。「さわらなくても息絶えていることがわかったんです。あなただってわかったでしょう。今さら助けようがありませんでした。それは……一目瞭然《いちもくりょうぜん》でした」

「で、そのあとは？」

ハッティはごくりと唾《つば》をのみこんだ。「家を飛びでて、通りで見つけたパトロール中の警官を連れてきたのです……でも、わたしは二階へ行きませんでした。とんでもない……そんなの、とうていできません。それどころか……わたしはこの家にいることさえできませんでした」

「どうしたんだ？」

「モードのところへ行きました」

「警官についていってもらったのかい？」

ハッティはあいまいにうなずいた。そしてマークを見た。「次の日になってやっと戻ってきました。というのは、ミセス・ブランドンのことが気になったものですから。奥様にはわたしが必要です。あの方は善良でやさしい女性なのです」ハッティはしばらく口をつぐんでいたあと、堰《せき》を切ったようにしゃべりだした。「本当に立派な方です」そう言って十字を切る。「そりゃ、だんな様みたいなむごい死に方をしていい人なんてどこにもいません。でも……奥様がいつもだんな様から受けていた仕打ちときたら、それはひどいものでした」

「夫婦仲がうまくいってなかったのかい？」

ハッティはふんと鼻を鳴らした。「仲が悪かったとは申せません。喧嘩《けんか》はしませんでした。だんな様がいくら怒鳴りちらしても奥様は口答えしませんでしたし、だんな様の好き勝手な命令に奥様がじっと耐えて従う、そんな具合だったのです」ハッティはほほえんだ。「ご存じでしょうか、ここは奥様の家だったんですよ。だんな様が物書きになれたのも、奥様にお金があったからです。ミセス・ブランドンはまだそれほどのお年ではありませんが、老けて見えるのではありませんか？　それというのも、だんな様に絶えず怒鳴りつけられ痛めつけられてきたからです。だんな様は奥様に、自分ほどすぐれた人間はこの世にふたりといない、これほど立派な人間とひとつ屋根の下で暮らせるのは幸運以外のなにものでもないと思いこませたのです」

ハッティがジャイルズ・ブランドンを嫌っていたのは明らかだ。だが、もとはミセス・

ブランドンのものであろうとなかろうと、ジャイルズが資産を全部管理していたのはたしかなようだ。マークはハッティを見て、この女がナイフで男を殺すのはとうてい不可能だと考えた。とはいえ、やせこけてはいるものの……彼女には鋼のような強さがある。犯人とは思えないものの、容疑者リストからはずすわけにはいかない。

「ハッティ……昼間に使いや買い物などで外出するときは、あそこの鍵束を持っていくのかい？」マークは尋ねた。

「はい。ただ、奥様の用事で出かけるときは持っていきません。わざわざ重たい鍵束を持って出なくても、奥様が入れてくださいますので」

「ほかにこの家にはだれが来る？　もちろん、きみとミセス・ブランドン以外にということだが」

「冗談をおっしゃっているんですか？」

「とんでもない、ハッティ。ぼくはいたってまじめだよ」

「どこから始めたらいいのでしょう」ハッティが言った。「この家へはあらゆるたぐいの人々がお見えになります。ときどき、だんな様はここで会合を開きました。知ってのとおり、だんな様は王制に反対する文章を書いていただけではありません。王室の廃止をもくろむ一派とかかわっていたのです」

「それについてきみはどう思った、ハッティ？」マークはきいた。

彼女は両手をあげ、愉快そうであると同時にうんざりしたような目つきをした。「わたしみたいな人間がどう思おうと、そこになんの意味があるっていうんです？　わたしのような女は……そりゃ、古い主人に仕えつづけることもあれば、新しい主人に変わることもあるけど、ただ働いて生きていくだけ。てっぺんにどのような人が座ろうと、わたしにはまったく関係ありません。わたしはこれから先もずっとどん底にいつづけるんです」

マークはどう応じていいのかわからなかった。「きみは優秀な家政婦だ、ハッティ。それはすばらしい才能なんだよ」

ハッティは目を伏せた。「ありがとうございます」ぎこちない口調で応じ、肩をすくめた。「ミセス・ブランドンの……奥様のために、わたしはここにとどまるつもりです」

「それがいい、ハッティ」マークは言って彼女の両手を握りしめた。「実に見あげた心構えだ。それと、ぼくが言ったことを覚えておくんだよ。きみは非常に才能豊かな女性だということを」

ちょうど彼女がほほえんだときに湯がわいた。

新しい展示物が公開されたばかりで、博物館は人でいっぱいだった。このような催しには必ずといっていいほどかかわっているカミールが、上流階級の人々に限定するのはよそうと主張したため、今日の催しには一般の人々も大勢参加していた。カミールは当然、裕福な人たちが寄付を申しでることに期待をかけていたけれど、一般の人々も参加させたがった理由のひとつは、彼女が人間の善良な部分を信じていたからだ。彼女は特権階級の人たちに、彼らの提供した寄付金がどれほど恵まれない人々の役に立っているのかを見てもらいたがった。

「カフェは一階にあるの」博物館へ入るときにカミールが言った。「しばらくみんなの相手をしてから昼食にしましょう。一時間くらいあとになるわね」

「すてき」アリーは言った。「早く新しい展示物を見たいわ」しらじらしい嘘《うそ》だったけれど、ほかにどうしようもなかった。

「あら、あそこでマギーとジェイミーがジョゼフ・ファロウ卿と話をしている。マークの姿が見えないわ。ファロウ卿と一緒のはずなのに、おかしいわね。もう展示ホールへ行ったのかしら」カミールが言った。

彼女はマギーたちのいるほうへ歩きだした。「一緒にいらっしゃい、アリー」キャットがそっと言ってカミールについていった。

しかし、アリーはためらった。遠くからでもファロウ卿の声が聞こえた。「息子は急用ができて、残念ながら遅れるが、必ず来るだろう」

必ず来るだろうですって？　アリーは胸に怒りがわきあがるのを抑えられなかった。すると、謎《なぞ》めいたあのマーク・ファロウは今回も婚約者と会う時間をとれないのだ。なんという侮辱だろう。

そのときのアリーには、それについてじっくり考えている余裕はなかった。この時間を利用しなければ機会は失われてしまう。彼女は後見人たちがファロウ卿との会話に没頭しているのを確認してから、気づかれないよう壁に沿ってゆっくり歩き、正面玄関へ引き返してドアをさっと出た。目立つことを恐れて走りはしなかったけれど、大急ぎで博物館前の階段をおりて通りへ出た。

幸い、この博物館へは幾度となく来ているので、周辺の道路には詳しい。二輪馬車を呼びとめる必要はなかった。歩いていくほうがずっと早く目的地に着く。いつものように街はごった返していた。アリーは労働者や銀行へ向かう実業家、馬車、手押し車、自動車、せわしなく行き交う人々のあいだを縫うようにして足を急がせた。

歩きながら、小川のほとりへスケッチブックを置き忘れてきた自分のうかつさを嘆いた。そのスケッチブックには、われながらなかなかの出来栄えだと思える文章が書いてある。もっとも、今スカートのポケットに忍ばせている文章にも彼女は相当な誇りを持っていた。

自分の行為が世の中にとってどれほど意味のあるものか、わたしは思い違いをしていなかった。先ほど州長官のオフィス前の階段上にいる婚約者を見て、その演説を聞いたとき、アリーはいっそう確信を深めた。それまでの彼女は、時として不安に駆られ、時として自信を抱き、また時として自分は文章を書く才能に恵まれていないと落ちこんだりしたものだ。しかし彼の演説を聞いて、まだまだ学ぶべきことはたくさんあるとわかってはいるが、やはりこれからも論説の投稿を続けなければならないと確信したのだった。急に出席することになった今回の昼食会のおかげで、なにげないふうを装って村から論説を郵送する代わりに、市内で投函《とうかん》する機会ができた。

実際のところ考えてみれば、このような機会を作ってくれたマーク・ファロウの無関心ぶりに感謝しなければならない。彼が時間どおりに来ていたら、アリーは博物館を抜けだす機会を持てなかっただろう。

あのマークという男性が演説の才に恵まれていることは認めざるを得ない。彼女はふと足をとめて考えた。彼は大声を張りあげたり怒鳴ったりはしなかった。その声は力強く、落ち着きと自信に満ちていた。

彼は真心をこめて分別に富む話し方をした。しかも彼には、群集の注意を釘《くぎ》づけにするだけの肉体的な存在感があった。

おそらく彼は金持ち貴族のぐうたら息子などではなく、礼儀をわきまえた立派な人物なのだろう。

アリーはすっかり物思いにふけっていたので、あとをつけられているかもしれないとはまったく思わず、歩いているあいだ一度も振り返らなかった。

最後の角を曲がると、すぐ前方に郵便局が見えた。なかへ入ったアリーはケープのフードをかぶったまま列に並んで順番を待った。ようやく窓口へたどり着いたので、折りたたんである手紙をポケットから出して男性事務員に渡し、郵送料を払ってから、オリヴィア・コテージ宛《あて》の郵便物が届いていないかどうか尋ねた。事務員が封筒を渡してくれたので、彼女は礼を述べて郵便局を出た。

通りを博物館のほうへ引き返してくるとき、〝〈マダム・ルドヴォの優雅なフランス風デザイン〉まもなく開店〟と広告の出ている店のドアの前に少し奥まった場所があったので、アリーはそこに隠れて封筒を破り開けた。なかに入っていた小切手を目にして、おごそかな気持ちになる。金額はたいしたことはないけれど、アリーにしてみれば驚くべきことだった。匿名Aの文章が二度新聞に載った。そして原稿料が支払われた。二度も。それはつまり、彼女には夢を実現する能力があることを意味する。達成感はこのうえなく甘美だったので、彼女はしばらく陶酔した気分に浸った。

やがてアリーはわれに返った。

首にかけている時計を見たとたんに気持ちが沈んだ。予定よりもずいぶん時間がかかってしまった。彼女は急いで博物館へ戻ったが、このときも後ろを一度も振り返らなかった。

7

紅茶を飲んだあとでマークはイアンと交替した。

今朝のエレノア・ブランドンは憔悴《しょうすい》しきってはいても正気に見えた。彼女は食べ物をほとんど口にしなかったし、紅茶も飲まなかった。

「エレノア」マークはやさしく声をかけた。「どんなにちっぽけなことでもいい、捜査に役立ちそうなことで、きみからぼくらに話せることがあるんじゃないか？」

マークの声ははるか遠方から彼女の耳に届いたかのようだった。エレノアはなんとかマークに注意を向けてほほえんだが、陰気な笑みだった。「わたしは知っていることをいやになるほど繰り返し話したわ。でも、聞いたところによれば、警察はときどきあなたに依頼して証人を尋問させるのだとか」

マークは肩をすくめた。「ぼくは話を聞きだすのがうまいだけだ。そして聞きだした話をまとめ、そこから事実を突きとめようとする」

エレノアは疑わしそうな目で彼をじっと見た。「わかったわ」

いったい彼女になにがわかったのだろう、とマークはいぶかしんだ。

突然、彼女がほほえんだ。「警察は夫とわたしの仲がうまくいっていたかと尋ねたわ。そんなことをきくなんて、あなた、信じられる？」

「気の毒だが、エレノア、配偶者を失った妻や夫はたいていそういう目に遭わされる。なぜなら愛と憎しみは強く結びついているからね」

「あなたはわたしがやったかもしれないと考えているの？」

「いや」マークはきっぱり否定した。

「そう。ところであなたは、ジャイルズに敵がいたかどうかをわたしに尋ねないの？　だって、当然ながら夫には敵が大勢いたんですもの。金と権力のある敵が。女王に守られている敵が」

「エレノア、勝手な推測をしてはいけないよ」マークは穏やかに諭した。

エレノアは乾いたしわがれ声で低く笑った。「ヴィクトリア女王みずからが王座からおりて夫の喉を切り裂きに来たとは、いくらわたしだって考えていないわ。でも、女王がわたしの夫の死を願っていたのは事実だと思うの。王室一族がジャイルズの死を願ったのは当然なのよ。彼らはそれほど立派でも高潔でもないわ」不意に彼女は身を乗りだした。「切り裂きジャックの事件を覚えているかしら？　当時、アルバート・ヴィクター王子がなんらかのかたちで事件にかかわっていると噂《うわさ》された。王子が庶民のカトリック教徒と結婚した事実から、国民の目をそらすための謀略だとね。王子を世間の非難から守る最善の方法、それは、哀れなその女性と大勢の売春婦を殺害し、犯行をひとりの狂人の仕業に見せかけることなのよ。なんてうまいやり方でしょう！」

「エレノア、その話はだれでも知っているが、まったく道理に合わないよ。王子が関係を持ったとされる女性は、なるほどカトリック教徒だった。しかし、彼女は売春婦ではなかった。仕立屋で働いていた女性だ」

エレノアはじれったそうに手を振った。「彼女たちだって最初はみなイーストエンドでまともな仕事に就いていたのよ。そしていつしか売春婦に身を落とし、一杯のジンをどうやって手に入れるかということにしか興味のない、不潔な醜い老婆になっていったの」

「しかし、切り裂きジャックが殺したのは哀れな老いた売春婦であって、身分の低い女工ではなかった」

「メアリー・ケリーは年寄りなんかじゃなかったわ。彼女は若くて、まだきれいだったという話よ」

「彼女が売春婦だったことはたしかだ」

「警察は切り裂きジャックの正体を知っていたに違いないと、わたしは信じているの」彼女はきっぱりと言った。「そのときと同じように、今回の一連の事件でも、警察は犯人を知っているに違いないわ」

「夫は王室一族によって殺されたのではないと、わたしを説き伏せようとしても無駄よ」

「エレノア……」

マークは椅子に深く座りなおした。外出するだけの元気をとり戻したら、エレノアはあちこちで王室を非難する言葉をわめきちらすだろう。マークはどんな男性や女性にも自分の意見を述べる権利があるという信念の持ち主だが、それにしても……。

「エレノア、きみは忘れているんじゃないか？　死んだことにより、きみのご主人は大義のための殉教者になったんだよ。それに」マークはそっと続けた。「きみも知っているだろう、警察はあらゆる可能性を調べなければならないんだ。たとえ……」彼は言いよどんで、気の毒そうに彼女を見た。

エレノアはマークを見つめたあとで、あえぐように言った。「わたしは今でも疑われているの？」彼女はきいた。「でも……わたしはここにいなかったのよ」

「警察はきみの妹さんに話を聞いた。アリバイの裏づけをとる必要があったからね」

エレノアの表情が険しくなった。「妹とわたしはあまり仲がよくないの。でも、妹が嘘《うそ》をつかないことくらい知っている。わたしは妹のところにいたわ」

「ああ、妹さんはきみが彼女の家にいたと証言した」

「妹はわたしを家に泊めたくなかったの。わたしだって妹のところになんか行きたくなかった。夫が……」

「ご主人がきみを追いだしさえしなかったら」

エレノアは気色ばんで顎をつんとあげた。「あなたには夫のような天才を理解できないんだわ！」

「エレノア、きみにとって大切だった人を悪く言うのは気が進まないが、彼の才能には残虐な面があったことを、きみは知っているはずだ」

彼女は顔をそむけたが、マークはその顔がわずかに赤らんだのを見逃さなかった。

「エレノア、きみはこの家の鍵《かぎ》をどこへしまっておくんだい？」彼はきいた。

エレノアは不快そうな表情になった。「鍵は……わたしの手提げ袋へ入れておくこともあるし、ベッドルームの化粧台の上に置いておくこともあるわ」

「ご主人と一緒のベッドルーム？」マークは静かに尋ねた。

またもや彼女の顔が赤らんだ。「わたしたちのベッドルームは別々になっていたの。そういうのって、世間ではそれほど珍しいことではないでしょう？」言い訳がましく続ける。

「ジャイルズはよく夜遅くまで仕事をしたわ。そんなとき、わたしの眠りを妨げないで自由に出入りする必要があったの」

「すると、家のなかのだれかがきみの鍵を手にする機会はあったのだね？」

エレノアは肩をすくめた。

「聞いたところでは、ご主人は王制打倒を主張する活動家たちをよくこの家へ招いたそうだが」

「ええ」

「女王陛下に忠実な人々もよくこの家へ招いたのかい？」

「とんでもない！」

「どうやら」マークは穏やかに言った。「この家の鍵が盗まれて合鍵が作られたようなんだ。おそらく家のなかで盗まれたのだろう。女王陛下に忠実な人々を家へ招いたことがないとすれば……ぼくは結論を押しつける気はない、きみにじっくり考えてほしいんだ」マークは言葉を切り、厳しいまなざしでエレノアの目を見た。「それから断言しておこう、きみのご主人を殺した犯人は、われわれが必ず捕まえる」

荒い呼吸はなかなか静まらず、心臓が音高く打っていたので、アリーは人に不審がられるのではないかと気が気でなかった。だが、博物館の警備員は彼女を見て親しそうな笑みを浮かべただけだったので、アリーは制服を着た男子生徒の一団にまじってらくらくと館内へ入ることができた。

彼女は生徒たちの後ろに立って、教師が古代の葬儀のあり方や芸術的な埋葬品について説明するのを聞きながら、呼吸と鼓動がおさまるのを待った。そのとき肩をぽんとたたかれたので、ぎょっとして振り返ると、サー・アンドルー・ハリントンが立っていた。

「ミス・グレイソン、こんなところにいたんだね。きみが博物館へ来ていると聞いてあちこち捜しまわったけど、どこにもいないのであきらめかけていたんだ。不実な婚約者が到着する前に、きみに挨拶《あいさつ》しておきたかったのに、それすらかなわないのかと思い始めていたよ」アンドルーは彼女の横に並んで立った。「どこへ行ってきたんだい？」彼は尋ねた。「それこそ〝死に物狂い〟で捜しまわったといっていいが、それではあまりに大げさでみじめったらしく聞こえるからね」

アリーは笑った。「わたしたち、前にも会っているじゃない」

「ああ。しかし以前に会ったときは、きみもまだ若かったし、怖い後見人が大勢ついていたから、おとなしくしているほかはなかった。いつか求婚できる日が来るだろうと期待していた男たちは、ぼくのほかにもたくさんいるんだよ。きみの社交界デビューと婚約発表が同時に行われるなんて、だれが知っていただろう？」

彼女は思わずほほえんだ。アンドルーはただお世辞を言っているだけなのだ。きっとどの女性にも同じことを言うのだろうと思ったが、愛想がよくて魅力的な彼と話をするのは楽しかった。「サー・ハリントン、あなたを前にしただけでうれしさのあまり卒倒してしまう若い女性が、いっぱいいるんじゃないかしら」

アンドルーは笑って肩をすくめた。「まさか、いくらなんでもそこまでは。それはそれとして、もう新しいミイラを見たかい？　さっき見たら、すっかり包装が解かれてあった。

さあ、行こう。連れていってあげるよ」

「まだカフェへ行かなくていいのかしら？」アリーは気づかわしげに尋ね、首にかけている時計を見た。

「もう少し時間があるよ」アンドルーが言った。

彼はアリーの肘に礼儀正しく手をかけて隣の部屋へ連れていった。すぐに彼女はセイン・グリアがいることに気づいた。いつものようにメモ帳を手にして壁に寄りかかっている。彼の注意は展示物にではなく、そこにいる人々に向けられているようだった。アリーが部屋へ入ってきたのを見て、セインは壁から体を離した。アンドルーが彼女に付き添っているのは見えたはずだが、気にするふうもなく近づいてくる。なにを記事にするつもりかしら、とアリーは思った。

「ミス・グレイソン」

ふたりは立ちどまった。そばへ来たセインが手を差しだした。

「こんにちは。お邪魔して悪いけど、きみの婚約は報道価値があるもので」

「なぜわたしの婚約が大きなニュースになるの？」彼女は尋ねた。

セインの笑みが大きくなった。「きみは知っているだろう、マーク・ファロウはだれからも――」

「王族の男性を除き、いちばん理想の結婚相手と見なされている」アンドルーがそっけない口調であとを引きとった。

アリーは眉をひそめたが、セイン・グリアは、ぼくならそういう言い方はしないとでもいうように肩をすくめた。しかし、アンドルーが彼の言わんとするところを述べたのはたしかだ。

「わたしからなにを聞きだしたいとお考えなの、ミスター・グリア？」アリーは小声で尋ねた。

「そうだな、質問していいなら答えてもらえないか。世界には、いや、この英国にだって彼にふさわしい女性は無数にいるのに、なぜきみが栄誉ある結婚相手に選ばれたのだと思う？　たしかにきみなら信じられないほど美しい花嫁になるだろうが、ただ……きみは貴族の家柄ではない。それどころか、きみは孤児だ」

アリーはまじまじとセインを見つめ、わたしがなにを言っても彼にゆがめて解釈されるのではないかしらと考えた。それにしてもなんてぶしつけな質問だろう。とはいえ、彼は新聞記者だ。ぶしつけかどうかなんて気にしていられないのだろう。

「カーライル伯爵はわたしの法的な後見人なの」アリーは言った。「この婚約がとり決められたのは、きっと伯爵とファロウ卿《きょう》が親しかったからだわ」

「しかし……」

セインは無理にでもなにかを聞きだそうとしている。なにかを探りだそうとしている。

隠された意味を。

　だが、かりに隠された意味があったとしても、アリーにはそれがどんなものか見当もつかなかった。

「悪いけど、わたしにはこれ以上答えようがないわ」アリーは言った。「そのような質問はスターリング卿かファロウ卿にしたほうがいいんじゃないかしら。あるいはマーク・ファロウご本人に」

「きいたけど、マーク・ファロウはまだ答えてくれないんだ」

「だったら待つほかないわ」

「おいおい、グリア」アンドルー・ハリントンが口を出した。「ミス・グレイソンに質問するのはかまわないが、いやがっていることを無理に聞きだそうとするんじゃないぞ」

「これはすまなかった」セイン・グリアがあわてて謝った。

「答えられることならいくらでも答えてあげたいけど」アリーは言った。

　そのときを見計らっていたかのようにライオネル・ウィトバーグ卿がやってきてアリーを救った。「ああ、そこにいたのか、アリー。レディ・カミールがきみを捜していたよ」

「今、カフェへ行こうとしていたところです」アリーは言った。

　セインはウィトバーグ卿に向かってうやうやしく会釈した。「どうも、閣下」彼は言った。

ウィトバーグ卿はうなずき返したものの、記者風情に関心はなさそうだった。「物書きか」セインが去るとつぶやき、言葉を継いだ。「やつらはわれわれみんなの悩みの種だ」

アリーはウィトバーグ卿の意見に同意できなかったが、彼に導かれてその場をあとにした。広い大理石の階段をおりて一階のカフェへ行くと、すでに後援者や一般の人々であふれていた。

「レディ・カミールはあちらの上座に座っている。きみの席は彼女の隣だ」

ウィトバーグ卿に礼を述べて示された席へ歩きだしたアリーは、室内のほとんどの目が値踏みするように自分を注視しているのを痛いほど意識した。今年社交界デビューした大勢の若い女性が彼女を見つめている。そしてその母親や保護者たちも。そのときになってようやくアリーは、マーク・ファロウは本当に結婚相手として最高の男性と見なされていることを悟った。

しかし、主賓であるその男性の姿は相変わらずなかった。

アリーを見つめている人たちは、婚約しているにもかかわらず彼女がこの席にひとりで出なければならないことを知っているのだ。

カミールの隣の席に腰をおろしたアリーは右側の席が空いていることに気づいた。ブライアンはカミールの隣ではなく、レディ・ニューバーグの隣に座っている。彼女は大英博物館の後援者としてスターリング卿に次ぐ巨額の寄付をしているという話だ。

「遅くなってすみません」アリーは謝った。

「全然かまわないわ。まだ二階からおりてこない人たちがいるの」カミールは安心させるように言って、アリーの手をぎゅっと握った。

カミールの向かいにはファロウ卿が座っていた。彼はアリーのほうへ身を乗りだして言った。「もうすぐ息子も姿を見せるだろう」

だが、マーク・ファロウはなかなか姿を見せなかった。きゅうりのサラダが出されたとき、大英博物館に代々かかわってきたブライアンが立ちあがって、集まった人々に歓迎の挨拶をした。彼は弁舌が巧みで、室内は笑いと拍手に包まれた。

続いて古代エジプト遺物部の部長が立ちあがって話し始めた。いかにもまじめそうなこの小柄な男性は、人柄はよさそうだが話は下手だった。アリーの考えは知らず知らずほかへそれていった。

席がキャットの隣だったらよかったのに、とアリーは思った。キャットは親しい友人のアーサー・コナン・ドイルと並んで座っている。彼が講演者や客として出席している催しに同席したとき、アリーは機会をとらえては彼との会話を楽しんだ。実生活に関する彼の話はいつもアリーをわくわくさせ、ときには悲しくさえしたけれど、がっかりさせたことは一度もない。室内を見まわしたアリーの目に、作家や政治家、舞台で見たことがある俳優、オペラ歌手など有名人の姿が映った。重そうな装置を抱えて駆けずりまわっている助手を連れたカメラマンもいた。

部長の単調な声は延々と続き、メインの白身魚のフィレンツェ風トマトソースが運ばれてきたあとも終わらなかった。

そして料理が片づけられたあとも。

デザートにあんずのシュークリームが出たときも、彼は話しつづけていた。

アリーは耳を傾けているふりをした。コーヒーが注《つ》がれているときに隣を見た彼女は、カミールの目に心配そうな光が浮かんでいるのを見た。ふたりが同じことを考えているのは明らかだった。早く部長が要点を述べて話を切りあげないと、後援者たちは金を返せと要求しだすだろう――それも利子をつけて。

「やあ」

突然、耳元でささやかれた声にびっくりするあまり、アリーは悲鳴をあげそうになった。幸い、なんとかこらえて、彼女は振り返った。

ようやく婚約者が到着したのだ。

彼は隣の椅子を引きだして腰をおろした。間近で見る彼の顔はハンサムできりりとしていた。淡い黄褐色の上着にたるみがないほど肩幅が広く、ブロケードのベストは体にぴったり合っていて、茶色のズボンは最新流行のものだ。彼の目は……。

アリーの心を乱した。快活なその目は青くて、虹彩《こうさい》の縁は黒っぽい灰色をしている。彼にはなにかがあった……。

「すまない、許してほしい。用事で遅れてしまった」彼はささやいた。「ぼくがマーク・ファロウだ」

アリーは言葉に詰まったことなど一度もないが、このときばかりは口をきけなかった。彼女はうなずき、ようやくどうにか言った。「はじめまして。どうぞよろしく」なんとばかげた挨拶だろう。わたしはこの人と婚約しているのだ。

いいえ、ばかげているのは婚約している事実なのだ。

突然、嵐《あらし》のような拍手が起こって、話をしていた部長が顔を赤らめてお辞儀をし、もう一度頭を下げた。気の毒に。人々の拍手は話が終わったことを歓迎するものであるのを、彼は知る由もないのだ。

「マーク」カミールが喜びの声をあげた。「やっと来たのね」

「申し訳ない。どうしても抜けられない急用ができたもので。実際のところ、ここへ来たのはぼくがいちばん早かったんだ」彼はすらすらと言って言葉を切り、カミール越しに父親へ愛情のこもった笑みを向けた。「残念ながらここへ着いたとたんに呼びだされてしまった。しかし……ミス・グレイソン、よかったらこれから新しい展示物を見に行かないか？」

「喜んで」アリーは言った。

彼はにっこりして立ちあがり、彼女の椅子を引こうと手をかけた。「みなさん、失礼してよろしいですか……？」

「もちろんよ」カミールが全員に代わって答えた。

そこでアリーは立ちあがってケープを腕にかけ、会ったばかりの婚約者に導かれて出口へ向かった。

マークは何人かの知人に手を振ったりそこここで言葉を交わしたりしながら、テーブルのあいだをゆっくり進んでいった。部屋を出たとたん、フラッシュがふたりの目をくらませた。

あのカメラマンが職務に励んでいるのだ、とアリーは皮肉な気持ちで考えた。

セイン・グリアもいてメモ帳にペンを走らせている。彼はいつもの悲しそうな笑みをアリーに向けた。

「マーク！」だれかに呼びかけられて、マークが足をとめた。声のしたほうを振り返ったアリーは、アーサー・コナン・ドイルがにこにこしながら近づいてくるのを見て驚いた。

「それにアリー」挨拶のキスをするとき、彼の口ひげがアリーの頬をくすぐった。「話を聞いてすごく喜んでいるんだ、マーク。こう言ってはなんだが、人間のなかには、真実がすぐ目の前にあるのに、それを見ようとしない者たちがいる」

「アーサー、あなたは非常に聡明《そうめい》な方だ」マークがそう言うのを聞いて、アリーは少しだけ彼が好きになった。彼の言葉が心から出たもののようだったのと、彼女自身がこの作家を尊敬していたからだ。「実を言うと、いくつかの問題についてあなたの考えをお聞きしたいと思っていたんです。近々お時間をいただけますか？」

「いいとも。あとで日にちを決めよう」

「助かります」

「ふたりとも、おめでとう」コナン・ドイルはそう言うと、さっと手を振って歩み去った。

「彼とは親しいの？」アリーが尋ねた。

「きみと同じくらいじゃないかな」彼の返事はそっけなかった。

「彼って、すばらしい方ね」

「きみの好きな作家なのかい？」

アリーはためらった。「ええ。それからアメリカの作家のポーも大好き」

「本当かい？　ポーには陰惨な傾向があるのに」

「わたしはすごく魅力的な作家だと思うわ」

「実はぼくもなんだ。ポーの送った悲惨な人生にも興味をそそられる」

ふたりは階段に達した。ほかの人たちに今の会話を聞かれたかもしれないと気づいたアリーは、あたり障りのない話題であったことに安堵《あんど》した。新しい展示物が公開されている階へ出たところで彼女は立ちどまり、後ろを振り返った。

記者もカメラマンも姿を消していた。

アリーは腕を振りほどいた。「率直に話していいかしら?」彼女はきいた。

「どうぞ」

「こんなことを無理にしなくてもいいのよ」

「なんのことかな?」

「あなたは、その、なんて言ったらいいか、つまり、社会階層のいちばん上に位置する人だわ」アリーはささやいた。この彼の目! ばかげていて不可解ではあるけれど、マークの目を見てアリーは既視感を覚えた。彼にふれられたときもそうだ。その瞬間、アリーは自分がなにを考えているのか悟った。マークの目は追いはぎの目に信じられないほど似ている。ばかばかしい、と彼女は自分をあざけった。あの追いはぎは覆面をしているところしか見なかったじゃない。とはいえ……ここにある彼の目は……。

ふたりは背丈が同じで、どちらもたくましい体つきをしている。それに声も……。

いいえ、そんなことはありえない。

「わたしにはなにがなんだか理解できないの。実際のところ、理解できる人なんて、このイングランドにひとりもいないんじゃないかしら。どうやらあなたのお父様とスターリング卿は中世風のとり決めをなさったようね。誤解のないように断っておくけど、わたしはスターリング卿を深く尊敬しているわ。でも、あなたはそれに従う義務があるなどと思わなくていいのよ。わたしは身寄りのない貧しい孤児なんかじゃない。自分の面倒くらい自分で見られるわ」

「ぼくとの結婚を断るつもりかい？」マークがきいた。

「いいえ、断るのではなくて……」

「よかった。さあ、来たまえ。展示物を見に行こう」

マークが歩きだしたが、アリーはその場を動かなかった。不意に彼女は怖くなった。マークが振り返って彼女の腕をとり、一緒に前へ進みだした。

「きみは古代エジプトの文物に詳しいだろう」

「どうしたって詳しくならざるを得ないわ」アリーはそう言って、恐怖心をのみこみ、ありえない結論を否定した。「わたしはよくカーライル伯爵のお城に泊まったけど、そこの装飾はどの部屋もエジプトのものばかりだった。それにもちろんレディ・キャットのアトリエで過ごしたり……わたしが言ったこと、理解できたかしら？」

「ぼくがきみと結婚しなくてもいいということかな？」

「そうよ」

「そしてぼくはきみに断るつもりかと尋ねた」

「わたしは断るつもりでこの話を持ちだしたんじゃないの」

「よかった。じゃあ、結婚の話はこのまま進めてもらおう」

再びマークは先へ進みだした。そしてヒエログリフが刻まれている大きな石のそばで立ちどまった。

「これを読めるかい？」彼は尋ねた。

「この場を踏みにじる者はイシスの怒りを買う」アリーはすらすらと読んだ。「あなたはわたしのことをなにひとつ知らないわ」彼女はマークに言った。

不意にマークが笑い声をあげた。「きみのことは全部知っている。そうだな……〝彼女の髪は金の糸のようで、目は太陽のごとく明るく輝き、声ときたらひばりのようだ〟これはスターリング卿の言った言葉だけど、きみを見て彼が嘘つきでなかったとわかったよ」

「ありがとう。うれしいことをおっしゃるのね。でも、やっぱりあなたはわたしのことを知らないんだわ。それにわたしもあなたを全然知らないし」

「ぼくはウォレン伯ジョゼフ・ファロウ卿のひとり息子だ。そのほかに、きみが知っておくべきことがあるのかい？」

アリーは顔をしかめた。マークの質問は鋭く、そして腹立たしかった。彼はこう考えているのだろうか？　称号があるだけで彼は理想的な結婚相手なのだから、それ以外のことは彼女にとって問題ではない、と。

だとしたら、マークは間違っている。アリーはやっと彼に会い、そして会ったことを後悔した。今朝、群集に向かって語りかけているときの彼はすばらしかった。アリーは彼を思慮深い人、彼女の言葉にじっくり耳を傾けてくれる人だろうと考えた。ところが実際に会ってみると……。

「実を言うと、この展示物はもう見たの」彼女は嘘をついた。「とても楽しかったわ。お互いに知りあえてよかったわね」それから嘘に嘘を重ねた。

ばかげたことになぜこれほど大きな怒りを覚えるのか、彼女自身わからなかった。おそらくそれは、マークがあの追いはぎにそっくりなのに、話をしてみたらエリート意識のかたまりみたいなろくでなしだとわかったからだ。

アリーは彼をそこへ残してあてもなく歩きだした。すぐに彼から自由になれた。そのときはそれだけが重要だった。

「ミス・グレイソン！」

彼女にはマークの声が聞こえなかった。

いや、聞こえたに違いない。彼女は聞こえなかったふりをしているだけだ。マークは顔をゆがめた。ぼくが愚かだったのだ。ぼくは追いはぎのときとほんの少し声色を変えようとした。髪はほどいてきた。衣服は追いはぎのと違う仕立てのものを選んで着てきた――乗馬ズボンや、膝まであるブーツや、ゆったりとした生成りのシャツとはまったく異なるものを。

ぼくは追いはぎと違う人間になりたかった。どうやらうまくやりすぎたようだ。彼女は追いはぎが好きなんだ。ぼくを好きではない。

マークは眉をひそめた。アリーが消える寸前、腕にかけているケープからなにかが落ちたのだ。彼は急いでそこへ行って拾いあげた。

オリヴィア・コテージ宛《あて》の封筒で、送り先の住所は近くの郵便局になっていた。すぐにアリーを見つけて返さなければと思い、マークは急いであとを追いかけようとした。そして思いとどまった。

彼女はぼくから離れたかったのだ。だったら、そうさせておこう。マークは思案に暮れて封筒を指でたたいた。オリヴィア・コテージ？　たぶんこれはアリーのものではないのだろう。おそらく彼女がケープを手にしたときに、たまたま封筒も一緒に拾いあげてしまったのだ。

封筒を開けると、日刊紙を出している新聞社がオリヴィア・コテージ宛に振りだした小切手が出てきた。マークは顔をしかめて首を振った。ロンドンの新聞記者は全員知っているつもりだが、この名前は耳にしたことがない。彼はいらいらした足どりで歩きだした。ジャイルズ・ブランドンの屋敷から大急ぎで博物館へ駆けつけたのに、さっそく婚約者にはねつけられたのが腹立たしかった。

彼ははたと立ちどまった。

匿名A。

オリヴィア・コテージは匿名Aの本名に違いない。となると、匿名Aなる人物は館内のどこかにいるのではなかろうか。

そして、まずい人間がこの小切手を見つけていたら……。

マークは不安になって頭を振った。殺人をやめさせなければ。しかし、こちらが見つけて逮捕する前に、殺人者はまた犯行を繰り返す可能性が高い。

しかも真っ先に狙《ねら》われるのは匿名A、つまりオリヴィア・コテージだろう。殺人を犯している冷酷な狂信者は、犯人の動機や正体について説得力に富む論説を書いた人物を憎んでいるに違いない。

急に室内が寒々しく感じられた。

アリーがうっかりケープと一緒に封筒を拾いあげたのではないとしたら？

彼女が匿名Aだとしたら？

アリーが正面玄関から走りでると、疲れきった表情のセイン・グリアがしょんぼりと石段に腰をおろしていた。

視線をあげた彼の顔に、ほんの一瞬、落胆の色がよぎったのをアリーは見た。

彼のほうでもアリーの顔に幻滅の表情が浮かんでいるのを見たのだろう。

ふたりは一緒に笑いだした。

彼がかたわらの石段をたたいた。「ぼくみたいな卑しい記者の隣でよかったら、ここへ座らないか。きみは一度ならずぼくを気に障るやつだと思っただろうが、今のきみはどこかへ逃げたがっているように見える。質問攻めにしたりしないと約束するよ」

アリーはためらったあとで肩をすくめた。だれかが出てきて、レディにふさわしからぬ振る舞いだと見とがめるかもしれないが、気にしなかった。アリーは彼の隣に腰をおろした。

「婚約者はどうしたんだい?」セイン・グリアが尋ね、あわてて片手をあげて続けた。「悪かった。質問はしないと約束したばかりだっけ」

「なぜそんなに落ちこんでいるの?」アリーは尋ねた。

セインは頭を振って彼女を見た。「匿名Aのせいさ」彼は言った。

「なんですって?」アリーは驚いてきき返した。

「ぼくは一流の記者ということになっているけれど、匿名の投稿者のおかげで、ぼくの記事は第二面へ追いやられてしまった。しかも一度ならず二度までも。そして今日は社交欄なんかの記事を書くためにここへ来ているんだよ」

アリーはほほえみ、彼を安心させようとして言った。「あなたは事実を鋭い視点でとらえて客観的な記事を書くすぐれた記者だわ。ただ、編集者たちは公平でなければならない。

それぞれの政治的傾向がどうであれ、彼らはジャイルズ・ブランドンの論説と正反対の意見も載せなければならなかったのよ。とりわけ第一面に彼の殺害に関する記事が大きく掲載されたとあれば。たぶん聡明なだれかが、内戦状態になるのを防ぐにはそれしか方法がないと考えたんだわ」

「わが国が再び内戦状態になることなど、ありえないよ」セインは憤然と言った。

「あなたはそれがどれほど悲惨なものになりうるかを見たはずよ」アリーは彼に気づかせた。

「ああ、たぶん。どうして知っているんだい?」

「ジャイルズ・ブランドンが殺された日の翌日にあなたを見たの。そして今日も」

「きみの婚約に関する記事を読んだ?」セインがきいた。

アリーはそっと笑った。「実は読んでいないの。わたしは新聞をあまり丹念に読まないから」

「本当に?　例の論説は読んでいるじゃないか」

「ごめんなさい。読まないと言ったけれど……その、たいていは新聞の最初から最後まで目を通すわ」

「きっとその記事を気に入ってもらえると思う。正直なところ、ぼくはきみの婚約者が自分の婚約披露パーティにさえ姿を見せなかったことを書いたけれど、彼にとって悲しむべき日であったに違いないとも書いたんだよ。なぜなら、きみほど内面と外見双方の美しさで光り輝いている女性は見たことがないから、とね」

「やさしいのね。ありがとう」

細面で忍耐強そうな顔をしたセインは首をかしげ、興味深げな目でアリーをじっと見た。

「質問しないと約束しておきながら悪いけど、なぜそのような婚約がとり決められたんだ？　誓ってもいい、このことは絶対に口外しないよ」

アリーはうんざりしてため息をついた。「嘘じゃないのよ！　たとえスターリング卿とファロウ卿は友人同士だという事実よりもっと深い事情があったとしても、わたしは知らないわ」

「興味をそそられないの？」

「わたしには……ほかに心配事があったの」

「追いはぎに襲われたあと、いまだに恐怖を覚えることがある？」

彼女はにっこり笑って首を横に振った。

「だったら……？」

「生活、かしら」

「生活？　まるで生活に不安があるような言いぐさだね。ファロウ卿の資産がどのくらいあるか知っているのかい？」

「ファロウ卿の資産？　いいえ、知らないし、興味もないわ」

「しかし、きみの運命は彼の息子さんと結婚することだよ」

「わたしの運命とおっしゃるの？　わたしの運命は単に結婚することなんかじゃないわ」

セインは彼女を見つめて含み笑いを始めた。「きみは婦人参政権論者にでもなるつもりなのか？」

アリーは納得いかないという表情になった。「女性にも投票権が与えられるべきだわ。最も長期にわたってわが国の支配者の地位にあり、最も繁栄した時代に王座に君臨したのは、ふたりとも女性だったのよ」

「じゃあ、きみは彼を拒もうっていうの？　彼との結婚をなんとかして避けるつもりなのかい？」

「彼を拒むとか、そういう問題ではないの」アリーは落ち着きなさそうにつぶやいた。

「へーえ……」

「どういう意味？」

「きみはスターリング卿がどう思うか気にしているね。当然だ。きみは幼いころから彼の地所に住んできたんだもの」

「わたしのおばたちは才能に恵まれているわ。その気さえあれば、どこの大都会でもひと財産築けたでしょう。おばたちの縫製の腕は超一流なの――」セインがまた含み笑いをしているのを見て、アリーは話すのをやめた。

「やれやれ、ミス・グレイソン、説教はやめてくれ。そんな話を聞くまでもなく、ぼくは女性のすばらしさについて知っているよ。母はまれに見る働き者だった。ぼくら子供に勉強を教えたり本を読んでくれたり……そうそう、ぼくが文章を書くのが好きになったのは母のおかげなんだ。それから床磨きに掃き掃除、洗濯にアイロンかけ、食事の用意と働きづめで、体を休める暇もなかった。子供のぼくが言うのもなんだけど、尊敬に値する女性だったよ。それに母はちゃんとした政治的意見を持っていた」セインはしばらく黙っていた。「もう生きていないが、ぼくの最初の記事が新聞に載ったのを見てもらえた」

「よかったわね」

セインは彼女にほほえみかけた。「知っているかな、ぼくがきみについて書いたことは……充分だったとはとうてい言えない。きみは言葉では言い表せないほど愛らしい女性だ」彼はアリーの手を握った。「こんなつまらない記者でも、きみの役に立てそうなことがあったら、遠慮なく言ってほしい」

アリーは彼の手をしっかり握りしめた。「ありがとう」彼女は礼を述べて立ちあがり、ドレスのしわをのばした。「あなたも助けが必要になったら遠慮しないでわたしに声をかけてちょうだい」

「もしも匿名Aの正体をつかんだら、頼む……教えてくれたら恩に着るよ」

彼女は肩をすくめた。「それは無理かもしれないけど、ほかのことなら……」

「きみの後見人が出てくる」セインは言って、あわてて立ちあがった。

アリーが振り返ると、ブライアン・スターリングとカミールがマギーやジェイミー、キャットやハンターらとおしゃべりしながら博物館を出てくるところだった。ブライアンが顔をしかめているのを見て、きっとわたしを捜しているのだわ、とアリーは思った。最初にアリーを見つけたのはマギーだった。「あら、あそこにいるわ」マギーはそう言ってアリーに手を振った。

「さあ……行きたまえ」セインが促した。

アリーは近づいていって如才なく尋ねた。「わたしを捜していたの？　ごめんなさい。少し新鮮な空気を吸いたくて」

「ええ、そうでしょうとも。マークもあなたを捜しているわ」マギーが言った。「彼はお父様の馬車であなたをコテージへお送りするつもりみたい」

「すてき」アリーは応じた。

そのとき、マーク・ファロウがほかの人たちの背後に姿を現した。「ああ、そこにいたのか、アリー」

ほほえんだアリーは、わたしをアレグザンドラかミス・グレイソンと呼んでちょうだいと言いたかったが、なんとか自制した。

「さあ、行こう。通りを少し行ったところに馬車を待たせてある。少し歩くが、かまわないだろう？　それともここまで迎えに来させようか？」

「歩くのは得意よ」アリーは言った。

「そのようだね」マークが言った。アリーは彼の口調にどことなく怒りがにじんでいるのを感じて驚いた。

「忘れちゃだめよ、金曜日に馬車があなたを迎えに行くから」マギーが呼びかけた。「イーストエンドで過ごす日なの、覚えているでしょう？」

「もちろんよ。絶対に忘れないわ。それにおばたちも一緒に行くことになっているの」

「そう、よかった。あの人たちは役に立てると思ったときしか来ないんですもの」マギーが言った。

マーク・ファロウがアリーのところへやってきて腕を差しだした。腕をとったアリーは鋼のような筋肉を感じた。そして今日、群集に向かって語りかけていた彼を思いだして尊敬の念を新たにした。

残念ながら個人的な会話となると、マークはあのときほど洗練されてはいなかった。アリーが尊敬している貴族階級の人々は大勢いるが、たまたま高貴な家柄に生まれただけで自分は他人よりもすぐれていると思いこんでいる人間はそのなかに含まれていない。

アリーは後ろを振り返った。六人の後見人全員がそこに立って、娘を溺愛《できあい》している親よろしく誇らしそうに彼女を見ていた。アリーの気持ちは沈んだ。

彼らはわたしたちの結婚を心から望んでいる。そして自分たちはわたしのために幸福な未来を用意したと信じこんでいるのだ。

彼女はマークの手を借りて馬車へ乗りこんだ。マークは彼女の隣にではなく、向かい側の座席に座った。御者が手綱を鳴らす音が聞こえ、馬車が動きだした。

やがてアリーは、マークが異様なまなざしで彼女を穴の開くほど見つめていることに気づいた。

「なあ、ミス・グレイソン」マークに呼びかけられたアリーは、今度からもそう呼んでほしいと彼に言っておく機会がなかったことを残念がった。「きみはあのパピルスをどう思った？」

「どのパピルス？」彼女は問い返した。

「展示物の中央にあった大きなパピルスさ」

「ああ、あれ。非常に珍しいものだわ。ずいぶん大きかったでしょう？」

マークはほほえんだ。「どれも同じ形をした三つの石棺については？」

「気味悪かったわね」

「それぞれ形のまったく異なるカノープスの壺《つぼ》についての感想は？　あれほど変わった品を目にしたことがあるかい？」

「いいえ、一度も」

マークは身を乗りだした。「ミス・グレイソン、きみは嘘つきだ。あそこにあった展示物を一度も見たことがないくせに」

「なんですって？」

「きみの嘘は展示物に関するものだけではないと思うよ」マークはポケットに手を入れた。「これはきみのものかい？」彼はきいた。

アリーが仰天したことに、マークがとりだしたのは、オリヴィア・コテージ宛の小切手が入っている封筒だった。

8

アリーは封筒を見つめ、それからなんとか視線をあげてマークの目を見た。「オリヴィア・コテージ？　どうしてそれがわたしのものだとおっしゃるの？」

「きみのケープから落ちたからさ」マークが言った。

アリーは肩をすくめて窓のほうを見やり、カーテンが閉じられていることに気づいた。彼女はマークに視線を戻した。「博物館の紛失物係に渡したほうがいいわ。きっと落とし主が捜しているでしょう」

彼女はまっすぐマークを見つめた。

彼が見つめ返す。

彼女には自分がまばたきひとつせず、感情をまったく表に出さなかったという自信があった。ついにマークは封筒をポケットへ戻した。「で……展示物をなにひとつ見なかったのはどういうわけだ？」

「なにひとつ見なかったわけじゃないわ。それよりもあなたのほうこそ、なぜ昼食会が終わるころになってのこのこやってきたの?」

「きみは展示物を見なかった」マークが言った。「それにぼくが遅れたのには正当な理由がある」彼の口調はどことなく言い訳がましくないかしら、とアリーは感じた。

「わたしたちの婚約については、ふたりでじっくり話しあう必要があると思うの」彼女は言った。

「ぼくが抜けられない用事で昼食会に遅れたからか?」マークがいらだたしげな口調できいた。

「わたしたちはうまくやっていけると思えないからよ」

「ミス・グレイソン、今日ここへ来るために、ぼくは最善をつくしたんだよ」

彼女は手を振った。「あなたはわたしのことを知らない。この婚約はずっと昔から決められていたものよ。それに黙って従うのが、あなたは少しもいやではないの?」

突然、マークが張りつめた表情で身を乗りだした。「ぼくは父のこともスターリング卿《きょう》のこともよく知っている。ぼくらの婚約がとり決められたのにはちゃんとした理由があったに違いない。さもなければとり決めはなされなかったはずだ」

「たとえそうであっても」アリーは穏やかな口調で反論した。「奇妙であることに変わりはないでしょう。わたしはあなたのお父様にお会いして、とても親切な、尊敬に値する方だと感じたわ。だからといって、あなたはなんでも無条件にお父様が決めたことに従うの？」

マークは座席に深く座りなおした。彼も興味を抱いたのだ、とアリーは悟った。不意に彼女は、普段のマークは理由も知らずに指示に従ったりはしないのだと確信した。アリーは彼を嫌いだと思いこんでいたが、驚いたことに今になって彼に違う感情を抱いた。なぜなら……なぜなら急に彼のなかに違う一面が見えたからだ。

再びふたりの目が合った。「教えてくれ、いったいなにが理由で、会ったばかりのぼくにそれほど大きな不快感を抱いたんだ？」

アリーはかぶりを振った。「いずれ称号を継ぐことになるからって、自分を生まれながらに偉い人間だなんて思うべきではないわ」

「ふむ」マークはつぶやいたが、そのあとに続けた言葉には怒りが感じられた。「父のための弁解をぼくにさせないでくれ。父は並はずれて立派な人物なんだ」

「あなたのお父様はたしかに立派な方よ。でも、父親が立派な人物だったからって、その息子が望むものはなんでも手に入ると思ったら大間違いよ」

「なるほど」マークはしばらく口をつぐんだまま、かすかに愉快そうな表情を浮かべてアリーを見つめていたが、やがて身を乗りだして彼女の両手をとり、アリーを驚かせた。彼の指は力強かったけれど、ふれ方はやさしかった。「どうか教えてくれ、ほかにいるのか？　きみが結婚したい相手がだれかいるのか？　きみの心を揺り動かした人が？」

追いはぎよ、とアリーは思った。あなたと同じ目をした人よ。

「いいえ」しばらくしてアリーはきっぱり否定した。「そんな人はいないわ。ほかのだれかと結婚したいとか、そういう問題ではないの」

奇妙なことに彼のふれ方さえもアリーにはなじみのあるものに思えた。彼女はマークの手を見た。手袋ははめていない。指は長くて、アリーの指にまわされている。彼の体はすぐ近くにある。急に彼女の体がほてりだした。彼のなにもかもがあの追いはぎに不気味なほど似ている。アリーはアレクサンドル・デュマの小説『鉄仮面』を思いだした。もしかしたら田舎を馬で駆けまわっているマークそっくりの人物がいて、自分を受けいれない貴族階級に復讐《ふくしゅう》しようと馬車をとめては金品を奪っているのだろうか？

「だったら、ぼくにチャンスをくれ」マークが静かに言った。「この結婚話を計画どおりに進めさせてくれないか。それできみがなにを失うというんだ？」彼は尋ねた。「ぼくはそんじょそこらにはない立派な屋敷を市内に持っている。もっとも最近は父の家にいるほうが多いから、ぼくの屋敷はほとんどいつも空っぽだ。うちの森のなかには狩猟ロッジがあるから、森が恋しくなったら、いつでもそこに泊まればいい。それと北のほうに地所を持っていて、そこにブライアン・スターリングの城と同じくらい古くて頑丈な城がある。ただし、彼の城ほどロンドンに近くはないけどね」

「あなたは財産の話ばかりしているわ」アリーは彼に気づかせたが、自分の顔に自然と笑みが浮かぶのを感じた。

マークは肩をすくめた。「生活の場所があるのはいいものだよ」

アリーは思わず笑い声をあげて彼のほうへ身を乗りだした。「わたしと結婚する見返りに、あなたはなにを得るの？」彼女は尋ねた。「持参金はないわよ。もっとも」彼女はため息まじりに続けた。「きっと後見人たちがなにかを手配しているでしょうけど。わたしには称号もなければ、立派な家柄もない。実際のところ、なぜあなたがわたしなんかと結婚するのか、国じゅうが不思議に思っているのではないかしら」

「ぼくは婚約者が美しい容貌《ようぼう》と美しい心の持ち主であることを知ってうれしかった。それにきみの後見人たちからは絶えずきみの優秀さを聞かされているんだ。きみにはすばらしい音楽の才能があるのだとか」

「あなたみたいな財産家なら英国じゅうの音楽家を雇えるでしょうに」アリーは言った。

「たぶんぼくは、暖炉の前の家族だけの音楽会とか、親しい人の心のこもった歌を聴きたいとか、そちらに大きな関心を抱いているのだろうな」

彼の深みのあるハスキーな声のなにかが引き金になって、アリーの胸が急にどきどきし始めた。信じられない！

この人はわたしを、頭の鈍い女だと考えているのかしら？

ばかばかしい考えかもしれないが、突然アリーはこの人こそがあの追いはぎなのだと確信した。しかし、なぜ彼はそのようなごまかしを続けるのだろう。馬車から金品を強奪しなくても、この人には財産がたっぷりあるではないか。

「すてきな考えね」アリーは彼を見つめてささやいた。この人はわたしをだましおおせたと本気で考えているのだろうか？　覆面をしただけで簡単にわたしをあざむけると？

どうやらそう考えているらしい。

「きみはぼくが口にする考えをことごとく嘘《うそ》っぱちだと思うのかい？」マークがきいた。

「今のわたしには自分がどう思っているのかさえわからない。わたしはあなたに会ったばかりなのよ。それにあなたは、わたしならあなたの夢をかなえてあげられると考えているようだけど、なぜそんなふうに考えられるのか、わたしにはさっぱりわからないし、あなたがこの結婚話を進めたがっている理由もわからないの」

「しかし、ぼくは進めたいんだ」マークは言ったが、声に鋼のような厳しさがあった。アリーは不思議に思って眉をひそめた。この人は追いはぎだ。そして追いはぎとして、彼はわたしと会話を交わした。並んで座った。一緒にダンスをした。わたしと語りあった。

心臓が狂ったように打ちだしたことに気づき、彼女はあわてて顔を伏せた。例の追いはぎに魅了されるのは道徳的にいけないことだとわかっていても、あのときの彼との交流にはなにか……とても心を奪われるものがあった。婚約者と追いはぎが同一人物だと気づいたことで……。

それにしても、なにが進行しているのだろう。

「あなたはとても忙しい人みたい。そんな人の予定に結婚を組みこむことができるとは、とうてい思えないわ」アリーは言って窓のほうへ顔を向けた。

「組みこんでみせるよ」マークがささやいた。

アリーは外を見ようとカーテンを押し開けた。早く森のコテージへ着けばいい。さもないと心のうちを見透かされてしまうかもしれない。

「なにかまずいことでも?」マークがきいた。

アリーは自分を抑えられなかった。窓のカーテンから手を離してマークを振り返る。

「わたしは少し神経質になっているみたい。追いはぎに襲われたのがこの近くだったから」

マークは座席の背にもたれた。「この馬車が追いはぎに襲われることは絶対にないと思うよ」

「あら? 彼はすごく勇敢な……というよりも無謀な人よ。カーライル伯爵の馬車を襲ったくらいですもの」

「しかし、きみはその馬車にひとりで乗っていたのだろう」

「わたしがひとりだったなんて、彼が知っていたはずはないわ」

「そのならず者はきみを見張っていたのかもしれないよ」

「きっと彼は少しばかなのだわ」

「ばかだって？　その男はまんまと官憲の手を逃れつづけているんだよ。それにカーライル伯爵の手も」

アリーは眉をつりあげた。「まるで彼の弁護をしているように聞こえるわね」

「弁護なんかしているものか！」

彼女は自分の考えを悟られまいと顔を伏せて手を見つめた。マークと追いはぎは同一人物だという確信はますます深まった。わからないのは、なぜ彼がふたりの人物を演じているのかということだ。

突然、アリーが身を乗りだしてマークの手をとったので、彼は驚いたようだった。アリーは心強さを求めているふりをして彼の指を丹念に調べた。「彼は捕まるでしょう。いつか必ず。でも、捕まる前にこの馬車を襲うかもしれない。そうよ！　彼は前に一度この馬車を襲ったのよね。そうなんでしょ？　あなたのお父様が襲われて金品を奪われたという話を聞いたわ。そのあと、追いはぎは奪った金品をイーストエンドのいくつかの教会へ気前よく寄付したのだとか」

マークはまばたきひとつしないでアリーを見つめつづけた。彼が関心を持ったことは、指のかすかな引きつりに表れていた。彼は手を引き抜いて座席にもたれ、つぶやいた。

「すっかり忘れていたよ」

「自分の父親が襲われたというのに、よく忘れることができるわね」アリーはとがめた。

マークはたいしたことではないと言わんばかりに手を振った。「父はまったく怯《おび》えていなかった。とるに足らぬことだと考えたのだろう。父の話では、追いはぎは自分を現代のロビン・フッドと思いこんでいる様子だったそうだ」

「あなた方はずいぶん変わった親子なのね」アリーはささやいた。「きっとお父様は不意をつかれて、盗人の要求するものをすぐに差しだしたのよ。今わたしたちが襲われたら、逆らわないで追いはぎの要求に従ったほうがいいわ」

「ぼくには自分を守る力もないと思うのかい？」マークがきいた。

アリーは肩をすくめた。「彼はとても手ごわいわ」

「ぼくは射撃の名手なんだぞ、ミス・グレイソン」

「彼はアメリカの写真で見るような長い鞭《むち》を振るうわ」

「ぼくは自分の身くらい守れるし、きみを守ることもできる」

「あなたが殺されるのを見たくないの」彼女は小声で言った。

「そうか、少なくともぼくの身を案じてくれることには感謝するよ」

「わたしは忠告しているのよ。逆らったりしたら、本当に殺されるかもしれないわ」

「ぼくがやつを殺すかもしれないよ」

アリーは小ばかにしたように手を振ったあとで、マークの怒りを買ったことに気づいた。男というのは――どんなにすぐれた男であれ――うぬぼれが強い。

「かもしれないわね。こんな話、あなたには不愉快でしょう。ごめんなさい。持ちだすべきではなかったわ。ただ……ここはカーライル伯爵の馬車がとめられた場所のすぐ近くだという気がしたから」

「心配しなくていい」マークは言ったが、アリーはその口調から彼がいらだっているのを感じた。「追いはぎにとめられたら、能力うんぬんの問題ではなくなるだろう。ぼくはきみのために死んでみせる」

「立派な心構えですこと。でも、あなたが死んだら、わたしはその悪者と残されるのよ」

彼女は目を見開いて震えてみせた。

「ミス・グレイソン、ぼくたちは襲われないよ」

「でも……」

「こんな話はやめよう、いいね?」マークが要求した。

さしあたってはやめておこう、とアリーは決心した。彼女がもう一度カーテンを開けて外を見ると、馬車は村のなかを通っているところで、うれしいことに抗議行動をしている人の姿はどこにもなかった。

人通りの多い地区へ入って馬車は速度をゆるめた。いつもと変わらぬ村の様子を見るともなく見ていたアリーは、一軒の店のショーウィンドーの前に立っている黒衣の女性を見て驚いた。

黒い服を着た女性は大勢いるわ、とアリーは自分に言い聞かせた。全身を喪服に包んでいる女性は少しも珍しくない。

だが、その女性にはどことなく見覚えがあった。

「どうした?」マークが鋭い声で尋ね、彼女の隣の座席へ移ってきた。

「その……なんでもないわ」

「いや、なんでもなくはないだろう」

「ばかげたことなの」

「話してくれ」

彼はすぐそばにいる。彼と体が接触しているのは……不快ではなかった。それに彼の香りも。すぐ横にある顔は、彼にふれたいという彼女の欲望をそそった。

「さあ」マークが促した。

アリーはあわてて下を向いた。彼女と違ってマークは、ふたりの体が近づいてもなんの影響も受けていないように見えた。

「このところ黒衣の女性ばかり見かけている気がするの」

「黒衣の女性?」

「言ったでしょ……なんでもなかったんだわ」

「きみの注意を引いたからには注目すべきことだったんだ」

「彼女は先週の王室に対する抗議行動のときもいたわ。たしかサー・アンドルー・ハリントンのいとこで、二番めの犠牲者だった男性の未亡人、エリザベス・プラインが彼女のかたわらにいた。そしてそれ以来、今に至るまで、どこへ行っても黒衣の女性を見かける気がするの」

「黒衣の女性はどこにでもいるよ」

「知っているわ」

「それにしてもきみはずいぶん観察眼が鋭いんだね」

アリーは彼に見つめられているのを感じた。あまりにもしげしげと。この人はわたしがどう感じたり考えたりしているのか知る由もないのだ。

彼女がカーテンをおろしてもマークはそばを離れなかった。すぐ近くに並んで座っているようがこの人にはどうでもいいのだわ、と彼女が考えていると、マークが穏やかな口調で尋ねた。「ぼくとの結婚がそんなにいやなのか?」

虹彩《こうさい》の縁が灰色をした独特の目が穴の開くほどアリーを見つめている。彼女は催眠術にかけられたような気分だった。やがてマークは彼女の頬に指をあてがい、顔の輪郭に沿って軽く滑らせた。アリーは熱い興奮が全身を走るのを感じ、自分も手をのばして彼の顔にふれたい誘惑に駆られたが、ふたりは出会ったばかりだし、婚約していようといまいと行動にはおのずと守るべき掟《おきて》があるのだと考えて思いとどまった。

「わたしはあなたのことをほとんど知らないのよ」アリーはささやいた。

「しかし、ぼくはきみによく知ってもらいたいと考えているんだ」マークは言った。彼の声はかすれていて、みずからをあざけるような哀れっぽい響きがあった。突然、馬車のなかに熱がこもったようだった。馬車が村を通っていることも、まもなくコテージに着くことも、アリーの念頭から消え去った。「ぼくはそれほどお粗末な男じゃないよ」マークは彼女の手をとって指にそっとキスをした。たったそれだけの仕草なのに、信じられないほど欲望をそそる。またもや彼女の全身を興奮の波が電流のように駆け抜けた。

「あなたはわたしのことをほとんど知らない」アリーは視線を彼の目に釘《くぎ》づけにしたままどうにか言った。「ひょっとしたらわたしはお粗末な女かもしれないわよ」彼女はささやいた。

マークがゆっくりとかぶりを振るのを見てうろたえたアリーは、分別をとり戻して冷静な態度を保とうと努めた。彼女がマークをほとんど知らないのは事実だ。彼とは三度しか会っていない……今日、そして追いはぎに扮《ふん》した彼に二度。それにしてもなぜ彼はそのような秘密の行為を繰り返しているのだろう……。

マークが体を傾けてきた。彼の口は完璧《かんぺき》な形をし、ふくよかな唇はりりしく結ばれて、肉感的で……。

「ぼくらは婚約しているんだよ」マークが念を押し、右手の指をアリーの指に絡ませて左手の指を彼女のうなじの髪の下へ入れ、てのひらを彼女の後頭部にあてがった。マークの唇が彼女の唇にふれたが、無理強いしたものではなくて誘惑するようなキスだった。それは次第に力強くて大胆なキスへと変わったが、それでもゆっくり時間をかけた心をそそるキスだったので、アリーは逆らおうという気さえ起こさなかった。マークの唇が自分の唇の上で動くのを感じたアリーは、たとえどんな服装をしていてもこの男性のなかに息づく、人間性の本質と思われるものをむさぼり味わった。彼女は一度もためらわなかった。かつて経験したことのない唇と舌による愛撫《あいぶ》、深まっていくキス、今にも爆発しそうな馬車のなかの熱。口のなかへ深く押し入ってきた舌の執拗《しつよう》な動きは、アリーがそれまで夢見たこともないほどエロティックで、彼女はわれ知らずマークの腕のなかへ身を寄せていた。彼の胸に指をあてがったのは、彼を押しのけるためではなくて、鼓動と、呼吸に合わせて上下する胸の動きを感じるため……。

やがてマークがゆっくりと身を引いたが、指はアリーの指に絡ませたままで、目は銀色に輝いていた。彼女は馬車が停止したことに気づいた。

わたしは正気ではなかったんだわ、とアリーは思った。

「残念ながら着いた」マークがかすれ声で言った。

「あら！」アリーは急に気になって髪の乱れを直し、彼から体を離そうとしたけれど、狭い馬車のなかでは簡単にいかなかった。彼女は震えていた。怒っていた。

怒っていたのは、自分がこうもやすやすとマークのとりこになってしまったからだ。

「じゃあ、わたしは家へ入らないと」アリーはいくぶんつっけんどんな口調で言った。

「どうして怒っているんだ?」マークがきいた。

「怒ってなんかいないわ。家へ着いたんですもの、おりるんでしょう?」

「きみと結婚するのがますます正しいことに思えてきたよ」マークがやさしく言った。

「いずれわかるでしょう」アリーはささやき、マークの横をすり抜けようとした。

だが、彼に手をつかまれた。マークの口調がアリーにはほとんど警告のように聞こえた。

「ぼくはきみに夢中だ」マークの口調がアリーにはほとんど警告のように聞こえた。

「とまっているこの馬車のなかにいつまでもいるのはまずいんじゃないかしら」アリーは言った。「よかったらおろして……」

「かまわないさ。ぼくらは婚約しているんだ。きみが怒る理由はなにもない」

「なにをおっしゃっているのかさっぱりわからないわ」

「きみはぼくに対して怒っているんじゃない。それは自分でも気づいているだろう。きみはきみ自身に怒っているんだ」

「わたしはだれに対しても怒ってなどいないわ」

マークがほほえんだとき、彼の唇がゆっくりとゆがんだので、アリーの怒りはますます募った。「いいや、きみは怒っている。きみは最初、ぼくのキスに応じるつもりはなかったのに、いくらぼくに嫌悪感を抱こうとしても抱けず、はねつけることができなかった」

「そんなこと、嫌悪感を覚えない男性ひとりひとりとキスしてみなくちゃわからないでしょうね」

マークの目が細くなった。「ぼくらは婚約している。きみの指には婚約指輪がはまっているんだよ」

「こんなもの、いつでもはずせるわ」ところがいくらはずそうとしても指の関節に引っかかってはずせなかった。「まあ、なんてこと！　とにかくこの馬車からおろしてもらえない？」

ようやくマークは体をずらしたが、その目に気どった表情が浮かんでいたので、アリーは彼の横面を思いきり張りたくなった。あの追いはぎの目に浮かんでいたのと同じ表情だ。けれどもマークはそれ以上なにも言わずに馬車をおり、アリーを助けおろすのではなく抱きあげて地面へおろした。

「送っていただいてありがとう。家に着いたから、もう心配していただく必要はないわ」

やっとこの人から逃げられるのだとアリーは思ったが、馬車の音を聞きつけたのか、おばたちがコテージから出てきた。

「あら」エディスが叫んだ。「マーク・ファロウじゃない！」

続いて出てきたヴァイオレットはエディスの背中にぶつかりそうになった。彼女も目ざとく気づいて大声をあげた。「マーク！　ご親切にアリーを送ってきてくださったのね」

ヴァイオレットのかたわらをすり抜けるように出てきたメリーはマークをお茶に誘うだけの余裕を示した。「そのままお帰りにならないで、紅茶の一杯でもどうかしら」

「いいえ、彼は忙しいんですって」アリーが即座に言った。

「とんでもない。忙しいことなどちっともないよ。喜んでお誘いに応じよう」マークは言ってアリーをちらりと見たが、その目には彼女の困惑をおもしろがっている表情がありありと浮かんでいた。

「でも、あなたの御者はきっと……」

「その方なら喜んでお招きに応じていただけるでしょう」ヴァイオレットが言った。

「アーサー？」マークが気軽に声をかけると、少し灰色がかった髪と愛想のいい笑顔をした肩幅の広い大男が御者台からおりてきた。「アーサー、お茶のお招きを受けたのだが、きみもごちそうになるだろう？」

アーサーはお仕着せの帽子をとってお辞儀をした。「紅茶でしたら喜んでいただきます」

彼はヴァイオレットのほうを向いた。「お邪魔でさえなければ」

「小さな家で窮屈かもしれないけど」ヴァイオレットが言った。「それでかまわなければ、どなたでも大歓迎よ」

メリーが両手を握りしめた。「紅茶しかないけれど」

アリーはどうにかうめき声を抑えた。

「ああ、寄っていただけてうれしいわ。さあ、お入りになって」エディスが促した。

そこで気詰まりではあったが、アリーは再び差しだされたマーク・ファロウの腕をとってコテージへ入った。そしてようやく彼から解放され、断固とした声でおばたちに言った。

「あなた方はそこに座ってお話ししていてちょうだい。紅茶はわたしが用意するわ」

「いいえ、だめよ。あなたのほうこそマークと――」メリーが言いかけた。

「わたしたちは馬車のなかで楽しいおしゃべりをたっぷりしたの。今度はおばさんたちが彼とお近づきになる番よ」

反論される前にアリーはさっさとキッチンへ向かった。そこでしばらく怒りに身を任せていたが、やがて気をとりなおして湯をわかしにかかった。

キッチンに立って湯がわくのを待つあいだ、気がついてみるとアリーは自分の唇に指をふれてキスの感触を思いだしていた。あの人が嫌いなのではない、それは自分でもわかっている。ただ、どうしても彼に反発を覚えずにいられないのは、彼が自分自身や周囲の人々を支配するのに慣れているような振る舞いをするからだ……。

追いはぎに扮していたときでさえも。

そしてわたしは彼と結婚することになっている。

アリーは唇をかみ、リビングルームから漏れてくるおしゃべりに耳を澄ました。マークは屈託のない笑い声をあげては、家のなかのちょっとした品々についておばたちにお世辞を述べている。彼と御者との関係は最高にうまくいっているようだ。アリーは不思議なおののきを感じた。わたしはあの人の妻になるのだ。知らないうちになされた婚約のとり決めになど従うものかと思ってきたし、保護されて育ってはきても何人かの男性と知りあう機会はあったけれど、あの人にふれられたときの、あのうっとりするような気持ちは一度も経験したことがない……。

「ああ、だけどあの人は、わたしに仕返しされても当然だわ」アリーは空っぽのキッチンのなかで声に出して言い、突然たくらみを思いついて笑いだした。

なぜなら彼女はまたあの追いはぎと会うだろうという確信があったからだ。それも近々会うことになるだろう。

日曜日、マークはいらだっていた。村のはずれの小さな教会での礼拝は延々と続くように思われ、教区牧師が聴衆に自制ある行動をとるよう促す単調な説教は眠気を誘って、寝不足を解消するのにもってこいだった。

父親と並んで座っているマークの席からヴァイオレット、メリー、エディスの三姉妹とヴァイオレットの横に座っているアリーの姿が見える。礼拝が終わったら彼女たちを父親の狩猟ロッジへ昼食に招こうと決意したとたん、マークの鼓動が速くなった。

礼拝が進んでいくあいだ、マークはわれ知らずアリーを見つめていた。それに気づいたアリーが頬を真っ赤に染めて視線をそらした。

最後に全員が立ちあがって賛美歌を歌い、ようやく礼拝が終了したので、マークは決然たる足どりで通路を彼女のほうへ歩いていったが、途中で肩をたたかれた。

振り返ったマークは刑事のイアン・ダグラスが立っているのを見て驚いた。彼がロンドンからわざわざマークに会いに来たからには、事態はかなり深刻に違いない。

「ちょっと話があるんだが、いいかな?」イアンがきいた。

マークは父親が先へ進み、三姉妹とアリーに挨拶《あいさつ》するのを見た。アリーはマークに気づいてそっぽを向いた。あのようなキスをしたにもかかわらず、アリーは素顔の彼を嫌っているように見える。

とはいえ……。

アリーにふれたときのあの感覚を忘れることは不可能だ。唇に唇を重ねたときの感触、しなやかな肉体のあたたかさ……。

「マーク?」

「ああ、すまない。なんの話だ、イアン?　また殺しがあったのか?」

「困ったことが起こった」

「どんな?」

「ライオネル・ウィトバーグ卿だ。一緒に来てくれないか？」

父親がこちらを振り返り、イアン・ダグラスを見て目をくるりとまわしたが、すぐにうなずいた。

「ちょっと待っていてくれ」マークはイアンに頼んだ。イアンがうなずいたので、彼は通路を大股で進んでドアを出ると、日なたで待っているアリーたちのところへ行った。村人たちが見ているので、未来の花嫁に挨拶しないわけにはいかない。

アリーは近づいてくるマークを気づかわしげな目で見つめている。

「やあ」マークは彼女に声をかけた。そばにおばたちや父親がいるのでアリーに抵抗されないと踏んだマークは、彼女の両手をとって両頬にキスをし、それから目を見つめたあとで唇に軽くキスした。アリーが身をこわばらせるのが感じられたけれど、予想したとおり彼女は逆らわずにじっとしていた。その態度は挑戦的であったとはいえ、マークの頬を張ろうとはしなかった。もっとも、人目がなかったらそうしていたに違いない。お茶に招かれたときに、マークは三姉妹の心を奪うことに成功したが、アリーの心までは奪えなかった。

アリーは後ろへさがって両手を彼の手から引き抜き、教会のほうへうなずいて言った。

「どなたかあなたをお待ちのようよ」

「古い友達と会う約束があったのに、きみをひと目見てそれをすっかり忘れてしまった」

彼の言葉を聞いたメリーがうれしそうにくすくす笑った。「あなたって、お上手ね！」

「本当に」アリーはそっけなくつぶやいた。

「今、あなたのお父様がわたしたちを昼食に招いてくださったの」ヴァイオレットが彼に教えた。

「ぼくもできるだけ早く帰って、ご一緒します」マークは言った。

「あなたはいつもお忙しいのね」エディスが頭を振りながら言った。

「でも、結婚さえしてしまえば、アリーは毎晩彼をひとり占めできるんですもの、互いに寂しい思いをしなくてすむわ」メリーが言った。

「メリー！」ショックを受けたヴァイオレットがメリーをとがめた。

「なんなの？」メリーが反論した。「わたしはただ、結婚したら、ふたりはひと晩じゅう……まあ！」彼女は顔を赤らめて黙りこんだ。

「早く行ったほうがいいわ。お友達は気がせいているみたいよ」アリーが助言した。「あの人、警察の方のように見えるわ。そうなの？」

マークはびっくりした。いつのまにか教会前の踏み段の上へ出てきていたイアンは、地味なスーツを着ていた。

「ああ、実は彼は刑事だ。どうしてわかった？」

「外見で」アリーが言った。「きちんとした服装をしているけど実用的で、それほど高価なスーツには見えないし、あの人の目には疲れの色があるのに、態度に落ち着きと威厳が備わっているように感じられる。それに履いている靴。しゃれたキッド革ではなくて、丈夫な硬い革で作られている。歩くのに適した靴だわ」

「鋭い観察眼をしているね」ジョゼフ・ファロウ卿が言った。マークはまじまじとアリーを見た。

彼女は肩をすくめてファロウ卿に言った。「わたし、アーサー・コナン・ドイルの大ファンなんです」

「それとポーの」マークはつぶやいた。

「一方はわたしたちの恐怖心をあおり、一方はわたしたちに人生の一端をかいま見せてくれるの」アリーは言ってマークの横を通り、イアンの立つ教会のほうへ戻っていった。

マークはあとに従った。

アリーがイアンに手を差しだした。「アレグザンドラ・グレイソンです。お目にかかれて光栄です、刑事さん」

イアンは真っ赤になったが、すぐに彼女の手をとった。「ミス・グレイソン、こちらこそお目にかかれて光栄です」

「あなたとマークは古くからのお友達なのでしょう?」

「ええ」

「あなたがここへいらしたのは追いはぎを捕まえるためですか？」

「いいえ。しかし、その悪者なら大勢の優秀な警官が捜査にあたっています」

「そうですか。わたしたちはこれからファロウ卿の狩猟ロッジへ昼食をいただきに行くんです。よかったらあなたもご一緒にどうでしょう」

「残念ながら……」

「イアンとぼくはロンドンの近くで食事をする予定だ。イアンは夜までに署へ戻らなければならないのでね」マークが代わって言った。

「そう、そうなんです」

「わかりました」アリーはイアンににっこりとほほえみかけた。「そういうことなら仕方がありませんわね」

「残念だが」マークは言った。

「じゃあ、お引きとめはいたしません。お目にかかれて光栄でした」

別れの挨拶がすむと、アリーはふたりに背を向けた。

「ちょっと待ってくれ、別れのキスをしなくては」マークは言ってアリーを引き戻し、唇に軽くキスした。ああ、彼女のにおい。さわやかで、甘く、そして……。

そして強い。アリーはすぐにマークの腕のなかから出て口をきつく結んだ。きっと唇からぼくのキスをぬぐいたいのだ、とマークは確信した。

「刑事さん、繰り返しになるけれど、お目にかかれて光栄でした。またお会いできる日を心待ちにしています」アリーは言って歩み去った。

イアンは待っている人たちのほうへ戻っていくアリーの後ろ姿を見送った。身じろぎもしないでいつまでも見つめている。

「イアン！」マークが鋭く声をかけた。

「なんだ？　ああ、そうだっけ。仕事にかからなくては」

マークとイアンは馬に乗り、ロンドンへと続く林のなかの道路の西側にあるライオネル・ウィトバーグ卿の大邸宅へ向かった。道すがらイアンが、ウィトバーグ卿の従者から電話があったことを説明した。その従者がひどく動転した声でイアンに話したところでは、ウィトバーグ卿は今朝になっても起きてこず、ベッドに横たわったまま、ヴィクトリア女王が彼の友人のハドソン・ポーターを殺したのだとわめきつづけている。すっかり正気を失った様子で、食事さえとろうとしないのだという。

マークは子供のころからウィトバーグ卿とその従者のキートンを知っている。屋敷に着いて玄関の呼び鈴を鳴らすと、キートンがせかせかとふたりを出迎え、ウィトバーグ卿の部屋へご案内しますと言った。

部屋はだだっ広く、壇上に巨大なベッドがあって、残りの場所には客を接待するための家具が置かれていた。

ウィトバーグ卿はベッドに横たわって天井を眺めていた。

マークはベッドのかたわらへ駆け寄った。

ウィトバーグ卿の肌にさわってみると、じっとりと湿っていて冷たかった。彼はマークたちが目に入らない様子で、わけのわからないことを口走っている。「また起こっている。陰謀がたくらまれている。だれひとり真実が見えないとくる。だれもかれも自分が見たいものしか見ないとくる。同じことが前にも起こった。前にも……女たちが殺された。何人もの女たちが。そして今度は男たちが殺されている。立て続けに男たちが」

「ウィトバーグ卿」マークは鋭い声で呼びかけてから、キートンを見やった。「医者を呼んだのか？」

「先週、医者に診てもらって、そのときに薬を処方してもらいました。ウィトバーグ卿はこのところ眠れないで苦しんでいるのです」

マークは薬瓶を見てかぶりを振った。「アヘン剤か。強すぎる薬だ。脈が弱っている。イアン、手を貸してくれ。彼を立たせよう」

「立たせるんですか？」キートンが言った。「しかし……ウィトバーグ卿はご病気なのです。たぶん眠りさえしたら……」

「眠ったら、そのまま永久に目を覚まさないかもしれない。コーヒーはあるかい？」

「もちろんです」キートンは、そのような必需品をこの家は備えていないのかとほのめかされでもしたかのように、憤慨した口ぶりで言った。

「だったら急いでコーヒーを頼む。イアン、手伝ってくれ」

ウィトバーグ卿はただでさえ長身なのに、死人のようにぐったりしているのでいっそう重たかった。だが、マークとイアンは両側から彼を抱えてなんとかベッドの外へ出した。

「で、このあとどうするんだ?」イアンがウィトバーグ卿の重い体にふらふらしながら尋ねた。

「歩かせよう」

歩いているあいだもウィトバーグ卿はさっきと同じようにわめきつづけた。「父親たちの罪だ。いつだって父親たちに罪があるんだ。歴史がそれを証明している。カインとアベル。それがまた起こっている。大勢が死んだ。それなのに彼らはどの命も尊いと言う。なかにはそう信じておらん者もいる。高い身分に生まれた人間の命のほうが尊いなんぞと信じているやからがいるんだ。そういうやからは、売春婦がひとりやふたり死のうがどうでもいいと抜かす。どうせいつか肝臓を悪くして死ぬか、ジンを飲みすぎてくたばるのだから、ナイフでひと思いに殺してやるほうが慈悲深いと。あの連続殺人は不愉快だった……不愉快きわまりなかった。だが、ナイフであっというまに死んだ。ああ、なんたることだ！　殺される瞬間はさぞや恐ろしかっただろう。しかし、切る。切る！　喉を切り裂く。血がどっとあふれでる。そうやって売春婦たちは殺された。そうやって反王制主義者たちは殺された。ああ、ハドソン。きみとは幾度となく議論を戦わせたものだ。きみが議論を吹っかけ、それに対してわたしが論陣を張る。ときには激しい口論になったが、だからといってわれわれの友情が揺らぐことはなかった。彼らはきみの心に憎悪が宿っていると非難したが、わたしはそうでないことを知っていた。なにしろきみは中尉の妻と寝たあと、恩情ある処置を求めなかったほどだ！　切る、切る、切る……喉を切る。売春婦たち。知性ある男たち」

「いったいなんの話をしているのだろう？」イアンが尋ねた。

「きみも知ってのとおり、ウィトバーグ卿は最初に殺された男、ハドソン・ポーターの親友だった。ふたりとも軍務に服して戦ったんだ。ウィトバーグ卿は鋭い知性の持ち主で、一方のハドソン・ポーターは歴史家だった」

「しかし、彼がしゃべっているのは切り裂きジャックのことだぞ。あれはもう昔の事件だ」

「彼は切り裂きジャックの事件と王室とを結びつけているのさ」

「だが、ウィトバーグ卿は王室を支持しているではないか」

「しかし、彼だってハドソンに影響されて考えがぐらついたことくらいあっただろう」マークは言った。

そこへキートンが銀のトレイにコーヒーわかしをのせて戻ってきた。

「ウィトバーグ卿を暖炉の前の椅子に座らせよう」マークが言った。

ふたりが彼を椅子へ座らせているあいだに、キートンがコーヒーを注《つ》いだので、マークはカップをウィトバーグ卿の口へあてがって飲ませようとした。

ウィトバーグ卿はむせ返り、驚いたような顔をした。そしてはじめて気づいたかのようにマークを見た。「きみの父君のような男が」彼はつぶやいた。「この世にきみの父君のような男が大勢いたら……」彼は顔をしかめた。「いつ来たのかね?」

「少し前です。ウィトバーグ卿、あなたは薬を飲みすぎたんです」マークは言った。

「眠れないものでな」

「あなたの主治医をけなすつもりはありませんが、この薬は幻覚を引き起こすんですよ、ウィトバーグ卿」

ウィトバーグ卿は心配そうに見守っている従者をちらりと見やった。しばらくして彼はほほえんだ。「わたしなら大丈夫だ、キートン」

「あの……これらを処分しましょうか?」キートンが薬瓶を指さして尋ねた。

ウィトバーグ卿は再びほほえんだ。「わたしはインドとアフリカで戦い、獰猛《どうもう》な戦士を何人もあの世送りにした。そのわたしが幽霊に怯えているとは。そうとも、キートン。おまえは善良な人間だ。おまえの気づかいに感謝しているよ。よろしい、それを捨てなさい」

キートンが薬瓶を持って出ていくと、彼はマークに視線を移して続けた。

「キートンがきみを呼んだのかね？」

「キートンはあなたがハドソン・ポーター殺害の件で動揺していたことや、イアンがその事件の捜査を担当していることを知っていたので、イアンに電話をしたのです」マークは説明した。

「ふたりとも忙しいのにご足労いただいて感謝する。コーヒーをもう一杯もらおうかな。それと、食事をしたくなったとキートンに伝えてくれないか」

「われわれはもうしばらくここにいます」マークがきっぱり言った。

彼らはウィトバーグ卿につきあって、その部屋へ運ばれてきた食事を一緒にとった。食事をしているあいだ、正気に返ったウィトバーグ卿は馬の品種や競馬や博物館について盛んにしゃべったが、現代の社会風潮にだけはふれなかった。

このぶんならウィトバーグ卿は大丈夫だろうと確信したマークは、もうおいとましようとイアンに言ったが、ふたりが帰り支度をしていると、ウィトバーグ卿がマークを呼び戻し、そばへ寄るように合図して耳元でささやいた。

「歴史は繰り返すものだということを、きみは知らん。きみはその半分も知らんのだ」

マークは最初、またウィトバーグ卿がわけのわからないことを口走り始めたのだと考えたが、彼の目を見て、そうでないことを悟った。

年輩の男はマークの手をきつく握りしめた。「きみの結婚に関する真実を突きとめたまえ、マーク・ファロウ。そうすれば理解できるだろう。きみの妻になる女性について真実を見つけたまえ」

9

アリーはファロウ卿《きょう》が大好きではあったけれど、彼の狩猟ロッジでその日一日を過ごすことには乗り気でなかった。早く家へ帰ってあの小川のほとりへ行き、スケッチブックを捜したかった。

だが、狩猟ロッジへ着いた彼女はファロウ卿の来客を見てうれしい驚きを覚えた。アーサー・コナン・ドイルがロッジの外に座って、猟犬たちが跳ねまわるのを眺めていたのだ。

彼女は喜び勇んで作家のところへ挨拶《あいさつ》しに行った。

中年の作家は、背はそれほど高くないものの、がっしりした体格で、顔には年齢と悲しみのしるしがはっきりと表れていた。アリーは彼が妻の病気のことで悩んでいるのを知っていた。英国の天候が不順な季節になると、彼は医者に勧められて妻のためによくヨーロッパ大陸やエジプトへ旅行をする。

彼の妻のルイーザは気立てのいいやさしい女性で、彼女なりの強さを備えていた。ルイーザは夫をコナンと呼んで愛していたし、ふたりの子供のキングズリーとメアリーにも深い愛情を注いでいたけれど、病状は悪化の一途をたどり、今では夫と外出することはほとんどない。

コナン・ドイルはアリーを見て立ちあがり、彼女を抱きしめて、まるで古くからの友人さながらに挨拶した。

「知っていることと思うが、こちらはまもなくわたしの義理の娘になるお嬢さんだ」ジョゼフ・ファロウ卿が言った。

「ええ、彼女とは以前、わたしの親友のレディ・キャットを通じて会いました」

おばたちがいくぶん不思議そうに彼らを見ていた。

ファロウ卿が三姉妹を順々に紹介した。作家は愛想よくひとりひとりに挨拶した。

食事を用意したのはバートラムという名の男で、厩舎《きゅうしゃ》の世話と家事のすべてを手際よくこなしているようだった。おばたちがどうしてもと言い張って料理を手伝うことにしたので、アリーも手伝った。まもなく料理ができあがり、家の裏手のテラスにしつらえられたテーブルへ全員で運んでいった。

彼らが料理を持って裏へ出ると、三人めの男性が座っていた。サー・アンドルー・ハリントンはアリーたちを見てさっと立ちあがった。コナン・ドイルとジョゼフ・ファロウ卿も立ちあがった。

「このような美しい女性たちに食事を用意していただけたなんて光栄だな」サー・アンド

ルーが言った。

「まあ、サー・アンドルー、驚いたわ」アリーは言った。「こちらへはなにかの用事でいらしたの？」

「このあたりへはよく来るんだ。近くに親戚《しんせき》がいるのでね。さっき教会にいたとき、ファロウ卿が日曜日の昼食会を催すと耳にしたんだ。彼は飢えている人間を追い返しはしないとわかっていたから、こうして来てしまった」サー・アンドルーが言った。

「きみならいつでも大歓迎だ」ファロウ卿が口を出した。「紹介するのが遅れたが、こちらは――」

「ヴァイオレットに、メリーに、エディス」サー・アンドルーがにっこりして三姉妹の手へ上品にキスしたので、例によってメリーがくすくす笑った。

「すてきな方」メリーが彼に言った。

「お会いできてうれしいわ」エディスが言った。

「本当に」ヴァイオレットが同意した。

サー・アンドルーも加えて全員がテーブルに着き、打ち解けた会話とともに食事は進んだ。サー・アンドルーが三姉妹に、彼女たちがデザインした衣装を見たけれど、あれほどすばらしいものはほかのどこでもお目にかかったことがないと話した。

食事が終わってコーヒーが出される段になったとき、おばさんたちはどうしてもただお客になっていることができないのだわ、とアリーは思った。ファロウ卿が今週は村の女をふたり雇って後片づけをしてもらうのだと請けあったにもかかわらず、コーヒーが終わると、おばたちはテーブルの片づけをすると言い張った。

後片づけが終わって、ファロウ卿が一同を厩舎へ案内しようと申しでたが、コナン・ドイルとアリーは断った。彼女はサー・アンドルー・ハリントンが好きだったけれど、作家とふたりきりでいるほうを望んだ。

ほかの人たちがいなくなるや、ドイルがアリーのほうへ身を乗りだして言った。「最高じゃないか。きみはなんという幸運に恵まれたのだろう」

アリーはためらったあとで白状した。「本当はわたし、結婚したくないのです」

「なんだって？」

「もちろん、結婚はします。いつかは」

「きみはマーク・ファロウが嫌いなのかね？　断言してもいい、彼ほど高潔な人間はまたといないよ」

「しょっちゅうどこかへ消えてしまう人なのに」

ドイルはにっこり笑い、アリーに向かって指を振った。「わたしをあざわらった者もいれば、信用した者もいるが、あの若者ほど徹底的に質問を浴びせてきた人間を、わたしはほかに知らない」

「なんのことです?」

「彼はすこぶる頭が切れる。科学に答えを求める者はたいてい聡明《そうめい》だが、なかには狂気に近づく者もいる。事実のみを見つめる人間は、そうでない人間よりも多くの発見をするだろう」

「やっぱりなんのことかわかりません」

「わたしは架空の人物であるシャーロック・ホームズのおかげでけっこうな生活を送ってきたが、実を言うとあれはわたしの教授だった聡明なドクター・ベルがモデルになっている。ホームズは想像の産物だが、その性格や人間性は作り物ではない。マークは人から話を聞きだすのが得意だ。事物を観察し、あらゆる証拠をひとつにまとめあげる。わかっている事実を積み重ねて結論を導きだすのは、ある意味、数学的な技法といえるだろう」ドイルはためらって言葉を切り、再び彼女のほうへ身を乗りだした。「今日、わたしはマークに頼まれてここへ来た。彼がここにいないとしたら、それには理由があるはずだ」

アリーは眉をひそめた。「あの人はお友達のイアン・ダグラス刑事と昼食に行きました」

「ほう」

「それって、どういうことなのでしょう?」

「彼は殺人犯を探しているということだろうね」

「でも、マークは刑事じゃありません」

「ああ。マークはウォレン伯爵の息子だ」

「それなのに……」

「できるものならマークは彼の得意分野である戦場で部隊を指揮していただろう。しかし、彼には放棄することのできない責任がある。それに彼のような地位にあれば、一般の警官が立ち入れないような場所にまで立ち入って調べることができる。マークにチャンスをあげたまえ、アリー」

彼女はためらった。「わたし、疑っていることがあるのです。でも、絶対に他言しないとあなたが約束してくださらなければ話せません」

ドイルが眉をつりあげた。

「わたしはマーク・ファロウが追いはぎだと考えています」

ドイルは椅子に深く座りなおし、考えを表情に出すまいとした。

「あなたは彼が追いはぎだってことをご存じなのね！」アリーは大声をあげた。

「しーっ」ドイルが注意した。「わたしはなにも知らない」

「でも……」

「マークが追いはぎだとしたら、それにはちゃんとした理由があるのだろう。お願いだ、信じてほしい」アーサー・コナン・ドイルは懇願した。「それと、今の話は黙っているように。おばさんたちが戻ってくる」

すぐに厩舎へ行った全員が戻ってきた。

「アリー、なんて美しい馬たちでしょう。あなたも見に来ればよかったのに」ヴァイオレットが言った。「もっとも、あなたにはこれからいくらでも見る機会があるのよね」

「いずれアリーにも見てもらおう」ファロウ卿が言った。「きみたちふたりがそれほど気が合うとは驚いた」彼はアリーとドイルのほうへうなずきかけた。「きみとわたしの息子とは共通点が多いのだろう」彼はアリーに言った。

「ぼくがあなたの息子だったらよかったのになあ」サー・アンドルーが慇懃《いんぎん》な口調で冗談を言った。

「きみは優秀な兵士だったじゃないか、サー・アンドルー。自分以外の人間になる必要などまったくない」ファロウ卿が言った。

「例によって褒めるのがお上手ですね」サー・アンドルーが応じた。

「今日はすてきな一日だったわ」ヴァイオレットが言った。「でも、そろそろおいとましなくては。できればマークがお帰りになるまでいたいんですけど」

「夜の森は真っ暗なの」エディスが言った。

「ぼくが家までお送りしましょう」サー・アンドルーが申しでた。

「バートラムに送らせよう」ジョゼフ・ファロウ卿が言った。

それからしばらく彼らはおしゃべりを続けたが、相変わらずマークは姿を見せなかった。

アリーは残念に思わなかった。アーサー・コナン・ドイルとふたりだけの時間をたっぷり楽しんだからだ。それにサー・アンドルーと軽口をたたいたり、あからさまなお世辞を言われたりするのも楽しかった。

いよいよ帰るとき、アーサー・コナン・ドイルがアリーをあたたかく抱きしめた。

「気が向いたら遠慮しないでいつでも電話をよこしなさい」おばたちの馬車に乗りこむアリーの手助けをしながら彼は言った。

彼女はほほえんで礼を述べた。

「ぼくもきみのためなら命を投げだす覚悟でいるよ」サー・アンドルーがアリーに言って、乗ってきた馬にまたがった。

アリーはエディスの隣の席に腰を落ち着け、ヴァイオレットが御者台に陣どって手綱を握った。

ジョゼフ・ファロウ卿は真剣なまなざしをアリーに注ぎ、馬車が動きだすと手を振って見送った。

今夜は眠れそうにないわ、とアリーは思った。

わたしの婚約者はどんな謎《なぞ》めいた生活を送っているのだろう？

新聞社へ足を踏み入れたときから、マークは全員の視線が自分に注がれているのを意識していた。女性のタイピストや事務員たちが顔を赤らめて会釈し、彼の背後でおしゃべりを始めた。

それは男たちも同じだった。

上着の肘のところへインクをこびりつけている男が、マークを編集長のヴィクター・クウェイルのオフィスへ案内した。これまでマークとヴィクターはなにかの折に数回会っているが、ヴィクターは彼が新聞社へやってきたのを見て仰天し、読んでいた紙片を落としてパイプをのみこみそうになった。

「これはこれは！　ファロウ卿」

「やめてくれ、ヴィクター。マークでいいよ」

若くしてはげているヴィクター・クウェイルは勢いこんで握手をした。「ここへはなんの用事で？」彼の顔には警戒心が表れていた。「きみの婚約に関する当社の記事は的を射たものだったと信じている。きみが自分の婚約披露パーティに欠席したのなら、わたしとしても真実を報じた記者を責めるわけにはいかないよ」

マークは首を横に振った。「ぼくがここへ来たのはそんなことのためではなく、ほかに心配事があるからだ。実は昨日、博物館でこれを拾った」彼はオリヴィア・コテージ宛《あて》の封筒をとりだした。

ヴィクターは不思議そうな顔をした。「これは当社が文章を寄稿してくれた人に出したものだ」彼は説明した。

「きみのところへ寄稿した人物はきっと博物館にいたのだろう」

ヴィクターは肩をすくめた。「そうだろうね」

「オリヴィア・コテージとはだれだ?」マークがきいた。

ヴィクターはためらった。「それは……答えられない」

「新聞社が匿名の寄稿者の正体を明かせないことは知っているが、ぼくはオリヴィア・コテージが匿名Aなのだと確信している」マークはそう言って振り返り、編集長のオフィスのドアが閉まっていることを確認した。「ぼくは彼女の、あるいは彼の身が心配だ。ぼくが真実を知りたいのは、その寄稿者を守ってやりたいからなんだ」

ヴィクターはくたびれた様子でかぶりを振った。「なにか持ってこさせようか? ここのコーヒーはひどい味だが、気分をしゃきっとさせる効果はある」

「いや、遠慮しておこう。頼む、ヴィクター、誓ってもいい。ぼくはただこの人物を助けたいだけなんだ」

「当然だろう。きみは王制主義者だからね」ヴィクターはつぶやいた。

「たとえ反王制主義者であろうと、ぼくは助けるつもりだ。殺人者が次にだれを襲うか手がかりさえつかめれば」

「まったく恐ろしい話だ」ヴィクターはいくぶん後ろめたそうな表情になった。「ぼくがそうした状況に対してどんな感情を抱いているかなんて、なんの意味もない。ぼくの仕事は、わが国の風潮がどうなっているのか、その現状を報道することでしかない」

「きみはすぐれた新聞を発行している」マークは言った。「ぼくはただ人々を死なせないために努力しているんだ」

ヴィクターはため息をついた。「できればきみの力になりたいのだが」

「どういう意味だ?」

ヴィクターは自嘲《じちょう》気味の笑い声をあげた。「ぼくは匿名Aの正体を知らないんだ。オリヴィア・コテージというのも偽名にすぎない。ぼくがさっき答えられないと言ったのは、実際に答えられないからだ。それが何者なのかを、ぼくは知らない。掲載された場合は原稿料をオリヴィア・コテージ宛で郵便局へ郵送してほしいという依頼と一緒に、文章がぼくのところへ送られてきた。問題の郵便局は大英博物館のすぐ近くにある。小切手を届けてくれてありがとう。すぐにもう一度送ってやろう。もっとも……」

「もっとも?」マークが促した。

ヴィクターは肩をすくめた。「その人物は経済的にそれほど苦しくないのかもしれない。さもなければ、これほど支払いに無頓着《むとんちゃく》ではいられないだろうからね」

「このオリヴィア・コテージとやらから新しい原稿が送られてきたのか?」

「いや、まだ送られてこない」ヴィクターは答えたあとでにやりとした。「しかし、期待しているんだ」

「きみに人の信頼を裏切るようなことを頼むのは気が進まないが、その人物の新しい論説を掲載することになったら、ぼくに教えてくれないか?」

「いいとも、そのくらいならできる」

マークはヴィクターに礼を述べ、彼の家族について二、三会話を交わしてからオフィスを出た。新聞社の出口へ向かう途中、セイン・グリアのそばを通りかかった。「やあ、どうも」マークは言葉をかけ、記者をじっと見た。

セインはマークが新聞社へ来ているのを見て驚いたようだった。「なにかまずいことでも……」

「いや、そうではない」

「まさかぼくの書いた記事の件で来たのでは?」

マークは笑った。「きみは記者で、事実を書くのが仕事だ。それなのにぼくがどうして文句をつけるんだ?」

「ぼくはあなたが自分の婚約披露パーティに出なかったことを記事にしたから」

「それは事実だ。現にぼくは出なかった」マークは言った。

「もう今日の新聞を読んでいるなら……博物館でのあなたとミス・グレイソンに関する小さな記事が載っている。肯定的な記事だよ」

「ありがとう」マークは彼を見つめて顔をしかめた。「以前のきみはくだらない社交欄の記事なんかではなく、もっとはるかに重要な記事を書いていただろう」

「うん、そうなんだ」セインはささやき、早口で続けた。「こんなのは正直なところ、ぼくの書きたい記事じゃないけど、記者は大勢いるのにニュースの掲載ページは限られているからね。ジャイルズ・ブランドン殺害の記事を書いたのはぼくなんだよ」

「ああ、読んだ。よく書けていたよ。扇情的なところは少しもなかった」

セイン・グリアは肩をすくめた。「読者のなかには扇情的な記事を好む人がけっこういるんだ」

「きみは客観的な視点でよく書いてきたと思う。ぼくに関するニュースもそうあってほしいものだ。論説は筆者の意見が入るから、どうしてもある程度主観的にならざるを得ないが、ニュースは可能な限り客観的に報道しなければならない」

「今度来たときに、それをヴィクターに言ってやってくれないかな」セインがひそひそ声で言った。「失礼……ぼくはただ……そうだ！　婚約の祝辞をまだ言っていなかったっけ。おめでとう。ぼくは社交欄に登場する若い女性で彼女ほどすばらしい人にはお目にかかったことがない」

「ありがとう」マークは礼を述べた。

「彼女はきれいな心の持ち主だ」セインが言った。

マークはうなずき、ふたりは別れの挨拶を交わした。新聞社の建物を出るとき、マークはセイン・グリアが真実を口にしたことに気づいた。

きれいな心……。

明るく、鋭敏で、機知に富んでいる。

そのうえ外見も愛らしい。

セイン・グリアの言葉は本質を言いあてている。なるほどマークは美しい外見に引かれたかもしれない。

しかし、魅了されたのはきれいな心に対してだった。


スケッチブックはどこにもなかった。

アリーはあちこち捜しまわったけれど、絵だけでなく折にふれて思い浮かんだ考えを書きつけておいたスケッチブックは見つからなかった。

すっかり落胆し疲れきった彼女は、いつもの岩の上へ這《は》いあがった。

追いはぎも現れなかった。

自分の直面している難局について考えをめぐらせているうちに、彼女の背筋を寒気が伝った。昨日、馬車のなかで、アリーはオリヴィア・コテージ宛の封筒など見たこともないと断固否定した。だが、マーク・ファロウは追いはぎなのだ。

そしてスケッチブックがここにないのなら……。

あの追いはぎが――マークが！――スケッチブックを見つけたとしたら、遅かれ早かれ昨日の彼女の否定は意味をなさなくなるだろう。

マークは最初、新聞社での用件がすみ次第、大急ぎで父親の狩猟ロッジへ向かうつもりだった。

だが、馬をそちらへ向けてから、どうせならこの時間を利用して、必要であると同時にきわめて重要でもある訪問をもうひとつすませておこうと考えなおした。

エリザベス・ハリントン・プラインは四十歳近い女性で、まだとても美しかった。背が高く上品な物腰で、その場にいるだけで男たちの視線を引きつける。家のドアを開けたエリザベスはマークを見て動転したようだったが、すぐに立ち直った。

「マーク！」エリザベスは言った。「どうぞなかへ。ごめんなさい。このところお客様が来ないのでとり散らかしているの」

「まだ喪中なのに、お邪魔して申し訳ない」

「邪魔だなんてとんでもない。ご存じでしょうけど、ジャックが……殺されたときは、家のなかは警察の人でいっぱいだった。家じゅう踏み荒らされたわ。そのあと……友達が押しかけてきて、みんなお葬式の手配をしてくれたり食べ物を持ってきてくれたりして、ありがたいのはたしかだけど、こちらは表向きだけでも耐えているふりを続けなければならなかった。そうした警察の捜査やら夫のお葬式やらがどうにかすんで、ようやくひとりで悲しみにふける時間ができたところなの」

「エリザベス、ご主人の死は心からお気の毒に思っているよ」

彼女は明るい緑色の目でマークの顔をしげしげと見た。「あなたの言葉なら信じるわ、マーク。自分と信条が異なるからといって、あなたは相手をこきおろしたことなど一度もありませんものね。でも、あなたがこの件にかかわる前に、これだけははっきり言っておきたいの。この忌まわしい事件に王制主義者がかかわっていたとわかったら、いいこと、たとえわたしは絞首刑になってもいいから、必ず復讐《ふくしゅう》してやるわ」

「そのようなことにはならないと思うよ、エリザベス」

彼女は冷ややかな笑みを浮かべ、マークをリビングルームへ案内した。彼女の家は村のはずれにある。ここからなら父親の狩猟ロッジへも近いし、追いはぎとしてアリーたちの小さなコテージへ向かうにも時間はかからない。ここへ来たのは、エレノア・ブランドンやそこの家政婦と話をしたあと、ジャック・プラインが殺害された夜に妻のエリザベスがどこにいたのかを確かめる必要があると考えたからだ。最初に殺された反王制主義者のハドソン・ポーターは結婚していなかった。明日はハドソンの家政婦だった女性のところへ話を聞きに行こうとマークは決めていた。

「紅茶をお飲みになる？」

「いや、けっこうだ」

「これは社交上の訪問ではなくて、ご用件があっていらしたのでしょう？」

「エリザベス、ご主人が殺された夜、きみはこの家にいなかったんだって？」

彼女はかぶりを振った。「わたしはロンドンにいたわ。パーティに招かれたの。ジャックは行こうとしなかった。どうしても終えなければならない仕事があると言って。でも、わたしには行くように勧めてくれたわ」

「で、家政婦は？」

「うちの家政婦は昼間だけ働いてもらっているの」エリザベスはためらったあとで続けた。「彼女が朝ここへ来て夫の遺体を発見したのよ。わたしはその夜はケンジントンにある別邸に泊まったの」

「押し入った形跡はなかったと聞いているが」

「ええ」エリザベスは言った。

「そうなると、ジャックは殺人者を知っていた可能性が高くなる」

エリザベスは急に居住まいを正した。「あなたは夫を殺したのが同じ反王制主義者だと言いたいのね。例の新聞の論説と同じように」

「エリザベス、ご主人は王制主義者をこの家へ招いたことがあるのかい？」

彼女はうなずいた。「もちろんあるわ、相手の方を知っている場合は。あなたはたとえ意見の異なる人に対してでも、やはり礼儀正しく接するでしょう。ジャックにだって王室を支持している友人が大勢いたわ。そうですとも、ライオネル・ウィトバーグ卿は王室の支持者だけど、反王制主義者のハドソン・ポーターと親しかったのよ。そのハドソン・ポーターが最初の犠牲者になったとき、ウィトバーグ卿はたいそう悲しまれたと聞いたわ」

「エリザベス、この家の鍵《かぎ》を何人が持っている？」

それまで協力的だった彼女がその質問に緊張の色を示した。「もちろん夫は持っていたし、わたしも持っていた。それから家政婦も」

「鍵は普段どこに置いてあるのかな？」

「わたしは自分の鍵をほうりだしておくようなことはしないわ」

「しかし、どこにしまっておくんだい？」

彼女はため息をついた。「わたしの化粧台の引き出しに」

「家政婦はどうだろう？　今日、家政婦と話をさせてもらえるだろうか？」

なぜかエリザベスはいっそう緊張を強めた。「残念ながら今日の午後は休みをあげたの」

「それならそれでかまわない。またあとで話を聞きに来よう」マークは立ちあがった。

「エリザベス、邪魔をして悪かったね。ぼくは真実を突きとめようとしているんだ」

エリザベスも立ちあがった。「だったら、適切な場所を探すべきではないかしら」

いう確信を抱いた。

「適切な場所とは？」

彼女は目に怒りをみなぎらせてマークをにらんだ。「まず王室から始めたらいいわ！」

マークは玄関のドアに錠をおろすよう忠告してからエリザベスの家を出た。錠がおろされる音が聞こえたけれど、マークが小道を歩きだしたとき、それとは違う音が聞こえたという確信を抱いた。

人の声。

エリザベスが言ったのは嘘《うそ》で、家政婦は家にいたのだろうか。それとも……。

それとも、あの未亡人にマーク以外の客がいたのだろうか。

かわいいアリーへ

わたしたちはモートン家へ行きます。モートン夫妻が熱を出して寝こみ、奥さんの妹さんが来ることになっているのですが、それまで世話をするようキャロル牧師に頼まれたのです。エディスが作ったスープや、そのほかありあわせの食べ物を詰めて持っていきます。帰りはかなり遅くなるでしょう。あなたは自分でお料理して夕食をすませてちょうだい。ドアに錠をおろして、だれもなかへ入れないように。用心するのですよ。

愛するおばたちより

アリーはほほえまずにいられなかった。このような文章を書くのはヴァイオレットと決まっているが、彼女は絶対に自分の名前を書かない。必ず〝おばたち〟と署名する。

今晩、おばたちは留守だと知っても、アリーは平気だった。老三姉妹は病気の母親に代わって赤ん坊の世話をしたり、経済的に苦しい家族へ食事を運んでいったりと、年がら年じゅう隣近所を忙しく駆けまわっている。これほど思いやりに富む女性たちは、世界広しといえどもそうはいない。アリーは時にいたずらをしたりむくれたりしておばたちを困らせたことがあるけれど、おおむね行儀よく振る舞ってきたと自分では思っていた。しかられるのが怖かったからではない。おばたちの気持ちを傷つけたとき、その目に浮かぶ失望の色を見るのが耐えられなかったからだ。

「うまいやり方だわ」アリーはひとりごとをつぶやいた。「わたしが親になったときのために覚えておかなくては」

アリーは自分で紅茶をいれた。それからおばのひとりがシチューを火にかけておいてくれたことに気づき、それを皿に盛りつけると、大好きなダニエル・デフォーの小説をとってきて暖炉の前に座った。だが、いつもならたちまち夢中になって読みふけるのに、そのときは文字が目の前を意味もなく過ぎていくだけだった。

もしも、と彼女は考えた、あの追いはぎがスケッチブックを見つけていたら、いつかきっとそこに書かれている文章を読むだろう。

追いはぎが見つけたのでないとしたら？　馬車のなかでのマークの様子からして、スケッチブックを見つけたのは彼ではない。あるいは少なくとも彼はまだ読んでいない。ほかのだれかが見つけたのだとしたら？

戦慄《せんりつ》が彼女の背筋を走った。

暖炉の火が小さくなったように感じられた。コテージにはまだ電気が引かれていない。突然、石油ランプの炎が狭い部屋の四方の壁に不気味な影を投げかけている気がし始めた。ばかなことを考えてはだめ、とアリーは自分をしかった。いつもと同じ晩がいつもと違って感じられるのは、わたしの気のせいにすぎない。

そうは思ったものの、不安にさいなまれて皿を置いた。

そしてそわそわと立ちあがり、まっすぐ玄関ドアへ向かった。ドアにはしっかりかんぬきがかかっていた。

続いて手早く家じゅうを調べてまわったが、リビングルーム、ダイニングルーム、ベッドルームのどれも窓はきちんと閉まって鍵がかかっていた。

わたしはどうかしているのだわ。物心ついたときから、ずっとこのコテージで暮らしてきたじゃないの。ひと晩じゅうドアに錠をおろさないで寝たことだって数えきれないほどある。

そうはいっても、用心するに越したことはない。

キッチンへ行って裏手のドアに錠がおりているか確認しようと廊下を戻っていくとき、突然、建物の正面側の壁になにかがぶつかる音がした。彼女はぎょっとしてその場に立ちすくんだ。

そして待った。

なにも聞こえない。

しばらくして気をとりなおしたアリーは、とにかくキッチンへ行こうと廊下を急いだ。キッチンに入って裏口のドアへ歩きかけたとき、ノブが動きだしたのが見えた。

一瞬、彼女の息がとまった。

ドアへ駆け寄った彼女はかんぬきがかかっているのを見て少し安心した。だが、真鍮《しんちゅう》製の丸いノブはまだ動きつづけている。まわりつづけている。まるで見えない手が開くかどうか試しているかのようだ。

アリーは身じろぎもしないで見つめた。

やがてノブの動きがとまった。それまで彼女の心を満たしていた恐怖に、激しい怒りがとって代わった。コテージへ侵入しようとしている者は、そのドアをあきらめてほかの侵入口を探しに行ったのだ。

アリーは足音を忍ばせてテーブルのところへ行き、床を引きずる音で自分の居場所を悟られないよう慎重に椅子のひとつを持ちあげると、裏口のドアのノブの下へ運んで置いた。

それからなにか武器になるものはないかとあたりを見まわした。コテージには銃を置いていない。けれども裁ち鋏《たちばさみ》ならいくらでもある。

裁縫室へ向かって駆けだしたアリーの目に、暖炉で使う鉄製の火かき棒が映った。彼女は暖炉へ駆け寄って火かき棒を手にとり、頑丈にできていることを確かめた。それからリビングルームの反対側を見やった。

コテージに電気は引かれていないが、スターリング卿が電話はぜひとも必要だと主張したので、おばたちは喜んで彼の勧めに従った。世間ではいまだに電話は新奇な発明品と見なされているものの、ヴィクトリア女王が気に入ったために、裕福な家庭の多くが上にならって電話を設置した。ただし、ここからかけられる相手はそう多くない。

クランクをまわすときの音を考えてアリーはためらったが、とにかく電話機のところへ行くことにした。地元の交換手のジニーが出るだろう。ジニーならきっと州長官のサー・アンガス・カニンガムにつないでくれる。それとブライアンに。しかしカーライル城は村の反対側にあるから、ブライアンはすぐにはここへ駆けつけることができない。それでもジニーがだれかに連絡さえしてくれたら……。

アリーは一目散に電話機へ駆け寄った。そして力いっぱいクランクをまわした……。だが、なにも起こらなかった。なんの音もしない。

外にいる何者かが電話線を切断したのだ。

アリーはじっとその場に立って耳を澄ました。鼓動の音があまりに大きくて、最初のうちはそれ以外の音が聞こえなかった。やがて……。

なにかの音がした。なにかをこすっているような音。メリーのベッドルームのほうからしてくる。アリーは両手に火かき棒を握りしめて廊下をそっと進んでいった。メリーのベッドルームへ入ると、何者かが窓の掛け金をいじっている音が聞こえた。

そしてまたなにも聞こえなくなった。

彼女は息をするのもままならなかった。

遠くでかちりという音がした。

侵入者が今度は、裁縫室の窓の掛け金を試しているのだ。

アリーは急いでメリーのベッドルームを出て廊下を忍び足で進み、裁縫室へ入った。壁に背中をあてて窓へ近づき、息をひそめて待つ。できるものなら勇気を奮ってカーテンをさっと開け、いったい何者が侵入しようとしているのか知りたかった。敵の顔を見たかった。

できなかった。侵入者の存在に彼女が気づいていることを悟られるわけにいかなかったからだ。心配なのは敵が武器を持っているかもしれないこと。たとえ持っていなくても、こちらが気づいていることを悟られたら、敵はすばやく夜の闇《やみ》にまぎれて身を隠し、一方のアリーは危険に身をさらすことになる。たったひとつの彼女の有利な立場を手放すわけにはいかない。わずかでも彼女に勝ち目があるとすれば、それは敵の不意をつくことしかないのだ。

突然、ぱちんという音がした。アリーは侵入者が窓の掛け金をはずす作業に成功したのだと悟った。

カーテンの向こうで動きが生じ、いかにも巨大に見える体がカーテンを押し分けて窓から入ろうとし始めた。

アリーはそれ以上待っていなかった。侵入者目がけて突き進み、火かき棒で思いきり殴りかかった。

そのとき、彼女の名を呼ぶ声がした。

「アリー！」呼ぶ声はコテージの表のほうからしてくる。次の声はさっきよりも近くから聞こえた。「アリー！」

彼女に殴りかかられた侵入者が苦痛のうめき声を漏らした。ふたつの手がカーテンを押し分けて彼女の手首をつかむ。アリーは悲鳴をあげた。

「アリー！」また彼女の名を呼ぶ声がした。

それから、窓のほうへ近づいてくる大きな足音が聞こえ、カーテンに絡まっている侵入者が低い声で悪態をつくのが聞こえた。突然、つかまれていたアリーの手首が自由になった。

カーテンが夜の微風に揺れた。
すぐにまたカーテンが動いたかと思うと、さっと両側へ押し分けられた。
アリーは火かき棒を振りかざして殴りかかろうとした。

10

「アリー！」マークは大声をあげた。

「まあ」彼女はほっと息を吐いた。

マークは彼女を見つめた。恐ろしい目に遭ったばかりなのに、アリーは恐怖に駆られているようには見えない。青く引きつった顔の周囲に乱れた髪が垂れているが、目を険しく細めて火かき棒を振りかぶり、敵を撃退しようと闘志をみなぎらせている。

彼女が殴りかかるのを思いとどまったので、マークはほっとした。なんといってもマークは覆面をして窓から半ば身を乗り入れているのだ。

アリーは窓から入ろうとしているのが追いはぎだと知って火かき棒をおろした。マークは彼女が追いはぎをすっかり信頼して、自分の身の安全をゆだねようとしていることに気づき、なぜか腹立たしくなった。

「大丈夫か？」彼は急いで尋ねた。

「ええ」

「警戒を解くんじゃないよ。ぼくはやつを追いかける」

マークは置かれた状況を呪《のろ》った。やっとコテージの前の小さな庭に着いて馬をおりたとたん、黒い人影が建物の裏手へこっそりまわっていくのが見えたのだった。自分の姿を相手に見られたかどうかわからなかったし、アリーが不審者の存在に気づいているかどうかもわからなかった。そこでマークは大声で彼女に警戒を促したのだが、そのために侵入者に逃げる機会を与えてしまった。とはいえ、今すぐに追いかければ、まだ捕まえられるかもしれない。

彼は小声で悪態をついて森のなかへ駆けこみ、くせ者が逃げていったと思われる方角へ走った。はじめのうちはところどころ小枝が折れていて、たどった道筋の見当がついたけれど、森の奥深く進むにつれて闇《やみ》が濃くなり、たとえ前方に人がいたとしても見えないほどになった。これなら隠れる場所はいくらでもある。

どこからでも攻撃できる。

しかし、コテージへ侵入を図った人物がいつまでも近くにとどまっているとは思えない。計画が失敗したからには逃げ去っただろう。

ここはいったん引きあげて、次の機会を待つつもりに違いない。

マークはくせ者と自分自身の両方に腹を立ててコテージへ引き返した。

アリーがまだ警戒していることを確信しながら、マークはさっきの窓へ近づいていった。

「ぼくだ」彼は大声で言った。アリーがカーテンを開けた。マークは窓枠に手をかけてさっとなかへ入った。

アリーはまだ火かき棒を握っていた。目には興奮の色がみなぎっていたが、呼吸は落ち着きをとり戻していた。

「どこか怪我《けが》を……？」

「いいえ」

マークは火かき棒へ手をのばした。「もう大丈夫だ。それをこちらへ渡したまえ」

室内は廊下のランプの明かりがかすかに差しこんでいるだけで、ほとんど暗闇に閉ざされていた。マークはアリーの顔にふれて、彼女の手から火かき棒をとった。

「やつは逃げてしまった」

そこが三姉妹の裁縫室であることにマークは気づいた。不気味な沈黙を保って立っている婦人服仕立て用のマネキンに、さまざまな衣装がかけてある。マークはアリーの腕をとって廊下へ出ると、リビングルームへ連れていってソファへ座らせた。

アリーがぱっと立ちあがった。「あの窓……」彼女は言いかけた。

「ぼくが直してこよう。怪しい人間が入ってくるとまずいからね」

アリーはまじまじとマークを見つめて笑いだした。「怪しい人間って、あなたは追いはぎなのよ」彼女はマークに気づかせた。

「しかし、ぼくは他人の家へ押し入ったりはしない」マークは応じた。

彼はアリーをそこへ残して裁縫室へ引き返した。窓の掛け金が侵入者によってねじ曲げられていた。これならナイフの刃をあててぐいと押せば直せるが、掛け金そのものが弱くなっている。なお悪いことにコテージの窓はどれも、本気で侵入しようとする者を阻めるほど頑丈にはできていない。マークは丈夫な角材を見つけてきて、窓のつっかい棒にした。おそらくマネキンを立てておくのに用いられるものだろう。こうしておけば、窓を壊さない限りここからは入れない。

とはいえ、このコテージは安全ではない。

リビングルームへ戻ったマークは電話機があることに気づいた。「なぜ助けを呼ばなかったんだ?」

「線が切られていたの」

「ここにいなさい」彼は命じた。

アリーが両手をあげて再び笑った。「わたしはどこにも行くところがないわ」しかし、マークが玄関ドアのほうへ歩きだすと、彼女はソファから立ちあがった。

「どこへ行くつもりだ?」マークが顔をしかめて問いただした。

「あなたと一緒に行くの」

「アリー、くせ者はぼくではなくてきみを狙《ねら》っているんだよ。ぼくは電話線を調べに行くだけだ。すぐに戻ってくる。なかにいなさい。ぼくが出たら、ドアに錠をおろすんだよ」

　事実、電話線が切断されていることをその目で確かめるのに、たいして時間はかからなかった。アリーにドアを開けてもらってなかへ戻ったマークは、今まで経験したことのないほど大きな不安にさいなまれた。彼はリビングルームのなかを歩きまわった。

「きみはここにいてはいけない。ぼくが……。きみにはぼくと一緒に行ってもらおう。今夜、ファロウ卿《きょう》は狩猟ロッジに泊まっている。そこなら安全だ」

「だめよ」アリーがきっぱりと言った。

「だめ？　アリー、頭がおかしくなったのか？　何者かがここへ侵入しようとしたんだ。おそらくきみを殺すのが目的だろう」

「ひどく困っている人だったのかもしれないわ」アリーが言った。「たぶんその人はおばさんたちが出かけるのを見て、コテージにだれもいないと思ったんじゃないかしら」

　マークが穴の開くほど見つめるので、アリーは顔を赤らめた。

「なぜ急にわたしの命が狙われだしたの？」彼女がきいた。

「まったく、どうしてだろうな？」マークはつぶやいた。「理由など今は問題ではない。とにかくきみはここにいてはいけない」

「ここにいなくてはだめなの。あなたにはわからないの？　おばさんたちが帰ってくるのよ。そうしたら、おばさんたちが危険にさらされるかもしれないじゃない」

マークは彼女を見つめて歯ぎしりした。しかし、アリーの言うとおりだ。現在、冷酷な殺人者が野放しになっている。それはたしかなのだから、アリーのおばさんたちをこのコテージに残しておくのは危険かもしれない。それとは別に、マークはアリーに嘘《うそ》をつかれたのが腹立たしかった。彼女が十中八九オリヴィア・コテージ、つまり新聞に論説を寄稿した匿名Aなる人物なのだ。しかも頑健な大人の男が三人も喉を切り裂かれて殺されたとなれば……。

マークはソファに腰をおろした。「待とう」

「待とうですって？」

「きみはぼくに今すぐ出ていってもらいたいのか？」マークはきいた。

「おばさんたちにあなたのことをどう説明したらいいの？」

「おばさんたちはどこへ行ったんだ？」

「モートン家へ。モートン夫妻がご病気なんですって」

「じゃあ、おばさんたちが帰ってくるのを待って、それからみんなで出かけよう。今夜はきみたちのだれひとりここにいてはいけない」

「じゃあわたしたち、今夜ひと晩どこで過ごせばいいの？」

「ファロウ卿のところで」

アリーはため息をついた。「そんなの……ばかげているわ。これはきっとマーク・ファロウのせいよ」

「なんだって？」マークは問い返した。

「わたしはとるに足らない人間で、財産などこれっぽっちもない。今までこの森のなかでなんの危険もなく暮らしてきた。ところが突然マーク・ファロウと婚約したものだから、こんなことになったのよ」

アリーは質素なスカートに白のブラウスを着てソファに座っていた。束ねていない髪が波打って肩に垂れ、暖炉の火を受けて輝く目には真剣な表情をたたえている。これほど美しい女性はめったに見たことがないとマークは思った。

「これはマーク・ファロウとの婚約とは関係ないと思うよ」彼はいらだたしげに聞こえないよう注意して言った。

ひょっとしてアリーは、マークと追いはぎが同一人物であることに気づいているのではなかろうか？

「だったら、それ以外のどんな理由で、だれがわたしに危害を加えようとするの？」彼女が尋ねた。

「さあ、ぼくにはわからない。たぶんきみのほうが知っているんじゃないか」

「あなたはお尋ね者なのよ」アリーが彼に思いださせた。

いや、彼女は知らない。知っているわけがない！

マークはじれったくなってため息をついた。彼女に真実を打ち明けるべきだろうか。いや、やめておこう。なぜなら、彼女のほうも明らかにぼくに対して嘘をついているからだ。

「そんなことは問題ではない。とにかくきみはここにいてはだめだ」

「さっき言ったように、おばさんたちが帰ってくるまでここを離れないわ」

「今のうちに荷造りしておいて、おばさんたちが戻り次第、出かけられるようにしておくほうがいいよ」

「で、あなたもそれまで待っているつもり？　おばさんたちに挨拶《あいさつ》するの？　あなたを見たら、かわいそうに、おばさんたちは心臓麻痺《まひ》を起こしちゃうわ」

マークはその言葉が聞こえなかったかのように、アリーを無視して部屋のなかを歩きまわり始めた。

「我慢できないの？」アリーがきいた。

「なにを？」

「そんなふうにうろうろしないで、座ったらどう？」

アリーがソファの彼女のかたわらをぽんとたたいたので、マークは驚いた。

「座ってちょうだい。あなたがうろうろするのを見ていると、こちらまでいらいらしてくるわ」

マークはしかめ面のまま腰をおろした。するとアリーが肩へもたれてきたので、ますます驚いた。

「疲れちゃった」彼女はつぶやいた。

夜は危険だとわかっていたし、彼女の安全が気になったけれど、マークは誘惑に逆らえなかった。彼もアリーにもたれかかり、彼女の髪と頭へ手を添えて、彼の膝へ頭をのせるように促した。「だったら休むといい……しばらく休んでいなさい。おばさんたちはいつごろ戻ってくるだろう?」

「メモには遅くなると書いてあったわ」アリーはささやいて彼の膝の上へ丸くなった。髪が彼の脚の上に広がり、彼女の肉体のあたたかさが伝わってきて、たちまちマークの肉体が反応した。彼はほかのことに考えを向けようと懸命に努めたが、できなかった。

マークはもう一度アリーの頭へ手を添えて髪をなであげた。ぼくは彼女を愛している、と思う一方で、彼女が言ったことはすべて的を射ていると感じていた。ぼくは彼女のことをほとんど知らない。それでいながら、知る必要のあることはなんでも知っている。彼女はぼくと婚約している。ぼくと?　彼女はこんなに信頼しきってぼくの膝の上で丸くなっているが、彼女の知る限りでは、彼女はほかの男と婚約しているのだ。

ぼくは生まれてこのかた、こんなになにかを欲しいと願ったことはなかった。しかし……これほど彼女を欲しいと願いながら、こちらからはなにも無理強いできない。実際、彼女とこうしていると、ぼくは息さえできないくらいだ。

アリーが身動きした。

マークの肉体がそれに反応した。

彼女に知られてしまっただろうか。ぼくは断じて自分の気持ちを表すわけにはいかない。

マークはごくりと唾《つば》をのみこんだ。「あとどのくらいしたら、おばさんたちが帰ってくるだろう？」

「今、何時かしら？」

「もうじき十時になる」

「たぶんあと一時間か……二時間したら」

そのころまでにぼくは精根つき果てているかもしれない。マークは会話に神経を集中させようとした。「カーテン越しだったの」アリーが残念そうに答えた。

「火かき棒で相手のどこを殴ったかわかるかい？」

「顔を殴ったと思うかい？」

「たぶん違うんじゃないかしら。殴ったあとに強い力でわたしの手首をつかんだから。きっと胴体あたりにあたったんだわ」

「脚にあたればよかったのにな」

「悪かったわね」アリーが不機嫌に言った。

マークは思わず笑い声をあげた。「いや、きみはよくやったよ、信じられないほどだ。

怯《おび》えて部屋の隅に縮こまってもいなければ、助けを求めて悲鳴をあげながら外へ逃げだしもしなかった。しかも敵に攻撃のチャンスを与えないで、自分から攻撃した。しかし……殴ったのが脚だったら、あとで足を引きずっているやつを捜せたのに」

「あら？　悪者たちが寝る前の一杯をやりに集まる居酒屋でもあるの？　そこであなたはお酒を飲みながら、足を引きずっている不審人物がいないか見張ろうっていうの？」

「ここへ押し入ろうとしたやつは、きみの言うような普通の犯罪者ではないと思うよ」

「わたしは考えれば考えるほど、侵入しようとしたのはただの気の毒な人だと思えてくるわ。きっとその人はこのコテージにだれもいないと考えて、食べ物やちょっとした装飾品を失敬しに入ろうとしたのよ」

「それは違う。そうでないことくらい、きみだってわかっているはずだ」

アリーが体の位置を直してマークの顔を見あげようとしたとき、彼女の指が膝の上を動いた。たちまちマークの肉体が反応し、動悸《どうき》が速くなったが、彼はなんとか気持ちを落ち着けてアリーの目を見つめた。突然、彼女がほほえんだ。

「どうした？」

「こんなの非常識もいいところだわ。あなたはお尋ね者なのよ」アリーは静かに言った。「それなのにわたしときたら、あなたを信頼しきって、こんなふうに抱かれている。あなたはわたしの馬車をとめて、ならず者の振る舞いをした。それなのに……わたしはあなたを信じている」

マークの顎がこわばった。どうにか言葉を探す。「きみは婚約しているんだったな」

「みんなそう言うわ」

「きみの指に婚約指輪がはまっているじゃないか」

「ええ、とてもすてきな指輪が。でも、はずそうと思えばはずせるわ」

「きみはマーク・ファロウと結婚しなくちゃいけない」

「あら？　あなたは急にわたしの後見人になったの？」

「命が危険にさらされているんだよ。今のきみは冷静に物事を考えられなくなっている」

アリーが手をあげてマークの顎をそっとなでた。「少なくともあなたは気高いならず者だわ」彼女は言った。

肌にふれている彼女の指。彼女の目……。

突然、マークはアリーをまっすぐ座らせた。侵入者が引き返してくる可能性が残っている、しかも援軍を引き連れて。

「アリー……」

「急にどうしたの？」マークがソファから腰をあげて暖炉の前に立ったのを見て、アリーは言った。やがて彼女はため息をつき、さっきまでマークが座っていた彼女のかたわらのソファの表面に手を滑らせた。「たとえマーク・ファロウと結婚することになっていても、今はまだ結婚していない、そうでしょ？」

「なにを言っているんだ？」マークは問いただしたあとで、口調が激しすぎただろうかと不安を覚えた。

アリーがほほえんだ。美しく、悲しげで、哀愁を帯びた笑みだった。「たぶんわたしはその人と結婚しなければならないでしょうけど、わたしは現代的な女なの。わたしの人生はわたし自身のもの。それにわたしはまだ結婚していないわ」

「きみはぼくに誘いをかけているのか、ミス・グレイソン？」マークはきいた。心のなかに怒りがわきあがる。彼女が知らないのなら……。

マークのなかの独占欲がうずき始めた。

「とんでもない」アリーが否定した。

マークは安堵《あんど》のため息を漏らした。

「そんなこと、するわけないでしょ」彼女はささやいた。「わたしはついこのあいだ……自分が求めてもいなかった生活を、望んでもいなかった結婚をしなければならないことを知った。だけど実際にそうなるまでは、わたしは自由な女だわ」

くそっ！　やっぱり彼女は知っているのだ。追いはぎに扮《ふん》したぼくとマークとが同一人物であることを見抜いていて、ぼくを苦しめるためにこんなことをしているのだ。なにか言わなければ。

マークはそう思ったが、なにも言う暇がなかった。近づいてくる車輪の音と重たいひづめの音が聞こえたのだ。

「帰ってきた」彼は言った。

アリーはぱっと立ちあがった。「早くどこかへ行って」

マークはその場を動かなかった。「行かない」

「なにを言っているの？　あなたのことをどう説明したらいいの？」アリーはとり乱して尋ねた。「なんてことかしら、遅くなると書いてあったのに！」

「どう説明するかはきみが考えてくれ」

「早く行って！　ここにいてはだめ」

「いや。だれがおばさんたちを送ってきたのだろう？」

「だれも。馬車を御すのはいつもヴァイオレットと決まっているの」

マークはうなずいてドアのほうへ歩きだした。

アリーがすがりつくようにして引きとめた。「だめよ！」

「こうする以外にないだろう」

彼はドアの外へ出て呼びかけた。「どうか怖がらないで」

その言葉にもかかわらず、ヴァイオレットが悲鳴をあげた。隣に座っていたメリーは喉が詰まったような音を出した。後ろの座席でエディスは今にも気絶しそうだ。

「みんな、大丈夫よ！」アリーは大声で言った。

　そして馬車へ駆け寄り、腰を抜かしそうなエディスに手を貸して馬車からおろした。マークは三人のなかでいちばんしっかり者に見えるヴァイオレットに近づいていった。

「マダム、驚かせて申し訳ない」

「彼だわ。あの追いはぎだわ」メリーがささやいた。

「しかし、まったく危険はないのでご安心ください。もっとも、今夜はコテージへ押し入ろうとした不審人物がいて、実際、危うく侵入されるところでした」マークは早口に説明した。

「なんですって？」メリーは息をのんだ。

　またもや気絶しそうになったエディスをアリーが支えた。

「聞いて、お願い……この追いはぎがわたしを助けてくれたの」アリーは必死に説明した。

「怪しい人物がコテージへ押し入ろうとして、それをこの人が追い払ってくれたのよ」

「いいですか」マークが口を出した。「あなた方はここにはいられません」

　それを聞いて三姉妹は恐慌状態に陥り、マークが聞いたこともないほど奇妙な会話を始めた。

「ここにいられないですって？」ヴァイオレットが言った。

「でも、どこへ行けばいいの？」メリーがきいた。

「なにもかもほったらかして行くわけにはいかないわ」エディスがどうにかささやく。

「だけど、そうしなくては」メリーが言った。

「もちろんよ」同意したのはヴァイオレットだ。「ほんの少しでもアリーを危険にさらすことはできないもの」

「ええ、そうですとも」メリーが言った。

「彼は追いはぎなのよ」エディスの声は悲鳴に近かった。

「でも、アリーを救ってくれたわ」ヴァイオレットが言った。「重要なのはそこよ。だからいいわね、お若い方、あなたを警察へ引き渡すようなことはしません！」

「それではさっそく荷造りにかかってください」マークは言った。「ぼくがファロウ卿のロッジまでお供をします」

「ファロウ卿のロッジ？」ヴァイオレットがきき返した。

「ずっとそこにいる必要はありません。しかし、ファロウ卿のロッジならここから近いし、安全です」

ヴァイオレットがマークを穴の開くほど見つめた。そして彼に向かって指を振った。

「あなたはその悪い生き方を変えなくてはいけません、お若い方」

「ファロウ卿はきっとあなたを逮捕させるわ！」アリーが言った。

「彼に見つかる前に逃げだすよ」マークは彼女に断言した。

「さあさあ、ぐずぐずしていないで支度をしましょう」ヴァイオレットがメリーとエディスをせきたてた。「アリー、あなたはもう荷造りしたの？」

「いいえ、まだ」

「じゃあ、みんな急いで支度にかかりなさい、いいわね」ヴァイオレットが命じた。

アリーは眉をつりあげて険しい目つきで彼をにらんだ。マークは肩をすくめた。ほかに手はない。彼女たちだけで森のなかを行かせるわけにはいかないのだ。特にアリーが一緒で、しかも今夜のような出来事があった直後ときては。そして今は……絶対にだめだ。

「犬を飼っていないんですか？」マークはコテージへ向かおうとしたヴァイオレットに尋ねた。

ヴァイオレットは顎をつんとそらした。「以前、番犬を飼っていたわ」ぴしゃりと言う。「でも、愛していた犬に死なれると、なかなか新しい犬を飼う気になれなくて」

ヴァイオレットはそう言い残してコテージのほうへ歩み去った。アリーは肩をすくめ、エディスを支えながらヴァイオレットのあとに従った。そのエディスはといえば、彼のほうを見ただけでまたもや失神しそうだった。

三姉妹は手際がよかった。一泊の小旅行に必要なものを詰め終えるのに三十分とかからなかった。マークは彼女たちの荷物を馬車へ運んで積み、自分の馬にまたがった。ヴァイオレットがまた手綱を握り、その横にメリーが座って、アリーはエディスと一緒に後ろの座席に座った。

　御者台の上にとりつけられたランタンが前方の道を照らしだす。馬はゆっくりとではあるがたしかな足どりで夜の道を進んでいく。すぐ着く距離のはずなのに、このときはなぜか果てしなく遠く感じられた。

　途中、だれにも会わなかった。

　ようやく窓の明かりが見えて、ファロウ卿の狩猟ロッジに到着したのだとわかった。ファロウ家の使用人でがっしりした体格のバートラムが、馬車の音を聞きつけて出てきた。続いてジーターが、さらにジーターの後ろからファロウ卿も出てきた。

「ぼくはここで失礼させてもらうよ」マークはささやき、馬の向きを変えて今来た道を引き返した。父親に任せておけば安心だ。アリーたちに危険が及ばないよう手配してくれるだろう。

　アリーがコテージでの出来事を話すと、ファロウ卿はさっそくジーターとバートラムに荷物をなかへ運びこむよう命じ、彼女たちをロッジのなかへ案内した。「くせ者はどうなったのかね？　どうやって撃退した？」ファロウ卿が尋ねた。

「まあ、それがなんと、信じられない話なんですが……」メリーが言いかけたのをアリーは小突いてやめさせ、代わって説明した。

「あの……友人がたまたま通りかかったのです」アリーはそう言いながらいぶかしんだ。

ファロウ卿は自分の息子の二重生活を知っているのだろうか？

追いはぎは狩猟ロッジの近くまで送ってきて、もう安全だと確信するや馬で駆け去ったのだ。

「友人が」アリーは続けた。「すぐそこまでついてきてくれました。でも、彼は……急ぎの用事があって行かなければならなかったのです」

「押しかけてきて申し訳ありません」ヴァイオレットが言った。

ファロウ卿は心の広い人物だけあって、それ以上の弁解を言わせなかった。

「なにを言うのかね。ミス・グレイソンはいずれわたしの息子の妻になるのだよ。きみたちはわたしの姉妹みたいなものだ。少しも遠慮することはない。それよりもわたしの気がかりは、コテージであったことが二度と起こらないようにするにはどうすればいいのかということだ」ファロウ卿は眉根を寄せた。「準備が整い次第、なるべく早く結婚式を挙げることにしよう」

「なんですって？」アリーはあえぐように言ってから、自分の本当の気持ちに気づいて、それ以上言うのを差し控えた。

わたしはあの人と結婚する。だって、あの人を愛し始めているんですもの。いえ、もう愛しているんですもの。たとえあの人になにもかも正直に話すことはできないにしても。だけどそれを言うなら、あの人だって厚かましくもわたしに嘘をついているのでは？

でも、今夜、あの人はきわどいところを駆けつけて救ってくれた。もちろんわたしは侵入者と戦ったわ。でも、わたしだけで撃退できたかしら？

恐怖がアリーの心に忍びこんできた。わたしは殺人の標的にされているのだろうか？そうだとしたら、なぜ？　だれかがわたしを匿名Aだと感づいたから？

「できるだけ早く結婚式を挙げなくてはならん」ファロウ卿がアリーをじっと見て静かに言った。

「準備をする時間が必要です」彼女は主張した。

「盛大な挙式よりも安全を第一に考えなければ」ファロウ卿は譲らなかった。「しかし、それについてはまた明日話しあおう。この廊下の先に来客用のベッドルームがある。たくさんあるから、ひとりひと部屋ずつ……」

「いえ、とんでもありません。みんな一緒の部屋で充分です」アリーは言った。

「全員がひとつのベッドに寝るのかね？」ファロウ卿が尋ねた。「いくらなんでもそれでは窮屈だろう」

「わたしはエディスと寝ればいいし、メリーとヴァイオレットは一緒でかまいません。あのような出来事があったあとなので、できれば今夜は別々になりたくないんです」

ファロウ卿がアリーにほほえみかけた。彼女の胸に彼に対する愛情がわきあがった。それは彼に心から愛されていると知っていたからかもしれなかった。

この人がやがて義理の父親になるのだと思うとうれしかった。

その一方で、やがて夫を持つと思うとやりきれなかった。

「わたしは外を見まわってきます」バートラムが言った。

ファロウ卿はうなずいた。「息子と娘たちを放してやってくれ」

「息子と娘たちですって？」ヴァイオレットが尋ねた。

「ウルフハウンドだよ」ファロウ卿が説明した。「利口な連中でね。虎《とら》のように大きく、主人に忠実で、番犬として最適の犬たちだ」

「ええ、そうですとも。わたしたちも昔ウルフハウンドを飼っていたのよ、覚えている、アリー？」メリーがきいた。

「ええ、でも、わたしはまだ小さかったから」

「また犬を飼うほうがいいかもしれないわね」ヴァイオレットがささやいた。

「なんならわたしが手配しよう」ファロウ卿が申しでた。「とりあえずベッドルームへ行ってはどうかな。今夜、わたしがここにいたのは運がよかった。サー・アンガス・カニンガムでもきみたちを無事に村へ送り届けただろうが、ここにはあまっている部屋がたくさんあるし、われわれは家族みたいなものだ。なにか欲しいものはあるかね？　紅茶は？」

「ウイスキーを一杯いただけるかしら？」エディスが言った。

全員が目を丸くして彼女を見つめた。

ファロウ卿が肩をすくめてにっこりした。「いいとも、ウイスキーを用意させよう。それから、そのあときみたちがもうしばらく起きているようなら、アンガスをここへ呼ぼうと思うのだが。彼はこのあたりの治安を担当している州長官だから、なにがあったのかを早く報告しておく必要がある」

「ええ、わたしたちも州長官にお話ししておくべきだと思います」ヴァイオレットが言った。

「そのとおりだわ」メリーが同意し、エディスに視線を移した。「だから、あなたはウイスキーをゆっくり飲まなくてはだめよ」


マークは鼻を鳴らす音と頬にふれるやわらかな湿った鼻づらの感触で目を覚ました。目を開けて上を見た彼はうめき声をあげた。アラブ馬の血がまじっている優秀な乗用馬、ギャロウェイがのしかかるように立って、興味深そうな目でマークを見ながらしきりに起こそうとしていた。

彼は起きあがって髪から麦わらをとり、厩舎《きゅうしゃ》のわらの上で寝たにしてはよく眠れたものだと皮肉な気持ちで考えた。

立ちあがろうとしたマークの耳に、四つ足動物特有の小さな足音が聞こえた。すぐに猟犬たちが飛びついてきて、吠《ほ》えたりくんくん鳴いたりしながら鼻を押しつけたり舌でなめたりし始めた。

「おいおい、やめろよ」マークは犬たちに抗議し、いちばん大きなマルコムの背中に手をついてようやく立ちあがった。尾をちぎれそうなほど振っている大きな四匹の犬の頭をなで、カーラが後ろ足で立ちあがろうとしたのを見て、〝お座り！〟と命じ、命令に従ったので〝よしよし、いい子だ〟と褒めてやった。マークも背は高いが、カーラが立ちあがると彼よりさらに二、三センチ高い。それからマークはあたりを見まわした。「お父さん、どこにいるんです？　どうせ陰からおもしろがって見ているのでしょう」

黄褐色の乗馬ズボンに上着、膝まである黒のブーツという狩猟用のいでたちをしたファロウ卿が姿を現した。「ああ、ここにいたのか。近くにいるとは思ったが」

マークは服についているわらくずを払った。「ほかにどうすればよかったんです？」彼は恨めしそうに尋ねた。

ジョゼフの顔が真剣な表情に変わった。「どうしようもなかったな。それよりも気になる知らせがある。どうやら道に迷ったどこかのばか者が、あの姉妹のコテージは手ごろなねぐらになると考えたらしい。だが、おまえはそう信じてはいないのだろう？」

マークは首を横に振った。「アリーをここに滞在させてください。それに、おばさんたちもここにいさせなければなりません」

「あの姉妹は断るだろう。おまえもそれは知っているはずだ。昨夜、サー・アンガスを呼んで話をした。そのあと彼はコテージへ捜索に出かけ、部下たちに命じて窓に補強材を打ちつけたそうだから、たとえ何者かがガラスを割ったとしても、なかへ入るのは不可能だろう。姉妹に猟犬を二匹つけてやろうと思う。おまえは友人たちに頼んで夜のあいだコテージの見張りに立ってもらうがいい」

「ええ、順番に見張りに立ちましょう」マークはささやいた。

「ひとつ提案をしていいかね？」

「どうぞ」

「おまえたちの結婚は何年も前から予定されていたものだ。どうしても結婚したくないというのならともかく、おまえに異存さえなければ、今度の土曜日に式を挙げようと思うのだが、どうだろう。父親だからといって無理強いするつもりはないぞ」

「それだと準備をする時間がほとんどありませんね。お父さんもスターリング卿夫妻も盛大な式を望んでいるものと思っていました」

「盛大な式など必要なかろう」ジョゼフはひらひらと手を振って言った。

「ええ、ぼくもそう思います。しかし、ミス・グレイソンは反対するかもしれませんよ」

「まあ、いずれわかるだろう。おまえ、家へ入るつもりか？」ジョゼフがきいた。

マークはかぶりを振った。「バートラムが厩舎の彼の部屋の風呂を使わせてくれるでしょう。着替えもそこでします。これからロンドンへ行かねばなりません」

「少しは真実へ近づいているのか?」父親は息子に尋ねた。

「近づいてはいませんが、可能性をいくつか除外することができました。嫌疑をかけられているうちの何人かは、事件にかかわっていないと確信しています。そこで……」

「わかった。しかし、おまえさえよければ土曜日には式を挙げるのだから、アリーと過ごす時間をできるだけ多く持ったほうがいいぞ」

「わかっています。ただし今日の午前中は、イアンが入手したいくつかの記録に目を通さなければなりません」

「おまえの好きなようにしろ」

「お父さん?」

「なんだ?」

「昨日、ライオネル・ウィトバーグ卿はずいぶんみじめな状態でした」

「ほう、それでダグラス刑事が教会へ来ていたのか?」

「ええ」

「ウィトバーグ卿の今の様子は?」

「かなりよくなったんじゃないかな」

「よかった」

「ただ、彼は妙なことを口にしました。お父さん、ぼくはお父さんがずっと前に交わしたとり決めに従って結婚します。しかし、そのためにはお父さんに真実を話してもらわなければなりません」

「真実を？　わたしはスターリング卿と固く約束したのだ」

「それだけが理由ではないでしょう。アリー・グレイソンとぼくとの結婚がなぜそれほど重要なのか、その本当の理由をぜひ聞かせてください」

ジョゼフは身じろぎもせずに立っていた。「時として人には墓場まで持っていかねばならない秘密がある」しばらくして彼は静かに言った。

「でも、現にその秘密を知っている人間がこの世にいるのです。ライオネル・ウィトバーグ卿はなにかを知っています」

「あの老いぼれがなにか言ったのか？」

「なにも。ぼくはお父さんにきいているんです。ぼくは是が非でも真実を知らなければなりません」

ジョゼフは黙りこんだ。「あとで話そう」ようやく彼は言った。「おまえが用事でロンドンへ呼ばれていないときに」

彼は向きを変えて家のほうへすたすたと歩み去った。マークは父親の後ろ姿を見送った。少なくともジョゼフはやっと話をする気になったようだ。不意にマークは、ロンドンへ行かねばならない用事のあるのが恨めしくなった。

「まあ、とんでもない。いつまでもここにいさせていただくわけにはまいりません」ヴァイオレットが言った。

「きっとコテージなら安全です」エディスが言った。

彼らは朝食のテーブルを囲んで座っていた。ただの狩猟ロッジというにはあまりに立派なその建物に、アリーは目を奪われっぱなしだった。ロッジには大きな客間と朝食用の部屋があり、窓からは裏庭の芝生と林が見える。広々としたキッチン、正式なダイニングルーム、広いリビングルーム、書斎、加えてベッドルームがいくつも備わっている。ファロウ卿の父親や祖父の時代――彼の話ではもっと前までさかのぼる――には、ウォレン伯爵はしばしば大勢の友人を引き連れてここへ狩猟をしに来た。そのためにこれだけの大きさが必要だったのだ。現在のファロウ卿がここへ来るのは田舎の美しい風景と穏やかな生活のためだが、残念ながら仕事があるので、そうしょっちゅうはロンドンを離れられないと彼はこぼしている。

「どうしてもコテージへ帰らなければならないのなら、犬を二匹つけてあげよう」ファロウ卿が言った。「しかしアリー、気の毒だがきみには客としてここにとどまってもらわなければならん」

「でも、犬がいれば……」

「わたしが思うに、狙われているのはきみのおばさんたちではなくて、きみなのだ」ファロウ卿がアリーに言った。

「だったら、あなたはここにいなくてはだめ」ヴァイオレットがきっぱり言った。

「おばさんたちだけを帰すわけにいかないわ」アリーは強い口調で反論した。

ファロウ卿が咳払《せきばら》いをした。「マークと相談して、結婚式を今度の土曜日に執り行うことに決めた」

アリーは息をのんだ。「そんなに早く?」

「それが賢明だと思えてね」ファロウ卿が言った。

「でも……わたし……」アリーは口ごもった。

「ええ、ぜひ今度の土曜日にしましょう。ああ、アリー、なんてすてきなのかしら。そうしたらあなたはもう二度と怖い思いをしなくてすむのよ」メリーが明るく言った。

「今だって怖い思いなんかしていないわ。わたしは怒っているの。それにおばさんたちだけにするのは心配なのよ」アリーははっきりと言った。

「アリー」ヴァイオレットが表情を曇らせた。「こんなことは言いたくないけれど、でも……わたしたちだけのほうが安全だと思うの。それにファロウ卿が貸してくださる立派な猟犬がついているんですもの、心強いわ。頭のおかしな嫉妬《しっと》深い男に狙われているのは、アリー、たぶんあなたなのよ。あなたはここにいるのがいちばん安全だし、そうすればわたしたちだってあの住まいにいても危険はないでしょう」

「でも……」

「アリー、そうしてちょうだい、いいわね？」エディスがやんわりと頼んだ。

アリーは降参して両手をあげた。おばたちの言うことにも一理ある。急に彼女が狙われだしたのはマーク・ファロウと婚約したからだ、とは彼女自身ももはや信じていなかった。ロンドンで郵便局へ行ったとき、だれかにあとをつけられたのではないかという気がしてならない。

おそらく何者かが――冷酷非情なだれかが――わたしが匿名Aであることを知ったのだ。

「お願い、そんなにがっかりした顔をしないで、アリー」エディスが懇願した。

「金曜日には一日じゅう一緒にいられるのよ。わたしたちは花嫁衣装の最後の寸法直しをすることになるでしょう。ああ、もうすぐあなたの美しい花嫁姿が見られるんだわ」メリーが夢見心地で言った。

アリーはほほえもうとしたが、心のなかではちょっぴり悲痛な思いを味わっていた。彼女は三姉妹を心から愛していた。森での生活がとても気に入っていた。不意に彼女は、もうすぐわたしはほとんど見ず知らずの男性と結婚するだけでなく、長いあいだ心から愛してきたものを、わたし自身の少女時代を、森のなかへ残してこなければならないのだ、と気づいて悲しくなった。

「ここには立派な書斎がある」ファロウ卿がアリーに教えた。

「よかったじゃない、アリー。立派な書斎ですってよ」ヴァイオレットが言った。

アリーはうなずいた。三人のおばに恐怖や不安を抱かせたり、ほんのわずかでも彼女たちを危険にさらしたりしたくなかった。「あなた方の言うとおりにするわ」彼女は言った。

それでも再び馬車に荷物が積みこまれ、森のなかをコテージまで付き添うバートラムが馬にまたがって、若い猟犬のシルヴェスターとミリセントがあたりを駆けまわるのを見ていると、アリーはまたもや胸を刺すような悲しみに襲われた。彼女はおばたちをひとりひとり力いっぱい抱きしめた。

メリーは今にも泣きだしそうだ。

「じゃあ、金曜日にまた、アリー」ヴァイオレットが無理して快活な調子で言った。

「じゃあ、金曜日にまた」アリーはおうむ返しに言った。

「来なさい、アリー、書斎へ案内してあげよう」ファロウ卿が言った。「心配しなくていい。怪しい人間が近づいたらすぐにわかるからね。ウルフハウンドは番犬としての能力が非常に高いんだ。きみは安心して読書にふけるといい。わたしは新しい本も買うが、古い本の収集にも興味があってね。それに書斎の机の上にはタイプライターがあるから、よかったら使いたまえ。わたしはベッドルームに隣接しているオフィスにいるから、用事があったらそこへ来なさい」

彼女はうなずいたものの、相変わらず途方に暮れていた。それでも二階へあがって広い書斎に入り、ずらりと並んだ本を見たときは目をみはらずにいられなかった。

「あそこのものは……ほら、あそこだ」ファロウ卿が指さして言った。「あれらを見るときはとことん慎重に扱ってくれ。十字軍のころに書かれた本物の手紙類なのだ。チョーサーの初版本もある」

「慎重に扱います」

「きみなら大丈夫だろう」

ファロウ卿は彼女をそこへ残して去った。

しばらくのあいだ、アリーは棚に並んでいる本をうっとりと眺めていた。

だが、やがて彼女の目はタイプライターに向けられた。

森のコテージにはタイプライターがない。アリー自身が驚いたことに、彼女は歴史的に価値のある本を無視してまっすぐ机へ歩いていった。

タイプライターの横に紙が置いてある。彼女はすばやく紙をタイプライターにセットしてキーを見つめた。

やがて彼女は打ち始めた。指がキーの上を走るのにつれて、心は空高く飛翔《ひしょう》していくように思われた。

11

警察署でマークは、イアン・ダグラス刑事が入手したさまざまなリストに目を通し、追いはぎが待ち伏せした馬車と人物について彼自身が作成したリストと照らしあわせた。

「するときみはライオネル・ウィトバーグ卿《きょう》がなんらかのかたちで事件にかかわっていると思うのか？」イアンが机の端に腰かけて尋ねた。

「ウィトバーグ卿が現在の状況に対して異論を持っているのはたしかだが、しかし……」

「コテージへ押し入ろうとした男についてはどう思う？」イアンがきいた。「これらの事件は互いに関連があるのだろうか？」マークは警察署へ着くとすぐにコテージでの出来事をイアンに話そうとしたが、現代の通信技術のおかげでイアンはすでに知っていた。サー・アンガス・カニンガムと電話で話したのだという。

マークは目の前のリストの一枚を指さした。「これはジャイルズ・ブランドンの市内の屋敷を訪れた客に関する情報だな？　エレノアと家政婦から聞きだしたのか？」

「そうだ」

「ウィトバーグ卿がジャイルズ・ブランドンを訪れている。それにサー・アンドルー・ハリントンもそこにいた。彼のいとこのエリザベス・プラインもまた、夫を例の殺人者に殺されている。アンドルーはそのエリザベスに付き添ってエレノアを訪問した」

イアンは肩をすくめた。「そりゃ、エリザベスとエレノアは友達だからな」

「たしかに。それからここを見ろ。ウィトバーグ卿がブランドンの屋敷で開かれた会合に出席しているぞ」

「それを見てびっくりしたよ。その会合はハドソン・ポーターの死後に開かれている。ブランドンの屋敷を訪問した客のリストがそこにある。土曜日に家政婦から聞きだしたものだ。ぼくの質問に答えた女たちはみな一様に、訪問客の名前を全部思いだすのはとうてい無理だと何度も繰り返した」

「ふーむ」マークはつぶやき、机の上にリストを並べて見比べた。彼は目をあげた。「たとえ何人かの名前が抜けていたとしても、共通の名前がいくつかある」

「当然だ。彼らはみな同じ活動にかかわっていたのだからな」

マークはかぶりを振った。「それにしても……ライオネル・ウィトバーグ卿が？」

「爵位があって、女王陛下とも親しい彼のような男が、本気で王制を打倒しようとするだろうか？」

「正気を失っていたり復讐《ふくしゅう》心にとりつかれていたりしたら、するかもしれんぞ」マークは言った。

「あの記者、セイン・グリアも三軒の家全部の催しに顔を出している」

「彼は新聞記者だからな、そういう催しを報道するのが仕事だ」

「追いはぎはまだこれらの男たちの馬車をとめていないぞ」

「新聞記者は立派な馬車など持っていないよ」

「ライオネル・ウィトバーグ卿は豪勢な馬車を持っている。それはサー・アンドルー・ハリントンも同じだ」

「しかし、それだけでは……」

「ああ、それだけでは決め手にならない」イアンは認めた。

「ぼくの考えでは、これらの殺人事件には複数の人間がかかわっている可能性がある」

「ぼくもそう思う」イアンが言った。

「どの家も無理やり押し入った形跡はなかった。被害者の妻や家政婦たちは留守だった。となれば、犯人は家の鍵《かぎ》を持っていたか、あるいは被害者になかへ入れてもらったかのどちらかということになる」

「われわれは関係者全員に話を聞いているが」イアンが言った。「相手が警察となると、人は嘘《うそ》をつくものだからな」

「近日中に追いはぎがウィトバーグ卿とサー・アンドルーの馬車をとめることになるだろ

う」マークはイアンにそう断言して立ちあがった。イアンが不安とあせりの表情を浮かべた。マークは彼の肩に手を置いて言った。「心配するな。必ず答えを見つけるさ」

マークは警察署を出て〈オフラナリーズ〉へ行った。月曜日の午後、追いはぎとその仲間たちは定期的にこのパブへ集まり、ミートパイを食べてビールを飲むことにしている。マークが到着したときには、パトリックとトマスとジェフは席に着いていた。すでにウエイトレスのフローが彼らにビールを出したあとで、マークの分も置いてあった。

マークが席に着きながらフローに手を振ると、フローはうなずき返し、料理の準備ができているか確かめてくると身ぶりで合図した。

「それで？」パトリックが低い声でマークに尋ねた。

「きみたちの手を借りたい。マーク・ファロウとして」マークは三人の顔を順ぐりに見た。

「ほう？」ジェフが言った。

「アリーと彼女のおばさんたちが住んでいるコテージへ何者かが侵入しようとしたんだ」

マークは彼らに教えた。

「侵入しようとした？」トマスが問い返した。

「ちょうどぼくがそこへ着いてくせ者を追い払ったが、残念ながらとり逃がしてしまった」

「で、どのように手を貸してほしいんだ？」パトリックがきいた。

「夜、交替でコテージの見張りをしてもらいたい」

パトリックがうめき声をあげた。「交替で……ひと晩じゅう森のなかのコテージを見張っているのかい？」

「そりゃまあ、アレグザンドラがそこにいるんだったら……」トマスがぼそぼそ言ってにやりと笑った。

マークは首を振って否定した。「彼女はしばらくのあいだ、ぼくの父のロッジに滞在する」

「へえ？」ジェフが言った。

「じゃあ、われわれは森のなかの三人の老婆を見張ることになるのかい？」パトリックは不服そうだった。

「なぜきみの未来の花嫁を襲うやつがいるんだ？　きみはその理由を知っているのか？」ジェフがきいた。

マークはかぶりを振った。彼にはおおよそ見当がついていたが、それを人に話す気はなかった。ここにいるいちばんの親友たちにさえも。

「で、次の〝出動〟はいつになる？」パトリックがきいた。

「その前に何人かの男たちの予定を調べておかなければならない」マークはそれだけ言って口を閉ざした。フローが料理を運んできたのだ。

「できたてのほやほやよ。ちょうどいい時間にできあがるよう、わたしがとり計らったの」フローは快活に言ったあと、声を低めて続けた。「このところ、お店に妙な雰囲気が漂っているわ。みんながまるで次の殺人事件が起こるのを心待ちにしているみたいなの。ありがたいことに、この一週間はなにもなかったけれど」

「政治的な風潮はどんな感じだ？」マークは尋ねた。

「奇妙だわね。あの若い新聞記者のセイン・グリアが一時間ほど前にお店へ来たけど、それとまったく同じ質問をしたわ」

「彼はよくここへ来るのかい？」マークはきいた。

「よく来て、お客たちを観察しているようだわ」フローが答えた。

「あいつはジャーナリストだもんな」パトリックが口をはさんだ。

「そうだな」マークは同意し、今の話を覚えておくことにした。彼はフローに礼を述べた。

彼女が去ったので、マークは言った。「トマス、きみには今夜の見張りを頼む。ジェフは火曜の夜、パトリックは水曜の夜だ。そのころには侵入しようとした犯人の目星がついているかもしれん。そのあと……」

「そのあと？」パトリックが先を促した。

「ぼくは土曜日にカーライル城で結婚式を挙げる。きみたちにも出席してもらいたい」

その日の午後、アリーは厩舎《きゅうしゃ》へ行って、マークの秘密の生活の形跡でもないか探すつもりだった。間の悪いことに、ちょうど彼女が厩舎へ行ったところへマーク・ファロウが帰ってきた。

「乗馬をするつもりなのかい？」マークが尋ねた。

「ええ、そう思って来たの」アリーは嘘をついた。

「ひとりで？」

「わたし……ええ」

「それは危険だ」マークが言った。「しかし、どうしても乗馬をしたいというのなら、ぼくがついていこう」

「でも、あなたは帰ってきたばかりじゃない。さぞかし疲れているでしょう……一日じゅうなにをしていたのか知らないけど」

「まだそれほど遅くはない。喜んで乗馬につきあうよ。もっとも」マークが彼女の身なりに目をとめて続けた。「きみは乗馬にふさわしい服装をしていないね」

アリーが着ているのは質素なデイドレスだった。彼女はおばたちが飼っていた老いたポニーによく乗ったものだが……。アリーは顔を赤らめ、正直に打ち明けても自分にとって不利に働きはしないだろうと考えた。「わたしは裸馬に乗ることに慣れているの」

「その格好で？」

ていた。

「ええ、そうよ」

「こいつらは血気盛んな馬たちだ、ミス・グレイソン。ゆっくりした足どりで静かに歩いてはくれないよ」

「乗馬には自信があるの」

「そうかもしれないが……ぼくと一緒に乗るかい？」

アリーはためらった。それを見たマークが手を差しのべてきたので、アリーは彼の目を見つめ返してその手をとった。マークは造作もなく彼女を引っ張りあげて鞍《くら》の彼の前へ座らせた。彼はアリーの体に腕をまわすと、膝で馬の脇腹《わきばら》を締めつけて進むよう促し、芝生の上を駆けさせて道路へ出た。

不安定な姿勢のアリーは危なっかしさを感じてもいいはずなのに、体にまわされたマークの腕が絶対に落ちないという安心感を与えてくれた。彼の動きは馬と一体になっていた。追いはぎですもの、こんなの簡単なのだわ、と彼女は思った。

馬で駆けるのは爽快《そうかい》だった。風が彼女の長い髪をなびかせ、頬を刺す。大気中に漂っているにおいは新鮮でさわやかだ。午後も遅くなりかけているが、まだ美しいピンクの光が残っている。マークの太腿のあいだに座って彼の胸にもたれていると、アリーは不思議な心地よさを覚えた。馬がなめらかな速歩《はやあし》で駆けつづけるあいだ、体の奥を熱い興奮が駆けめぐりつづけた。

やがてマークが手綱を引いて小川のほとりに馬をとめた。彼は鞍からさっと飛びおりると、アリーを抱えて地面へおろし、馬を軽くたたいた。「こいつはギャロウェイというんだ。優秀な馬だよ」

「とても利口そうね」アリーは認めた。

馬が草を食《は》もうと頭をさげたとき、マークがアリーの目を見て言った。「結婚式は今度の土曜日に決まったよ」

「そうらしいわね」

「かまわないだろう?」

「あなたは?」

「ぼくはずっと心待ちにしてきた」

アリーはためらい、目を伏せてほほえんだ。「結婚する以外にわたしには選択肢はないとわかっているの。でも、ひとつ警告しておくわ」

「ほう?」

「わたしは黙って命令に従うつもりはありませんからね」

「ぼくに命令されると思いこんでいるのは、いったいどういう理由から?」

アリーは片手をあげて振った。「わたしの生活のいくつかの面は今までどおり……わたしの生活でないと」

「じゃあ、そうしたらいい」

彼女は胸にいたずら心がむくむくと頭をもたげるのを覚えてためらった。「この前、わたしはあなたに嘘をついたわ」

「もう？　ぼくたちはまだ結婚さえしていないんだよ」

「あなたはわたしに、ほかにだれかいるのかと尋ねたわね」

「それが？」

「いるの……」

「だれだ？」

「そんなのどうでもいいわ。問題は、わたしの興味をそそった人がいるということ」

「本当かい？　きみにキスしてもらったからいいようなものの、さもなければぼくは大いに悩んだだろうな」マークが言った。

再びアリーは手を振った。「キスですって？」軽蔑《けいべつ》したように言う。

マークは草を食んでいる馬を連れ戻してきて彼女のすぐそばに立った。アリーは膝ががくがくして気持ちが萎《な》えそうになった。だめ、ここでくじけては。

「きみはそんなに経験豊富なのか？」マークがきいた。

「そうだとしたら結婚をやめる？」

「いや」

「あなたって……すごく進歩的な考え方をするのね」

「問題は結婚したあとのことだ」マークが言った。いくら彼が陽気な話し方をしようとしても、声にとげとげしさがあった。

「だとしたら、わたしたちは大丈夫よ」

「ぼくなら自分の過去の話できみを退屈させようとは思わないね」

アリーは彼のなにげない言葉が自分の心にもたらした嫉妬《しっと》の大きさに愕然《がくぜん》とした。

「あなたの言うとおりね」彼女はどうにかささやいた。「残念ながらいくら時間をとめようとしても昼は夜になり、夜は再び昼になるのよ」

「で……その恋敵はだれなんだ?」マークは彼女に体がふれそうなほど近づいて問いただした。

「わたしにはまったく不似合いな人よ」アリーは断言した。

「気の毒に」マークは同情してみせた。「しかし、きみは後見人たちの言いつけに従って責任ある行動をとるってわけだ」

「あなたがお父様の言いつけに従うのと同じよ」

「きみは完全に勘違いしている」マークが言いきった。

「そうかしら?」

これ以上彼が近づいたらわたしの足を踏んでしまう、とアリーは思った。「ぼくはこの結婚を心待ちにしている。たった一度のキスだったかもしれないが、キスというのは大きな期待を抱かせてくれるものだ」

「本当に？」アリーはささやいた。「ごめんなさい。でも、わたしはそれほど心を動かされなかったわ」

「だったらもう一度やってみなくては」

「わたし……わたし……」

それ以上言う暇がなかった。マークは手綱を放してさっとアリーに両腕をまわした。彼のキスはあっさりしているどころか、燃えるような情熱ですべてを味わいつくそうとするキスだった。マークの体にぴったり押しつけられたアリーは、彼の話した大きな期待が胸にわきあがるのを覚えた。

マークの口が押しつけられて熱い舌が口のなかへ入ってきたとたん、アリーはたぎる血液が体じゅうを駆けめぐって肺からおなかへ……さらにその下へ流れていくのを感じた。彼の指が顔や首の上を這《は》いまわって、髪をすき、それから胸をもてあそんで腰へ、ヒップへと移動していくのを感じていると、まるで自分の存在そのものが彼の存在のなかへ溶けこんでいくかのようで……。

アリーはマークの手の感触だけでなく、彼そのものをもっと感じたかった。手をのばして彼の筋肉にふれ、その力強さを感じたり、指で彼の裸の肌をなで、その感触を楽しんだり……。

不意にマークが彼女を放した。アリーはよろめいて転びそうになった。マークはすでに彼女に背を向けて馬の手綱を捜していた。「ぼくらの結婚がうまくいかなくなるとは思えないな」彼はさりげない口調で言った。

アリーは怒りがわきあがるのを懸命にこらえた。「戻りましょうか？」

「きみの望みはぼくにとって命令も同然だ、アレグザンドラ」

マークは彼女を馬に乗せて自分もさっとまたがった。彼は来たときと同じくかなりの速度で馬を駆り、帰路を急いだ。厩舎へ着いてもそのまま馬を進ませ、ロッジの前で彼女をおろした。「ありがとう、とても楽しかったわ」アリーはそっけなく言った。

「いや」マークが後ろからしわがれ声で応じた。「こちらこそ礼を言うよ、きみと一緒で楽しかった」

この人はわたしをあざわらっているのだ、とアリーは確信した。でも、わたしはこの人と結婚する。そしてわたしのその決意は、責任や名誉とはなんの関係もないのだ。

そうではなく……わたしの心に浮かぶのは彼にふれられたときの感触のことだけ。この感情、絶望にも似たこの気持ち、これが恋に落ちるというものかしら？　恋は単なる渇望であり、欲望にすぎないのだろうか……？

アリーはつんと顎をあげた。わたしは彼と結婚する。わたしは恋に落ちようとしているのかもしれない。

でも、彼にとって楽な結婚生活にしてあげるつもりはない。


「どうどう！」

御者が手綱を引いてライオネル・ウィトバーグ卿の乗っている立派な馬車をとめた。パトリックが御者台へあがり、御者が抜こうとしている拳銃《けんじゅう》を奪った。トマスはなにかあったらパトリックを援護しようと控えている。ジェフは馬に乗ってマークの横にいる。

マークは馬をおりて馬車のドアを勢いよく開けた。ウィトバーグ卿も拳銃へ手をのばそうとしているところだった。

年配の紳士に怪我《けが》を負わせるのはマークの望むところではなかったが、かといって自分が撃たれるのもいやだった。

「おやめなさい、閣下。あなたに怪我をさせたくはない」彼は命令口調で言った。

マークはウィトバーグ卿の表情が変わったのを見て、彼も銃撃戦は望んでいないものの、自尊心から簡単には引きさがれないでいることを悟った。

「閣下、申し訳ないが馬車からおりていただけないでしょうか？」マークは頼んだ。

ウィトバーグ卿は顔をこわばらせながらも威厳を保って言われたとおりにした。彼が馬車をおりるやいなや、マークはジェフにうなずきかけて馬車へ乗りこんだ。

古いけれども立派な馬車で、マークが内部を捜索するのにたいして時間はかからなかった。彼は黒いマントを見つけたが、血痕《けっこん》はひとつもついていなかった。馬車のなかにはブーツもあったが、泥以外になにかがついている様子はなかった。

「宝物がいっぱい積んであるかい？」外からジェフが呼びかけた。マークは仲間たちが心穏やかでないことを知っていた。彼らは今までに襲ったどんな標的よりもウィトバーグ卿に銃を突きつけることを心苦しく思っているのだ。

「値打ちのあるものはなにひとつ積んでいない」マークは金目のものが見つからないことに腹を立てたかのように大声で応じた。それでも、彼はもう一度内部を捜索しなおし、マントを丹念に調べてから再びブーツを念入りに見た。

そしてようやく馬車を出た。

「なにもないときた」彼は愚痴をこぼして馬に飛び乗った。

「彼の懐中時計を売ったらけっこうな金になるだろう」トマスが指摘した。

「それほどの値打ちものじゃないさ」マークは頭を振って言った。「おまえたちは縛り首だ」彼はマークに向かって断言した。

マークは今までにその言葉を幾度となく聞いた。それでもウィトバーグ卿の口から聞かされると……。

「かもしれない」彼は言った。「馬車を出してもいいですよ、閣下」

ウィトバーグ卿は顔をしかめてマークをにらんだ。「なにもとらないのか?」

「こちらの気持ちが変わらないうちに行きなさい」

とうとうウィトバーグ卿は馬車へ戻ることにした。彼が踏み段を踏みはずして転びそうになると、マークがさっと手を出して支えた。

ウィトバーグ卿はぐいと腕をもぎ離した。「礼は言わんぞ。犯罪者に礼は言わん」彼はそう言い捨てて馬車へ乗りこみ、ドアをばたんと閉めた。

「行け!」パトリックが御者に怒鳴った。

「東と西に別れよう」馬車が道路を進みだしたのを見て、マークが言った。彼らがふた手に別れて森のなかへ入った直後、ウィトバーグ卿が馬車の窓から銃を撃ってきた。


ファロウ卿の客でいるのは少しもつらいことではなかった。彼は常に愛想がよくて、自分がひとりで過ごす時間を大切にするように、アリーにもひとりで好きに過ごす時間を与えてくれた。

ファロウ卿がロンドンへ出かける用事ができたと言ったとき、アリーができれば同行させてもらいたいと頼むと、彼は喜んで応じた。

だが、馬車へ乗ったあとで彼は悔やんだようだった。「きみを連れてくるべきではなかったかもしれん。ロンドンでわたしは片づけなければならない仕事がある。そのあいだ、きみが無事でいられるか心配でならんよ」

「ご心配には及びません。わたしはお買い物に行きますけど、人の多い表通りを離れないようにします」アリーは断言した。

ビッグベンの近くで馬車をおりたファロウ卿はバートラムに、ミス・グレイソンのことを頼んだ。大男のバートラムはうなずき、頼まれたことはなにがあろうと絶対に果たすつもりであることを伝えた。アリーは大英博物館のそばで馬車をおろしてもらい、二時間後にこの場所に戻ってくると大男の御者に言った。彼女はバートラムが御者台に本を置いていることに気づいて思わずほほえんだ。彼が辛抱強いのは不思議でもなんでもない。待つあいだ、彼は読書にふけっているのだ。

アリーは大英博物館のドアのひとつからなかへ入った。

そして別のドアから外へ出た。これから例の郵便局へ行くつもりだった。しかし、前回はだれかにつけられたのではないかという疑惑をぬぐえなかったので、今日は用心することにした。彼女は数軒の商店を出たり入ったりし、ある店でおばたちのためにレースの生地を買い、別の店では手提げ袋をふたつと小物入れをひとつ買った。

あの小切手をなくさなかったら、ある店で目にしたすてきなマフを買えたかもしれない。けれども小切手は手元になく、それを安全にとり戻す方法もなかった。

ようやく郵便局へ着いて新しく書きあげた原稿を出そうとしたとき、アリーはこの前の小切手が再び送られてきたことを知った。きっとマークが新聞社へ届けたのだろう。ひょっとして彼がつけてきたのではないかと不安に駆られた彼女は、すばやく周囲に視線を走らせたが、疑わしい人物は目につかなかった。郵便局を出たアリーの足は自然と新聞社のほうへ向かった。それまでも彼女は何度か新聞社の前を通り、いつかわたしもあのなかで記事が書けたらいいのにと思いながら建物を眺めたものだ。もっとも、彼女が本当に目指しているのは、小説家になってアーサー・コナン・ドイルやブロンテ姉妹のような――あるいはポーのような――物語を紡ぐことだ。はじめて文章を書いたとき、アリーは自分自身の情熱と能力がどこにあるのか知ってわれながら驚いたものだった。

歩道に立っていたアリーは名前を呼ばれて驚いた。

「ミス・グレイソン！」

振り返った彼女の目にセイン・グリアの姿が映った。ストライプの上着と黒のズボンに黄褐色のベストを着たセインは、ハンサムで機嫌がよさそうに見えた。この前会ったときよりも幸せそうな様子をしている。

「元気かい？」セインがきいた。

「ええ、元気よ。あなたは？」

「絶好調といったところ」彼は声を低め、そっと笑った。「匿名Aは毎日原稿を送ってはこなかったからね」

「あら、じゃあ第一面はまたあなたのものになったのね」

「うん。よかったらなかへ入らないか？　華やかな職場とはとてもいえないけれど、たぶん……」

「ぜひ見てみたい！」

「だったらどうぞ」

セインはアリーを連れて、売り子のために新聞紙がうずたかく積まれている場所や、印刷機のある場所、何十とあるオフィスの内部を案内してまわった。オフィスのなかでは絶えず電話が鳴り、営業部の人たちは広告スペースを売って紙面を埋めようと奮闘し、ずらりと並んだ机では大勢の社員がタイプを打ったり、大きな本をめくって事実関係を確認したりする作業に追われていた。編集長に引き合わされた彼女は突然のことに顔を赤らめたが、外部からの投稿記事はいつでも歓迎するし、とりわけ匿名Aみたいなすぐれた論説なら大歓迎だと編集長が語ったときは、天にも昇る心地だった。

いくら歓待されても長居をして仕事の邪魔はしたくなかったので、アリーは早々に辞去することにしたが、ドアを出ようとしたとき編集長に呼びかけられた。「あなたの結婚に関する記事が第一面に載るでしょう」

アリーはにっこり笑ったが、結婚式が今度の土曜日に予定されていることを教えるのは気が進まなかった。どのような計画が立てられているのか知りもしなければ、秘密にしておかなければならないのかどうかもわからなかった。

結局のところ、彼女は花嫁にすぎないのだ。

セインが通りまで彼女を送ってくれた。「お茶をごちそうしようか？」彼がきいた。

アリーはうれしさに頬を赤くして応じかけたが、バートラムと約束した時間をすっかり使い果たしたことに気づいた。「ごめんなさい。あなたとお茶をご一緒したいのはやまやまだけど、ロンドンへはファロウ卿と一緒に来たの。もう帰らないと」

セインが彼女にほほえみかけた。奇妙な笑みだった。「ぼくたち、ぜひ話をしなくちゃいけない」彼は言った。

アリーは首をかしげた。「わたしたち、今まで話をしていたわ。そうではなくって？」

「じゃあ今から話すから、よく聞くんだよ。きみは用心しなくてはいけない、いいね」

「なぜそんなことを言うの？」

「きみは未来のご主人が昨日うちの新聞社へ来たことを知っていた？」

「あら、そう？」彼女はさりげない口調を保とうとした。「なにをしに来たのかしら？」

「さあ、わからない。話し声が聞きとれなかったんだ。ただ、彼は編集長と話をして封筒を渡したよ」

「きっと彼は文章を書き始めたんだわ」

セインは真剣な目つきで彼女をじっと見た。

アリーの推測に対してセインがなにも言わなかったので、彼女は続けた。「今日はどうもありがとう、とっても楽しかった。新聞社のなかがどうなっているのかすごく興味があったの。できればああいうところで働きたいと、いつも思っていたわ」

「なるほど。じゃあきみも文章を書くんだ」

「ちょっと、あなたってどういう想像力の持ち主なの?」

「マーク・ファロウはきみのために封筒を届けに来たんじゃないのか?」

「全然違うわ」アリーは断言した。「でも、今日はありがとう。こんなに楽しかったのは久しぶりよ」

「奇妙だけど、楽しんでもらえてよかった」

「なにが奇妙なの?」

「新聞社なんかに興味を覚えたり、そのなかで働きたいなどと考えたりするところが」

「わたしは読むのが好きなの」

「なるほど、わかった」

この人はわかっていない。それどころか疑っている。アリーはなんと言ったらいいのかわからなかった。

「本当にありがとう。でも、急いで行かないと」

彼女はセインと握手をし、身を翻して逃げるようにその場を去った。

急ぎ足で道路をいくつも渡って角を曲がり、裏の入口から大英博物館に入って正面玄関から出る。さっきと同じ場所でバートラムが待っていた。

どうやらファロウ卿の用事は予定よりも早くすんだようだ。しかも彼はどこへ行けばバートラムを見つけられるか知っていたとみえ、すでに馬車のなかに座っていた。「きみを危険にさらしてしまったのではないかと気をもみ始めていたところだ」ファロウ卿は言った。

「遅れてしまったかしら？　すみません」

「遅れたといってもせいぜい二、三分にすぎない。わたしはただ……うむ、最近のいやな事件のせいで心配性が高じているのだろう。きみはちょうどいいときに帰ってきた。で、買い物はうまくいったのかね？」

ええ、うまくいったわ。あの小切手もとり戻したし。

それに次の論説がまもなく新聞に載るでしょう。

しかも郵便局までだれにもあとをつけられなかったという確信がある。

その日は楽しい気分のうちに時間が過ぎていったが、ディナーの時刻になるとマーク・ファロウが見計らったように帰ってきてアリーをうろたえさせた。もっとも、彼はどことなくぼんやりした様子で、食事のあいだ礼儀正しく振る舞い、彼女の気に障ることは口にしなかった。食事が終わったところでアリーは疲れたふりをしたが、それは親子ふたりにとって好都合だったようだ。彼女の見たところ、どうやら父と息子は早くふたりきりで話をしたいらしく、ブランデーと葉巻をやりに別室へ〝引きあげる〟という口実をそのために使うつもりのようだった。

アリーは父と息子がトレイを持ったバートラムを従えてファロウ卿の個室へ入っていくのを見送ったあと、ベッドルームへ引きあげるという最初の考えを捨て、こっそり玄関を出て厩舎を目指した。

だが、どこから始めたらいいのだろう?

彼女は馬具部屋をちらりと見やり、続いてその向かい側にあるバートラムの居室に目を向けた。そこから始めるのがいいかもしれない。

ドアが開いている。アリーはするりとなかへ入った。バートラムはあまり物を必要としないたちらしい。ふたつある部屋のうちの外側の部屋には本棚、酒の入っている戸棚、そして暖炉が備わっている。クロゼットがついていたので、アリーはすばやくなかへ入って調べてみたが、明らかに大男のものとわかる衣類以外、なにも発見できなかった。奥のベッドルームはわずかな家具しか備わっておらず、あったのはベッドと整理だんすとベッド脇の小テーブルだけだ。アリーはのぞき趣味を発揮しているような後ろめたさを覚えながら、整理だんすの引き出しのなかを大急ぎで調べた。狭い水洗トイレには石鹸《せっけん》とタオルしかなかった。

彼女がバートラムの居室を出てドアを閉めたところへ、大きな二匹のウルフハウンドが盛んに尾を振りながらやってきた。「いい子たちね」アリーはささやいて頭をなでてやった。この犬たちがそばにいれば侵入者に襲われる心配はないと、彼女は安心感を覚えた。

しかしアリーが本当に恐れているのは、ロッジからだれかが出てきて、厩舎のなかをこそこそかぎまわっている彼女を見つけることだ。その点に関しては、犬たちはなんの役にも立たない。

アリーはロッジへ視線を走らせてだれの姿も見えないことを確認し、馬具部屋へ駆けていってなかへ入った。壁にきちんと並べてかけてある轡《くつわ》、木挽《こびき》台の上に並べられた鞍、ワニスの缶、そのほか馬の世話をするのに必要な品々があった。彼女は馬具部屋を出て屋根裏の干し草置き場を見あげた。梯子《はしご》がついている。ちらりと背後を振り返ってから梯子を登った。

目に入るのは干し草の山だけだった。

アリーはがっかりして干し草の梱《こり》に腰をおろした。硬い感触がヒップに伝わり、びっくりしてぱっと立ちあがった。干し草は見せかけにすぎなかったのだ。手探りした彼女は梱の一部が持ちあがることに気づいた。干し草のなかにトランクが隠されていた。そしてトランクのなかには黒いマントとブーツが入っていた。

それと、黒いシルクの覆面。

彼女は夢中でさらに捜した。

スケッチブックはない。

そのとき話し声がしたので、彼女は捜すのをやめた。心臓が早鐘のように打っている。

彼女は屋根裏の床を縁まで這っていって下をのぞいた。

「この事件には多くの人間がかかわっているので、ふたつの方面から捜索しているんです、お父さん。イアンはぼくの忠告をなんでも受けいれ、部下を街へ送りだして彼らを調べさせています。彼は実に頭の切れる男です。お父さんならおわかりでしょうが、ウィトバーグ卿は警察の人間が訪問したら震えあがってしまったでしょう。断じてイアンを部屋へ入れようとしなかったに違いありません」

「わかっているだろうな、おまえのやっていることは危険なゲームだぞ」ファロウ卿が言った。「もちろんイアンが部下たちに通りという通りを調べさせているのは知っている。わたしが憂慮しているのは、あらゆる手をつくしていながら、だれひとり真相に近づいているようには思えないことだ」

あの人たちは厩舎へなにをしに来たのだろう？　アリーは首をひねった。なぜ家のなかでブランデーと葉巻をやっていないのだろう？

そしてわたしはいったいどうやって家へ戻ったらいいのかしら？

「なにをしているんだ、こんなところをうろついて？」突然、マークが言った。

アリーはあえぎ声を漏らしそうになったあとで、マークは犬たちに話しかけたのだと気づいた。うれしそうな犬の鳴き声が聞こえた。マークが彼らの頭をなでているのだろう。しばらくしてアリーはほっと胸をなでおろした。「じゃあ、わたしは寝に行くからな、マーク。明日は朝早くにロンドンへ発《た》たねばならん。わたしは馬で行く。バートラムはここへ残しておこう。ミス・グレイソンをひとりきりにするのはまずいからな」

「ありがとう、お父さん」

ふたりの話し声は続いたが、もうアリーのところからでは内容を聞きとれなかった。ふたりは母屋へ戻っていくのだ。しかし、アリーは用心してそのまま待った。

かなり時間がたったところで、ようやく彼女はもう大丈夫だろうと思い、床の縁から下をうかがった。人の姿はない。彼女は転げ落ちそうな勢いで梯子をおりた。

ウルフハウンドたちが待っていた。「この裏切り者！」アリーは二匹をしかりつけたが、犬たちはまたうれしそうな鳴き声をあげて鼻を押しつけてきた。「わかった、わかったわよ」彼女はささやいて二匹の頭をなでてやり、ファロウ親子かバートラムがまだいるのではないかとあたりを見まわした。

だれもいなかったので、アリーはロッジへ駆けていってそっとなかへ入った。

家のなかは静まり返っていた。彼女はリビングルームを横切って歩きだした。

でてきた。

「やあ、ミス・グレイソン」

アリーは凍りついた。それまでソファに座っていたマーク・ファロウが暗がりから歩みでてきた。

薄暗い明かりのなかでは彼の表情が読めなかった。

「マーク……」アリーはつぶやいた。

「アリー。きみは部屋へ寝に行ったものとばかり思っていた」

「新鮮な空気を吸いたかったの」

「なるほど」

「美しい夜よ」

「たしかに」

「じゃあ……おやすみなさい」

「おやすみ。おっと!」不意にマークが言った。

「どうしたの?」

「明日は父もぼくも用事があってほとんど家にいない。しかし、バートラムがここに残って庭仕事でもしているだろう。きみはひとりで散歩に行ったり馬で出かけたりしてはいけないよ。ここにいれば安全だからね」

「もちろんよ」アリーはそう言って体の向きを変え、廊下のほうへ急ごうとした。

た。

「アリー？」

彼女は足をとめてゆっくり振り返った。彼は相変わらず薄暗い明かりのなかに立ってい

た。

「きみの髪になにかついているよ」

「わたしの髪に？」

アリーは髪にさわってうろたえた。

「小枝よ」アリーは小声で言った。「ありがとう……とらなくっちゃ。おやすみなさい」

干し草。

今度はきっぱりと言った。

彼女はマークに背を向けた。また呼びとめられたらどうしよう？　なんて言おう？

だが、マークは呼びとめなかった。けれどもアリーは歩み去るあいだずっと彼の存在を

……彼の視線を……感じていた。

マークはずっと彼女を見つめていた。

12

狩猟ロッジを気に入っていることをアリーは認めざるを得なかった。森のコテージへの愛情はいつまでも変わらないし、あのコテージは彼女にとって永遠にわが家でありつづけるだろうが、このロッジも特別な存在になりつつあった。ひとつにはロッジに電気が引かれていて、夜中でも明かりをつければ読書ができたからだ。アリーの部屋には深い浴槽のついている凝った造りのバスルームがあって、四六時中、湯が出るので、好きなときに風呂に入ることができた。

朝、目覚めたアリーは、今日一日このロッジで好きなように過ごせるのだと考えてうれしくなった。わたししかいないのだから、時間を気にしないでのんびり朝食をとったあと、再び厩舎《きゅうしゃ》の屋根裏へ行ってスケッチブックを捜そう。そして書斎で気ままな時間を過ごすのだ。タイプライターでなにを打とうが、人にのぞき見される心配はない。

絶えず忙しく動きまわっているおばさんたちがいないので、なんとなく寂しいけれど、ひとりで好き勝手に過ごす時間もまた楽しいものだ。それにわたしは前にもおばさんたちと離れて暮らしたことがあるじゃないの、とアリーは自分に言い聞かせた。そう、カーライル城に滞在したときに。

でも、今回は……。

今回は、マーク・ファロウとの結婚を控えている。だから今回は、わたしはあのコテージへは戻らない……永遠に。

考えにふけっていると気がめいりそうなので、アリーは果物と卵とマフィンの朝食をさっさと終えてロッジを出た。厩舎へ行って捜索を開始する前に、バートラムの居場所を確かめておかなければ。だが、大男の居場所はすぐにわかった。彼はロッジの前の生け垣を刈りこむのに余念がなかった。

アリーは厩舎へ歩きかけてためらい、母屋へ引き返すことにした。スカーフをとってきて洗いたての髪を覆っておけば、干し草がくっつくことはない。昨晩はそれで危うくどこへ行ってきたのかばれるところだった。

アリーはリビングルームを通って廊下を歩き、彼女にあてがわれたベッドルームに入った。化粧台へ歩いていっていちばん上の引き出しを開けた彼女は、鏡のなかの動きを視界の端にとらえた。

悲鳴をあげそうになった。

鏡に映っているのはあの追いはぎだった。顔に覆面をして彼女のベッドにゆったりと座り、ブーツを履いた足をキルトの上へ投げだしている。

アリーはくるりと振り向いた。

「こんなところでなにをしているの？　あなた、正気なの？」彼女は問いただした。追いはぎがここに住んでいることは知っていたが、正体はもうわかっているのだと教えて彼を喜ばせてやるつもりはなかった。

「しーっ」彼はあわてて言って立ちあがり、すたすたとアリーのほうへ歩いてきた。「ぼくがここにいることをばらす気じゃないだろう？」

もちろんよ。なんだか楽しいことになってきたし。

「絶対にばらさないわ」アリーはまじめな口調で請けあった。

「彼らは今日一日、留守なのか？」

「彼らって？」

「ファロウ卿《きょう》とその息子さ」

アリーはうなずいた。「ええ、ええ、ふたりとも今日はいないわ」彼女は困ったような声を出した。「でも、こんなのとうてい正気じゃない。あなたはここにいたらいけないの。バートラムが家を見張っているのよ。それに犬たちも。犬がいるのに、あなたはどうやってここまで来たの？」

「やつらと仲よしになったんだ。時間さえかければ、どんなに優秀な犬でも肉切れや骨で手なずけることができる。ぼくは何度もこのあたりへ来ているからね。それを利用したのさ。知ってのとおり、ファロウ卿はあまりここに寝泊まりしない」

「でも、やっぱり危険なことに変わりはないわ」

「どうして？」

「バートラムがすぐ外にいるのよ」

「しかし、きみがここにいるのに、黙ってのこのこ入ってはこまい、アリー。せめてノックくらいはするだろう。彼が飛びこんでくるのは、きみが悲鳴をあげて助けを求めたときくらいのものだ。まさかきみは悲鳴をあげる気じゃないだろう？」

アリーは首を横に振った。

彼はブーツに黒の乗馬ズボン、ゆったりとした生成りのシャツというういでたちで、シャツの胸元を開けていた。マントが暖炉脇《わき》の椅子にかけてあるのを、アリーは見てとった。乗馬用の鞭《むち》と拳銃《けんじゅう》も椅子の上にある。マークは上から下まで完璧《かんぺき》な扮装《ふんそう》をし、あくまでも追いはぎのふりを続けようというのだ。

「さっきも言ったように、あなたがいることを知らせる気はないわ」彼女は穏やかに言った。

彼は覆面の下で顔をほころばせた。「それなのにきみは土曜日に結婚するんだね」

「なぜ知っているの？」アリーは尋ねた。

「新聞に出ていたよ。どうやらスターリング卿が新聞社へ電話をかけて教えたらしい」

「そう」

「きみは結婚する気でいるのだろう?」追いはぎがきいた。

「それが責任ある行動ですもの」アリーは答えた。

「で、きみは相手の男を知っているのか? その男に一生添い遂げる覚悟があるのかい? 彼はどういう男なんだ?」

いいわ、この会話を楽しんでやりましょう、とアリーは思った。

「彼はものすごく傲慢《ごうまん》なの」

「きみにふさわしい結婚相手とは思えないな」

「とても無神経なのよ」

「本当かい?」

「信じられないほど身勝手な人」

「ぞっとするね」

アリーはにっこりして彼の胸にさりげなく手を置いた。彼がはっと息をのむのが感じられて、彼女は内心喜んだ。彼のむきだしの肌を喉元まで這《は》いあがった彼女の指が、再び下へ滑りおりてシャツのボタンをひとつはずし、胸の肌をいたぶるようになでた。

「わたしはそういう人と土曜日に結婚するの……」

「ほう？」

「だから、あなたの命が心配ではあるけれど、あなたがここにいるのをうれしくないとは言えないわ。わたしと一緒に。ふたりきりで」

またもや彼の呼吸が速くなった。

アリーは爪先立ちになって彼の顔へ指を滑らせた。そして力強い彼の顎に手を添えてゆっくりと口に口を重ね、舌で彼の唇をなぞった。

期待したとおり、アリーは彼の腕のなかへさっと抱えこまれた。腰の後ろにしっかりあてがわれた彼の指に力がこもって、自分の体が彼の体に押しつけられるのを感じ、もう一方の手が髪のなかへ差し入れられて、後頭部へあてがわれるのを意識した。舌が口のなかへ入ってくるのを感じた彼女は、魂の底までエロティックな感覚で満たされた。

どんな仕返しをしてやろうかしら、と彼女はしばらくのあいだ考えた。今のわたしは望んでいたとおりの立場にいる。それなのに……。

彼が身じろぎして体を離した。「きみは結婚するんだよ」彼はアリーに指摘した。

「まだ結婚していないわ」

「そうなのか？」

「それに、せっかくこれほどすてきな時間を与えられたんですもの、あなたと一緒に最後まで過ごすわ」アリーはささやいた。

彼女はどこまで知らないふりを通したらいいだろうかと思い迷った。あなたがマークであることを知っていると、いつ打ち明けようかしら。でも、わたしが最初に魅了されたのは、追いはぎの扮装をしていたときのこの人なのだ。だったら、その扮装をしているこの人をもっと味わおう。

いえ、やめなければ、知っていることを打ち明けなければ。そして……。

そのとき再び彼がキスを求めてきた。彼の唇の動きは執拗《しつよう》で力強く、彼女はその感触を、愛撫《あいぶ》を、体にふれてくる彼の手を、自分の手にふれる彼の肌の感触を、もっと味わいたかった。アリーはてのひらを彼の頬に添えて、肌をもてあそびながら指を下へ滑らせ、精緻《せいち》な真珠のボタンをひとつ、またひとつとはずしていった。いつ自分の体が持ちあげられたのか、いつやわらかなキルトの上に横たえられて彼に半ばのしかかられたのか、ほとんど気づかなかった。彼の腰と腿のあたたかさと力強さを感じたアリーは、炎がさざなみとなって彼の肌を広がっていくのを見た気がした。きらきら輝く青灰色の目が、覆面の細長い隙間《すきま》から見つめている。やがて彼がふれてきた。

彼はアリーの湿ったやわらかな下唇に指を走らせ、ボディスのボタンに指をかけた。ボタンがひとつひとつゆっくりはずされていくあいだ、アリーはただ息を詰めて彼の目を見つめていた。彼のてのひらがシルクのシュミーズの薄い生地の上から胸にあてがわれたとき、頭から爪先まで興奮が駆け抜け、アリーは目を閉じてその感覚に身を任せた。彼の口がいっそう激しい情熱をこめて彼女の口を求めてくる。続いて彼は体をぴったり寄せて、荒々しいともいえる手つきで胸からおなかへ、さらには腰へとなでおろし、唇と舌を激しく彼女の喉に這わせて、シルクを通して肌をもてあそんだあと、欲望のあまり狂ったように胸の頂を口に含んだ。彼の歯がほんの軽くふれただけで、アリーの五感に新たな炎が小さな波となって打ち寄せる。スカートの腰のベルトをいつどのようにしてはずされたのか、いつスカートが下のほうへずらされたのか、まったく気づかなかった。彼女が知っていたのはただ彼のやさしい手つきと、それがもたらす熱い感触だけ……。アリーは自分が彼のシャツを引き裂かんばかりに脱がそうとしていることさえ意識せず、気づいたときには彼のシャツはどこかへ消えて、裸の彼の胸がシルクの上から自分の胸に押しつけられていた。ふたりを隔てている薄い生地は邪魔にしか思えなかった。

彼が起きあがってスカートとその下のペティコートをとり去った。アリーの足をつかんで上品な靴を脱がせると、指を太腿に滑らせてガーターを探りあて、ゆっくりとストッキングをまくりおろしてほうった。ストッキングが一片の雲のようにふわりと床に落ちる。目をつぶったアリーは遠い意識のどこかで、ここまでしたらやりすぎだと考えたが、あまりの幸福感に身も心も浸されて、もうどうなってもいい気分だった。再び彼がかたわらに横たわったとき、アリーは彼のむきだしの肌が焼けるように熱いこと、彼の両手がシュミーズの裾《すそ》をつかんで脱がそうとしていることを知った。

とうとうアリーは口を開けて声を出そう、話をしよう、抗議をしようとした……これは単なる意趣返しで、ここまですべきではないと大声で訴えようとした。

だが、声を出せなかった。彼がまたキスしてきたからだ。そうしながらも鋼のような筋肉と固い肌を押しつけ、両手でくまなくなでまわし、つかみ、まさぐった。口のなかを動きまわる彼の舌は、アリーの存在そのものの奥深くにまで突き入ってくるかのようだ。やがて彼の唇が彼女の口を離れ、肌の至るところに押しあてられると、アリーの体は小刻みに震えた。自分が熱く燃え盛る黄金になった気分だった。おなかに押しあてられた彼の口がいたぶるように円を描き、腰のほうへ移動してから再びおなかへ戻って、まっすぐ下へ移動していく。彼の肌にふれたアリーは、その下で筋肉が生き生きと脈動するのを感じた。軽やかに彼女の腰をなでていた彼の指が太腿のあいだへ滑りこんだ。ふれられてあえぎ声を漏らしたアリーの口を、またもや情熱的なキスが覆った。

アリーは身もだえし、指を彼の髪に差し入れ、背中をかきむしった。彼の口がアリーの肌に軽くふれながらすばやく移動していく、喉へ、胸へ……おなかへ、太腿へ……そしてそのあいだへ。彼の口の動きはあまりにもショッキングだった。アリーは叫び声をあげ、体を揺すって彼から逃れようと……体を弓なりにして彼をもっと知ろうとした。熱い甘美な感覚がアリーの体の奥深くで泡立ちわき返り、四肢の先端にまで広がって、収縮と弛緩《しかん》を繰り返し、やがてせりあがってきて心と目を惑わせて、狂気へと駆りたてる……そしてついに荒々しい快感とともに炸裂《さくれつ》して、恍惚《こうこつ》と錯乱をもたらした……。

まだ目くるめく思いから覚めやらぬアリーは彼の肉体が押しつけられるのを感じた。彼はアリーを腕のなかへかき抱き、唇に唇を重ねて激しくむさぼりながら……彼女の上へのってきた。そして太腿のあいだへ脚を割りこませ、全身をぴったり添えた。アリーはまず固くなった彼の先端を感じ、それから強くてたくましいものが押し入ってきて、渇望を満たすと同時にナイフのように切り裂くのを感じた。

彼はアリーを抱いてゆっくりと動いた。迎え入れるアリーにやさしくふれて緊張を解いた。アリーが叫び始めると、彼は再びキスで黙らせ、彼女を襲った鋭い痛みを舌の愛撫でやわらげる……痛みは次第に別のものへ、苦痛を伴う快感へと変わった。時が刻々と過ぎていくあいだ、アリーはただ彼のにおいと肌ざわりを、自分のなかにある彼のたくましいものだけを意識していた。彼の肌の微妙な感触。寄せては返す波のような動き、嵐《あらし》のような攻撃。雷鳴であると同時に稲妻でもある彼の肉体、エロティックな気持ちを高ぶらせるむきだしの肌と肌のこすれあい、たとえようもなくすばらしい彼のふれ方。成就への焦燥に駆られて動きが次第に激しさを増すにつれ、彼女の興奮も高まっていく。これまで考えられもしなかったこの渇望。彼女の呼吸もまた雷鳴に似て、脈拍はなだれのようだ。心臓は狂ったように打っている。彼が愛情をこめて突進と後退を繰り返す彼女の中心は……。

世界が逃げ去った。なにもかもが現実味を欠いていた。感じられるのは彼の肌だけ。焼けるように熱い彼の肉体の着実な動き……制御を失った動きだけ……。覆面をした男の肉体が緊張する……。

再び、はじけるような突然のクライマックスが訪れた。

彼がアリーの周囲で世界がぐらついた。蜜《みつ》のたっぷりかかった満足感が訪れた……あたたかな、とてもあたたかな、それでいて……。

彼がアリーのかたわらにぐったりと体を横たえた。こうしてふたりの愛の営みが終わり、そのすばらしさを味わって、恍惚の境地から覚めてみると、不意に彼女は自分のしたことに恐れを抱いた。この人が信じなかったらどうしよう……?

アリーは目を開ける勇気がなかった。彼女は長いあいだ彼の腕のなかに身を横たえて、もつれた髪を彼がすいてくれるままになっていた。

彼がわずかに身動きした。アリーはいやいやながら目を開けた。

彼が覆面をとろうとしていた。

「だめ……待って……」

だが、すでに覆面はとられ、マークが彼女を見つめていた。

「あなたがだれなのか知っていたわ」彼女はささやいた。

「わかっているよ」マークが言った。

アリーは驚いて起きあがった。「そんなはずないわ!」

「知っていたんだ」マークはほほえんだ。

「嘘《うそ》をついているのね」不意にアリーは自分が一糸まとわぬ姿であることに気づき、しわの寄ったキルトを胸元へ引き寄せた。「この嘘つき。あなたは自尊心が強いものだから、わたしがほかの男性を欲しがっていたのかもしれないという事実に耐えられないいんだわ」

「じゃあ、これはひとえにぼくを懲らしめるためだったのか？」

「そうとは言えないわ。もっとも、あなたに懲らしめが必要であるのはたしかだけど」

「きみはぼくを苦しめたかったんだな。まあいいさ。いずれにしてもぼくは知っていた。だって、昨晩、きみが厩舎の屋根裏にいたのはわかっているからね」

「わたしが厩舎にいるのを見なかったくせに」

「ああ。しかし、犬たちのおかげで察しがついたのさ。あのあと、きみは干し草をつけて母屋へ戻ってきた。きみはぼくと父の話を盗み聞きしていたんだな」

「盗み聞きしていたんじゃないわ」アリーはかっとなって言った。「あそこを動けなかったの」

「いることをぼくらに教えればよかったじゃないか」

「じゃあ、お父様はあなたの秘密の生活をご存じなのね。お父様も犯罪者なの？」アリーはマークの指摘を無視して尋ねた。

「ぼくの父が？　犯罪者？」

マークが彼女をじっと見つめたが、そのときほど伯爵の息子らしく見えたことはなかった。やがて彼は顔をほころばせ、からからと笑いだして彼女のほうへ手をのばしてきた。アリーは急に怒りを覚えて身を引いた。なぜか彼はまんまと形勢を逆転させたのだ。アリーが彼をもてあそぶつもりだったのに、逆に彼によってもてあそばれたようだった。

「どうした？　急に恥ずかしくなったのかい？」

「無法者であるあなたのほうが好きだって、たった今気づいたの！」

「なぜ怒っているんだ？　きみはなんとかしてぼくを怒らせようとしたくせに。ぼくより先に追いはぎと寝たいのだと、ぼくに思わせようとしたじゃないか」

「あなたに思わせようとした？　思わせようとしたんじゃなくて、事実そう思ったのよ」

マークは裸であるのがごく自然であるかのように無頓着《むとんちゃく》に立ちあがった。全身の波打つ筋肉が彼女の肉体と心にどのような影響を及ぼしているのか、彼はまったく気づいていなかった。

「アリー……」

「ひとりになりたいの」

「アリー、よすんだ。冗談はお互い様だっただろ」

「これは全部冗談なの？」

マークはため息をついた。「だったら許してくれ。こう言ったら少しはきみの気持ちが晴れるかい？　つまり、最初はぼくにも確信がなくて、きみが知っているのか知らないのかあやふやだったあいだ、きみにさんざん苦しめられたって」

突然、ベルが鳴ってアリーを飛びあがらせ、マークが顔をしかめた。

「電話だ」彼は言ってキルトに手をのばした。「それを借りてもかまわないかな？」

「だめ！」

けれどもアリーがそう言ったときには、上掛けははぎとられていた。マークはそれを体に巻きつけて部屋を出ていった。

急に肌寒さを覚えたアリーは裸であることにうろたえてバスルームへ駆けていき、なかから鍵《かぎ》をかけた。そして浴槽に湯を満たし、ゆったりと体を沈めた。あの人ときたら、憎たらしいったらない。

でも、あの人を愛している……。

ドアをノックする音がした。「アリー？」

「あっちへ行って！」

驚いたことに彼は言われたとおりにした。アリーは浴槽のなかにうずくまったまま待った。きっとあの人は戻ってくる。わたしは怒っているのよ、いつまでも怒っていたいのよ。

だけどあの人に話しかけてほしい。なにもかも理解してほしい。

わたしはあるがままのあの人を愛したい。わたしが愛するようになった、不思議な高潔さと無法者の心を持つあの人を。

だが、彼は戻ってこなかった。アリーは胸に怒りを抱いたまま湯に浸って体の筋肉がほぐれるのを待った。頭のなかでは相反する考えが渦巻き、湯は次第に冷めていく。とうとう彼女は立ちあがった。しばらくためらったあとでベッドルームへ出ていったが、マークはいなかった。彼女はぎこちない手つきでせかせかと服を着た。

アリーが勇気を奮い起こしてリビングルームへ行ってみると、マークが待っていた。今度はいかにも伯爵の息子らしく、上等なブロケードのベストに仕立てのいいツイードの上着とズボン、それに乗馬用ブーツといういでたちで暖炉の前に立っていた。

マークは彼女を見たが、ひどくよそよそしい目つきだった。

「きみはばかだ」彼は冷たく言い放った。

アリーは怒りがこみあげてくるのを覚え、硬直したように立ちどまった。

「なんですって?」彼女は冷ややかに問い返した。

「きみはまたあの郵便局へ行ったな」

「また?」

「きみがつけている覆面は、ぼくがつけている覆面よりもはるかに危険なものだ、アリー・グレイソン」マークが非難した。「コテージできみが襲われそうになったのはなぜだと思う? きみはやつらがゲームを楽しんでいるとでも考えているのか? 一度、きみを遺体保管所へ連れていったほうがいいかもしれない。喉を切り裂かれた人間の死体を見たら、きみだってもう少し分別ある行動をとるだろう」

「なんの話をしているの？」

「匿名Aの話だ。ぼくがばかだった。あの封筒はきみのものではないと言われたとき、ぼくはそれを真に受けてしまったんだからな。そして今度……やれやれ。きみはまた文章を書いて投稿した」

「わたしはなかなかいいものを書くのよ」アリーは堂々と反論した。

「そのためにきみは殺されるかもしれないんだ」

アリーは目を細めた。「あら、そう。それを言うなら追いはぎだっていつか撃ち殺されるかもしれないわ」

「それとこれとはまったく別だ」

「そうかしら？　変装して馬車を襲うのはとても危険な行為だわ。あなたは自分の命を危険にさらしてまでそうする理由があると考えているのでしょ。わたしも同じ理由から、自分の命を危険にさらしても重要なことを書いて発表しなければならないと考えているの」

「匿名Aは殺人者を招き寄せるんだ！」

「匿名Aは人々に考えさせるために書くのよ」

「きみのしていることは、さあわたしの喉を切り裂いてちょうだい、と言っているようなものだ」

「わたしは自分が見ていること、ほかの人たちが見るべきことを書いているの」アリーは誇りに満ちた口調で言った。

「きみはまたあの郵便局へ行った。しかもコテージへ侵入されそうになったあとで」

「あとはつけられなかったわ」

「ほう？　さっきの電話はロンドン警視庁からだった。きみの姿を見た者がいるんだ」

「わたしをつけさせたの？　よくもそんなことができるわね」

マークはかぶりを振った。「きみをつけさせたんじゃない。イアンに頼んで部下に郵便局を見張らせたんだ。そうしたらきみがそこへ来たという」

「そう、あなたが警察に教えたのなら、明らかに……」

「前回、きみは博物館からあとをつけられた。今度もつけられた可能性がある。しかし、それはたいして問題ではない。問題は、きみは一度見られたのだから、これからも見られるかもしれないということだ」

「そういう言い方はやめてくれない？　まるでわたしのしたことが犯罪行為みたいに聞こえるわ。あなたのしていることこそ違法行為なのよ」

マークは立ったまま身じろぎもせずアリーを見つめた。

「もうやめるんだ」

アリーは激しく首を横に振った。「いいえ」

「きみはぼくの妻になるんだよ」

「絶対に書くことはやめないわ」

「ぼくは死体と結婚する気はない」

驚いたことに、アリーは突然震えに襲われた。これほど冷淡で頑固なマークを見たことはなかった。

彼女はやんわりと言った。「わたしにはあなたがわからない。あなたという人間がちっともわからない。でも、わたしが前々から言っているように、あなたはわたしと結婚する義務など全然ないのよ」

アリーはくるりと向きを変えてベッドルームへ戻り、ドアを閉めて鍵をかけた。だが、なんの意味もなかった。マークは入ってこようとしなかった。

数分後、玄関のドアがばたんと閉まる音がした。マークが出かけたのだ。

それでもしばらくのあいだアリーはベッドにじっと腰かけていた。やがてついに彼女は腰をあげた。もう厩舎の屋根裏を捜す必要はない。この広々としたロッジのなかにいるのは彼女だけ。自由に書斎を使える。たくさんある本を読んで過ごすこともできれば、書いて過ごすことも……。

ええ、そうよ、書いたっていいのよ。わたしには自分の考えを表現する権利がある。人に命じられたからって、書くのをやめてたまるものですか。たとえ命じたのが未来の夫であっても。

　アリーは部屋を出て書斎へ行った。猟犬たちは建物内にいるとみえて、アリーが机に向かって座ると、マルコムがやってきてうれしそうな鳴き声をあげ、彼女の足元に座った。マルコムのあとからカーラが小走りにやってきて、部屋の中央に敷いてあるペルシア絨《じゅう》毯《たん》の上に寝そべった。

　アリーはタイプライターに紙をセットした。

　言葉がひとつも浮かんでこない。

　愕然《がくぜん》としたアリーはタイプライターに両腕をかけ、その上へ頭をもたせて……。

　そして泣いた。

　しかし、長く泣いてはいなかった。彼女はまっすぐ体を起こして髪を後ろへなでつけると、タイプライターを見つめ、考えを言葉にし始めた。


　世界は変化しています。わたしたちは毎日、新しい科学技術を目にします。人間自身はいつまでも同じでありたいと願っても、この変化する世界にあっては、わたしたちも変わらなければなりません。男たちは兵士として戦場へ赴きます。われわれが帝国を維持しようと望む限り、常に新しい戦争が待ち構えているのです。しかし、自分も戦わなければならないと感じている女たちは、しきたりとされているものに挑まねばならず、戦場へ赴くにはそれにふさわしい変装を余儀なくされます。

たとえわれわれがアジアで、アフリカで、ヨーロッパで、あるいはもっと僻遠《へきえん》の地で戦争に直面しようとも、これだけはたしかです。どんな男も——そして女も——生きている限り、いつかはおのれ自身の内部で闘わなければなりません。われわれは人生においてあまりにしばしば変装をします。実際、変装をする必要があるのです。なぜなら、われわれに望みのものをもたらしてくれるのは、しばしばそうした見せかけの仮面だからです。

愛するというのは、覆面の下の本当の姿を見ながらも気持ちの変化を起こさないことなのです。

アリーは椅子に深く座りなおした。これは新聞社へ送るべき文章ではないわ！

彼女は書きあげたばかりの文章を見つめ、タイプライターから紙片をとって丸めて投げ捨てようとした。

だが、ふとある考えが浮かんで思いとどまった。

反王制主義者たちは、一連の殺人を犯しているのは王制主義者なのだと思いこんでいる。王制主義者たちは、反王制主義者が犯行に及んでいると思いこんでいる。これはアリーが新聞で広めた見解でもある。

しかし……。

世界を支配しているのは理屈よりもどちらかといえば感情のほうだ。大多数の情熱が政治の動向を左右する。

今までの考えがすべて間違いだったとしたら？

殺人が犯された原因は政治的な動機にあったのではなく、もっとずっと個人的な感情にあったのだとしたら？　アリーは今感じているほど深い感情や鋭い感覚を、それまで感じたことがなかった。正直に認めなければならないが、マークが彼女の世界に登場するまで、そうした強烈な感情が存在することを知らなかったからだ。

不意にアリーは憎悪や怒りの感情を理解した。それらは愛やあこがれと結びついているのだ。さらにまた、深い感情を抱いているときにだけ起こる傷心も理解した。

アリーはためらった。やがて彼女の指はすばやくキーをたたきだした。

わたしは間違っているかもしれない。あるいは、はじめて間違いを犯したのかもしれない。それはどうでもいいことだ。わたしは意見を述べているのであって、これこそが事実だと主張しているのではない。わたしは議論のための考えを提供しているのだ。それによってほかの人々が自分自身の考えを深く掘りさげられるように。

正しかろうと間違っていようと、わたしの意図は人々に考えさせることなのだ。

その日の夕方、息子よりも先にファロウ卿が帰ってきた。彼には感謝していたので、アリーはあたたかく挨拶《あいさつ》したあとで、どうしても家へ帰らなければならないと告げた。

「それは危険だ」ファロウ卿は反対した。

アリーはにっこりした。「きっとマークがひと晩じゅう友人か警官にコテージを見張らせているのではないかしら」ファロウ卿の表情を見て、アリーは自分の推測があたっていたことを知った。「それにあなたからお借りした優秀な猟犬がついているんですもの、わたしもおばたちも安心です。とにかく家へ帰りませんと」

「だが……あと何日かしたら、ここはきみの家になるのだよ」ファロウ卿は言葉を切って眉をひそめた。「まさか息子との結婚をやめたのではないだろう?」

「あるがままのわたしをあの方が望んでいるのなら、わたしは喜んで彼と結婚します。でも、お願いです、今夜はどうしても家へ帰りたいのです」

ファロウ卿は不満そうだった。アリーはここにいられない理由をファロウ卿に話すわけにいかなかった。

「明日、一緒にきみのおばさんたちを訪ねよう」

「ここにはいられません」アリーは言い張った。

「明日の朝、また話をしよう」ファロウ卿が言った。

その夜、アリーはベッドのなかで眠れぬままに寝返りを打ちつづけた。ファロウ卿はなによりもわたしの安全を第一に考えている。わたしがコテージにとどまることを断じて許しはしないだろう。

朝、アリーが目覚めたとき、マークは相変わらず留守だった。

かつてはライオネル・ウィトバーグ卿の戦友であり親友でもあったハドソン・ポーターの家は、村よりも一キロ半ほどロンドン寄りに位置していた。イアン・ダグラス刑事に聞いたところでは、家政婦は今も毎日その家で働きながら、ポーターのたったひとりの親戚《しんせき》がボストンから来るのを待っているという。マークは朝早く着いた。

「ミセス・バーカー」彼はドアへ出てきた家政婦に挨拶した。

家政婦はうなずいた。マークが訪ねてくることを知っていた彼女は、彼を前にしてどう振る舞ったらいいのかわからないとでもいうように、少しだけ頭をさげた。

「紅茶がよろしいですか？　閣下、いえ、その……」

「いや、遠慮しておくよ。それよりも座って話をしよう」

マークは紅茶を頼めばよかったと後悔した。ブランドン家の家政婦のハッティと同じくらいやせこけているミセス・バーカーは、今にも逃げだそうとしている蜜蜂《みつばち》を連想させた。

「きみは住みこみで働いているのだろう？」マークはきいた。

彼女はうなずいて窓のほうを見た。

「ハドソン・ポーターが殺された夜、なぜこの家にいなかったのかな?」

「そのことは警察の人が来たときにお話ししました」彼女はぼそぼそと答えた。

「ああ、知っている」

ミセス・バーカーは両手をあげて肩をすくめた。「だんな様がひと晩お休みをくださったんです」

「なぜ?」

「だんな様は……仕事をしたいとおっしゃって。だれにも邪魔されずに」

「で、きみはその夜をどう過ごした?」

「わたしは……友達のところに泊まりました」

「友達というのは?」

「リンダ・グッドです」

「彼女はどこに住んでいるんだい?」

「村の近くです」ミセス・バーカーはちらりとマークを見て、目が合ったとたんにまた視線をそらした。「わたしは……あの……閣下……この話を何度もさせられました。家へ帰ってきて二階でミスター・ポーターの死体を見つけたのです。喉を切り裂かれていました。なんて恐ろしい。わたし、もうこんな話はしたくありません。だんな様は埋葬されたんです。そっとしておいてあげるべきです」

家政婦が神経質になっているのは明らかだ。なぜこんなにおどおどしているのだろうとマークは首をかしげた。イアン・ダグラスは当然、彼女のアリバイの裏づけをとったに違いない。

それでも……。

「きみは鍵をどこへ置いておくんだい?」マークは尋ねた。

ミセス・バーカーが指さした。ブランドン家と同じように、この家でも玄関ドアのそばにフックがあった。

「すまないが、ミスター・ポーターが殺された現場へ案内してもらえないだろうか?」

ようやくなにかすることができてうれしいとでもいうように彼女はうなずき、マークを二階へ案内した。

部屋はジャイルズ・ブランドンが殺された部屋と驚くほど似ていた。壁際に本棚が並んでいて、部屋の真ん中に机がある。ドアはひとつだけ。入るのも出るのもそこを通るしかない。

「ありがとう。きみはもういいよ」マークは言った。

彼女はうろうろしていた。

「ぼくひとりで大丈夫だ」マークは鋭い口調で言って、彼女をじっと見た。

ようやくミセス・バーカーはしぶしぶ出ていった。

マークは机のなかを調べ始めた。警察がすでに調べたことは知っている。最初はなにも発見できなかった。そのうちに被害者の殺害された夜のカレンダーに目をとめたマークは、奇妙に思える覚え書きを見つけた。

〝ミセス・バーカーは留守?〟

ハドソン・ポーター自身がその夜、彼女に休みを与えたのなら、なぜ〝?〟がついているのだろう?

マークはなにか意味があるに違いないと考えながらカレンダーを見つめた。

やがてマークの思考はとりとめがなくなった。ほとんどひと晩じゅう、あてどなく馬を乗りまわして過ごしたため、疲れていたし、胃のあたりに緊張が居座っていた。

アリーは最初からぼくをとりこにした。彼女の笑顔、明晰《めいせき》な頭脳、明るい笑い声、つけている香水のにおい、そのどれもがぼくを魅了した。あらゆる点で美しいそのような女性がぼくの妻となるべく運命づけられていたとは、なんと不思議なことだろう。ふたりが演じた駆け引きでさえ誘惑的だ。知っているふりと知らないふり、からかいとあざけり……。ふたりとも強情で、すぐにかっとなりやすい。ぼくは彼女の目の挑戦的なきらめきさえ愛するようになった……。

それにしても彼女ときたら、よくあんなことができたものだ。なぜ殺人者の冷酷さを試すようなまねができるのだろう？　隠し事がばれたのに、彼女は後悔するどころか挑戦的な態度をとりさえした。いざとなったら安全な生活や称号や地位をなげうつだけでなく、見果てぬ夢を追い求めて、このぼくをも捨て去るだろう。それに例の難しい問題がある。伯爵彼女を愛し始めていたぼくは、彼女のほうでもぼくを愛し始めているのだと思った。伯爵の息子と追いはぎの人格がいずれひとつになったら、最初の出会いのことをこれから何年もふたりで笑いあえるものと思った。彼女と一緒にいられることほどすばらしいものはない。彼女にふれ、彼女と愛しあい、燃えるような怒りを、情熱を感じ、そして……。

マークは家政婦が戻ってきたのを感じた。彼女は戸口に立っていた。彼は立ちあがって彼女に笑いかけた。

「あの……あなたが持っているのはだんな様のカレンダーですね」家政婦は消え入るような声できいた。

「ああ。ロンドン警視庁へ持っていくつもりだ。ミスター・ポーターの親戚が到着したら、警察がその人に返すだろう」

その家を去るとき、マークは家政婦がやけにそわそわしているのを感じ、ほかの考えにふけっていて殺人事件のことを真剣に考えなかった自分に腹を立てた。

アリーのせいだ！　彼女は間違っている……あれほど軽率に自分の命を危険にさらすなんて、とんでもない話だ。なぜなら……。

なぜなら、彼女はぼくの一部になったから。

マークは狩猟ロッジへ戻ることにした。謝る気になれるかどうか自分でもわからなかったが、彼女に会わずにはいられなかった。彼女と話をせずには。

彼女にふれずには。

外へ出て、土の道路でギャロウェイの手綱をとったとき、マークは不意に胸騒ぎを覚えた。

ああ、そうとも。早く彼女のもとへ戻らなければ。

13

ファロウ卿《きょう》の信頼は揺るがなかった。マークがなんの説明もなしにどこかへ出かけても、彼は息子がときどきいなくなるのは至極当然だというふりをし、どんなときも礼儀正しい思いやりある態度を失わなかった。

もちろんマークは追いはぎなのだから、説明もなしにどこかへ出かけるのは当然だ。

アリーは卵料理を口へ運びながら尋ねた。「あなたは息子さんが追いはぎだということをご存じなのでしょう?」

ファロウ卿はじっとアリーを見つめていたが、やがてうなずいた。「きみがそれを知っているのは、あのとき厩舎《きゅうしゃ》の屋根裏にいたからだろう」

アリーは顔を赤らめた。「ファロウ卿……なぜです?」

彼はため息をついた。「それについては、わたしではなくマークがきみに話すべきだろう。しかし、心配しなくていい、その秘密が漏れることは決してあるまい。ブライアン・スターリングでさえ知ってはおらんのだ。安心しなさい、マークがだれかに危害を加えることは絶対にないだろう」

　これ以上なにかを尋ねてもファロウ卿は答えないだろうと思い、アリーは話題を変えた。

「今日、ロンドンへ行かれます？」

「うむ、用事があるのでね。だが、昨日約束したように、その前にきみをおばさんたちのところへ送っていこう」

「実は、博物館へ行ってしばらくレディ・カミールと一緒に過ごしたいのです」

「彼女が博物館にいることを知っているのかね？」ファロウ卿が驚いて問い返した。

「ええ、彼女はきっとそこで仕事をしています。新しい展示物が公開されたばかりなので、運営が順調かどうか確認するために、数日間は博物館にいるに違いありません」

「心配なのは……」

「ご心配には及びません。ロンドンはどこも人でいっぱいです。博物館は警備が厳重ですし、わたしはそこの人たち全員と知り合いです。あそこほど安全な場所はありません。それに四六時中隠れて暮らすことはできません」

「マークがここにいたらよかったのだが」ファロウ卿がつぶやいた。

「わたしなら大丈夫です」彼女はきっぱりと言った。

　ロンドンへ着くと、アリーはファロウ卿と別れて大英博物館へ行った。仕事をしていたカミールがアリーを見て驚くと同時に喜びの声をあげた。「ここへなにをしに来たの？

あなた、数日後には結婚式を挙げるんでしょ?」カミールは尋ねた。

アリーはほほえんだ。「カミール、それまでわたしになにをしていろというの? 式はあなたのお城で行われるし、おばさんたちはきっとドレスを仕立てるのに忙しいでしょうし……わたしがすることはなにひとつないのよ」

「できたらあなたは……」

「マークともっと知りあうようにしなさいって言うんでしょう?」アリーはきいた。「そうしたくても、彼はいないんですもの。あなたの邪魔をしに来たんじゃないの。どうか仕事を続けてちょうだい」

「アリー、何日か前の夜にコテージで起こったことを聞いたわ。お願い、用心してね」

「ええ、用心するわ」

アリーはにっこり笑ってカミールのオフィスを出ると、展示物のあいだを急いで通り過ぎ、博物館から表の通りへ出た。最初は郵便局へ行くつもりで歩きだしたが、途中で気が変わって方角を変え、新聞社を目指した。

この前、セイン・グリアに案内してもらったおかげで内部の様子がおおよそわかっているので、彼女はセインがいればいいと願いながら編集室のあるほうへ進んでいった。ほっとしたことに彼はいた。

セインは彼女を見て仰天し、あわてて立ちあがりざまに紅茶をこぼしそうになった。

「ミス・グレイソン」

「おはようございます」

「い……いらっしゃい」

「ありがとう」

「ここへなにしに来たんだい？」

「古い記事を読みたいと思って。できるかしら？」

セインは眉をつりあげた。「そりゃ……聖人みたいな忍耐心があればね。目的の記事を捜しあてるには、ものすごい分量の新聞に目を通さなくちゃならないよ」

「それほど昔の新聞は必要ないわ。わたしが読みたいのはハドソン・ポーターとジャック・プラインとジャイルズ・ブランドンの暗殺事件に関する記事なの」

セインの眉が再びつりあがった。

「お願いできるかしら？」アリーはやんわりと頼んだ。

彼は両手をあげた。「ぼくも手伝おう」

「お忙しいのでしょう？　お仕事の邪魔をしたら悪いわ」

「さっきからずっと同じふたつの単語ばかり見つめていたんだ」セインが打ち明けた。

「ひと休みしたほうがいいのさ」

セインはアリーを資料室へ連れていって、そこを担当している女性事務員のミセス・イーストンに紹介した。六十代前半の陽気な彼女はセインの話を聞き、快くふたりを過去の新聞が保管されている場所へ案内した。資料室はとても広くて、至るところにファイルをおさめた箱があったけれど、その女性事務員は少なくともどの日付のものがどこにあるのかを知っていたし、アリーたちが捜しているのは比較的最近のものなので、見つけだすのはたいして難しくなかった。三人で手分けして捜したところ、まもなく机の上に新聞紙が並べられ、ミセス・イーストンは自分の仕事に戻っていった。

「正確にはなにを捜しているんだい？」セインがきいた。「詳しく教えてくれたら、もっときみの役に立ってあげられると思うよ」

「それがわたしにもはっきりしていないの。記事を見て、そこからなにかわからないかと考えているのよ」

「まさかきみは殺人犯がだれなのか突きとめようと考えているんじゃないだろうね？」

アリーは肩をすくめた。

「新聞記事のなかに証拠はなにもないよ」セインが断言した。

彼女はためらったあとで言った。「あなたは切り裂きジャックの事件を覚えている？」

「ぼくはまだ若かったけど、ああいうのは永久に忘れられはしない」

「あの事件については、いろいろな憶測が飛び交ったわ」

「今だっていろんな風説が流れているよ」

「そうね。でも、わたしがいろいろなものを読んだ限りでは、あれらの殺人は異常者個人による犯行の可能性が高くて、現在の殺人事件から人々が読みとっているような複雑な要素はまったくなかった。たとえば、ほら、人々は殺人者が王室となんらかの関係があると考えているでしょう」

セインは混乱した表情で頭を振った。「なんのことやら、ぼくにはさっぱり理解できない」

「殺人事件が現在の社会状況となんの関係もないとしたら？」

「きみは王制に関する騒動のことを言っているのかい？」

「ええ、そうよ。殺人は隠蔽《いんぺい》工作だとしたら？」

「いったいなんの？」

「わからない。だからこそ、それに関する新聞記事をすべて読みたいの」

「わかった、読もう」

時間が過ぎていった。セインが目をあげてアリーを見た。

「さっき、なにかをつかんだような気がした」

「なにを？」

「頭のおかしい家政婦たち」セインがため息まじりに言った。

「でも……？」

「ハッティのことを思いだしたんだ。ジャイルズ・ブランドンの家政婦の。彼女はがりがりにやせている。あれでは武器を振るって男を殺すことなど、とうてい不可能だろう」

「もしかしたら彼女はひとりでやったのではないかもしれないわ」アリーは言った。

「頭のおかしい家政婦がだれかを説き伏せて人を殺させることができると思うかい？」セインがきいた。

アリーは両手をあげた。「わからない」

セインはしばらく黙って彼女を見つめていた。「きみがここで働いていたらよかったのに」彼はためらいがちに言った。

彼女は顔を赤らめた。「ありがとう」

セインの口元がかすかにゆがんだ。「ぼくらがしなくちゃならないのは、きみに関する隠された真実を知ることだと思うよ」

アリーは笑った。「セインったら！　わたしには隠された真実なんてひとつもないわ」

彼は椅子に背中をあずけてのびをした。「アリー、いいかい、きみは信じられないほどすばらしい女性だ。ぼくが思うに、称号のあるなしにかかわらずどんな男でも、いったんきみを知れば、生涯をともに過ごすチャンスを絶対にあきらめないんじゃないかな」

「うれしいことをおっしゃるのね」

「違う、違う、よく聞くんだ。なるほどファロウ卿は今ではきみを知っている。しかし、きみとマーク・ファロウとの婚約は何年も前にとり決められた。当時、ファロウ卿はきみがこれほどの美しさとやさしい心と明敏な頭脳を兼ね備えた女性に成長するとは知らなかったはずだ――」

「セイン、お願い、信じてちょうだい……」

「それなのに、ウォレン伯爵のような身分の高い人間が、親友が孤児の後見人になることを決めたという理由だけで、自分の息子をその孤児と婚約させるだろうか？　ひょっとしたらきみはスターリング卿が愛人とのあいだに作った子供かもしれない……」

「わたしはブライアンの子じゃないわ」

「どうしてわかるんだ？」

「カミールよ。仮にブライアンには結婚前に愛人がいて、わたしがブライアンとその女性とのあいだにできた子供だとしたら、カミールもブライアンもその事実を否定しなかったでしょう。ふたりとも善悪の観念がとても厳しいの。カーライル伯爵の正式な妻であるカミールは、たとえ夫と愛人とのあいだにできた子供であっても、伯爵の子供は全部お城で育てさせたに決まっているわ」

「カミールは知らないのかもしれないよ」アリーの言葉をもっともだと思ったのか、セインは当惑した表情を浮かべた。「それでもやっぱり……なにかがある」彼は言い張った。

「わたしは知らないわよ。物心ついたときはすでに森のコテージにいたの。わたしに言えるのはそれだけ」アリーは言った。「仕事に戻りましょう」

「事件のことを調べているんだったな」セインはつぶやいた。

しばらくすると彼は再びアリーを見た。

「きみは土曜日に結婚式を挙げるんだろう?」

「その予定よ」彼女は小声で答えた。

「ぼくは招待されていない」

アリーは目をあげて彼を見た。「あらそう。わたしの結婚式ですもの、わたしがあなたを招待するわ」

「ありがとう」

突然、アリーは知らないあいだに時間がたっていたことに気づいた。実際、長居をしすぎた。早く戻らなくては。彼女が立ちあがると、セインもすぐに立ちあがった。

「セイン、もう行かなくちゃ。でも、いろいろとありがとう」

「また来るかい?」セインがきいた。

「できればそうしたいわ。あなたはきっと、わたしはなんの役にも立たない、ただ探偵ごっこをしているだけだと思っているでしょうね。それなのに……つきあってくれてありがとう。心から感謝しているわ」

「こちらこそ。ぼくならいつでも喜んできみの相手をするよ」

アリーはにっこりし、わたしが事務員の机の上に置いておいた論説はもう編集者のところへまわったかしら、わたしの最新の文章が明朝の新聞に掲載されるかしら、と考えながら急いで新聞社を出た。

セインは彼女の後ろ姿を見送った。

それから彼はあとをつけた。


博物館へ着いたとき、マークはすっかりとり乱していて、ひょっとしたらぼくは正気を失った人間みたいに振る舞っているのではないかと、われながら心配になったほどだ。

さっき彼が狩猟ロッジへ帰ってみたら、そこにはだれもいなかった。バートラムの姿はどこにもなく、猟犬たちだけで留守番をしていたので、マークはたちまち不安になったが、なんとか気持ちを静めて理性的に考えようとした。父親はしょっちゅうロンドンに用事があって出かける。実際のところ、ファロウ卿がロンドン市内の邸宅へ帰らずにこの狩猟ロッジに滞在しているのは、アリーの身を案じてのことだ。

父親がひとりで馬に乗っていったのでなく、バートラムの御す馬車で出かけたのだとしたら、アリーも一緒に行ったのだろう。

マークがロンドンへ着いたときには早くも日が暮れようとしていた。父親はおそらく国会議事堂にいるだろうと思って行ってみたが、たとえいたとしても実際にジョゼフ・ファロウ卿を見つけるのは容易ではない。事実、父親には会えなかったが、そのときになってバートラムと馬車をどこか近くに待たせてあるはずだと気づいた。マークがバートラムを見つけてアリーの居場所を尋ねると、大英博物館の前でおろしたとの返事だった。

博物館へ行ったマークはカミールを見つけてほっとしたが、それもほんの一瞬にすぎなかった。「ええ、アリーはここへ来たわ。博物館のどこかにいるんじゃないかしら」

博物館のなかは広大だ。けれどもこの数時間というもの、アリーを見かけた者はひとりもいなかった。

たそがれが街を覆い始め、閉館時刻が迫るころになって、ようやくマークはアリーが市内をうろつく口実に博物館を利用したのだと悟った。アリーの性格をよく知っているのだから、そのことにもっと早く気づくべきだった。彼女は故意に嘘《うそ》をついたのではなく、自分は少しも危険にさらされていないと本気で信じこんでいて、ほかの人たちにも自分は安全なのだと信じさせるために調子のいいことを言っただけなのだろう。

マークはカミールのオフィスへ戻った。

「カミール、彼女が戻ってきたら引きとめておいてくれないか。必要なら鍵《かぎ》をかけて閉じこめておいてもいい」マークはそう言い置いて博物館を出た。まず郵便局へ彼女を捜しに行くつもりだった。アリーは自分がどれほど危険なことをしているのか気づいていない。彼女が匿名Aとして文章を新聞に投稿していることが世間に知れたらどうなるか、まったくわかっていないのだ。マークはそう考えて腹立たしくなった。

ロンドンはいつも活気に満ちている。アリーがロンドンを大好きなのはにぎやかだからだ。ところが驚いたことに、角を曲がって博物館の正面玄関へ続く通りへ入ったとたん、街がやけにがらんとしているように感じられた。

あちこちのパブやレストランから音楽が漏れ、遠くの道路から馬のひづめの音が聞こえてくる。だが、闇《やみ》が迫りつつあった。

街灯が明滅し……そして消えた。暗がりがいっそう濃さを増し……闇へと変わっていく。

アリーは足を速めながら自分を安心させようとした。商店はまだ開いているし、労働者たちはパブのなかでお酒を飲んでいるんだもの、ちっとも怖いことはないわ。

そのとき、近づいてくる馬車の音がした。

彼女は振り返った。

大きな馬車が通りをゆっくりこちらへ進んでくる。暗くて御者の姿は見えない。

あんなにゆっくり進むなんて奇妙だ。

アリーは前方へ視線を戻して歩く速度をあげた。

馬車が彼女と並んだ。

そしてとまった。

「アレグザンドラ！」

彼女の名前を呼ぶかすれた声を聞いて、アリーの背筋を冷たい戦慄《せんりつ》が走った。彼女は駆けだした。

馬車は再び動きだし、彼女を追い越したところでとまった。

ドアが開いて男が出てきた。大きな男だ。

「アレグザンドラ！」

深みのある声。荒々しい声。アリーの目に映ったのは巨大な人影と、それがなびかせている黒いマントだけ。一目散に走りだした彼女の耳に、追いかけてくる足音が聞こえた。アリーはがっしりした手に肩をつかまれるのを感じて悲鳴をあげた。

「とまるんだ！」

力強い手でぐいと振り向かされた彼女の目の前に、ライオネル・ウィトバーグ卿の顔があった。

「ウィトバーグ卿！」彼は顔を紅潮させて狂気じみた目つきをしていた。アリーは肩をつかんでいる手を振り払おうとした。老いているとはいえ、ウィトバーグ卿はまだ腕力が強い。彼には軍務の経験があることを、アリーは思いだした。鍛えられた軍人のたくましい肉体と精神はまだ失われてはいなかった。

「わたしと一緒に来なさい。来るんだ、さあ」

「ウィトバーグ卿、放してください。博物館へ行かなければならないんです」

「いいや、わたしと一緒に来てもらう」

彼に体をつかまれて抱えられたアリーはあえぎ声を漏らした。彼女はウィトバーグ卿の胸にこぶしをたたきつけたが、胸板は岩盤のように頑丈で、彼はまったく意に介さずアリーを半ば抱え、半ば引きずりながら馬車のほうへ連れていく。

突然、アリーの体がウィトバーグ卿の手からもぎ離されて道路へ落ち、ウィトバーグ卿が怒鳴り声をあげた。アリーは道路にもうひとりの男がいることに気づいた。ウィトバーグ卿が狂ったようにこぶしを振りまわす。だが、もうひとりの男はさっと身をかがめてよけ、体を起こすのと同時にウィトバーグ卿の顎へパンチを見舞った。

ライオネル・ウィトバーグ卿は仰向けに倒れて小さくあえいだ。

「アリー！」

マークだった。ありえない……でも、現実だ。

彼はアリーに駆け寄って助け起こした。たくさんの足音が聞こえ、博物館や近くのパブからどやどやと大勢の人が出てきて、さっきの馬車からひとりの男が道路へ飛びおりた。

マークはアリーをしっかり抱いていた。彼女にはマークの心臓の音が聞こえた。彼女が見ると、マークはウィトバーグ卿をにらんでいる。そのとき、御者がやってきてウィトバーグ卿のかたわらにひざまずいた。マークはアリーをその場へ残してウィトバーグ卿のところへ行き、かたわらにしゃがんで御者を見つめた。「彼はここでなにをしていた？」

ウィトバーグ卿がうめき声をあげて目を開けた。彼はマークの襟をつかみ、声を絞りだすようにして言った。「真実を……彼女は真実を知らねばならん。彼女に真実を教えてやるがいい」

「ウィトバーグ卿、いったいなんのことです、どんな真実です？」マークはせっぱ詰まった声で尋ねた。

ウィトバーグ卿の目が再び閉じた。

マークは周囲に集まってきた人々を見あげた。「だれか、救急車を呼んでくれ！」


ライオネル・ウィトバーグ卿は大事に至らないだろう。マークに殴り倒されたといっても、顎にパンチを一発くらっただけだ。

しかし、そのあとは混乱状態だった。大勢の人々でごった返す通りを救急車がやってきて、ウィトバーグ卿と御者を乗せて病院へ運び去った。マークとアリーは警察に事情聴取をされた。カミールが現場に姿を現し、続いてブライアンが、さらにはファロウ卿までやってきた。

ウィトバーグ卿の馬車は、事態の解明がすむまで警察が保管するという。あの老人はわたしと話をしたかっただけで、危害を及ぼす気はなかったのだとアリーは主張した。「たしかに彼は正気でないように見えたし、わたしも少し怖い思いをしたのは事実ですが」

ようやく警察の聴取も終わり、彼らはカミールのオフィスへ引きあげた。カミールの隣にオフィスがあるハンターも加わった。

全員にやさしい気づかいを示されたアリーは、自分は大丈夫だと言い張りつづけた。

「あなたは博物館のなかにいるものとばかり思っていたわ」カミールが言った。

全員が黙ったままアリーを見つめた。

「どこにいたんだ?」マークが穏やかな口調で尋ねた。

アリーは答えるのが怖かった。

「アリー?」マークが促した。

「ウィンドーショッピングをしていたの」アリーは言った。あながち嘘とも言えない。事実、彼女は何軒かのショーウィンドーをのぞいたのだ。

「きみが危険な立場にあるのは明らかなんだよ」マークが言った。「どうしてみずから危険を招くようなまねをするんだ?　それに商店はとっくに閉まっているじゃないか」

「わたし……ぐずぐずしすぎちゃったの」アリーは言った。彼女は椅子に座ってウイスキー入りの紅茶を飲んでいた。その横にカミールが座り、男たちはまわりに立って彼女を見おろしていた。

「アリー」ブライアンが言った。「きみを愛している人たちをそれほど心配させるなんて、きみらしくないぞ」

その言葉がいちばんアリーの胸にこたえた。

「ごめんなさい」彼女はそれしか言えなかった。「本当にごめんなさい」

「心から悪いと思っているのなら、本当のことを話したらどうだ」マークが言った。

アリーは彼をにらんだ。再び室内に静寂がみなぎった。

「新聞社へ行ってきたの」アリーはそっけなく言った。

「なぜ?」ハンターがきいた。

「古い記事を調べるために」アリーは答えた。

彼女の言葉は全員を困惑させたようだったが、マークだけは平然とアリーを見据えていた。彼女は話題を変えることにした。

「今夜の出来事は悲しいことではあるけれど、恐ろしくはないわ」全員を見まわして言った。「あなた方が心配しなくちゃならないのは、わたしではなくてウィトバーグ卿のことよ。お気の毒に、あの方は正気を失っているみたいなの」

「よし、わかった。ここでああだこうだと言いあっていたところで、どうにもならない」ブライアンが言った。「みんな家へ帰って夕食をとり、少し休もう」

マークがアリーに注ぐ視線は冷淡そのものだった。「わたしは……わたしはおばさんたちのところへ帰るほうがいいと思うの」

「森のなかのコテージへ？　だめよ。おばさんたちの命を危険にさらすつもり？」カミールが反対した。

「きみはロッジへ戻ったほうがいい」マークが言った。

アリーは首を横に振りかけた。ほかの人たちがマークに同意するのはわかっていた――なんといっても彼女はマークの妻になるのだ。彼らはアリーが知っていることを全部は知らない。ふたりのあいだに立ちはだかっているものを知らないのだ。

アリーが驚いたことに、マークが彼女に手を差しのべて椅子から立たせた。「きみがぼくと一緒に来るのは、ぼくがそう命じるからではなくて、ぼくが一緒に来てくれと頼むからだ。きみと一緒にいるのがぼくにとってすごく重要であることを、きみがわかってくれるからだ」マークの言葉にこめられた深い感情と彼の目に宿る情熱に、アリーは驚いた。

彼女はなにも言えず、ただうなずくしかなかった。

「明日になれば、きっと今日の出来事に理のかなった説明がつけられるだろう」ブライアンが断固たる声で言った。

時刻はかなり遅かったので、ファロウ卿が今夜はロンドン市内の邸宅に泊まろうと提案し、全員がそうするよう勧めて、マークが同意した。アリーは身のまわりの品を持っていないと抗議したが、キャットとハンターは市内に住んでいるので、あとで着替えと洗面用具を届けさせるとハンターが約束した。

マークは馬を馬車の後ろへつなぎ、ファロウ卿やアリーと一緒に馬車へ乗った。市内の邸宅で、アリーはファロウ卿のもうひとりの従者に会った。玄関で彼らを出迎えたジーターという名の魅力的な男性で、ひなに対する母鳥のようにあれこれアリーの世話は焼かなかったが、たいそう手際がよく、食事の用意をするのと、風呂をわかすのと、ブランデーを出す仕事を同時にこなしているようだった。上品な家具のそろっている部屋へ案内されたアリーが風呂に入って街の汚れを落としているあいだに、使いの者が新しい服を持ってきた。ゆったり湯につかっている彼女の耳に、階下から話し声がかすかに聞こえてきた。マークとファロウ卿が話しているのだ。アリーは目を閉じた。

博物館でも馬車のなかでも、マークはウィトバーグ卿が口にした言葉についてなにも言わなかった。アリーもまた、きっとマークは父親のジョゼフ・ファロウ卿にだけ話すつもりなのだろうと思って、それについては黙っていた。マークはアリーが新聞社へ行ったことに対してすっかり腹を立てていた……。

それでも……。

彼はアリーが災難に巻きこまれたとき、奇跡のように現れて彼女を守った。そしてそのあと、一緒に来てくれるよう彼女に頼んだ……。

わたしはあの人を愛している。彼の名前や身分に関係なく。わたしの望みはただ……あの人を理解できるようになること。

いいえ。わたしの望みは、あの人があるがままのわたしを愛するようになんとか仕向けることだ。

アリーが二階にいて、ジーターが即席の料理を作るのにあくせくしているあいだ、マークはリビングルームで父親と話しこんでいた。

「事態をこれ以上悪化させるわけにはいきません。ぼくがいるのを見た彼は、アリーに真実を教えてもアリーと話をする気のようでした。ライオネル・ウィトバーグ卿はなんとしてもアリーと話をする気のようでした。真実って、なんのことです、お父さん？　なにがどうなっているのか、ぼくは知らねばなりません。どうしてお父さんはぼくを信用してくれないんですか？」最後の問いかけを、マークはこれ以上ない苦悶《くもん》とともに発した。

そのあとでマークは父親の苦悩に満ちた表情を見て後悔した。ジョゼフ・ファロウは革張りの椅子に身を沈めて頭を振った。「わたしは秘密を守ると誓ったのだ」

「お父さん……」

「ああ、わかっている。わたしはおまえを信用しているよ。いつだって信用してきた。それはおまえだって知っているはずだ。しかし、秘密には墓のなかまで持っていかねばならんものもある」

「他人を危険にさらすおそれがある場合は、そうは言っていられません」

　ジョゼフはしばらく黙りこんでいたあとで、再び口を開いた。「ブライアン・スターリングとわたしがおまえとアレグザンドラの婚約に同意したのは……女王陛下がそれを望まれたからだ」

「女王陛下が？」

　ジョゼフは椅子の背にもたれた。マークは向かい側の椅子に座って父親が先を話すのを待った。「多くの人間にとっては単なる噂《うわさ》でも、時として真実が含まれていることがある。婚約のとり決めがなされたとき、おまえはまだ若かったし、アリーはほんの子供だった。切り裂きジャック事件が世間を騒がせていたころのことだ」

「切り裂きジャックですか？」マークは驚いて言った。

「断言してもいい、警察が切り裂きジャックだと信じていた男は死んだ。メアリー・ケリーが殺害されてまもなく捜査は打ち切られたが、おまえはその理由を不思議に思ったことはないか？」

「捜査は完全に打ち切られはしませんでした」マークは反論した。しかし、父親の言うとおりだ。当時、マークはまだ若かった。とはいえ、事件にかかわった人々の多くが、一般に切り裂きジャックとして知られる正体不明の男は死んだと暗にほのめかしたことを覚えている。

　父親が大きく息を吐いた。「あのころ、殺人事件と王室とを結びつけようとした人間が大勢いた」

「実際に王室がかかわっていたと言うんじゃないでしょうね？」マークはきいた。「それに、どうしてそんなことを知っているんです？」

「レディ・マギーが犯人に殺されそうになったからだ。幸い、死んだのは犯人のほうだったが。当時の身の毛もよだつ事件のいきさつについて、わたしはそれほど詳しくは知らない。マギーにもジェームズにもすべて話すよう求めたことはないのでな。捜査を打ち切るに足る、たしかな証拠はなにひとつなかった。だが、犯人はアリーの育ったコテージの近くで死んだ。さまざまな噂が流れはしたが、切り裂きジャックに関しては王室の陰謀などなにもなかった。そのような陰謀説が生まれたのは、プリンス・エディが周囲の反対を無視し、アニーという名のカトリック教徒の娘と結婚しようとしたことに一因がある。おまえも知ってのとおり、プリンス・エディは結局のところ梅毒で亡くなった。アニーはといえば……彼女も健康がすぐれなかった。それに当然ながらカトリック教徒との結婚は法的に許されなかった」

　マークは父親をじっと見つめた。「お父さんが言っているのは、ふたりのあいだに生まれたと噂された子が……アリーだと？」

　ジョゼフはうなずいた。「彼女を守ってやらねばならん、わかるな」彼は静かに言った。

「わたしが信頼されたように、わたしはおまえを信頼してこの秘密を打ち明けているのだぞ。しかし、絶対に真実を世間に知られてはいかん」父親はそっとため息をついた。「善悪の観念が絡んだときに人々がどれほど狂信的な行動に及ぶかは、おまえも見て知っているだろう。人間というのは、これが善だと思いこめば、とんでもなく忌まわしい殺人を犯すことだってある。何世紀も昔からそうであったように、王族にカトリックの血がまじるのは危険だと、いまだに恐れている人たちがいるのだ。われわれの口からアリーの血筋を人々に明かしてはならない。彼女は過去の恐怖や過ちの重荷を背負わずに人生を送るべきだ。とはいえ、彼女は女王のひ孫だ。しかも聡明《そうめい》で美しく若い。その身分ゆえに危険な目に遭ったり、庶子であるがゆえに傷つくようなことがあったりしてはならんのだ。だれにも真実を知られないように。それが女王陛下の頼みだった」

「真実を知っている人間がほかにもいるのは明らかです。たとえばライオネル・ウィトバーグ卿がそのひとり。それにぼくが真実を知っていたら、アリーをもっと理解することも守ってやることもできたでしょう」

「すまん。なにしろ約束したものでな。わたしは軽々しく約束はしない」

マークはうなだれた。父親の話はあまりに突拍子もなくて、とうていすぐには信じられない。彼は頭を振って考えを口にした。「するとウィトバーグ卿は……彼がうわごとのように口走った言葉は……現在起こっていることとなんの関係もないのでしょうか？　現在の出来事を見て、頭のなかでそれを過去の出来事と混同してしまったのでしょうか？　ふたつの事件を結びつけ、当時、王室がかかわっているのではと疑ったように、現在もかかわっているのではないかと疑っているのですか？」

「さあ、どうだろう」ジョゼフが言った。「わたしにはわからない」

マークは立ちあがって暖炉へ歩み寄り、火を見つめた。「お父さんも知ってのとおり、先日、ぼくらはウィトバーグ卿の馬車を襲いました。その後、その件に関する噂を聞かないし、記事も目にしないから、彼は警察へ知らせなかったに違いありません。馬車を調べましたが、血痕《けっこん》はついていませんでした。イアンは殺人者が犯行現場から逃げ去るのに馬車を使ったと今でも確信しています。たぶん彼は正しいでしょう。しかし……今日、ハドソン・ポーターの家政婦に会ってきましたが、彼女の振る舞いは非常に奇妙でした」

「すると、われわれは少しも真相に近づいていないのかね？」

マークは肩をすくめた。「近づいてはいるけれど、なにかを見落としているような気がします。今日、その家政婦と話したとき、つい、ぼくは家政婦たちの陰謀かもしれないなどと考えてしまったんです。被害者たちが腕力のある人間によって殺されたのは明らかなのに。それからまたアリーの件もあります。森のコテージが襲われたのは、現在の出来事によって彼女が急に危険人物と見なされたのか、それとも何者かに彼女の出生の秘密が知られたのか、そのどちらに原因があるのでしょう？　あるいは、そのふたつがなんらかのかたちでつながっているのでしょうか。被害者が反王制主義者たちだったから王室が後ろで糸を引いていると考えるのは性急ですが、反王制主義者自身が殉教者を生みだすために殺したと考えることも、深読みにすぎないんじゃないでしょうか。人は過去へ注意を向けることによって、明らかだと思えることが必ずしも真実ではないと気づくものです」

ジョゼフは顔をしかめて息子を見ていた。

「なんです?」

「おまえは気にならないのか……アリーの生まれが?」

「それが彼女を危険にさらさない限りは」マークは首を横に振って言った。「彼女の両親がだれであろうと気にしません。ぼくにとって大切なのはアリーです」

ジョゼフの顔にゆっくりと笑みが浮かんだ。「結婚したら、おまえたちふたりはこの国を離れなさい。アメリカの遠い丘の上に家を建てるなり、オーストラリアのどこかに適当な場所を見つけて住むなりするがいい。いっさいの煩わしさから逃げるのだ。噂好きの人間にはあれこれ勝手に推測させておけばいい」

「そんなことはできません」マークは言った。「残りの人生を絶えず肩越しに振り返ってびくびくしながら過ごすのではたまりません」

マークは階段の上にアリーが現れたのを見て口をつぐんだ。息子の視線をたどったジョゼフが彼女に気づいて立ちあがった。

「アリー、風呂に入ってさっぱりしたんだね、とてもきれいだよ」ジョゼフが陽気な口調で話しかけた。

マークはアリーの顔を見て、ふたりがなんの話をしていたのか彼女が気づいていることを悟った。しかしアリーの目の表情から、ジョゼフ・ファロウの明るい調子に合わせようと決意していることが読みとれた。

「なんてすてきなお住まいでしょう」アリーが階段をおりながら言った。「立派なお部屋を用意していただいて感謝します。こんなに親切にしていただいたのではかえって心苦しいですわ、ファロウ卿」

「ジーターがありあわせのもので料理を作っているが、そろそろ用意ができたか見に行こう」ジョゼフが言ってアリーに腕を差しだし、彼女をダイニングルームへ案内した。

食事の途中でジョゼフがアリーに、結婚式の計画が彼女のあずかり知らぬところで進められていることに不満はないかと尋ねた。

アリーは笑って応じた。「式場としてカーライル城ほどすばらしい場所はありません。おばたちは花嫁衣装の製作に才能を発揮できて最高に喜んでいるでしょう。不満など少しもありません。当のふたりにとって大切なのは結婚の誓いだけ。それ以外はほかの人たちのためにするんですもの。式の計画を立てることにあの人たちが幸せを感じるのなら、わたしもそれだけでうれしいのです」

食事がすむと、ジョゼフは部屋へ引きあげて休みたいと言った。アリーは父と息子の双方におやすみなさいの挨拶《あいさつ》をし、ジョゼフの先に立って階段をあがりだした。

マークはブランデーの入ったグラスを片手に、ふたりのあとをゆっくりあがっていった。今夜は眠れそうになかった。アリーの出生の秘密を知ったからといって、そのことに悩まされているわけではない。彼女が非嫡出子であろうとなかろうとどうでもよかったし、彼女が王族の血を引いていることにもまったく感銘を受けなかった。真実を突きとめるのは骨の折れることだが、苦労のすえに知った真実が常に重要であるとは限らない。

長い一日だった。マークは浴槽に湯を満たし、ブランデーをすりながら湯につかって考えにふけった。

王制主義者。

反王制主義者。

家政婦。

切り裂きジャック。

陰謀説。

切り裂きジャックの正体は結局わからずじまいだった。真実を知っていると主張した者たちも、絶対の確信があったのではない。しかし、事実を知りうる立場にいた人々の多くは、冷酷な殺人鬼の正体は気のふれた王子でもなければ、王子の後見人でもないという意見で一致していた。犯人は精神に異常を来した個人、おそらくは彼の所属する狭い世界の外では知られていない人間だったに違いない。

そこからどんな結論が導きだされるのか？

たぶん現在の殺人事件は大がかりなものではないのだろう。たぶん……。

たぶん政治的な動機は見せかけにすぎず、その下にもっとありきたりの動機が隠されているのだ。

マークは浴槽から出て体をふいた。

アリー。

彼女の身が心配だ。

マークは迷ったあとでズボンをはき、廊下へ出てアリーの部屋のドアへ歩いていった。鍵はかかっていない。彼はなかへ入った。

アリーはレディ・キャットが送ってきた質素な白い綿のナイトガウンをまとい、洗った髪を枕《まくら》の上にゆったり広げて暗がりに横たわっていた。マークはベッドへ歩み寄って見おろした。アリーの目は開いていて、彼を見あげていた。

しばらくしてアリーの顔に残念そうな笑みが浮かんだ。「ここはあなたのお父様の家よ」彼女はやんわりとマークに指摘した。

「ぼくは父であれほかのだれであれ、自分のものを、ぼくが愛しているものを、奪うのにだれの許可も求めはしない」マークは穏やかな声で言って、彼女の隣へ体を横たえた。アリーが彼のほうへ体を向け、口元をかすかにゆがめて官能的な笑みを作った。

「あなたはわたしを？」彼女がそっと尋ねた。

「愛しているか？　もちろん。ばかばかしいと言う人がいるかもしれない。愛はそれほど早く簡単に生まれるものではない、と。だけどぼくに言わせれば、そう言う人たちのほうが間違っている。ぼくはきみを愛しているか？　そのとおり。きみはぼくをいらだたせるか？　大いに」

　アリーが手をのばして、ほっそりした指でそっとマークの顔にふれ、羽根のように軽く肌をなでた。その感触があまりにも強く欲望をそそったので、マークは全身全霊をあげてそれを味わいつくそうとした。

「わたしもあなたを愛している」アリーが言った。「それに正直なところ、あなたもわたしをいらだたせるわ。なぜって、あなたには身分の高い人間特有の傲慢《ごうまん》さがあるから。というより、男性特有の傲慢さかもしれないわね」

「たぶん、そうした問題はこれから四十年か五十年かけて解消できるんじゃないかな」マークはそう言うと、アリーの唇に指をあてて彼女を黙らせた。

　彼が驚いたことに、アリーは起きあがってナイトガウンを頭から脱ぎ、かたわらへほうり捨てた。月明かりを受けた彼女の肉体が暗がりで輝きを放つ。完璧《かんぺき》な彫像を思わせる喉、肩、胸。彼女の髪は不思議なほど輝かしい光沢を帯びて肩から背中へ垂れている。アリーはマークにのしかかって主導権を奪い、彼の胸に胸のふくらみを押しつけた。彼女の顔がマークの顔の上にとどまっていたほんの一瞬、金髪の房が彼のむきだしの肌をくすぐった。やがて彼女の唇がおりてきてマークの唇を軽く愛撫《あいぶ》した。

彼の存在そのものがおののき、張りつめたように思われた。マークはなんとかじっとしていよう、彼女のなすがままにされていようと努めた……いたぶられ……ふれられ……味わわれるままに。アリーは彼の体に体を添わせてゆっくりとしなやかに動かした。その行為は本能的なものだった。マークはこれが単なる情熱ではなくてそれ以上のものであることを願った。アリーが信頼してくれることを、ふたりのいさかいが心の奥底にある感情によってやわらげられることを、祈った。

純粋な感覚が飛翔《ひしょう》し始めるにつれて思考がマークの頭を離れ、ついに忘却のかなたへ消え去った。アリーの唇が彼の胸を這《は》い、歯が彼の肌の上で軽やかに躍る。彼女の指がゆっくりと移動して、彼が急いではいたズボンのベルトにかかり、早くベルトをはずせ、すぐにズボンを脱げと促す……。

マークは邪魔なズボンを脱ぎ捨ててアリーを両腕に抱き、月明かりのなかで彼女の顔を見つめてから唇に唇を重ねて、今度はいたぶるように激しくむさぼった。両手で彼女の肌をくまなくまさぐる。アリーは彼のヒップに添えた手を滑らせて、熱い情熱のあかしをまずからかうようになで、動かす指に少しずつ力をこめた。マークはアリーの背中をマットレスに押しつけて彼女の肌を味わいつくそうとした。その激しい愛撫にアリーは体をくねらせて再び位置を変え、肌と肌を密着させて下へ下へとおりていく……彼女の舌の熱く湿った動きに、マークの心臓は雷鳴のように音高く打ち、四肢の先々の血管へ熱い血を送る。

ふたりの愛の行為は熱に浮かされたように激しく……やさしかった。頂点へ達したいという欲求であふれていた世界は、やがてゆるやかな下降への欲求で満たされた。そしてすぐにまた欲求が高まる。マークは彼女の肌にふれたいという欲望を抑えきれず、彼女の唇へのうずくような渇望に促されて……。

穏やかな闇に抱かれて、何度もクライマックスへの坂道を駆け登っては炸裂《さくれつ》し……ただふれあっているだけで至福を感じる正気の世界へ舞い戻った。疲労に襲われたときでさえ、静寂に身を浸して一緒に横たわっていると、ふれあっている心地よさを思う存分に味わうことができた。

その夜、ふたりは問いかけてはならない大切な瞬間があるのだと暗黙のうちに同意し、それ以上なにも話をしなかった。

14

彼らが朝食をとっているときに電話が鳴った。

ファロウ卿《きょう》は椅子から飛びあがり、目をくるりとまわして謝った。「いつまでたってもあの音には慣れることができん」

ジーターが部屋へ入ってきて、マークを見て言った。「ダグラス刑事からお電話です」

マークは、ちょっと失礼、と断って部屋を出ていったが、戻ってきたときは困惑の表情をしていた。

「どうした？」ファロウ卿が尋ねた。

「信じられません」マークは言って腰をおろし、父親を見て続けた。「警察はウィトバーグ卿の馬車を調べて、血のしみがついている黒いマントを見つけたそうです。馬車の周囲にも血痕《けっこん》がついていたのだとか」

ジョゼフはびっくりして息子を見つめた。「ライオネルが？」

アリーはかぶりを振った。「まさか」

「ぼくだって信じられない。ウィトバーグ卿がそれほど狂気じみた行動に及ぶなんて。彼は動きがあまり敏捷《びんしょう》ではないし、御者も殺人現場の近くで彼を馬車に乗せたことはないと断言していたからね」

「ウィトバーグ卿は混乱していたわ、マーク。わけのわからないことをしゃべっていた。でも、わたしに危害を加えるつもりはなかったと思うの」アリーは主張した。

「彼はまだ病院にいる」マークが言った。彼は朝食に関心を示さず、心ここにあらずといった様子で続けた。「ぼくは出かけなくてはなりません。お父さん……」

「今日はこれといって用事がないから、わたしはアリーをおばさんたちのところへ連れていこうと思う」

アリーはうなずいたものの、心のなかではマークと一緒に行きたいと思っていた。なにか非常にまずい事態が進行しているのだ。一見、真実と思える情報をうのみにはしたくない。

「マーク、ひょっとして……もしかしたら警察がやったのかも……そんなことは考えられないかしら……?」

「警察がウィトバーグ卿の馬車に細工をして証拠を捏造《ねつぞう》したというのかい? それは考えられないね」マークは言った。「失礼。もう行かなくては」

ジョゼフ・ファロウがうなずいた。マークが席を立って部屋を出ようとしたところへ、ジーターが新聞を持って入ってきた。マークは立ちどまって新聞を受けとった。きっと彼はライオネル・ウィトバーグ卿の逮捕の記事に目を通しているのだわ、とアリーは思った。ところが驚いたことに、マークはじろりと彼女をにらんだ。悪意さえ感じさせるほど鋭い視線を注がれ、焼きつくされるような気がしたアリーは、思わず椅子の上で体を縮めた。

「匿名Aがまた新聞に投稿したようだ」マークの鋭い声はアリーを刺し貫くようだった。

「あとで話しあおう」

彼は新聞をテーブルの上へほうってすたすたと部屋を出ていった。アリーは新聞をとりあげたかったが、すでにファロウ卿が手をのばしていた。「匿名Aの文章はなかなかすぐれている。それにしてもマークのやつ、なぜ急に癇癪《かんしゃく》を起こしたのかな?」ファロウ卿はつぶやいた。「ウィトバーグ卿に関する記事はどこにも載っておらん」ありがたそうに言う。「匿名Aの論説にはほとほと感心させられるよ。犯行にはこれまで考えられていたのとまったく異なる動機があるのではないかと示唆している」

ファロウ卿は顔を伏せて新聞を読み進んだ。

アリーの食欲はすっかり失《う》せていた。「失礼して、わたしは出かける支度をします」彼女は小声で断って、逃げるようにテーブルを離れた。この家から逃げだせたらどんなにいいだろう。けれどもアリーは、とりわけ今日はファロウ卿が彼女を目の届かないところへ行かせないだろうと知っていた。

二階へあがったアリーは部屋のなかを歩きまわった。マークはまた激怒した。アリーは昨夜の親密な関係を思いだして心を痛めた。あの人はわたしを愛しているとささやいたのに……今朝は烈火のごとく怒った。わたしはなにも間違ったことをしていない、と自分に言い聞かせる。それどころか、彼がいなかったら、わたしはあのような論説を書きはしなかっただろう。

自分でも気づかないほど長く興奮して歩きまわっていたに違いない。ドアをノックする音がし、続いてファロウ卿の声が聞こえた。「アリー？　支度はできたかね？」

「ええ、もちろんです」

馬車でロンドンから森のコテージへ行くあいだ、アリーはできるだけあたり障りのない会話に終始しようとした。だが、その努力は必要のないことがわかった。ファロウ卿は深い物思いにふけっているようだった。最初の三十分が過ぎたころには、ふたりとも心地よい沈黙になじんだようだったので、彼女はほっとした。

やがて馬車がコテージへ着いたとき、ポーチにひとりの男が座ってナイフで木の棒を削っているのが見えたので、アリーはびっくりした。

男のほうでも馬車を見てびっくりしたらしく、立ちあがって馬車が近づいてくるのを見守っている。

「パトリック」ファロウ卿が呼びかけた。「おはよう」

アリーは男を見つめた。赤い髪をした背の高い男はアリーを見て顔を赤らめ、困惑した笑みを浮かべて手を差しだした。「パトリック・マキーヴァです、ミス・グレイソン」

「パトリックはマークの親友のひとりなのだ、アリー」

アリーは急に笑いだした。その男とは以前会ったことがあるのに気づいたのだ。「追いはぎのひとりかしら？」

パトリックは青ざめてファロウ卿を見た。

「大丈夫だ、パトリック」

赤毛の男は肩をすくめた。「前にお会いしました」彼はぼそぼそと言った。

アリーは肩をそびやかした。この男を責めたところで始まらない。「あなたはおばさんたちを守るためにここにいるのでしょう。どうもありがとう」

パトリックの緊張が解け、頬に赤みが戻って、顔にあたたかい笑みが浮かんだ。「こちらこそ光栄です。この任務にはわれわれ三人が交替で就いているのですが、最初は単なる義務感でやっていたところ、いつしか楽しみに変わりました。あなたのおばさんたちは一見お人よしですが、けっこう目ざといんです。すぐにぼくたちが何者で、なにをしているのか見抜きました。誓ってもいい、われわれ三人とも五、六キロは太ったんじゃないかな。今度の結婚式用に新しい立派なベストを作ってくれるそうです」

それに対してアリーが返事をする暇はなかった。馬車が到着した音を三姉妹が聞きつけたのだ。最初にコテージから出てきたヴァイオレットが両腕を大きく広げてアリーに抱きついてきた。続いてメリーが、さらにエディスが出てきて、その後ろから二匹のウルフハウンドが低い吠《ほ》え声をあげ、大きな尾を盛んに振りながら駆けてきた。

そのあと、当然ながらお茶にしようということになった。

しかし、アリーがおばたちと一緒にコテージへ入ったあとも、ファロウ卿はパトリックと外にとどまった。ふたりはきっと最新の情報を交換しあっているのだ、とアリーは思った。自分の身に起こったことを話しておばたちの喜びを台なしにしたくなかったので、昨日の出来事については黙っていることにした。三姉妹はアリーの花嫁衣装についておしゃべりし、それがどんなに美しいかを彼女に語って聞かせたあと、土曜の朝、身につける瞬間が来るまで見てはいけないと言い張った。

「本当ならもっと時間をかけて準備するところだけど、なにしろ急に決まったものだから」メリーがなんとなく悲しそうに頭を振って言った。

「でも、やっぱり豪華な衣装であることに変わりないわ」エディスが言った。

「とてもすばらしいものになるでしょう」ヴァイオレットが思慮深く言った。

アリーは笑って三人を抱きしめた。「あなたたちさえ出席してくれたら、それ以上わたしが望むことはなにもないわ」

「あら、でもスターリング卿にはいてもらわなくては。あなたを新郎に引き渡す役があるんですもの」メリーが目を大きく見開いて言った。

「もちろん後見人にも全員出席してもらいたいわ。だけどまじめな話、わたしにとっていちばん大切なのは……命にも代えがたいのはあなたたちよ」アリーが言う。

「まあ」メリーが鼻をぐずぐずさせ始めた。

「泣いてはだめ」ヴァイオレットは厳しい声でしかったものの、彼女もまたハンカチをとりだした。

　エディスがすすり泣きを漏らした。

「ああ、お願い、お願いよ」アリーは再びぎこちなく三人を抱きしめた。

「でも、わたしたち……あなたを失ってしまうんだわ」

「わたしを失うなんて絶対にないわ。絶対に」アリーは断言した。

　やかんが音をたて始めた。「紅茶をいれなくては」ヴァイオレットが気をとりなおして言った。

「そこのパン入れにスコーンが入っているわ」メリーがアリーに教えた。「やれやれ、これから二日間はきっとてんてこ舞いよ。明日はイーストエンドでレディ・マギーの催しがあって、土曜日にはカーライル城で結婚式があるんですもの。明日は催しが終わったらここへ戻ってくるのではなく、お城へ行って泊まるほうがいいわ。ファロウ卿がそれでかまわなければだけど。でも、それ以外にいい方法があるかしら?」

「わたしときたら、恥ずかしいったらないわ」アリーは言った。「明日のことをすっかり忘れていたの」

「まあ、アリー」ヴァイオレットが厳しい口調で言った。「ばかなことを言わないで。あなたは結婚式をあさってに控えているのよ。明日は行かないでおくべきだわ」

「いいえ、行かなくては。レディ・マギーの催しには毎年……ええ、思いだせる限り昔から出席してきたんですもの」アリーは言った。

「マークに相談しましょう」エディスが提案した。

「いいえ。だれにも相談する必要はないわ。わたしはレディ・マギーの催しに必ず出席することにしているの」

「でも、あなたの結婚式はその翌日なのよ」エディスが言った。

「だけど結婚式に出席する以外、わたしになにかすることがある？」アリーは言って笑った。「式の手配は一から十まで人任せで、わたしはぶらぶらしているだけなんですもの」

おばたちはどうしようかと迷って互いに目を見交わした。

「じゃあ……」ヴァイオレットが言うと、ほかのふたりがその言葉を繰り返した。

「それで決まりね」アリーはきっぱりと三人に告げた。

「明日はたぶんファロウ卿が、わたしたちの用意した食べ物をイーストエンドへ運んでくださるんじゃないかしら」メリーがささやいた。

「きっといつものようにスターリング卿が明日の朝、馬車をここへよこしてくださるわ」エディスがメリーに思いださせた。

そのときになって突然、アリーはキッチンの隅に積まれた箱や容器に気づいた。おばたちが明日に向けてせっせと食べ物をこしらえたのだ。イーストエンドの貧しい人々には食事だけでなく、おいしいお菓子も振る舞われるだろう。アリーは急に笑い声をあげ、またもや三人をひとりひとり抱きしめた。「あなたたちがわたしを失うことは絶対にないわ」彼女は約束した。「わたしほど幸せだった子はどこにもいないでしょう」

彼女はメリーがまた鼻をぐずぐずさせるのを聞いて身を引いた。

「お茶にしましょう。バートラムにもなかへ入ってもらわなくては。こちらから声をかけないと、あの人はいつまでも御者台で本を読みふけって、食事をするのも忘れてしまうの」アリーは言った。

ヴァイオレットが腰に両手をあてて言った。「わたしが呼びに行ってくるわ」

アリーはほほえんだ。

バートラムに勝ち目はなかった。

イアン・ダグラスのオフィスに入って椅子に腰をおろしたときも、マークの怒りはまだおさまっていなかった。思いだすたびにする歯ぎしりの音は、ロンドンじゅうに聞こえるのではないかと思えたほどだ。イアンは机の上に新聞を広げて読んでいた。

どうやったらアリーに、みずから危険を招くことをしているのだと理解させることができるだろうか？

「なかなかよく書けている」イアンが新聞から目をあげて言った。「ただし、もちろんわれわれは、残念なことではあるが、今ではライオネル・ウィトバーグ卿が殺人犯だったと知っている。気の毒に。彼はどこかで正気を失ったのに違いない」

マークは自分の怒りがどこから来ているのだろうかと首をひねった。ぼくがアリーの論説に対して腹を立てているのは、ひとつにはアリーの出した結論が、ぼくの心にずっと引っかかっていた仮説と同じだからではないのか。〝われわれ全員が、木を見て森を見ていなかったとしたら？〟

「きみは病院でウィトバーグ卿と話をしたのだろう？」マークはきいた。

「もちろんだ。彼はなにもかも否定したよ」

「彼は本当のことをしゃべっているんじゃないかな」

「マーク、われわれは証拠を見つけたんだ」

マークは首を横に振ってきっぱりと否定した。「先日、ぼくはウィトバーグ卿の馬車をとめて調べたが、マントに血痕はついていなかった。証拠の品はそのあとで何者かが馬車のなかに置いたんだ」

イアンの表情がこわばった。「マーク、われわれ警察はすべての犯罪を解決できるわけではないが、それでもぼくは部下たちに全幅の信頼を寄せているよ」

「ぼくはきみの部下たちがけしからん工作をしたとほのめかしているのではない」

「だったら、なにを……」

「きみもすでに知ってのとおり、昨日、ぼくとウィトバーグ卿とのあいだでちょっとしたいざこざがあった。そのとき大勢の人間が集まって、道路は大混雑になった」

「だからといって、だれが証拠の品を持っていたにせよ、そいつはウィトバーグ卿の馬車がそこに来ることをどうやって知ったんだ?」イアンがきいた。

マークは立ちあがった。「ウィトバーグ卿に会う必要がある」

イアンはやれやれと頭を振った。「マーク、きみは彼が犯人でないことを願っているからそんなことを言うのだろう」

「違う。ぼくは彼が犯人だとは信じられないんだ。とにかく彼と話をしなくては」

「わかった、いいとも」イアンはため息まじりに言った。「ぼくも一緒に行ったほうがいいかな?」

「ああ、頼む。きみにも彼の話を聞いてもらったほうがいい。それと、もうひとつ頼みたいことがある。きみの部下たちに銀行の記録を調べさせてくれないか」

「銀行の記録を?」イアンが問い返した。

マークは新聞をたたいた。「きみはこの論説をなかなかよく書けていると言ったな。ここに書かれているのは、われわれが大がかりな陰謀として捜査しているこの事件の真の動機は、もっと個人的なものではないかということだ。三人の男が殺されたことによって利益を得たのはだれなのかを調べよう。家政婦の話から、エレノア・ブランドンが夫のジャイルズを敬愛していたらしいことはわかっている。だが、夫は彼女をぞんざいに扱っていた。ジャック・プラインとその妻エリザベスの仲についてはわかっていない」

「ハドソン・ポーターは結婚していなかった」イアンが言った。「きみはいったいなにを考えているんだ？　女たちが共謀して夫を殺したとでも考えているのか？」

「ほかにだれかがかかわっていたのだろう。おそらく反王制主義者の大義を掲げたいと望んだだれかが。しかしぼくが思うに、三人の死によって金銭的に得をしたのはだれなのかを突きとめるのが、事件解明に役立つんじゃないかな」

「ジャイルズ・ブランドンの金はもともと妻のエレノアのものだった」

「彼女は金をとり戻したかったのかもしれない。もしかしたらぼくの考え違いかもしれないが、ウィトバーグ卿を縛り首にする前に、あらゆる線を洗って、これが真実だと確信を持てるようにしたいんだ」

その日の午後はとても気持ちがよくて、アリーは気が高ぶっていたにもかかわらず大いに楽しく過ごした。

　彼女がお茶の後片づけをしているとき、ファロウ卿に借りた二匹のウルフハウンドのうち、大きいほうのシルヴェスターがドアに飛びかかった。

「どうしたの？」アリーはきいた。「トイレに行きたいの？」

　彼女はシルヴェスターにドアを開けてやって自分も外へ出た。犬は吠えだし、やがて一本の小道へ駆けていって、その奥へ姿を消した。アリーは犬のあとを追いかけたが、前方の林のなかでかさこそという音がしたような気がして立ちどまった。

「シルヴェスター！」彼女は呼んだ。

　犬は戻ってこなかった。

「シルヴェスター！」彼女はもう一度呼んだ。

　そのときには雌のウルフハウンドがコテージから出てきていたし、ファロウ卿もアリーのかたわらへやってきた。彼は緊張した面持ちでコテージを振り返った。「パトリック！」

　すぐにパトリックが現れた。

「武器を持っているか？」ファロウ卿が尋ねた。

　パトリックはうなずき、上着の裾《すそ》をまくりあげて拳銃《けんじゅう》を示した。それを見てファロウ卿がうなずき、ふたりは雌のウルフハウンド、ミリセントを先頭に小道をたどっていった。

　アリーも彼らのあとについていこうとした。

「コテージへ戻りなさい」ファロウ卿が彼女に命じた。

「でも……」

「いいからバートラムやおばさんたちのそばにいなさい」ファロウ卿が厳しい声で命じた。アリーは体をこわばらせてそこに立ち、彼らの後ろ姿を見送った。突然、彼女はすぐ近くに人の気配を感じて飛びあがりそうになった。振り返ると、バートラムだった。

「お嬢さん……コテージのなかにいたほうがいいですよ。なんでもないのかもしれないけれど、万が一の場合を考えて……」

アリーはため息をついてコテージへ引き返した。おばたちはなにも気づかずにお茶の後片づけをしている。「そこのジャムの瓶をとってちょうだい」メリーが頼んだ。

「ええ、いいわ」アリーは応じた。キッチンで手伝っているあいだも、彼女は緊張して耳をそばだてていた。

しばらくしてドアが開き、二匹のウルフハウンドがコテージへ駆けこんできて、勢いあまって椅子を倒した。そのあとからファロウ卿とパトリックが気楽そうに話をしながら入ってきた。

アリーはファロウ卿を見つめた。

「紅茶をもう一杯いただきたいのだが、まだ残っているかね、ヴァイオレット?」彼は言った。

アリーはじれったさのあまり、きっとファロウ卿をにらみ、続いてパトリックを見たが、パトリックは肩をすくめただけだった。どうやら待つしかないとあきらめて、彼女はため息をついた。

ウィトバーグ卿はたった一日で何十歳も年をとったように見えた。

マークにはその理由が容易に理解できた。ウィトバーグ卿が入れられているのは精神に異常を来した犯罪者が収容される施設だった。

建物のなかには悪臭が満ちていた。ウィトバーグ卿は個室をあてがわれていたものの鉄格子つきで、正気を失った者たちのぞっとする叫び声がはっきりと聞こえてくる。

マークがベッド脇《わき》に腰をおろすと、ウィトバーグ卿が落ちくぼんだ目を開けてマークを見た。ウィトバーグ卿は無理にほほえもうとさえした。

「マークか」

「ウィトバーグ卿」

この老人は自分が今どこにいるのか理解できないわけではないのだ、とマークは思った。ウィトバーグ卿が頭を振ってこう言ったからだ。「やれやれ、こんなところへ入れられるとは、わたしも落ちぶれたものだ」

「ウィトバーグ卿……」

「わたしはだれも殺してはおらんよ、マーク」

「ええ、わかっています」

年輩の男はマークの手をとってぎゅっと握りしめた。「きみを信じている」力のない声でささやく。「いずれ、わたしにはすぐれた弁護団が必要になるだろう」

「ウィトバーグ卿……」

「あれらの証拠物件は、何者かがわたしの馬車のなかへ置いたのだ」彼の声は相変わらず弱々しかったものの、怒りがこもっていた。

「だれが置いたんです?」戸口に立っていたイアンがこらえきれずに尋ねた。

マークはベッドの上へ身をかがめた。「閣下、あなたが博物館の近くでアリーを捜すことを、前もって知っていた人間がいるのですか?」

ウィトバーグ卿は答えなかった。彼の目が閉じた。マークは彼がうとうとし始めたのだろうと思った。

「わたしは新聞社の人間を見かけた。彼は通りにいた」不意にウィトバーグ卿が言った。

「新聞社の人間って、だれです?」マークは尋ねた。

「グリア。セイン・グリア」

「ほかには?」マークは重ねて尋ねた。

ウィトバーグ卿は大きく息を吐いた。「その前にわたしはクラブにいた」

「それで？」

「ドイルと話をしていた。作家のアーサー・コナン・ドイルだ。気の毒に、彼の細君は非常に病状が悪いらしい」

「クラブにはほかにだれがいました？」マークは尋ねた。

「ああ……いつもと同じ客だ。途中でサー・アンガス・カニンガムが入ってきたが、彼がそのクラブに顔を見せるのは珍しい。だが、サー・アンドルー・ハリントンにお茶に招かれて来たということだった……近ごろはいろいろなことが起こっているからな」

「ほかにはだれが？」

「いつもと同じだよ」再びウィトバーグ卿は目をつぶり、にやりとした。「しかし、女はひとりもいなかった。男どもは……女が進出するようになって世の中が変わったと話していた。だが、そのクラブはいまだに男の聖域だ！　女は入れんことになっておる」

「ウィトバーグ卿、ほかに思いつくことはありませんか？　あなたはアリーと話をするのだと心に決めていましたね。なぜです？」

彼の目がぱっと開いた。「彼女は知っておく必要がある。自分の身を守るためにも」

「彼女はぼくが守ります」マークは断言した。

ウィトバーグ卿の目がまた閉じた。

「ウィトバーグ卿？」マークは呼びかけた。

返事はなかった。ウィトバーグ卿の目は閉じたままだった。

彼らをここへ案内した看護助手がマークの肩をそっとたたいた。「鎮静剤を与えてあるので、数時間は目を覚まさないでしょう」

マークはうなずいて立ちあがり、イアンと一緒に部屋をあとにした。

「で……どうなんだ？　アーサー・コナン・ドイルは小説を書く前に実際に体験してみることにし、殺人を犯して証拠品を馬車のなかに置いたのか？」イアンがうんざりしたように尋ねた。

「おもしろいよ、イアン、実におもしろい」

「これときみの前の説とどういう関係があるんだ？　ほら、頭のおかしい家政婦たちによる犯行説だよ」イアンがきいた。

「女はひとりもいなかったと彼は言った。その事実が話題にあがったのは興味深いことだと思うよ」マークは言った。

「セイン・グリアのやつ、なにかが起こるたびに決まってその場に居合わせるとくる」イアンが感想を述べた。

「彼は新聞記者だ。常に耳をそばだてていて、ニュースになりそうなことが起こったら駆けつけるのが仕事なのさ」マークは考えながら言った。

「残念ながら、われわれはまだなにもつかんじゃいない」イアンが言った。「ウィトバーグ卿を救ってやれることはなにも」

「さっき話した銀行の記録を入手してくれ。それと殺された男たちの遺書も」マークがイアンに頼んだ。

通りへ出たところでマークは立ちどまった。

「イアン、ぼくはもう一度エレノア・ブランドンを訪問するべきだと思う」

「彼女は夫に死なれて打ちのめされていたぞ、マーク」

「今も打ちのめされているか見に行こう」

イアンは深々とため息をついた。「わかった」


エレノア・ブランドンも家政婦のハッティも、再び訪ねてきたマークたちを喜んで迎えはしなかった。

紅茶も出なかった。それどころかハッティは、ふたりを家のなかへ入れることにあからさまな嫌悪感を示した。イアンが言い張ってなかへ入れさせたのだ。

エレノアは客間でふたりに会った。彼女は喪服を上品に着こなしていた。前に会ったときよりもはるかに落ち着いた態度をしている。

「なぜまたいらしたの？　あなた方はわたしの夫の殺害犯を探しているべきなのに」エレノアの口調は敵意に満ちていた。

イアンがマークを見た。

「エレノア、ぼくらはずっと心配していたんだ。きみがどうしているか見に来ないではいられなかった。なにか困っていることはないか？　金銭的なことでもなんでもいいよ」マークは言った。

「いいえ。わたしの助けになりたいと思って来たのなら……すぐに帰ってちょうだい。今のわたしに必要なのは自分の家での平穏な暮らしなの」

「もちろんだ、もちろんだとも」マークは同意した。「じゃあ、ぼくらは帰るとしよう」

イアンが彼をまじまじと見た。マークは肩をすくめた。

家を出ると、イアンはまるで頭のたががはずれてしまった人間を見るような目つきでマークを見た。「あんなことのためにわざわざここへ来たのか？」

「スターリング卿がアリーのために催したパーティにエレノアが飛びこんできて、狂ったように泣き叫んだことがあっただろう。あれは彼女にとって一世一代の大芝居だったに違いない」

「どうしてきみにそんなことがわかるんだ？」

「わかりはしない。そう思うだけだ。こうなったらエレノアの妹と話をしなくては」

イアンはまたため息をついた。「アリバイの裏づけはとれているんだぞ、マーク」

「もっと欲しい」

「長い道のりだ」

「いいさ、ゆっくり行こうじゃないか」


コテージを去る間際、ファロウ卿とパトリックが相談していた。アリーはパトリックがファロウ卿に、まもなくトマスが来て、そのすぐあとジェフも来るので、マークには心配しないように伝えてほしい、われわれ三人のうち必ずだれかがコテージを見張っていて、絶対に三姉妹だけにはしないと話すのを聞いた。

アリーはパトリックが追いはぎのひとりであることを知っていたので、トマスとジェフも馬車を襲った四人組の構成員に違いないと確信した。おばたちと抱きあって別れの挨拶《あいさつ》をしたあと、彼女はパトリックのところへ行って心から礼を述べた。彼は男らしい態度でアリーに、こちらこそ役に立つことができて光栄だと言った。


馬車のなかでファロウ卿とふたりきりになったとき、アリーは尋ねた。「あの、森のなかでなにか見つけました？」

「なにも……しかしある事実を」

「ファロウ卿！」

「だれかがいたのは、まず間違いなかろう。だが、すでにやつらは道路へ出て姿を消したあとだった。残念ながらわれわれは遅すぎたようだ。しかし、犬どもが自分に与えられた任務をわきまえていることが確認できて安心したよ。それに、これからはきみのおばさんたちを絶えずふたりの男が見張っていることになる」

「感謝します」アリーはささやいた。

ファロウ卿は頭を振り、不意に顔をほころばせた。「このような世の中ではなかなか気づかれることがないが、いつだって慎み深い人たちはいるものだ。正しいことをしても感謝など期待しない人たちが」

「でも、やっぱり感謝せずにはいられません」

狩猟ロッジに着いたあと、アリーはファロウ卿が料理を得意としていることを知って驚いた。彼女が手伝いを申しでると、彼は喜んで応じた。翌朝はまた早く馬車で出かけなければならないので、バートラムには厩舎《きゅうしゃ》で馬の世話をしてもらうことにした。ファロウ卿がオーブンへミートパイを入れながら、軍隊にいるときに料理を習ったのだと説明した。

ふたりきりで夕食をとっているとき、ファロウ卿が今夜は早く休むようにと、アリーに言った。彼女は疲れていたので、喜んで言われたとおりにした。だが、部屋へ引きあげてベッドへ入ったものの、いつまでも眠れなかった。

彼女は待った。

エレノア・ブランドンの妹のマリアン・ヨークの家へ着いたのは夕方だった。やせて不器量な未婚のミス・ヨークはマークとイアンを鼻であしらい、先日、ロンドン警視庁から別の刑事が話を聞きに来たとつっけんどんな口調で言った。

「あなた方の気に入る話をしてあげられたらいいんですけど」彼女は木で鼻をくくったような言い方をした。「エレノアはここへ来ました。わたしが招いたんじゃありませんよ。だけど姉だし、来たものを追い返すわけにいきませんものね。ジャイルズ・ブランドンと結婚するとき、考えなおしたほうがいいと忠告してやったのに。それにしても、いくら書く仕事があるからとはいえ、妻を家から追いだすなんて」

「興味深いね。きみたち姉妹は……仲がよくないんだ」マークは愉快そうに言った。「ロンドンにはいいホテルがいくらでもあるのだから、彼女はそっちへ泊まることだってできただろうに」

「いくらかかると思うんです?」マリアンはあざけった。

イアンが咳払《せきばら》いをした。彼は立派な家具のそろっている客間をぐるりと見まわして言った。「ぶしつけなことを言うのは気が引けるが……見たところ、きみたち姉妹はお父さんから相当な財産を譲り受けたようだ」

マリアンがふふんとせせら笑った。「わたしがお金を持っているのは事実です。姉のエレノアは愚かにも結婚したときに財産を全部ジャイルズ・ブランドンの名義にしました。ばかなことをしたものだと、さんざん言ってやったんですよ。そしたら彼女、わたしを干上がったオールドミスだなんて。でも、わたしはひとりで幸せに暮らしています。そこへいくと姉の生活はみじめなものでした。あら、姉が夫の才能に敬服しきっていたなどと言わないでくださいね。姉は心に怒りを抱えていました。夫に家を追いだされてわたしの厄介にならなければならなくなったときは、それこそ情けなかったに違いありません。それでも姉はわたしに泊めてもらえることを知っていたんです」

「そうか、どうもありがとう。いろいろと話を聞くことができて参考になったよ」マークは言った。

時刻は遅かった。表通りへ出てからのふたりの行き先は反対方向だった。マークはギャロウェイの背にまたがり、イアンを見て言った。

「きみはどう考えているのか知らないが、ぼくは捜査をもっと掘りさげる必要があると思うんだ。明日はエリザベス・ハリントン・プラインを訪ねてみよう」

イアンはその日いちばんのため息をついた。「気の毒に、サー・アンドルーはいとこが警察の尋問を受けたと知ったら大いに心を痛めるだろうな」彼は頭を振って言った。「気の毒に、ウィトバーグ卿は縛り首になるかもしれないんだ」マークは切り返した。

イアンはうなずいた。「きみに頼まれた銀行の記録を明日までに入手しておくよ。それと、いいとも、エリザベスを訪問してくれ」

森のコテージへ出かけた父親は、市内の邸宅ではなくて狩猟ロッジへ帰っただろう。そう考えたマークは、疲れた体でギャロウェイにまたがり、狩猟ロッジへ向かった。

近くまで来ると、ひづめの音を聞きつけたマルコムとカーラが飛びだしてきた。バートラムが馬を預かろうと厩舎から出てきたので、疲れていたマークはバートラムに礼を言って馬を引き渡し、家のなかへ入った。

時刻は遅く、ロッジは静まり返っていた。父親もアリーもうベッドに入ったのだろう。マークは自分の部屋へ歩きかけてためらい、向きを変えて廊下を静かにアリーの部屋へ歩いていった。彼女は眠っていた。マークはしばらくベッド脇に立ってアリーを見おろしていたあと、彼女のかたわらに横たわった。彼女の寝息は安らかだった。

マークは腕のなかへ彼女を抱き寄せてそのまま抱いていた。


アリーが目覚めたときはひとりだったが、それでも……。

彼女はマークがいたというたしかな印象を抱いた。ベッドの様子をつくづくと見た彼女は、自分のとは別の枕《まくら》のくぼみに気づいた。彼女はほほえみ、やがてその笑顔をしかめ面に変えた。

わたしが新聞に投稿した文章を見て、なぜあの人はあれほど腹を立てたのかしら。彼だって説明すべきことはいっぱいあるじゃないの。たとえばおととい の晩、ライオネル・ウイトバーグ卿がわたしに言った言葉の裏に隠された真実を、あの人は探りあてたはずなのに、わたしに教えようとはしなかった。

そのことを、朝食の席でマークに尋ねたかった。

ところが、服を着替えて朝食のテーブルへ行き、コーヒーを飲んでいるファロウ卿を見つけてがっかりした。「残念ながらマークはもう出かけたよ」彼は言った。

「そうですか」

ファロウ卿はアリーの手に手を重ねた。「重要な用件なのだろう。さもなければ、きみを置いて出かけはしない」

「それはそうでしょう」アリーはささやいたあとで、声にこもった皮肉に彼が気づかなければいいがと願った。

「きみさえ支度が整えば、わたしはいつでも出かけられるよ」

「コーヒーを一杯いただいたら、わたしもすぐに出かけられます」彼女は応じた。

狩猟ロッジからイーストエンドまではかなりの距離があったけれど、着いたときはまだかなり早かった。教会の敷地内には食事を提供するブースがいくつも設けられ、催しのための椅子が並べられていた。

伝統とかけ離れたこのような活動をしているために、マギーがさまざまな方面から激しい非難を浴びせられていることを、アリーは知っていた。

マギーは売春婦たちと病気について語りあったりコンドームを配ったりしている。おもしろおかしく話をするのが得意の彼女は、売春婦たちに向かって、何千年も昔の古代エジプト人たちは、理由を理解することさえできなかったのに、リンネルや動物の臓器から作られたコンドームが病気を防ぐことを知っていたと話して聞かせた。女のたしなみよりも健康を守ることのほうがはるかに重要だと熱っぽく語るマギーを、いつもアリーは愉快な目で見ていた。マギーは生まれながらの貴婦人であるにもかかわらず、病気のこととなるとたががはずれたようにしゃべりまくる。

怒りの手紙が来ても、マギーは無視した。彼女は非難を浴びせる人々に向かって、ほうっておけばイーストエンドの飢えに苦しむ人々が増える一方だし、そうなれば社会にとっても問題になると熱心に説いた。なにしろ彼女はレディ・マギーなので説得力があった。

アリーは子供の部門を受け持った。ロンドンの富裕階層からあらゆる種類の品物が寄付され、それらをもらいに貧しい家庭の主婦や、父親のわからない子を育てている売春婦たちが彼女のところへやってきた。おむつや子供用の靴、毛布、流行遅れになった去年の帽子や靴を含む衣類が、それらを必要としている人々に配られた。アリーはまた、石鹸《せっけん》とタオルと大きめのブリキ製たらいを用意し、若者にたらいの水を頻繁に換えさせて、汚れきった子供はまず体を洗ってから新しい服を着せた。

立ったまま四時間ぶっ続けに働いたところへメリーが来て、ひと休みするよう言ってくれたときは、内心うれしかった。

「でも、あなただって働きづめじゃない」アリーは反論した。

「あら、違うわ。ついさっきレディ・マギーや牧師様と紅茶をいただいたところなの。あのふたりはすぐにまた仕事に戻ったわ。牧師様ときたら、レディ・マギーを心から敬愛しているみたい。そこの角を曲がったところに日よけを設置した小さな庭があるから、そこへ行けばきっとだれかが紅茶を出してくれるでしょう」

ほんのしばらくでも腰をおろせるのがうれしかったので、アリーは手を洗ってエプロンでふき、庭のほうへ歩きだした。庭へ入った彼女は、セイン・グリアがマギーにインタビューしているのを見て立ちどまった。ふたりともアリーに気づいて話を中断し、彼女に手を振った。アリーは手を振り返してテーブルへ急いだ。

彼女が腰をおろすのと同時に、セインがやってきて椅子に座った。

「こんにちは。忙しそうだね」

「いつものことよ」アリーは応じた。

「昨日の新聞に載った論説はきみが書いたのだろう?」セインがぶっきらぼうにきいた。

アリーは不意をつかれて息をのんだ。

セインが片手をあげた。「答えなくてもいい。きみの行動から、ぼくはたまたま答えを知ったんだ。だけど心配はいらない。ぼくの口からきみの秘密がばれることは絶対にないから」

「なんて言ったらいいのかしら」

彼はにっこりした。「ぼくは礼を言いに来たんだ」

「なんの？」

「きみのおかげでなにかをつかめた気がする」

「あら？」

「ぼくはひそかに調査を開始したところでね」

セインはハンサムで、第一印象よりも若そうだし、本心からアリーに感謝しているようだったので、彼女はほほえんでうなずき、先を促した。

「いいかい」セインは周囲を見まわし、声をひそめて続けた。「ジャイルズ・ブランドンとエレノアの夫婦仲はちっともよくなかったんだ。みんなの前では、エレノアは夫を尊敬しているふりをし、夫が家でいろいろな会合を催すのを許していた。そうせざるを得なかったのさ。結婚したとき、エレノアは全財産を夫の名義にした。夫が死んだ今、彼女はすべてをとり返したってわけだ」

「だけど、それでなにが証明されるっていうの？」アリーは尋ねた。

「なにも証明されはしない。しかし、貪欲《どんよく》は殺人の動機として真っ先にあげられるものだ。歴史を通じて金目当ての殺人がいちばん多かった。エリザベス・プラインはといえば、ジャック・プラインと結婚するまで財産がなかった」

「エリザベスは夫の財産を相続したのでしょう?」アリーが言った。

セインはうなずいた。「そのとおり」

「でも、ハドソン・ポーターは結婚していなかったわ」アリーが指摘した。

セインはにやりとした。「ふふん! その点について、ぼくは大発見をしたよ」

「彼は結婚していたの?」

セインは首を横に振った。「いいや。もっとも、彼には今アメリカからこちらへ向かっている親戚《しんせき》がいるけれど。そうじゃなくて、なんだと思う?」

「教えてよ!」

「家政婦に大変な額の金が残されたんだ」セインは椅子の背にもたれ、自慢げな笑みを浮かべてアリーを見た。

「それでもやっぱり、なにかが証明されたことにはならないわ」

彼の笑みがわずかに薄らいだ。「そりゃそうだけど、今あげた三人の女性がそろいもそろってかなりの財産を相続したんだよ。きみは疑わしいと思わないのか?」

アリーはうなずいた。「でも……」

「三人の女性は互いに知り合いで、そのうちのふたりは仲がよかった。そして三人とも男を消したい理由があった」

「そうだとしても、彼女たちにジャイルズ・ブランドンみたいな男の人を殺す力があったとはとうてい思えない。それに、三人が共謀した証拠はなにもないのでしょう？　多くの人は互いに知り合いだけど、人殺しの共謀なんてしないわ」

「ぼくたちでその三人が共謀した証拠を見つけようよ」

「ぼくたち？」

「きみのおかげで、ぼくは調査を開始したんだよ」

「そうかもしれないけど、わたしには報道記者になって動きまわる自由などまったくないのよ」アリーはきっぱり言った。

　セインがにやりと彼女に笑いかけた。「勝手なことをして悪いとは思ったけど、先ほどレディ・スターリングに古い新聞記事の入った封筒を預けて、きみに渡すよう頼んでおいた。正直なところ、ぼくはウィトバーグ卿が殺人犯だとはこれっぽっちも信じていない。ただし、あとで暇があったら読んでほしいが、ぼくはウィトバーグ卿のきみへの奇妙な襲撃と、それに続く逮捕劇、さらには彼の馬車から有罪証拠となる品が見つかったことを詳しく書いて記事にしたよ」

「わたしも彼が殺人犯だなんて信じていないわ。あの人はわたしに話をしたかっただけ。わたしたちは、あるいはほかのだれでもいいけれど、なんとしても真実を見つけなくては。彼が人殺しの罪で有罪を宣告されたら、わたしにも責任があるわ」

「きみに責任はないよ。悪いのは人殺しをしている連中だ」セインの口調はまじめそのものだった。

アリーはほほえんだ。「このところ、街頭での抗議デモについてなにも耳にしないわね。ほら、村で見たような抗議デモのことよ」

「人々の興奮は鎮まっているようだ」セインが同意した。「ただし、それも次の事件までだろう。次にまた事件が起こったら」

アリーは彼をまじまじと見つめた。「さっきの話だけど、とても信じられない。何人かの女性が夫を亡き者にしたがったからって、それに国じゅうが振りまわされるなんて」

「まったくだ、考えただけでぞっとするよ」セインは同意したあとで言った。「じゃあ、いよいよ明日だね」

「ええ」

彼は頭を振って賛嘆の意を表した。「明日は花嫁になるというのに、汚れきった子供たちの世話をしたり、親しい友人が売春婦を啓発するのを手伝ったりしているんだね」

「ほかになにをしていればいいっていうの？」アリーは肩をすくめて問い返した。

「新婚旅行には行くの？」

「わたしは今、取材を受けているのかしら？」アリーはきいた。

「うん、そう考えてもらっていいよ」

「たぶんすぐには行かないと思う。きっといつか行くでしょうけど」

「花婿はどこにいるの？」セインがきいた。「ばかな質問だったね。ぼくでさえ花婿の居場所くらい知っているのに」

アリーは顔をしかめた。「知っているの？」

「もちろんさ。彼はよくダグラス刑事の捜査に協力しているんだ」セインはアリーを見つめた。「数カ月前のシェフィールドの殺人犯逮捕には彼の協力が欠かせなかったんだよ。知らなかったのかい？」

「うっかり忘れていたわ」アリーはそっけなくつぶやいた。

「そうか。今から覚悟しておくんだね。きみの未来のだんなさんに普通の夫を期待したらだめだよ」

「それを言うなら、彼だってわたしに普通の妻を期待してもらっては困るわ。残念だけどそろそろ仕事に戻らなくては。セイン、ここであなたに会えてよかった。明日、またお会いしましょう」

「必ず出席するよ。それと、きみ宛《あて》の封筒を忘れないでくれ。なかに入っている記事をじっくり読んでほしい。きみはきっと忙しいだろうが、それでも暇を見つけて……」

「暇を見つけて必ず読むわ、約束する」アリーは請けあった。

少し休憩するつもりが、セインのおかげでずいぶん長引いた。アリーは彼の話に考えをめぐらせながら持ち場へ戻った。

喪服を着ていても品のあるエリザベス・プラインはマークに礼儀正しく挨拶したあと、眉をひそめて続けた。「いらっしゃい。夫のことでまたいらしたのかしら？　もちろん、そうよね。あなたは夫に死なれたばかりの女を儀礼訪問するような悪趣味の持ち主ではありませんもの」

「エリザベス、ぼくらにはきみの協力が必要なんだ」マークは言った。「入ってもいいかな？」

彼女はわずかにためらいを見せた。「もちろんよ」

「エリザベス、ぼくはきみやジャックが推進していた政治運動にかかわりのあるだれかが、今回の一連の殺人事件を起こしていると思うんだ」

「マーク」エリザベスは上品さをかなぐり捨てて言った。「あなたはただそう信じたがっているだけよ」

「この家の鍵《かぎ》をどうやって他人が手に入れたのだろう？」

「きっとうちの家政婦がずぼらだったんだわ」

「エレノア・ブランドンの家政婦は全然ずぼらには見えなかったな」

「その点、エレノア・ブランドンは運がよかったのね」

「ぼくが見たところ、これらの殺人事件にはつながりがある。男たちはみな同じ殺され方をした」

「彼らはみな反王制主義者だったわ。だったら、なぜ反王制主義者のなかに犯人を探そうとするのよ！」

「エリザベス、犯人はきみのご主人と知り合いだったんだ」

彼女はため息をついた。「マーク、お役に立てればいいんだけど」

「きみとジャックの……こんな質問をするのは気が引けるが、きみとジャックの結婚生活に問題はなかったかい？」

「マーク・ファロウ！」

「きいておかなきゃならないんだ、エリザベス」

「どうやら」エリザベスの口調は険しかった。「警察はライオネル・ウィトバーグ卿が殺人犯だと突きとめたらしいじゃない。そうよ、あの人は王室の支持者ですもの」彼女は憤慨して続けた。「犯人がわかったのに、わざわざあなたがここへいらしたのは、わたしをいじめるためでしょう。ウィトバーグ卿も昔は立派な人だったかもしれないけれど、すっかり頭がおかしくなってしまった。マーク、お願い、わたしはもううんざりしているの」

マークはためらった。「これは本当の話かい、エリザベス？」彼はやんわりと尋ねた。

「噂《うわさ》によれば……きみはだれかと会っていたというじゃないか」

彼女は息をのみ、怒りもあらわに立ちあがった。

だが、立ちあがり方が遅すぎたようにマークには思えた。「よくもそんなひどいことを！」

「ぼくがこんなことを言うのは、なんとしてでも殺人犯を見つけたいからだ」

「帰ってちょうだい、マーク。もう二度と来ないで。あなたがどれほど身分の高い人であろうと関係ないわ」

「お邪魔したね、エリザベス」マークは言って、彼女がついてくるのを意識しながら玄関へ向かった。「ところで、今日はきみの家政婦はどこにいるんだい？」

「出ていったわ。知りたければ教えてあげる。ジャックが死んだあと、やめてもらったの。さあ、早く帰って！」

「最後にあとひとつだけ。きみが男と一緒にいたという目撃情報があるんだ」

嘘だった。しかし、図星だった。エリザベスは必死に気品ある態度を保とうとしたが、顔からさっと血の気が引いたのをマークは見逃さなかった。

彼女はマークの顔の前でドアを音高く閉めた。

彼女の情夫が家のなかにいるのかどうかは、マークにもわからなかった。

だが、殺人事件の直後に家政婦が解雇されたことはわかった。それに、この前マークがこの家を訪れたとき、エリザベス・プラインが情夫を屋敷のなかにかくまっていたことも、ほぼ確信できた。

というわけだ。

マークが直感に従ってやみくもに剣を突きだしたら、運よく相手の急所に突き刺さった

それが成功したいちばんの原因がアリーの論説にあることを、マークは認めざるを得なかった。夫と妻のあいだに繰り広げられる愛憎劇。今にも切れそうな細い絆《きずな》……。夫や妻が伴侶《はんりょ》を亡き者にしたがるいちばんの理由は金だ。犯罪の動機のなかで最も古いもののひとつといえる。

愛や憎しみが原因で伴侶を殺害する者もいる。ほかの相手と一緒になる自由を得るために殺すのだ。

マークは向きを変えてエリザベスの家から歩み去った。彼はイアンを説き伏せて警官に彼女の家を見張らせるつもりだった。できるだけ早く手を打たなければならない。

今日はそれ以外にも明らかになったことがあった。

エリザベス・プラインは荷造りを始めている。この前の訪問時に家を飾っていたさまざまな装飾品が、今日はなかった。

彼女は高飛びをたくらんでいる。

15

アリーはイーストエンドからおばたちと一緒にまっすぐカーライル城へ行くことになっていたのをすっかり忘れていた。大変だったけれど実り多い一日が終わり、アリーはカミールやおばたちとスターリング卿《きょう》夫妻の馬車に乗って帰途に就いた。ブライアン・スターリングは馬に乗って馬車のあとをついてきた。

馬車のなかはおしゃべりでにぎやかだった。今日のようなすばらしい慈善事業に備えてスターリング卿夫妻やサー・ハンターとレディ・キャットのマクドナルド夫妻が資金を用意しておいたことが、老いた三姉妹には格別うれしかったようだ。カミールは愉快そうに彼女たちに向かって、昔は儀式として王室の子供たちが教会で貧乏人や病人の足を洗ったものだと話した。そういう試練は過去の遺物にしておきましょう、とメリーが言った。彼女は今日、何人もの足の悪臭をかいだのだ。

興奮していたにもかかわらず、城の近くへ来たころには、メリーとエディスはヴァイオレットの肩に両側からもたれて舟をこいでいた。カミールの隣に座っていたアリーもうとうとし始めた。城へ着くと、彼女は疲れた体に鞭打《むちう》って最初に馬車をおり、おばたちがおりるのを手伝った。カミールが最後におりてきて、アリーに大きな封筒を手渡した。

「これをあなたに渡すようセイン・グリアに頼まれたの」カミールは言った。

「なにが入っているの？」ヴァイオレットがアリーに尋ねた。

「あら、ただの古い新聞記事よ。わたしが新聞を読むのが好きだと話したら、彼が親切にもわたしが関心を持ちそうな記事を捜しだしてくれたの」

「本当に親切だこと」エディスがあくびをかみ殺して言った。

カミールがなにか尋ねたそうに眉をつりあげてアリーを見た。アリーはただほほえみ返して玄関へ向かった。

「もうへとへとだけど、寝る前にお風呂に入りたいわ」ヴァイオレットが手の汚れをぬぐいながらつぶやいた。

「そうね、すぐに部屋へ案内しましょう。もう遅いから、あなた方の部屋へ紅茶を持っていかせるわ。そうしたらお風呂へ入ったあと、すぐにベッドへ入れるもの」カミールがヴァイオレットに言った。

「あなたって本当に」ヴァイオレットが言いかけた。

「思いやりのある」エディスが続けた。

「すばらしい女性だわ」メリーが引きとった。

アリーは思わずメリーにほほえみかけた。「そのとおりよ」彼女はそっと言った。

カミールは頭を振ってにっこりした。「明日は忙しくなるわよ。朝早く仕出し業者が来ることになっているし、至るところを楽士たちが走りまわっているでしょう……しかも花嫁に衣装を着せなくちゃならないし」

「すてきな衣装なの！」ヴァイオレットが言った。

「本当にすてきなのよ」エディスが同意した。

「信じられないくらい」メリーが言って、鼻をぐずぐずさせた。

「お願い、泣きださないでちょうだい！」アリーはおばたちひとりひとりにキスした。そこへブライアンが来て、彼女に早く部屋へ行くようにと小さく手を振ったので、アリーはおばたちをブライアンとカミールに任せてそこを離れた。

彼女は階段を駆けあがり、幼いころからよく知っている部屋へ入った。ひとりになってほっとドアにもたれると、古代エジプトの彫像が見つめてきた。彼女は目をつぶった。そして、結婚したあとも必ずここへ戻ってこようと胸に誓った。ここだけでなく、森のなかのコテージへも必ず戻ってこよう。けれどもおばたちのことを考えると、彼女の目から涙がこぼれそうになった。

アリーはドアを離れた。ヴァイオレットが言ったとおりだ。一日じゅう働きどおしで体が汚れている。風呂に入ってきれいにしたい。

彼女は浴槽に熱めの湯を満たして体を沈め、あまりの心地よさにため息を漏らした。そして目をぱっと開けた。

明日はわたしの結婚式。

急に彼女は不安になった。

わたしはあの人と恋に落ちたのだわ、とアリーはつぶやいた。これからは毎晩、彼とひとつのベッドで寝られるのだと考えただけで、天にも昇るようなすばらしい、と同時に怖いような気持ちになった。だが……。

だが、今となっては結婚式の前に彼と話をする機会はない。自分の夢を実現させたいというわたしの願いを、あの人がいまだに理解していないとしたら……。

自分の気持ちがわからなくなったアリーは浴槽から飛びでた。そのとき、例の封筒のことを思いだした。

彼女はしずくを垂らしながらバスルームを出て封筒をとりに行った。寒さに震えながらバスルームへ戻り、紙が濡《ぬ》れないよう気をつけて再び浴槽に身を沈めた。あたたかい湯が筋肉の疲れをほぐすのを感じながら、封筒から新聞を出して読み始めた。

写真つきの記事がたくさんあり、なかには数年前の日付のものもあった。ほとんどは反王制主義者の団体のさまざまな集会に関する記事だ。それらとは別に、秩序紊乱《びんらん》罪で投獄されたハドソン・ポーターが釈放された際、ライオネル・ウィトバーグ卿が彼を出迎えに行った写真つきの記事がある。さらにジャック・プラインとエリザベス・ハリントンの結婚式の模様を報じた記事もあって、その写真にはサー・アンドルー・ハリントンが写っていた。村で執り行われた結婚式にはサー・アンガス・カニンガムも出席したらしく、花婿の横に誇らしそうな顔をして立っている。写真をつくづくと見たアリーは、セイン・グリアもその結婚式に出席していたことを知った。

彼女は濡れないように気をつけて新聞記事を封筒に戻し、浴槽の脇《わき》へ置いた。そして浴槽に背をもたせかけた。

金銭目当ての殺人が別の大義を推し進めるのに役立ったとしたら？　だれがだれに、いちばんはじめに声をかけたのだろう？　だれの心のなかに最初の計画が生まれたのだろう？　陰謀は偶然の出会いから生じたのだろうか？

わからない。アリーは髪を洗いたくなって湯のなかへすっぽり沈んだ。頭のなかをさまざまな考えが駆けめぐる。こんなに疲れていたのではまともに考えられやしないと思った彼女は、体をくまなく洗って立ちあがり、タオルで体をふいた。ナイトガウンを見つけてまとい、暖炉の火でできるだけ髪を乾かしてからベッドにぐったりと横たわる。

ネフェルティティの胸像が真っ黒な目でアリーを見つめていた。彼女は古代エジプトの王妃を無視してベッド脇の明かりを消した。

〝明日の朝、わたしは結婚するんだわ〟

マークの話を聞いたイアン・ダグラスはたいそう興奮し、捜査にあたってマークが提案した方法に理解を示した。「いいとも、部下たちにエリザベスの家を見張らせよう」イアンは言った。「あの地区はぼくの管轄外ではあるが、非番の警官を何人か手配できるだろう。なんなら州長官のサー・アンガス・カニンガムに相談してもいい」

「百パーセント信頼できる人間だけを使うべきだと思うな」マークは言った。

イアンはうめき声をあげはしたが、マークの言い分を認めた。「きみの言うとおりだな」ためらってから続ける。「昨日きみに頼まれたとおり、銀行の記録を調べたよ」

「それで？」

「ジャック・プラインが死んで、エリザベスは財産を全部相続した。ジャイルズ・ブランドンの死によって、彼の財産は妻の名義に戻された。それからハドソン・ポーターの家政婦は遺言によって相当な遺産を譲り受けた。とはいえ……これはあまりにも……うむ、いずれわかるだろう。仮にエリザベスに情夫がいたとしたら……。たとえいたとしても、そのような行為は不道徳ではあるが違法ではない」

「それは、その情夫がだれであるかによるさ」マークは指摘した。

「きみは家へ帰ったほうがいい。明日のことを考えなくちゃならないだろう」

「明日のこと？」

「きみの結婚式だよ」

「おっと、そうだったな!」マークはイアンにおやすみを言い、馬に乗って狩猟ロッジへ向かった。帰路がやけに長く感じられた。ロッジへ帰り着いた彼はバートラムを呼んで馬を預け、家へ駆けこんで廊下を走り、アリーの部屋のドアを押し開けた。

空っぽだった。

一瞬、マークはうろたえ、それから顔をしかめた。もちろん彼女はここにいない。カーライル城にいるのだ。

マークの心臓は音高く打っていた。彼はばかばかしいと思いながらリビングルームへ行ってグラスにブランデーを注《つ》いだ。まったく奇妙ではないか。ほんの数週間前まで、アリーは顔も知らない婚約者にすぎなかった。それが今では……。

彼女はすべてだ。

彼女のためにも、ぼくは立派な男にならなければならない。彼女に危害が及ぶような事態はなんとしても避けなければ。アリーのいない人生など想像もできない。

どうやったら彼女にああした挑戦的な態度を、あんなにもかたくなな態度を、あのような……みずからを危険にさらすような行為を、やめさせることができるだろう?

「彼女と結婚する」マークは暖炉の火に向かってつぶやいた。「それがぼくにとれる最善の道だ」

家を見張っている男がいる。今日、マーク・ファロウがあの家を再訪するのを見たときに、こういう事態になることを予測するべきだった。憎たらしいやつ。あいつの人生は生まれる前から決まっていた。いずれやつは土地を、財産を、称号を受け継ぐことになるだろう。そんなやつがどうして他人のことに首を突っこまなきゃならないんだ？　あいつは自分を名探偵とでも思いこんでいるのか、警察に手を貸して犯罪の謎解《なぞと》きに奔走している。

ファロウなんかくたばっちまえ！

彼はいらだたしそうに首を振り、できればファロウとは対決しないでおきたいものだと考えた。彼は男たちの不意をついて殺した。彼らが武器を持っていないとわかっているときに。ファロウが武器を持っていないときを、どうやったら知ることができる？

その心配はまたあとですればいい。

彼は家を見張っている男に注意を向けた。男は平服に身を包み、同じ道を行ったり来たりしている。

裏の入口。そこは男も見張ってはいない。

塀を越えるのに木をよじ登らなければならなかったので、彼の怒りはますます募った。そこから先は家の裏手まで腹這《はらば》いになって進まなければならなかった。

鍵《かぎ》を持っていたので、なかへ入るのは難しくなかった。家は静まり返っていた。彼女がいるのは二階だ。

リビングルームを通るとき、彼女が荷造りを始めていることを彼は知った。棚もテーブルの上も戸棚も空になっている。

彼はふと足をとめた。今日、マーク・ファロウがこの家へ来た。やつもこの状況を目にしたはずだ。そしてエリザベスが逃亡をくわだてていると見抜いたに違いない。

彼は深々と息を吸った。どうしてあの女はこうもばかなのだろう?

彼は階段の上を見やり、ナイフの鞘《さや》が足首に結わえてあるのを手でさわって確認してから階段をあがりだした。エリザベスはベッドルームで彼が来るのを待っていた。髪をおろしてベッドに横たわり、枕《まくら》に頭をのせている。彼女のかたわらでランプが燃えていた。

「マーク・ファロウが今日ここへ来ただろう」

「ええ。うまくあしらっておいたわ」彼女は言った。

「ほう? どんなふうに?」

「すごく上手に振る舞ったのよ。憤慨してみせ……堂々とした態度をとったの!」

「やつはおまえが浮気をしていたと疑っている」

エリザベスはためらった。「彼はなにも証明できないわ」

彼はにやりと笑って彼女のほうへ歩いていき、ベッドの脇まで来てランプを消した。エリザベスが甘えるような声を出す。彼は彼女と並んで横たわった。「向こうを向け」彼はかすれ声でささやいた。

「あなたの好きなようにしてあげる」エリザベスはつぶやいて言われたとおりにした。

彼は鞘からナイフを抜いた。

できるものなら違う方法をとりたかった。彼女の顔を見ながらやりたかった。この女は、おれのしたことはすべて彼女のためだと考えているのだ。彼女がいなければおれは生きていけないと考えているのだ。

だが、彼女に悲鳴をあげられるわけにはいかない。

おれはやり方を心得ている。彼女は待っている──違うさわり方をされるのを。

彼はそっとナイフの刃を彼女の喉元へあてがった。それがあまりに巧みだったので、彼女はなにが起こったのか気づかなかった。

彼は手に力をこめて喉を切り裂いた。

彼女の口からごぼごぼという小さな音が漏れ、血がシーツと枕をびっしょり濡らした。

彼はエリザベスが死ぬのを待ってはいなかった。シーツでナイフを念入りにぬぐい、悠然とした足どりで階段をおりた。また裏口を出て草のなかをうつ伏せで進み、塀を乗り越えて木を伝いおりなければならない。そう考えると、いまいましかった。

仕方ないさ、必要ならいやでもやるしかない。

それに馬車が待っている。

今夜は忙しくなりそうだ。

「まあ！」ヴァイオレットが叫んだ。

「すてき！」メリーが言った。

「まあ！」エディスが繰り返した。

アリーは三人に感謝した。彼女は雲の上を歩いているような心地だった。城は人々であふれ、活気がみなぎっている。朝早くにカミールがアリーの部屋へ来て、朝食をここへ運ばせるから、あなたは外へ出て人に姿を見られてはだめよ、と上機嫌で告げたのだった。

そして朝食の時間になった。

クロワッサンといれたてのコーヒーが運ばれてきた。

朝食がすんだところへおばたちが来て、そのあとからキャットとマギーとカミールが来た。大きな部屋ではあるが、それでも……。

最初は髪。カール用アイロンを扱わせたらヴァイオレットの右に出る者はいない。次は爪。手の爪にやすりがかけられて薄く色がつけられ、足の爪にも同じ作業が施された。やがて階下がいっそうにぎやかになり、ついにカミールが呼ばれておりていき、続いてマギーが、さらにキャットがおりていった。ドレスを着る段になったとき、アリーのそばにはおばたちしかいなかった。ドレスは廊下の突きあたりの無人の部屋に用意してあった。

最初にストッキングと薄い肌着。コルセット。ドレス……何千もの数珠状の真珠で飾られた優美なドレス。そのドレスをまとったアリーは息をするのもおぼつかなかった。最後の仕上げとして化粧、数滴の香水、靴、ドレスの引き裾《トレーン》、そしてベールつきのティアラ。とうとう装いの完成したアリーは、詰め物をされて華やかに飾られ、あとは宴会のごちそうとして供されるのを待っている鳥のような気分だった。そのころには結婚式用の衣装に着替えたカミールとマギーとキャットも戻ってきていた。彼女たちはいつにもまして美しかったが、おばたちもまた愛らしかった。六人がアリーを囲んでほれぼれと眺める。カミールが姿見を持ってこさせた。

アリーは鏡のなかの姿が自分だとはわからなかった。髪をまとめて結いあげているためか、実際よりも年が上で聡明《そうめい》に見える。ドレスが体形を砂時計のように見せている。背が高く見えるのはかかとの高い靴のせいだ。薄くつけられた頬紅ときらきら輝く目のせいで、突然襲われた恐怖にアリーがおののいていることなどまったくわからない……。


「わたしの言ったとおり、黄色がかった白がいちばんね」ヴァイオレットが言った。

「なに言ってるの、これは淡いベージュでしょ」メリーが反論した。

「黄色がかった白よ」ヴァイオレットが言い張った。

「ふたりとも間違っているわ。これは真珠色よ」エディスが断言した。

「何色と呼んでもいいけど、美しいことに変わりはないわ」アリーは言って三人に駆け寄り、ひとりずつ抱きしめようとした。

「気をつけて。しわになってしまうわ」ヴァイオレットが注意し、それからアリーを抱きしめた。「しわになったってかまやしない！」

「六人もいるのよ」マギーが苦笑して言った。「それこそしわくちゃになってしまうわ。抱きしめるのはやめて、頬へキスするだけにしましょう」

そこでキスが始まった。しかし、おばたちでさえ口紅をしていたので、たちまちアリーの頬が真っ赤になった。ヴァイオレットがため息をついたが、キャットがおかしそうに笑ってアリーの化粧を直した。カミールが首にかけている時計を見てあえぐように言った。

「時間よ！」

「わたしの花婿は本当に来るのかしら？」アリーは尋ねた。全員が黙りこんで恐ろしげにアリーを見た。「だって、ほら、マーク・ファロウはよく遅刻したり、まったく来なかったりするでしょ」

「彼はもう来ているわ。到着したところを見たもの」キャットが言った。

ドアをノックする音がした。アリーの心臓がどきんと打った。一瞬、彼女は不安のあまり吐き気を覚えた。カミールがドアを開けた。さっそうとしたブライアン・スターリングがアリーに付き添って階下へ行くために待っていた。

「アリー？」ブライアンがきいた。

彼女はうなずき、しっかりした足どりで進みでてブライアンの腕をとった。そのときになって急に彼女は恐怖にとらわれた。婚約披露パーティの晩にエレノア・ブランドンから浴びせられて以来、一度も思いだしたことのなかったあのばかげた呪《のろ》いの言葉が、今になって突然、黒いとばりとなって頭上に垂れこめた気がしたのだ。

「スカラベ！」アリーはあえいだ。

「なんですって？」カミールがきいた。

「あのスカラベ」

「ああ」キャットがすぐに理解して言った。「あれなら宝石箱に入っているんじゃない？どこへとめましょうか？」

「ドレスには似合わないんじゃないかしら？」カミールが意見を述べた。

「でも、せっかくこんなに美しいんですもの」マギーが言った。

「どうしてもあれを着けたいの」アリーは懇願した。

「ボディスよ、ボディスへ忍ばせておきましょう」キャットが提案し、アリーのボディスへスカラベを滑りこませた。

まもなく女性たちは階下へおりていき、階段の上にアリーとブライアンが残された。

すでに結婚行進曲が奏でられていた。

「足をとられて転げ落ちてしまいそう」アリーは小声で言った。

「心配しなくていい」ブライアンが彼女を安心させた。「ぼくが支えているよ」

アリーは城内に白と銀の立派な紋章旗が飾られているのを見た。どこもかしこも優雅に着飾った人、また人。アリーとブライアンが階段をおりていくとき、フラッシュが盛んにたかれ、なかには煙を出すものまであった。

アリーはブライアンの腕につかまってどっしりした古めかしい入口を通り、さらに進んで舞踏室へ入った。彼女の胸が高鳴った。そう、マークは自分の結婚式をすっぽかしはしなかった。それどころか時間どおりに来た。アリーはベールを通してマークを見ることができた。裁判所の建物の前の階段上から群集に語りかけていたすてきな男性、馬車をとめられたときに彼女が恋に落ちた男性、森の小川のほとりで一緒に踊った男性……暗闇《くらやみ》のなかで一糸まとわず愛しあった男性。

今の彼は上品な服装をしている。ブロケードのベストに、古い時代をしのばせる優雅なフロックコートというでたちだ。高い背丈、つややかな黒褐色の髪、目鼻立ちのはっきりした力強い顔。それに彼の目ときたら……。

アリーは震えながらブライアンと一緒にマークのほうへ進んでいった。マークの隣には花婿付添人のパトリックがいて、その後ろにジェフとトマスと思われる仲間が並んでいた。アリーの最初の〝後見人〟であるマギーが横へ来て彼女の手から花束を受けとる。「この女性を結婚させるのはどなたかな?」牧師が尋ねると、ブライアンがアリーをマークに引き渡した。

アリーを愛している人たちはみな近くにいた。おばたちは花嫁の三人の母親よろしく右前方に並んでいる。

まるで夢のなかの出来事のようにおぼろげだった。幻想の世界を漂っている気分に包まれたアリーは、おばたちがはなをすすっているのをぼんやりと意識した。いちばん大きなすすり泣きをしているのはメリーらしく、彼女を慰めているエディスの言葉が聞こえた。

「ほらほら。なんてお似合いのふたりでしょう」

だれかが彼女たちを黙らせた。

牧師が単調に話しつづける。

愛、貞節、従順。どうしてわたしに神の御前でそれらを守ると誓えようか？　神は罪のないちっぽけな嘘《うそ》を許してくださるだろうか？

なんといってもわたしは彼を愛しているのだ。

アリーは牧師の話が続くあいだ、青灰色がかったマークの目から放たれる視線を受けとめ、しかるべきときにしかるべき言葉をどうにか口にした。

手に彼の手がふれるのを感じた。

そしてキスされたときはため息をついた。

拍手が怒濤《どとう》のようにとどろく。マークのキスの味と、においと、感触が、不意にアリーの恐怖をやわらげ、現実味ある彼の存在が彼女を幻想の世界から日常の世界へ引き戻した。再び音楽が始まり、花婿と花嫁は広い舞踏室を出て進んでいったが、アリーは自分たちがどこへ向かっているのかわからず、建物の外へ出たときは、いったいこれからどこへ行くのだろうと首をかしげた。外へ出た彼女はあらゆる人々が招かれて城へ来ていることを知った。上流階級の人々だけでなく、メイドに鍛冶屋《かじ》に料理長……城で働いている人たちや近隣の住民。アリーとマークを見た人々が、心からふたりの幸せを願う言葉をかけてくる。

アリーは胸にスカラベがあたるのを感じ、安堵《あんど》の笑みを浮かべた。

あのような不吉な予感を抱くなんて、わたしはどうかしていたのだ。こうなるのは定めだったのだ。夢のようなすばらしさ。わたしは彼と出会い、彼を愛し、彼と結婚した。

そう考えると元気がわいて、アリーは花束をほうった。受けとめた農場主の娘が喜びの声をあげる。城内と同じように、大きな中庭にもテーブルが並べられて楽士たちが音楽を演奏していた。

「シャンパンはどうだい？」マークが尋ね、彼女に細長いグラスを渡した。

「ふたりの結婚に乾杯」パトリックが大声で言った。「それからマークにはもったいない本物のレディ、アリーに乾杯」そのあとで彼が友人のひとりにこうささやくのを聞き、アリーは思わずほほえんだ。「言っておいたとおり、ぼくは礼儀正しく振る舞っただろ」

アリーにとって魔法のようなひとときだった。マークは考えられないほどハンサムで魅力的だったし、父親のファロウ卿はいつにもまして彼女にやさしかった。アリーは夫との最初のダンスを芝生の上ではだしで踊った。ふたりとも森の小川のほとりでのダンスを思いだしてほほえみあった。

彼女は目をうるませたおばたちのそばを通り過ぎた。

「あの子には黄色がかった白がぴったりね」

「ベージュよ」

「真珠色よ」

音楽が大気を、アリーの体を、心を満たした。彼女はたとえマークの父親と踊るためであってもマークと離れたくなかった。だが、結婚式ではしなければならないことがたくさんあるし、招待客もいっぱいいる。当然ながらマークはおばたちのひとりひとりを相手に踊り、さらにマギーやカミールやキャットとも踊った。アリーのほうもブライアンやジェイミーやハンターや……サー・アンガスにサー・アンドルー、さらには会ったこともないなんとか卿など、数限りない男性を相手に踊った。今日の特別な行事のためにめかしこんだ料理長のセオドア。それから彼女に声をかける勇気のないセイン・グリアを人々のなかに見つけて引っ張りだした。

パトリック、トマス、ジェフ……。

牧師様まで!

イアン・ダグラス刑事。

「刑事さん！」

「お邪魔しています」

「でも、あなたは招待を受けていらしたのでしょう？　マークの親友ですもの」

「ええ」

アリーは彼をまじまじと見た。「まさか、またマークを連れだすために来たのではないでしょうね？」

彼はぐっと唾《つば》をのみこんだ。

「なにがあったのです？」

彼はかぶりを振った。

「教えてください」

「まだ口外したくありませんので」

アリーは頭を振って言った。「わたしなら信用しても大丈夫です、ダグラス刑事」

彼は渋面を作り、もう一度ぐっと唾をのみこんだ。「ほんの数時間前にエリザベス・プラインがベッドのなかで死体となって発見されました」

彼女はステップを間違えて転びそうになった。

「エリザベス・プライン。ジャック・プラインの未亡人の？」

「ええ」

アリーはスカラベが肌にあたるのを感じた。「もっとあるのでしょう?」彼女は尋ねた。

彼がうなずく。

「話してちょうだい。わたしたちの結婚式なのに、あなたはもうすぐマークを連れ去るんですもの、わたしになにもかも話してちょうだい」

「ぼくは……警察は……まだこのことを世間に知られたくないのです」

「それはわかります」アリーはじれったいのをこらえて言った。

「エレノア・ブランドンが……」

「亡くなったの?」

「いずれ死ぬでしょう。彼女は意識不明の状態です。ひどい出血でした」

ふたりはワルツの曲に合わせて踊った。

夢は悪夢へと変わった。

「彼女の家政婦はどうなんです?」アリーは急いで尋ねた。

アリーを見つめるイアンの目が細くなった。

「ばかなことを考えないで。マークに聞いたんじゃないの。彼はあなたの信頼を裏切ったりしません」アリーは辛辣《しんらつ》な口調で言った。「わたしの知識はすべて新聞から仕入れたものです」

「家政婦は……」イアンは言いかけて身震いした。「彼女を殺すのはいとも簡単だったでしょう」彼は静かに言った。

「ハドソン・ポーターは結婚していませんでしたね。彼の家政婦は……?」

「ええ」

「全員亡くなったの?」

マークがイアンの後ろへやってきて彼の肩をたたいた。マークの表情は険しかった。

「おい、イアン、ぼくの妻になにを話しているんだ?」

アリーはイアンのために無理して笑みを浮かべ、マークの腕のなかへ体を滑りこませると、彼にダンスの相手をさせながら頭をあげて言った。「あの人はわたしに本当のことを話してくれていたの。あなたが話したがらないことを」

「余計なことに首を突っこむな、アリー」

彼女は息をのんだ。

マークは激しくかぶりを振った。「きみは頭が切れる、アリー。きみの書く文章は切り口が鋭い。しかし、わからないのか? 相手はまともじゃない。ひと晩に四人の女性を殺した男だ。そりゃエレノア・ブランドンはまだどうにか生きてはいるが、犯人の名前すら口にできないまま死ぬだろう。アリー、きみはこの件にかかわってはいけない。文章を書いて投稿するのもだめだ。わかったね?」

「もう少ししたら、あなたはあなた自身の結婚式をさりげなく抜けだすつもりでいるのでしょう?」アリーは愉快そうに尋ねた。

「アリー、ぼくは必ず戻ってくる」

「そうでしょうとも、いつかは。でも、わたしをそんなふうにのけ者にするのなら、わたしが待っていることを期待しないでちょうだい」

「アリー……」

「ライオネル・ウィトバーグ卿は道路へ横たわっていたときに、なぜあのような言葉を口走ったの?」アリーは激しい口調で尋ねた。

「そんなことは問題ではない」

「いいえ、問題よ。それにあなたやパトリックたちは、なぜ追いはぎを演じていたの?」

「そんなことは説明するまでもないだろう」マークが冷たく言い放った。「きみのようにいろいろ探りだすのが得意な人間には」

「殺人者は馬車で逃走する。だからあなた方は馬車をとめては証拠を探しているのでしょう。お気の毒に、収容所で伏せているウィトバーグ卿の罪といったら、あなたが教えたがらないことをわたしに教えようとしただけなのに」

「あのときはまだ、ぼくは知らなかったんだ」

「ブライアンはあなたがもうすぐ出かけることを知っているの?」アリーは尋ねた。マークは答えなかったが、彼の目の表情から、ブライアンが知っていることは明らかだ。アリーは気分が悪くなった。世界じゅうの人々がマークの出かけることを、これからもしょっちゅう出かけることを、認めているように思われた。彼女だってマークが出かけなければならないことぐらい理解できる。彼女が耐えられないのは、自分がちょっとふれただけで壊れてしまうガラス細工みたいに扱われることだ。マークは彼女の才能を認めたものの、彼女がそれを発揮することは望んでいない。

「ぼくらは馬車でここを出ていく。これから新婚初夜を迎えに行くような感じで馬車へ乗りこむんだよ」マークが言った。

「もう初夜をすませておいてよかったわね」アリーは冷ややかにささやいた。

「なあ、アリー、この殺人がいかに極悪非道であるかは、きみにもわかるはずだ。犯人は真実を隠すためならどんなことでもやるだろう」

「極悪非道だってことはわかるわ」

「だったら、ぼくが行くのを許してくれ」マークが頼んだ。

中庭で大声がした。ファロウ家の馬車が到着したのだ。麗々《れいれい》しく飾りたてられた馬車を、白い羽根で飾られた二頭の黒い馬が引いていた。

「さあ、行こう」マークがそっと言った。アリーに注ぐ彼の青灰色の目は雷雲のようだった。彼女は数日前に知ったばかりの男性の胸に、命令はしないで許しを乞《こ》うた男性の胸に、身を投げたかった。

　けれども彼女は向きを変えて人々に手を振り、マークと手に手をとって馬車のほうへ軽やかに駆けていった。バートラムが踏み段をおろして待っていた。マークはアリーが乗りこむのを助け、ドレスのトレーンをまとめてなかへ入れた。

　アリーは人々のほうを振り返り、作り笑いを浮かべて手を振った。ヴァイオレットを真ん中にエディスとメリーが肩を寄せあい、すすり泣いていた。

「みんな、大好きよ」

　アリーは陽気に呼びかけてから、座席にどすんと身を沈めた。怒りに任せてティアラを頭からとったので、ピンが飛び散った。

「あなたのお望みどおりに振る舞ってあげたわ。あれでよかったんでしょ？」城の門に向かって馬車が進みだしたとき、アリーは言った。

「アリー」マークの声には苦痛がこもっていた。

「わたしはどこへ行くの？」アリーは感情を抑えて冷ややかに尋ねた。「これは全部お芝居なんでしょ？　あなたの生活のすべてがお芝居なんだわ。知らない相手との結婚はその一場面なのね」

「アリー」マークが冷静に言った。「ひと晩に四人も殺されて、犯人はひそかに逃走し、犯行は何時間も発覚しなかったんだよ。ぼくらの恵まれた生活をちょっぴり中断したからって、それがそんなに悪いことか？」

アリーの怒りはますます募った。彼女はただ、ないがしろにしないで自分も加えてほしいと望んでいるだけなのに、マークはそれをまったく理解していない。

「わたしは恵まれた生活など望んでいなかったわ」アリーは言った。「わたしは自分の人生を自分の意志で決めたいだけ。以前のわたしには自由があった。でも、今のわたしには自由がないわ」

「アリー、きみは牢獄《ろうごく》に閉じこめられてなんかいやしないよ」

「そうかしら？」

「たとえそうだとしても、その牢獄はぼくが作ったものじゃない」

アリーはマークがそんなことを言えるなどと信じられず、彼をまじまじと見つめた。

「きみの牢獄は、きみが生まれたときに作られたんだ」

彼女は涙をこらえてかぶりを振った。「あなたがわたしの人生に登場したときに作られたんだわ」マークが反論しようとするのを、手を振って押しとどめる。「お願い、わたしの質問に答えてちょうだい。わたしはどこへ行こうとしているの？」冷ややかな口調で尋ねた。「あなたのお友達はみんなお城に残っているわ」

マークは投げやりな態度でそっぽを向いた。「もう城にはいないだろう」

「ひどい人。あなたときたら、たったひとつの質問にすら答えられないの？　わたしはどこへ行こうとしているの？」

返事はなかった。城の門を出たところで馬車がとまった。アリーは馬のひづめの音がいくつも近づいてくるのを聞いた。

「できるだけ早く戻ってくる」マークは言い残して馬車をおりた。身を乗りだしたアリーは、馬にまたがっているパトリック、トマス、ジェフ、イアンの四人を見た。マークはイアンが引いてきた馬にさっとまたがった。

馬車が再び動きだした。

アリーにはやはり自分の行き先がわからなかった。

彼女はわっと泣きだした。


五人は殺人現場を近い順に訪れることにし、まずエリザベス・プラインの家へ立ち寄った。検死官が現場検証に来ており、警官たちが家の周囲に配置されていたが、立入禁止のロープは張られておらず、家の前にいる警官たちは平服姿だった。警察はせめてなにが起こったのかを把握できるまで事件を伏せておこうとしていた。そのほうが犯人を出し抜けるだろうと期待してのことだ。

殺人者が鍵を持っていて裏口から入ったことを突きとめるのに、たいして時間はかからなかった。

エリザベス・プラインの死体から多くの事実がわかった。彼女は犯人を知っていたばかりか、犯人が来るのを待っていたのだ。エリザベスには男がいたという考えがあたっていたのを知っても、マークは喜べなかった。

というのは、マークがそうした疑惑を抱いた事実こそが、今回の残虐な殺人事件の引き金になったかもしれないからだ。彼は殺しが行われた室内と家のなかと庭を徹底的に調べてまわったが、そうするまでもなく事件解明にとって最も重要なのは最初に明らかになった事実、つまりエリザベスを殺したのは彼女の情夫であるという点だと確信していた。それと、犯行現場からの逃走手段に関するイアンの考えは最初から正しかった。犯人は裏手の道路へ出て、待たせてあった馬車に乗ったのだ。そうすればたとえ血が服に付着していたとしても、たまたま通りかかった目撃者に見られるおそれはない。

昨夜、家を見張っていた警官に話を聞いた結果、マークはその可能性しかありえないと確信を深めた。ひと晩じゅう玄関ドアと家を見張っていたけれど、玄関から入った者はひとりもいなかったと、警官は断固として主張したのだ。

ハドソン・ポーターの家も似たり寄ったりだった。ただし、ベッドのなかで殺された家政婦のミセス・バーカーは、おそらく訪問者があるとは考えてもいなかっただろう。彼女は殺人者がたてる音さえ聞かなかったのではなかろうか。彼女が幸運だったとすれば、それは殺人者がそばにいることすら気づかずに死んだことだろう。

マークたちが最後に立ち寄ったのはブランドンの家だ。ここでも家政婦は眠っているあいだに殺された。なかへ入るのに鍵が使われたのも明らかだった。マークは殺人者がたどったと思われる跡をそっくりたどった。男は殺意を抱いてそっとなかへ入った。一階の部屋で家政婦を始末したあと、ゆっくりと階段をあがっていく。そのときマークの頭にふと、エリザベス・プラインが解雇した家政婦にぜひ話を聞かなければならないという考えが浮かんだ。彼女はなにかを知っているかもしれない。それに彼女にも危険が迫っているかもしれない。

しかし、どうやらエレノア・ブランドンは事前に危険を察知したようだ。ベッドルームには争った形跡があった。イアンの説明によれば、エレノアは意識不明の状態でベッドの上に残されていた。おそらく犯人は、どうせ彼女は自分の血で息が詰まって死ぬだろうと考えて、最期を見届けずに立ち去ったのだろう。異変に気づいたのは、ジャイルズ・ブランドンが殺されて以来この家の監視を任されている警官で、彼は朝になっても明かりがつかないのを不審に思ったのだった。エレノアが今も生きているのは、その警官が玄関ドアを蹴破《けやぶ》ってなかへ入り、すぐに救急車を呼んで彼女を病院へ連れていったからだ。

最後にマークたちは病院へ行った。ベッドに横たわっているエレノア・ブランドンの肌は真っ青で、喉の傷を縫いあわせた赤い跡がやけに生々しかった。彼女の腕には争ったときにできた傷があった。

「夫の殺され方にそっくりだ」イアンが言った。

マークはうなずいた。「彼女が意識をとり戻す可能性は？」彼は医師に尋ねた。

医師は首を横に振った。「百にひとつもないだろうが、最善をつくそう」

病院を出たときは暗かった。外で待っていたパトリックとトマスとジェフが、建物から

マークとイアンが出てきたのを見て、寄りかかっていた擁壁から体を離した。

「今のところわれわれにできることはなにもない」マークは言った。「もう遅い。しかし、明日はまた馬であちこち駆けまわることになるだろう」

「追いはぎに扮《ふん》して？」

「あの女たちは事件にかかわっていた。殺人の一端を担っていたんだ。実際に自分でナイフを振るわなくても、なんらかのかたちで手を貸したのは間違いない。たぶん、殺人者に遺産の一部を報酬として与えると約束したのだろう。殺人者には殺人者なりの目的があった。今回も裏通りに待たせておいた馬車で逃走したことがわかっている。となると、最低ふたりはかかわっていたことになる。御者兼見張り役と、殺人の実行役だ。ウィトバーグ卿の馬車から見つかったマントは本物だが、彼に罪をなすりつけようと何者かがあとで置いたのだろう。殺人者がエリザベス・プラインに正体を暴露されるのではないかと心配しなかったら……。それはともかく、ウィトバーグ卿が通りでアリーに話しかけた晩、彼はその前にクラブにいて、作家のアーサー・コナン・ドイルや、サー・アンドルー・ハリン

トン、州長官のサー・アンガス・カニンガムを見かけた。彼はまた、通りで新聞記者のセイン・グリアを見たと言っている。ドイルは容疑者リストから除外していいだろう。彼はそれぞれの家で起こった事件のどれともかかわっていなかったし、反王制主義者たちの団体とも関係がなかったからな」マークは暗い笑みを浮かべて仲間を見まわした。「ドイルを除外していいもうひとつの理由は、彼にはこのような残虐行為などできっこないのが明らかだからだ。彼の作品を読めば、きみたちも同意するだろう。しかし、どの場面にも決まって登場するのがアンドルー・ハリントンとアンガス・カニンガムだ。記者のセイン・グリアも必ずといっていいほど名前があがる」

「サー・アンガス・カニンガムは地区の治安を担当している州長官だぞ」イアンが憤慨したような口調で言った。

「ああ。しかし現時点では、いくら彼がそのような地位にあるからといって、事件に関与している可能性はないと断言することはできないんじゃないかな」

「サー・アンガスが関与しているだと……このような忌まわしい事件に！」イアンは信じようとしなかった。

「ぼくはサー・アンガスが関与しているとは言わなかった。その可能性を否定できないと言ったんだ。ところで警察は今回の殺人事件をいつまで伏せておけると思う？　新聞にかぎつけられないでいるのは難しいのでは？」

イアンは頭を振った。「われわれ警察が真実を長く隠しておけばおくほど、世間には警察が共謀を手助けしていると受けとられるだろう」

「だったら、きみ自身が新聞に情報を流したほうがいい。それもできるだけ早く。もう一度部下たちを現場へやって証拠を集めさせたら、さっそく情報を流すんだな」

イアンは不機嫌そうにうなずいた。「明日、国じゅうの教会でどんな説教が聞かれるやら、今から想像できるよ」


アリーは馬車の向かっている先がロンドンだと気づき、驚くと同時に喜んだ。やがて馬車はジョゼフ・ファロウ卿の市内の邸宅に着いた。

バートラムがおどおどした態度でアリーがおりるのを手伝った。「なかにジーターがいるので、彼になんでも頼んでください、レディ・ファロウ」彼はアリーと目を合わせないようにしてぼそぼそと言った。「怖がらなくていいですよ。ぼくが見張っています」

「ありがとう、バートラム。ちっとも怖くはないけれど、あなたの心づかいに感謝するわ」アリーは言った。

「ファロウ卿はあなた方の邪魔をしたくないとかで、今夜はクラブのほうへお泊まりになるそうです」

まあ、そうよね、なんといってもわたしは新婚ほやほやですもの。

「今夜のあなたの居場所は、あなたの後見人以外はだれも知りません」

「ありがとう」だれも知らないですって？　あの馬車を見たらだれでも気づくじゃない。

もっとも、馬車は今、道路から奥へ引っこんだ車寄せのひさしの下にとめてある。

アリーは家へ入ってジーターに挨拶《あいさつ》したが、早くひとりになりたかったので、階段を急いであがって、この前の夜に泊まった部屋へ行った。部屋はすっかり用意が整っていた。

彼女は化粧台の鏡の前へ立った。髪がほつれて肩へ垂れかかり、ドレスはしわくちゃになっている。今朝の様子とは大違いだ。

彼女はボディスの小さなボタンをはずし始めてためらい、眉をひそめた。ドレスの美しい袖《そで》に奇妙なしみがついている。

赤いしみ……。

あわてて脱ごうとして、彼女は優雅なドレスを引き裂きそうになった。そう、袖のところに血痕《けっこん》みたいなしみがついている。それからドレスの背中のところにもひとつ。ちょうどワルツを踊るときに男性の手が置かれる場所だ。

血が凍りつきそうな気分だった。

だれかが怪我《けが》をしたのかもしれない。たとえばひげを剃《そ》ったときとか、料理をしたとき、あるいは庭仕事をしたとき……。

人を殺したときだろうか？

16

その夜、家へ帰り着いたマークは、どういう態度で彼女に接したらいいのか途方に暮れた。最後に別れたとき、アリーは怒り狂っていたが、結婚式当日にあんな目に遭わされて怒らない新妻がいるだろうか。ぼくはあまりに身勝手だったのではなかろうか、と玄関を見つめて考える。世間の尊敬を一身に集めるジョゼフ・ファロウ卿《きょう》の息子だからといって、マークは自分をひとかどの人間だと考えたことはなかった。そのような考えに陥らないために、みずから進んで前線での戦いに赴き、大英帝国繁栄のために青春のほとんどを捧《ささ》げてきた。今の彼がこのような生き方をすることになった大きな要因はふたつある。ひとつは老齢のヴィクトリア女王に対する心からの共感であり、もうひとつはアーサー・コナン・ドイルへの真の友情と高い評価である。熱心な読者が猛烈に好きになったのは作者が作りだした探偵、シャーロック・ホームズだが、この事実はコナン・ドイルを驚かせた。彼は、より重要な文学と見なしていた歴史小説の創作に意欲を燃やしていたからだ。実生活では妻が闘病生活を送っているのに、小説のなかでホームズを死なせたら世間から非難を浴びせられたドイルは狼狽《ろうばい》した。けれども彼は仲間内で観察の重要性や、ドクター・ジョゼフ・ベルのもとで学んだ日々のこと、さらにはホームズの推理や方法論が警察の捜査にどれほど役立つかについて、飽きもせずに語ってくれた。

ジョゼフ・ファロウ卿の息子であり跡とりであることが捜査において有利に働いたことは事実だ。ほかの者なら入れないような場所でも、マークは入ることができた。

そのために自分でも気づかないうちに、ぼくは重要な人間なのだと思い違いをしてしまったのだろうか、とマークは首をひねった。捜査はほかの人たちに任せて、ぼくは結婚式にとどまるべきだったのではないか？　これらの犯罪を解決できる聡明《そうめい》な人間は自分しかいないなどと、間違った幻想を抱いていたのではなかろうか？　そのようなうぬぼれが、ぼくと新妻とのあいだに溝を作ってしまったのでは？

マークは顔をゆがめた。それは違う。ぼくはただ今回の事件にあまりにも深くかかわってしまったのだ。アレグザンドラ・グレイソンと実際に会う前のぼくは、彼女はきっと庇《ひ》護《ご》してもらいたがるようなか弱いやさしい女性で、名家の息子と結婚できることを感謝しているに違いないと思いこんでいた。

ぼく自身はこれまで何人かの女性とつきあい、互いに傷つかないかたちで別れてきた。いちばん長続きしたのは有名な女優との関係で、彼女は世間の人々にマーク・ファロウとつきあっているらしいと噂《うわさ》されることを楽しんでいたが、結婚話を持ちだしたことはなかった。ぼくは彼女を大切にしたけれど愛しはしなかった。父親が交わした約束を守ることに同意した手前、それなりに立派な夫になろうと決意はしたものの、正直な話、貞節な夫になろうという意志はなかった。とり決められた結婚に同意はしたが、未来の花嫁と恋に落ちるとは考えもしなかった。

自分の妻と。

新婚初夜に新妻が夫に腹を立てて雲隠れしてしまうかもしれないなどと、一度も考えたことはなかったが、不意に今、そのような不測の事態になっているかもしれないという不安に襲われて、家へ入るのがためらわれた。奥様はもうとっくに部屋でおやすみになっておられます、とジーターに教えられたあとでさえ、階段をあがっていくときは、激しい戦闘のさなかですら感じたことのない大きな恐怖が胸のなかを渦巻いていた。

だが、マークがドアを開けてみると、奇跡的にも彼女はそこにいた。

暖炉で燃えている火が室内を明るくしているだけだった。その火がほのかに照らしているベッドの上の姿は、マークが期待していたよりもはるかに心をそそった。上掛けが足元へ押しやられ、白いシルクのナイトガウンが第二の皮膚のように、豊かな曲線美を誇る肉体を覆っている。マークの体がかっかとほてり、鼓動が速くなった。

彼はアリーがいたことにほっとし、静かに部屋へ入ってドアを閉めた。胸をどきどきさせながら、まだ身につけていた結婚式用の晴れ着を脱ぎ始める。まずカフスボタン、続いてコート、ベスト、シャツ。

鏡の前に立ったマークは一瞬目をつぶった。突然、今日、目にしたおびただしい血が脳裏によみがえり、急に体も心も血で汚れているような気がしたのだ。こんな状態で彼女と寝るわけにいかないと思った彼は、別の場所で風呂を浴びようと部屋を出た。

自分の部屋へ行ったマークはせかせかと残りの衣服を脱ぎ、まだ湯が満ちていない浴槽に身を沈めた。しばらくあたたかな湯がもたらす心地よさに浸っていたが、それもつかのまにすぎなかった。石鹸《せっけん》とタオルを手にし、自分をあざけりながら、体にしみついた死臭を落とそうとごしごし洗いだした。ついてもいない血を洗い落とそうと必死に手を洗いつづけるマクベス夫人の気分だった。

洗う作業に熱中していたので、廊下と部屋を隔てているドアが開いた音も、その数秒後にバスルームのドアが開いた音も耳に入らなかった。一心不乱に手を洗っていた彼はようやく目をあげた。

すると彼女がいた。薄くて白いシルクのナイトガウンをまとい、ふさふさした輝かしい金髪を肩から背中へ垂らしている。彼女は天使のように愛らしかったが、その笑みは愛らしいというよりも、男の欲望をかきたてずにおかないほど官能的だった。驚いたマークは洗う手をとめて魅入られたように見つめた。彼女は滑るように近づいてきて大きな浴槽の縁に腰かけた。マークが黙っていたのは、彼女が話すのを礼儀正しく待っていたからでも、賢明にも彼女の考えを聞こうと決意したからでもなく、ひとえに口をきけなかったからだ。

「じゃあ、あなたは戻ってきたのね」彼女がこのうえなく穏やかに言った。

マークはぐっと唾《つば》をのみこんだ。彼女の声が喚起した肉体の反応を隠すのに、湯はあまり役立ちそうになかった。

「ぼくはできるだけ早く戻ってくると言ったよ」

「そうだったわね」彼女はささやいてマークのほうへ身をかがめた。

別れたときにあれほど怒り狂っていた女性がこのような誘惑の女神へと変わったことに、マークは目を丸くした。彼女が体を近づけたとき、石鹸や香水のにおいにまじって彼女自身のうっとりするにおいが漂ってきた。マークは心が震えるような感謝の念とともに夢中で身を乗りだし、彼女のキスに応《こた》えようと……。

頸動脈にナイフの切っ先がふれるのを感じてマークはぎょっとした。

アリーは目に金色の短剣のような鋭い光をみなぎらせ、ナイフの柄をしっかり握って体を後ろへそらせている。マークは彼女に対し――そして自分自身に対し――激しい怒りを覚えて歯ぎしりした。

「これはなんのまねだ？」彼は冷たい声できいた。

「教訓よ」アリーが言った。

「そうか？　で、ぼくにどんな教訓を学ばせたいんだ？　毒蛇を家のなかへ入れるとこうなるという教訓か？」マークは尋ねた。

アリーは眉をつりあげた。「第一の教訓は、あなたは不死身なんかではなく、ほかの人たちと同じように弱い人間だということ。わたしは一生を守られたまま過ごすことなどできやしない。わたしを守ろう、そのためにはわたしをどこへも行かせないようにしよう、それがあなたのしていることだわ」

マークの目が細くなった。「知っているだろうね、ぼくたちは四六時中、危険にさらされているんだ」

「第二の教訓は、あなたが結婚した相手は愚か者ではないということ」

「そうかな？　きみがそんな問題を今さら持ちだすなんておかしいよ」

「わたしの手にはナイフがあるのよ、言葉に注意しなさい」

彼女の声には威嚇がこもっており、喉元にはナイフを突きつけられていたにもかかわらず、マークはほかのことに気をとられていた。湯気で湿ったシルクのナイトガウンがアリーの体にぴったり張りついて、すぐ目の前にある胸のふくらみが彼の欲求をそそったのだ。

「きみの望みはなんだ、アリー？」マークはすらすらと尋ねた。

「わたしは所有物じゃない。尋ねることすら許されないで、そしてわたしの意見さえ求められないで、あちらこちらへ連れまわされるのはいや。信じようと信じまいと勝手だけど、結婚式当日にあなたが用事で呼びだされたことなど、わたしは気にしていないわ。もっとも、ほとんどの花嫁は気にするでしょうけど。わたしが怒っていたのは、いいえ、そんな言い方では生ぬるいわ、わたしが怒り狂っていたのは、あなたがわたしに事情を説明する気さえなく、わたしの考えを尋ねようともしなかったし、わたしがどこへ連れられていくのか尋ねても答えようとしなかったことに対してなの。そのくせあなたは、自分はあの大マーク・ファロウなのだと威張って駆けまわっていたのよね」

「続けなさい」

「ひとこと謝ったらどう?」アリーが言った。

彼はほほえんだ。「謝るつもりはないよ。なぜって、ぼくはきみの安全を第一に考えて行動しただけだから」

「わたしの安全ですって? わたしは不意をつかれたことなどなかった。喉元にナイフを突きつけられたことだってないわ」

「こういう状況について、ぼくが学んできたことがひとつある。どうやらきみは学んでこなかったようだが」

「それはなんなの?」

「敵が本気で武器を振るうつもりかどうかを、たちどころに見抜けるってことさ」

マークは目にもとまらぬ速さでアリーの手首をつかみ、指で万力のように締めつけた。ナイフがバスルームの床を滑っていって壁にあたる。マークに引っ張られてアリーは体の平衡を失い、小さな悲鳴とともに浴槽のなかのマークの上へ倒れこんだ。

それまでのアリーは天使の化身だったのに、今の暴れ方ときたらあばずれ顔負けだった。悪態をつきながら彼の腕から逃れようともがく。マークは彼女の胴体に腕をまわして抱きしめた。アリーが暴れるのにつれて、いまだに蛇口から出つづけていた湯がざあっと浴槽からあふれる。マークは手こずった末、片腕で彼女を抱いたまま中腰になって蛇口を閉めた。アリーは信じられないほど力が強かったけれど、とうとうマークは激しく振りまわす彼女の両腕を押さえこむことに成功した。彼女の怒りが伝わってきた。怒りは湯よりもはるかに熱く彼女の体から放射されている。ずぶ濡《ぬ》れで、しかも彼のなすがままにされ、彼女は怒りに身をこわばらせていた。

「ぼくはきみに会えて喜んでいるんだよ、アリー」マークは湿っぽい髪に覆われた彼女の耳元でささやいた。髪の房がマークの顔をくすぐる。彼の力強い腕に抱きしめられてふたりの体が密着していたので、マークが高ぶった状態にあることをアリーは気づいたに違いない。彼女は動こうとしなかった。

アリーが彼のからかいを無視してこう言ったので、マークは驚いた。「わたしには耐えられないの、あなたがわたしを信頼しようとしないことが。あなたがわたしに……真実を話そうとしないことが」

「きみはぼくからどんな真実を聞きだしたいんだ?」マークは尋ねた。

「まずいちばんに聞きたいのは、ライオネル・ウィトバーグ卿がわたしについてなにを話そうとしたのかってこと」

マークはためらったあとでため息をついた。彼はアリーをもっとしっかり、そしてもっとやさしく抱きしめたかったが、彼女はマークの腕のなかで敵意をむきだしにしたまま体をこわばらせていた。

「こみいった話なんだ」彼は小声で言った。

「時間ならたっぷりあるわ」彼女が応じた。

マークは深々と息を吸って、抱いている腕の力をゆるめた。〝だれにも秘密を漏らしてはならんぞ〟父親はそう言った。しかし、アリーには知る権利がある。しかも、現在起こっている事件はアリーの過去と関係があるのではないかという疑念をぬぐえないのだから、彼女に前もって警告しておくべきではなかろうか。「きみは切り裂きジャック事件の陰謀説について聞いたことがあるだろう?」マークは穏やかに尋ねた。

「もちろんあるわ」アリーは腕のなかで体をくねらせ、なんとか彼のほうを向いた。彼女の額にはしわが刻まれ、目には敵意に代わっていぶかしそうな表情が浮かんでいた。「王室がかかわっていたなんて信じられない」

マークはかぶりを振った。「そうだね。しかし、荒唐無稽《こうとうむけい》な物語の根底にしばしば真実のかけらがひそんでいたりするものだ」

「それがわたしとどんな関係があるの？　王室や政府が絡んでいたとする陰謀説を、わたしは少しも信じていないわ。それに切り裂きジャックの事件から何年もたっているのよ。今さらそんな噂になんの重要性もないわ」

「エディの愛称で知られるクラレンス公アルバート・ヴィクター王子に関する噂には、わずかながら真実がまじっていた」

「信じられない……」

「彼は殺人者ではなかったよ、アリー。けれども彼はアニーという名前の女性と恋に落ちて、どうやらひそかに結婚したらしい。ふたりのあいだに子供が生まれた。エディは不治の病にかかっていたし、事件のせいで世間や王室の風あたりはひどかったから、気の毒にアニーは頭がおかしくなりそうだっただろう。結局、彼女は病にかかって亡くなった。当時の王室は危機的状況に置かれていたこともあり、エディはあまりいい助言者や友人に恵まれていなかったんじゃないかな」

「それで……？」

マークは再び深々と息を吸わずにいられなかった。「きみがその子供だ」彼は静かに言った。

アリーは頭を振った。「その……子供？」

「プリンス・エディとアニーとのあいだにできた子供だ」

マークは彼女が首を振るのを見て否定する気だろうと思った。「そんなの……ばかばかしくって！」

彼は黙っていた。アリーは腕のなかでまたもがきだした。

「そんなの噂……ただの作り話よ。それ以外のなにものでもないわ。そんなものを理由に、あなたが孤児と結婚させられたとしたら、お気の毒としか言いようがないわね」

マークは反論しようとしなかった。

「お願い……立たせて」アリーが頼んだ。

ようやくマークは腕を放して彼女を立たせてやった。タイルの上にしずくが垂れ、体にぴったり張りついた薄いシルクのナイトガウンから肌が透けて見える。彼女の背後に立ちあがったマークがすばやくタオルをとって手渡すと、アリーは身震いしてタオルを体に巻き、逃げるようにバスルームを出ていった。

マークはもう一枚タオルをとって腰に巻き、彼女のあとを追った。

アリーは〝彼女の〟部屋へ向かったのだ。マークの父親の家のなかで、すでにアリーのものと見なされている部屋へ。彼女はマークを締めだそうとはしないで、ただ震えながら暖炉の火の前に立っていた。

マークは彼女に歩み寄って自分のほうを向かせ、濡れそぼったシルクのナイトガウンを脱がせてタオルを巻いてやった。

「そんなの嘘《うそ》よ」アリーは言い張った。

「嘘か本当かぼくは知らない」マークは言った。「昔、父が聞いた話を、先日、ぼくに話してくれた。それが真実かどうかなんて、ぼくにとってはどうでもいいことだ」

　アリーの目が彼の目を求めてきた。懇願の色と赤裸々な感情をそこに見て心を揺さぶられたマークは、こみあげてきた愛情とやさしい気持ちに促されるまま彼女に両腕をまわして抱きあげ、暖炉の前のふかふかした肘掛け椅子に座った。アリーは自分の考えに心を奪われているのかいつまでも震えているので、マークは再び話しかけた。

「ぼくにわかっているのは、きみを愛しているということだ」

　彼女は黙ったままマークの腕のなかで身をよじり、彼の体に両腕をまわした。そして口を半ば開けて湿った唇を彼の唇へ近づけてきた。唇を合わせたマークは涙の塩辛さを感じ、彼女を安心させたい思いに駆られて情熱的なキスをした。そうやってしっかり抱きあい、激しく抱擁を交わしているうちに、どれほど彼女を真剣に愛しているのか示したい欲求が高まっていく。アリーが情熱的なキスを返してくる。マークはどこでふたりが始めたのか、あるいはなぜ始めたのかさえ忘れた。わかっているのはただ、これが自分の新婚初夜であること、自分が妻を深く愛していることだった。

　マークは立ちあがり、途中でタオルがはずれたのにも気づかずにアリーをベッドへ運んでいった。欲望のおもむくまま彼女の喉や肩にやさしくキスし、みごとな体のくびれやシルクのようになめらかな肌を心ゆくまで味わった。アリーの指が彼の胸を軽やかに動きまわり、背中の筋肉をもんで、背筋を伝いおりる。彼女の唇が脈打っているマークの喉元を、さっきナイフを突きつけた箇所を探りあてた。マークにとってはそこに鋼鉄の刃をあてられたときの恐怖よりも、彼女が唇を離してしまうのではというおそれのほうが大きかった。アリーの豊かな胸にてのひらを添えた彼は、自分の中心が再び熱くなるのを、そこを血液がどくどくと脈打ち流れるのを感じた。アリーの繊細な指の動きはエロティックに彼をいたぶって欲情をそそり、次第にしっかりした愛撫《あいぶ》へと変わって……彼を狂気へといざなう。マークは彼女の喉に顔をうずめて湿った髪の清潔なにおいをかぎ、一瞬、このまま息絶えてもいいとさえ思った。彼は欲望のおもむくままアリーの胸へ、腹へと唇を這《は》わせていった。彼の指は彼女の膝頭までなでおろしたあと、再び太腿を這いあがって背筋を伝いのぼる。マークはすべすべした脚のあいだに顔をうずめて彼女を思う存分に味わった。弓なりにそった彼女の唇からあえぐ声が漏れるのを聞くと、いやがうえにも情熱をそそりたてられる。

やがて気がついてみると、マークは下になって彼女の濡れた熱い舌を肌に感じていた。彼女の舌が胸から腹へと移動していくのに合わせて彼女の髪が肌をくすぐる。濡れた舌が脈打っている彼の情熱のあかしを愛撫した。

マークは息をするのをやめた。

彼は腕に力をこめてアリーを引っ張りあげ、持ちあげて、自分の上へおろした。彼女のなかへ深く入った彼は、アリーが体を弓なりにするのを目にし、美しい胸のふくらみのなめらかな手ざわりを楽しんだ。金色の炎のように燃えたつ髪がマークの上へなだれとなって垂れかかる。彼はアリーとひとつになったまま反転して上になり、狂ったような動きを繰り返すうちに、やがて彼女がうめき声と同時に体をこわばらせるのを感じた。そのときになってやっと彼はクライマックスに達するのをみずからに許した。

アリーのかたわらに横たわったマークは、しっかり彼女を胸に抱いて安心させるように言った。「愛しているよ、アリー、きみを。森ではじめて出会った少女を、あらゆるしきたりをものともしなかったきみを、ぼくは愛している」

「愛しているわ、マーク。わたしもあなたを愛している」アリーはマークの胸にあてた指を丸めてささやいた。

その晩ずっとマークは、どんなに深く彼女を愛しているのかアリーに知ってもらいたいという思いにさいなまれつづけた。

彼女は気にしていないようだった。

それどころか、彼女のほうでもどんなに深くマークを愛しているのか知ってもらいたがっているようだった。

ふたりが目覚めたのは日曜日の昼近くだった。目を開けたアリーは、最初、マークはもう出かけたあとに違いないと考えた。

だが、彼はまだ出かけてはいなかった。アリーのかたわらで片肘をつき、じっと彼女を見つめていた。アリーの顔にゆっくりと笑みが浮かんだ。彼女は裸のマークを見るのが好きだった。

「きっとドアの外に紅茶と食べ物をのせたトレイが置いてあるよ」マークが言った。「とってこようか?」

「ええ、お願い」アリーは答えた。

マークは立ちあがって床からタオルを拾い、腰に巻いてドアを開けた。そしてトレイを持ってきてベッドの足のほうへ置いた。そのときまでアリーは自分がどんなに空腹なのか気づいていなかった。

「ジーターほど気のきく執事はいない」マークが小声で言った。「トーストは冷めると硬くなるからって、ビスケットにジャムと固ゆでの卵しか用意しないんだ」

アリーはトレイを引っくり返さないよう気をつけて起きあがり、慎重にふたつのティーカップに紅茶を注いだ。マークが皿にビスケットをとり分ける。

「バターは?」彼が尋ねた。

「ええ、お願い」

「砂糖を入れる?」

「クリームだけ」

「ジャムは?」

「ありがとう」

　ベッドの上のそれぞれの前にビスケットの皿とティーカップの受け皿が危なっかしく置かれたところで、アリーは真剣な顔で尋ねた。

「マーク……あの話は本当なの?」

「アリー、ゆうべも言ったように、本当かどうかぼくは知らないし、どうでもいいことだと思っている」

「でも……」

「きみにとっては問題なのか?」マークが尋ねた。「きみはおばさんたちに育てられた。ほかのだれも、おばさんたちほどはきみを愛せなかっただろう。きみの後見人たちについては……」

「でも、あの人たちは単なる王室への忠誠心からわたしを愛してくれたのかしら?」アリーはきいた。

「アリー、きみを愛しなさいと要求されて愛した人なんかだれもいないと思うよ。おそらく彼らは最初のうち、きみを守らなければという強い責任感に突き動かされて行動したのだろう。しかし、思い返してごらん。彼らが心からきみを愛していたことを疑ったりしたら、あの立派な人たちを辱めることになるよ」

アリーはうなだれたが、やがてにっこりした。「ありがとう」

「なんだって?」

「あの人たちを信頼することを、わたしに思いださせてくれてありがとう」

アリーはそっと言った。そしてぼさぼさに乱れている髪を振り、あのような話が心に引き起こした不思議な感情を振り払おうとした。あの話は本当かしら? わからない。アリーはマークと同じように、どうでもいいことだと必死に思おうとした。

「昨日のことを話してちょうだい」彼女は頼んだ。

マークはアリーを見てほほえみ、一瞬、目を伏せた。「ぼくはえらく好奇心旺盛《おうせい》な女性と結婚してしまった」

「そうみたいね」アリーは澄まして言った。「マーク、お願い、昨日わたしと別れたあと、どんなことがあったの?」

マークは緊張した面持ちで頭を振った。「ひどいありさまだったよ」

「どんな話を聞こうとたじろがないわ」アリーは言った。

「アリー、ぼくは今まであのような光景を見たことがない……一度も、たぶん。すさまじいのは犯行の残虐さだけでなく、血の多さ……」

「犯人は冷酷であると同時に抜け目がないのね」マークが言いよどんだので、アリーが引きとった。

マークは彼女を見てうなずいた。「今回の一連の殺人事件について、匿名Aは一般に考えられているよりも個人的な動機がひそんでいるのではないかと疑いだしたよね。わが国の政府組織を揺さぶろうという試みの背後に、もっと別のなにかがあるようだって」

アリーはうなずいた。「だけど……仮にその女性たちがかかわっていたとしても……彼女たちは死んでしまった」

「エレノア・ブランドンはかろうじて生きている。というより、生きていた。今朝どうなったのか、ぼくは知らないのでね。いつもと違って、このトレイに新聞がのっていなかったところを見ると、どうやらジーターはぼくたちが心穏やかに朝食をとれるよう気をつかったらしい」

「エレノアが生きのびたら、きっと裁判にかけられて、夫殺しの共犯で絞首刑になるでしょうね」

「陪審員がどのような決定を下すかは、神のみぞ知る、だ。医師はエレノアが助かる可能性はほとんどないと言った。しかし、彼女には警護がついている。ひょっとして意識をとり戻したら、犯人の名前を教えてもらえるかもしれないからね。いくらなんでも自分まで殺そうとした男の名前を秘密にしたまま絞首刑にはなりたくないだろう」

「犯人はサー・アンガス・カニンガムの可能性があるとは思わない？」アリーはマークの考えをきいた。

マークはぎょっとしたように彼女を見たが、そのわずかな一瞬に、彼の目の表情からマークもそう考えていることが読みとれた。

「なにを根拠にサー・アンガスが怪しいと思うんだ？」マークがきいた。

アリーは肩をすくめた。「わたしは読むのが好きなの、覚えているでしょ」彼女はためらったあとで言い添えた。「古い新聞記事をたくさん調べてみたの」

「ほう？　で、古い新聞記事をどうやって手に入れたんだ？」アリーが黙っていると、マークは険しい顔をしてたたみかけた。「セイン・グリアか？」

彼女は答えなかった。

「アリー、彼も容疑者リストに載っているんだよ」マークが言った。

「彼は野心家なの。特だねをものにして有名になりたがっているだけよ。人殺しなんかじゃないわ」

「アリー、どうしてそう確信を持てるんだ？」

「もちろん確信なんてないわ」アリーは目を伏せてささやいた。

「彼には近づかないでおきなさい」マークが断固たる口調で命じた。

アリーは口をつぐんでいた。

「アリー……」

「マーク……」

「彼に近づいてはいけない！」

　彼女はマークを見て眉をつりあげた。「犯人は大胆だわ。しかもますますやり方が荒っぽくなってきている。王室は無慈悲だと見せるのが犯人の狙《ねら》いだったとしても、女性たちを殺害したことによって、図らずも犯人自身の目的を暴露してしまった。いずれ世間は一般に考えられているのとは別の動機があったことに気づくでしょう」

「いつだって共謀者たちは互いに矛先を向けあうものだ」マークが意見を述べた。

「歴史的に言えば、たしかにそのとおりね」

「明らかだと思えることが常に真実であるとは限らないよ」

「で、あなたの信じている真実とは、少なくともあの女性たちにとっては、王室を無慈悲で冷酷な存在だと見せかけるのは二の次で、いちばんの目的はお金を手に入れるために邪魔な男たちを厄介払いすることだったのね」

「殺人の実行犯はエリザベス・プラインの浮気相手だった。ぼくが思うに、たぶん計画を考えついたのはベッドのなかにいたときだろう。大勢の人間を巻きこむことになるから、計画を実行に移すのは犯人にとって危険だった。エリザベスにしゃべられるかもしれないと不安になった犯人は、彼女を消すことにした。しかし、エリザベスが死ねば、ほかの女性たちが自分も殺されるのではないかと恐怖に駆られて警察に真実をしゃべるかもしれない。だから……」

「大量殺戮《さつりく》が行われたのね」アリーはつぶやいた。

「で……古い新聞記事からほかにどんなことを考えついた？」マークが尋ねた。

「サー・アンドルー・ハリントンを見張っているべきではないかしら」アリーは言った。

またもやマークは驚いて頭を振った。

「なぜ黙っているの？」アリーはきいた。

マークはまた頭を振った。「アリー……」彼はため息をついた。「たぶんアンドルー・ハリントンを見張っている必要があるだろう。もちろん、見張っていなくちゃならない人間はほかにもいる。それにぼくは今でも、きみが危険にさらされているんじゃないかと心配でならないんだ」

「コテージで襲われそうになったから？」

「それもだが……理由はいくつもある。ライオネル・ウィトバーグ卿以外にもきみの素性を知っている人間がいるかもしれない。あるいはきみが王室一族の隠し子であることは知らなくても、匿名Aだということを知っている人間がいたらどうだろう？　ぼくはきみにこれから一生ぼくの命令に従えと要求しているんじゃないよ。もっとも、きみは祭壇の前で愛と貞節と従順を誓ったけれどね。ぼくは犯人が捕まるまできみに命を大切にするよう頼んでいるんだ」

アリーはマークの顔にふれようと手をのばして、危うくティーカップを引っくり返しそうになった。「わたし、用心するわ、マーク。だから、あなたも用心してね」

彼はアリーの手をとった。「アリー、きみは森のコテージで世間とは切り離されて生きてきた。好きなときに好きな場所を歩きまわることができた。しかし、これからはそうはいかない。少なくとも当分のあいだは」

アリーはそれに対してなにも言いたくなかった。「もう紅茶を飲み終えた？」彼女はそっと尋ねた。

マークがうなずいたので、彼女は皿やティーカップをトレイにのせてベッドからどかし、文字どおり彼の上へ飛びのった。長い時間がたって、彼女は風呂へ入りにバスルームへ行き、マークも風呂へ入りに自分の部屋へ戻っていった。

きっとあの人はまた出かけるのだわ、とアリーは思ったが、彼がいつ戻ってくるのかまではわからなかった。

だけど、わたしがこれからしようとしていることについては、わたしは彼になんの約束もしなかった。

アリーは服を着て化粧台の前に座り、髪にブラシを入れた。マークが戻ってきたので、彼女は言った。「不思議だわ」

「なにが不思議なんだ?」マークがきいた。

「昨日、あなたはイアンと出かけ、わたしはここへ来た」アリーはブラシを置いてマークのほうを向いた。「そのあいだずっと殺人者は、わたしたちの結婚式のごちそうを楽しんでいたんだわ」

彼女が予想したとおり、マークは顔をしかめた。「なんの話をしているんだ?」

「わたし、犯人と踊ったのよ」彼女は言った。

「アリー……」

彼女は立ちあがって部屋の隅へ行き、ウエディングドレスをつかんでマークのところへ持っていった。「もちろんほかに説明がつくのかもしれない。でも、この男は四人を殺しに出かけて、三人を即死させるのに成功し、エレノアに瀕死《ひんし》の重傷を負わせた。たぶん四人のうちのだれかに抵抗されて、犯人は小さな傷を負ったのではないかしら」アリーはドレスをベッドの上に広げてしみを指し示した。「それとも、だれかがりんごを切っていて怪我《けが》をしたのかもしれない。さっきも言ったように、いろいろな説明が考えられるわ。ただ、結婚式でわたしと踊っているときに傷口が開くような新しい怪我を、だれかがしていたことはたしかよ」

マークは彼女を見つめ、ドレスに視線を戻した。アリーが驚いたことに、マークは突然彼女を引き寄せて、体がきしむほどきつく抱きしめた。

そして彼女の髪に指を入れ、目をじっと見つめた。「なんてことだ、アリー……」

「マーク……」

マークがかぶりを振る。銀色に輝く彼の目に怒りが煮えたぎっていた。「この男は卑劣きわまりないやつだ。正気じゃない……それでいながら、完全に正常な人間みたいに歩きまわっているときた！　厚かましくもぼくたちの結婚式に出席し、きみと踊ったり、きみを抱いたりした……きみにふれたんだ。くそっ、やつを見つけたら、縛り首になる前に殺してやる。本気だぞ！」

「マーク！」アリーはうろたえて叫んだ。「マーク、あなた自身の手で正義の鉄槌《てっつい》を下しちゃいけないわ！」彼女はなだめてから、あわてて言い添えた。「もちろん、危険が迫ったら、なんとしても自分の身は守らなければならないけど、あなたから攻撃を仕掛けてはだめ。こんなもの、見せなければよかった」

マークがごくりと唾をのみこんだ。アリーは彼が必死に感情を抑えているのを見てとった。「考えただけでぞっとするが、きみと踊った男を片っ端から調べる必要がある」

「地元の人たちは除外できるんじゃないかしら」アリーは小声で言ってマークを見た。「わたしたちと親しい人たちも容疑者リストに加えなくちゃならないわね。そりゃ、あなたのお友達とわたしの後見人は別よ。それでもすごく大勢だわ。サー・アンドルー、サー・アンガス……」

「それにセイン・グリア」

「ええ、セイン・グリアも」アリーは認めた。

マークはうなだれた。

「これでは全然らちが明かないわね。話さないほうがよかった、ごめんなさい」

「謝る必要はないよ、きみは本当のことを話したんだ、アリー。ぼくもきみに誓うよ、これからはなにを考えているのか極力きみに話すよう努力するし、なにをしたのかについても説明するようにする。ただ……あまりにもおぞましい事件なので、どうにも気が進まないんだ……」

アリーはマークの肩に頭をもたせた。「どんな話を聞かされたって怖くないわ」彼女はそっと言った。

「ときどきぼくは怖くなるよ」マークが打ち明けた。

「わたしはあなたの生活の一部になるつもりよ、マーク。昨日のわたしみたいに、あなたをみじめな気持ちにさせる妻ではなくて、本当の伴侶《はんりょ》になるわ」

マークが彼女の顎に手を添えて顔を上へ向かせた。「愛しているよ、アリー」

「わかっているわ」彼女はきっぱりと言った。そして一歩後ろへさがった。「きっとまた追いはぎが活動を始めるのでしょう?」

「ほう? なぜそう思うんだ?」

「なぜって、ウィトバーグ卿は馬車のなかで血のついたマントが見つかったために有罪を宣告されそうになった。それはつまり、殺人者は犯行現場から逃げるときになんらかの証拠品を持っていったということよ。犯人がウィトバーグ卿の馬車のなかにマントを置こうと考えたってことは、犯行現場から姿を見られずに逃走する唯一の手段は馬車であることを警察に疑われている、あるいは知られている、と犯人が気づいていたってことでしょ。だから、金曜の夜に起こったことを考えれば、きっとどこかに新しい血のついたマントがあるに違いないわ」

マークは彼女を見てため息をついた。

「だから、また追いはぎが活躍を再開することになるのよ」アリーはやんわりと言った。

「そうだな」

「そうよ」

「しかし、今日からではない」

「あら？　じゃあ、今日はなにをするつもり？」

「妻を愛するのさ」マークは穏やかに言って彼女を抱き寄せた。

17

日曜日は彼女のものだった。それは空想の一日、現実と化した夢だった。ロンドン市内のファロウ卿《きょう》の邸宅にはビリヤードとダーツの設備が整った地下室があって、アリーは自分がビリヤードもダーツも上手にできることを知った。彼女はマークと勝負をし、笑い転げ、最後には抱きあった。

ジーターが気をきかせてろうそくの火がともったディナーを用意し、特別に選んだフランスワイン、見た目にも美しい小えびの前菜、口に入れただけでとろけてしまいそうなやわらかいステーキなど、おいしい料理をテーブルに並べた。

そしてそのあとの夜。アリーはだれかをこんなに激しく、これほど深く、こんなにも情熱的に愛せるとは考えたことがなかった。マークのそばにいればいるほど、ますます彼が好きになっていく。マークと話をすればするほど、彼の言葉は真実であることがわかってくる。彼もまたアリーを愛している。それは奇跡的なことであり、すばらしいことだった。それ以外のことはどうでもいいように思われた。

けれども夜中にアリーは、月曜の朝に目が覚めたときには彼は出かけたあとに違いないと思った。

事実、そのとおりだった。

ありがたいことにアリーは昨日考えたことを思いだした。そう、アリー自身がどう行動するかについて、彼女はマークになんの約束もしなかったのだ。

風呂に入って服を着たあと、アリーは階下へ行ってジーターを見つけ、新聞を持ってきてもらえないかと頼んだ。ジーターは渋っているようだったが、結局、コーヒーと一緒に新聞をダイニングルームの彼女のところへ持ってきた。

第一面に殺人事件のニュースが大きく載っていた。記事は残虐さをことさら強調して読者の恐怖をあおってもいなければ、事実を隠したり偽ったりもしていなかった。

見出しの下の筆者名を見たアリーは、記事を書いたのがセイン・グリアであると知って喜んだ。

食事を終えた彼女は二階を探索した。あちこちのドアを開けているとスパイにでもなった気がしたけれど、ファロウ卿は狩猟ロッジと同じように市内の邸宅にもタイプライターを置いているだろうと確信していた。

そのとおりだった。ファロウ卿の仕事部屋にタイプライターがあった。

アリーは匿名Aとして一時間仕事をしたあと、この屋敷からどうやって外へ出ようかと思案し始めた。

彼女は足音を忍ばせて一階へおりた。たぶんジーターはわたしがなにをしていたのか知っていただろう。まだわたしが仕事をしていると思いこんでいますように。それからバートラムは不審人物がなかへ入らないように屋敷を見張っているだろう。

バートラムはわたしが外へ出ようとするとは考えていないのではないかしら。

屋敷の周囲には門のついた塀がめぐらされている。しかし、狭い裏庭をひそかにうかがったところ、塀の際に太い幹をしたオークの木が生えているのがわかった。アリーはそっと幹の後ろに隠れ、機会をうかがってから枝に足をかけてよじ登り、塀を乗り越えて隣家の庭へ出た。

隣近所にどんな人が住んでいるのか知らないが、庭を見張ってはいないようだったので、彼女は隣家の庭を急いで横切り、開いたままになっている馬車用の出入口から外へ出た。通りで振り返り、屋敷を見張っているバートラムに気づかれなかったことを確かめる。それから通りをすたすた進んでいったところ、うれしいことに折よく市街電車がやってきた。

アリーはセイン・グリアに会えることを期待して新聞社を目指した。

自分の目的のために再びセインを利用しようとしていることが後ろめたかったけれど、セインだって彼女のおかげで得をしているのだ。アリーはセインが殺人犯である可能性を最初から信じていなかった。それにセインは自分の署名記事にばかり気をとられているので、アリーが与える提案や情報を他人に漏らすおそれはまったくなさそうだった。

今や勝手知ったる新聞社の建物に入って記者たちのオフィスへ行ったアリーは、セインを見つけた。彼のほうでもすぐアリーに気づき、あわてて立ちあがった。いそいそと迎えに来る彼のほうへ歩いていきながら、アリーは携えてきた編集長宛《あて》の封筒を通りかかった机の上へこっそり置いた。

セインが彼女の両手をとってにっこりした。「アリー！　まさか今日きみに会えるとは思わなかった。日曜の新聞を読んだ？　そりゃ社交欄にすぎないことは認めるけどさ、きみの結婚式に関するあの華々しい記事は、ぼくが書いたんだよ」

「たまには楽しい記事だって載せなくちゃならないわ」アリーは言った。そしてその記事を読んでいなかったので、急いで続けた。「今朝のあなたの記事はすごくよかった」

セインの顔から笑みが消えた。「陰惨な事件だ」

「あなたの記事はとてもよく書けていたわ。たじろがずに恐ろしい事実を伝えながら、それでいて扇情的なところは少しもなかった」

「ありがとう」セインは眉をひそめた。「ここへなにをしに来たんだい？　きみは新婚ほやほやじゃないか。こんなところへ来るより、もっと楽しいことがあるはずだよ」

「マークは用事で出かけたの」アリーは早口で言った。「ご存じのとおり結婚式は早々に切りあげられたでしょう。いずれ新婚旅行に行くのでしょうけど、すぐには無理みたい。

今日はちょっと話があって来たの。時間をとれる？」

セインは周囲を見まわして低く笑った。「今日のぼくはなんでも許されるのさ。ぼくの記事のおかげで今朝の新聞がものすごく売れたからね……そう、記録的な部数が。国じゅうが王室批判の声をあげた殺人事件の、最初の記事を掲載した新聞よりもたくさんの部数が売れたんだよ。コーヒーを飲みに行こう。いい店を知っているんだ」

彼はアリーを愛らしい小さなカフェへ連れていった。仕切り席のひとつに座ったふたりは、フランスから入ってきた最新流行のカフェオレを注文した。小さなコーヒーカップに注《つ》がれて出てきたカフェオレを前に、セインはテーブルの上で両手を組んだ。

「で、アリー、ぼくにどうしてほしいんだ？」

彼女が眉をつりあげると、セインはにやりと笑って言葉を続けた。

「いいかい、ぼくはきみに首ったけになるところだったんだよ。きみは美しい容姿だけでなく、明晰《めいせき》な頭脳を持っている。それは有望な新聞記者の妻にとって最も望ましい資質だ」彼は困惑したアリーの表情を見て片手をあげた。「心配しなくていい。ぼくの気持ちは単なる賞賛や尊敬の念へと変わったからね。それはともかく、きみはマーク・ファロウと結婚したばかりだ。ぼくになんの用事があって来たんだ？」

「一連の殺人事件を解決しなくちゃならないわ」アリーは言った。

セインはカフェオレをすすった。「アリー、この事件の捜査には何十人もの警官が携わっているんだよ。それにきみのご主人だって。ぼくの仕事はニュースを報道することで、ニュースを作ることではないんだ」

「あなたは馬車を持っている、セイン？」

彼は不審げにアリーを見た。そしてゆっくりと答えた。「いいや、残念ながら。なぜそんなことを？　馬車が必要なのか？」

アリーは首を横に振った。「ううん、違う……そうじゃないの」急いで言い添えた。「ただ関心があっただけ」

「そうか」

「あなたにもらった古い新聞記事を読んだわ」

セインが笑い声をあげた。「きみは実に愉快な花嫁だったに違いない！」

彼女は顔を赤らめた。

「おっと、ごめんごめん、失礼なことを言ってしまった。許してくれ」

「金曜日以降、わたしにはひとりの時間がいっぱいあったの」アリーは打ち明けた。「容疑者はふたりに絞っていいんじゃないかしら」彼女は真剣な口調で続けた。「わたし自身も信じられなかったけれど、反王制主義者や彼らの集会に関する記事を読んだり、人と場所との関係を調べたりした限りでは、サー・アンドルー・ハリントンかサー・アンガス・カニンガムのどちらかが犯人としか考えられないの」

　セインは大きく息を吸ってアリーをまじまじと見つめた。

「わたしにそうした記事をくれたのは、あなたなのよ」彼女はセインに気づかせた。

「サー・アンドルーはロンドンじゅうどこでも喜んで客間へ通される人気者だよ」セインが言った。「それにサー・アンガスは……彼は治安を担当している州長官で、しかも戦争の英雄だ」

　アリーはうなずいた。「ふたりとも異国の地で大英帝国のために戦った人たちよね。そのときになにかの理由で、ヴィクトリア女王と王室に憎悪を抱くようになったのかもしれない。もっとも、この殺人事件はそれほど政治的なものには思えないけど」

　セインがうなずいた。「続けて」

「そうね。サー・アンガスは公のいろんな会合に出席している。たぶん治安を維持するためでしょうけれど、それって、すごく都合のいい口実になるわ。州長官の彼はもっともらしい顔をしてたいていの場所へやすやすと出入りできるのよ」

「なるほど」

「サー・アンドルーは人あたりがよくて魅力的。どこへ行っても歓迎されるわ。彼はエリザベス・プラインの親戚《しんせき》でもあった」アリーは肩をすくめた。「たしかいとこだったのよね。そうなると、やっぱりいちばん疑わしいのは……」

「サー・アンガスってことになる」セインが引きとった。「しかし、必ずしもそうとは言えないだろう。ウィリアム三世とメアリー女王はいとこ同士だった。それにサー・アンガスとサー・アンドルーを比べてごらん。きみが浮気をするとしたら、どちらを選ぶ？」

「どちらにも魅力を感じないわ」アリーはそっけなく答えてから、たったひとり魅力を感じる男性を思いだしてほほえんだ。そして、セインが好きだったので言い添えた。「正直なところ、婚約のとり決めがなくて、彼を愛していなかったら……ふたりのどちらよりもあなたを選んだわ」

「本当に？　きみのおかげでぼくは自信をとり戻せた気がするよ」セインが言って顔をほころばせた。「しかし……」かぶりを振った。「ふたりのどちらも、われわれが探している犯人ではないという可能性がある。この殺人者は軍隊経験があって、そのときに人を殺すことをなんとも思わなくなったのかもしれない。なにしろ戦争では敵を殺しても殺人とは見なされないからね」

「そこからもうひとつの問題点が浮かびあがってくるの。犯人がだれであるにせよ、その男は自分を世界征服者みたいに思っているんだわ。まんまと官憲の手をかいくぐってきたせいか大胆になって、人の大勢集まる場所に平気で顔を出している。わたしの結婚式にも出席したみたいなの」アリーは花嫁衣装についていた血のしみにはふれなかった。「自信たっぷりのうぬぼれ屋になっているんだわ、きっと。でも、人が間違いを犯すのは、えてしてそういうときなのよね」

「やつが間違いをしでかしたら捕まえられるかもしれないな」セインが言った。

アリーは身を乗りだした。「わたしたちで犯人に間違いを犯させる方法を見つけられるかもしれないわ」


実りのない一日だった。

彼らはいつでも襲撃できる態勢をとってここぞという街道を見張っていたが、その日はサー・アンガス・カニンガムの馬車もサー・アンドルー・ハリントンの馬車も通りかからなかった。

夕方になったので、彼らはファロウ卿の狩猟ロッジへ引きあげた。トマスとジェフとパトリックがファロウ卿の夕食につきあっているあいだ、マークは村へ出かけた。州長官のオフィスへ行ったところサー・アンガスがいたので、マークは殺人事件について真剣に彼と話しあった。

たとえサー・アンガスが犯人だとしても、態度からはまったくわからなかった。

マークは彼との会話のなかで、サー・アンドルーほか数人の者たちが、ロンドンの例のクラブでテニスの試合の話をしながら昼食をとったことを知った。

早く新妻のもとへ帰りたいというのを口実に、マークはサー・アンガスに別れを告げてオフィスを出た。

父親の狩猟ロッジへ帰り着いてギャロウェイを厩舎《きゅうしゃ》のなかへ入れたとき、彼はまだ見ていないアリーのスケッチブックが鞍《くら》袋に入っていることを思いだした。

マークは干し草の梱《こり》のひとつに腰をおろし、鞍袋からスケッチブックを出したところでしばらく良心と闘った。誠実に振る舞うつもりなら、なかを見ないでアリーに返すべきではなかろうか。

実際、マークはそう決めてスケッチブックを脇《わき》へ置き、立ちあがって出口へ向かった。

だが、誘惑に抗《あらが》いきれなかった。

彼は干し草の梱へ戻って再び腰をおろし、スケッチブックを手にとって開いた。

驚いたことに、まず目に飛びこんできたのはマークを描いたスケッチだった。覆面をしたマーク。対象の本質をとらえるアリーの才能に、彼は舌を巻いた。なぜアリーが彼の正体を早々と見抜いたのか、今さらながら理解できた。彼女はマークの目を正確に写しとっていたのだ。

マークはあたたかな気持ちがわいてくるのを覚えてほほえんだ。

彼はほかの絵も見ようとページをめくった。

だが、次のページにあったのは文章だ。

読み進むうちに、そこに書かれているのは新聞に掲載されるような論説ではないことがわかった。彼女は物語を書いていたのだ。思いがけない出来事や危険に富む冒険の旅へと読者をいざなう、実に興味深い物語だった。主な舞台はエジプトの神殿で、不気味な墳墓の様子や埋もれた財宝の話が出てくる。不思議ではない、とマークは思った。アリーは幼いころからしばしばカーライル城で古代エジプトの工芸品に囲まれて過ごしたのだ。サー・ハンターやレディ・キャットの冒険談も数多く聞いたことだろう。

アリー自身はエジプトへ行ったことがないに違いない。それでも彼女の文章を読んでいると、あたかも古代エジプトの光景をまのあたりにしている気がしてくる。

ページをめくったマークは、次のページが半分しか埋まっていないのを見て大いにがっかりした。

彼はスケッチブックを鞍袋のなかへ戻して立ちあがり、母屋へ行って父親や友人たちの輪に加わった。なにか食べるものがあったら口にし、父親の助言や賢明な言葉に耳を傾けたら、急いでロンドン市内の家へ帰るつもりだった。明日もまた長い一日になるだろう。そして次の日も、また次の日も……。

殺人者が捕まるまで。

ぼくが間違っていたら？　ぼくは紳士階級のなかに答えを求めているが、犯人が普通の労働者だとしたら？

いや、ぼくは間違っていない。なにしろ事実と証拠とを慎重に考察したのだ。それに、ぼくは間違ってなんかいられない。

セインは彼女を見つめて首を振った。

「きみは頭がどうかしているよ」彼は言った。

少なくともセインはわたしをばかとは言わなかった、とアリーは思った。「どうもしていないわ」

「とにかくきみは命知らずだ。ぼくは命が惜しい」彼はきっぱりと言った。

「きっとうまくいくわ」

「きみのご主人は？」

「あの人はたしかに最初はこの計画を認めようとしないでしょう。それどころか、わたしが真っ先にあなたに会いに行ったことを腹立たしく思うのではないかしら。だけど……この計画なら、すぐに彼もうまくいきそうだと理解してくれるはずよ」

「理解してくれなかったら？　両目のまわりに黒いあざを作られるなんて、ぼくはまっぴらごめんだよ」セインは言った。

「マークは話のわかる人よ」アリーは請けあったものの、内心では本当にそのとおりでありますようにと祈っていた。

セインは疑わしげに彼女を見つめたが、アリーには彼が乗り気になっているのがわかった。彼女はあせっているのを悟られないよう声に気を配って言った。

「そろそろ家へ帰らないと」

「うわっ、もうこんな時間だ。ぼくも社へ戻らなくちゃ。戻ったら、ぼくは今年最大の事件を追っていたのだと編集長を説き伏せないと」

「現に追っているじゃない」

ふたりは新聞社まで歩いて戻って建物の前で別れ、アリーは市街電車に乗ろうと先を急いだ。待つのはいらいらするものだ。来るときはあれほどすんなり乗れたのに！　日が暮れて、早くも街の上空を闇《やみ》が覆っている。きっとマークが帰宅するのは夜遅くになってからだわ、とアリーは自分に言い聞かせようとした。とはいえ、万が一彼が先に帰宅していたら、こっそり家へ入るところを見つかるかもしれない。そうしたら彼はすごく腹を立てるだろうから、理性的に話しあう機会は失われるだろう。そう考えると、待つ時間が永遠にも感じられていっそういらいらが募った。

ようやく市街電車がやってきた。思っていたよりもすいていた。それだけ時刻は遅いということだ。勤勉な銀行家やシティで働いている勤め人たちは、とうに家へ帰ったのだろう。

アリーはケンジントンの家の一ブロック手前で市街電車をおり、早足で歩きだした。道路の両側に立ち並ぶ裕福な商人や上流階級の人々の瀟洒《しょうしゃ》な家を見あげる。カーテンが閉められている。窓から漏れるやわらかな明かりが、なかの人々の暮らしをしのばせる。

向こうからやってきたひとりの男性が帽子に手をやってアリーに挨拶《あいさつ》した。彼女はほほえみ返した。そのブロックがやけに長く感じられた。

突然、アリーはだれかにつけられている気がして立ちどまった。

くるりと振り返る。男女のふたり連れが挨拶をして通り過ぎた。彼女は自分が愚か者になった気がした。

心臓が音高く打っていた。アリーはその夫婦が家へ入っていくのを見守った。

彼女はばかばかしさと同時に安堵《あんど》感を覚え、ほっと大きく息を吐いた。

再び足音が聞こえた。

立ちどまって振り返る。

だれもいない。

彼女は自分をしかりつけ、家へ入るにはふたつにひとつを選ばなければならないのだと考えた。なにげないふうを装ってバートラムの前を通り過ぎようか。それとももう一度隣家の庭を横切って塀を乗り越え、木を伝いおりて裏口から入ろうか。

きっとバートラムはわたしが外出したことをマークに話すだろう。マークに知られるのはまずい。わたしのほうから彼に話すまでは。やっぱり裏口から入ろう。

そのとき、またもやアリーは背後から近づいてくる足音を聞いた気がして、さっと振り返った。

やはりだれもおらず、ただ街灯と街灯のあいだの歩道に闇が垂れこめているだけだ。犬の吠《ほ》え声がして、アリーは飛びあがった。

彼女は寒気を覚えた。この通りは茂みが多い。どの家の前にもきれいに手入れされた植えこみのある小さな庭がついているのだ。だれかがそこに隠れているかもしれない。

アリーは足を速めようと決意して体の向きを変えた。

そのとき、一台の馬車が背後の角を曲がってアリーのいる通りへ出てきた。馬のひづめの音を聞いた彼女は後ろを振り返った。馬車を引いているのは、大きさも毛並みもまったく同じ二頭の黒馬だった。御者は黒いマントをまとって黒い帽子を目深にかぶっている。

馬車が速度をゆるめた。

アリーは再び歩きだした。馬車が次第に近づいてくるのが感じられる。あの速度のゆるめ方からして、彼女の横でとまろうとしているのだとわかる。

彼女は駆けだした。

マークは狩猟ロッジからロンドン市内の邸宅へ電話をかけた。

交換手は誤って仕立屋へつなぎ、続いて婦人用帽子店へつないだが、やっとジーターにつながった。ジーターはきっぱりした口調で、レディ・アレグザンドラは二階にいます、今日はひとりでのんびり過ごされたようです、と言った。

マークはアリーの邪魔をしないでおこうと考えて電話を切り、それからしばらく父親に今までにわかったことや彼なりの推理を話して過ごした。ありがたいことにジョゼフは真剣な面持ちで耳を傾けてくれ、これまで友人と見なしていた男が怪物的な殺人者であるとの想定のもとに捜査を進めたほうがいいだろうと、悲しそうな口調で認めた。

「一般の市民では、この殺人者が用いていると思われる馬車などを調達することはまず不可能だろう」ジョゼフが息子に言った。「病床のエレノア・ブランドンには警護がついているのだろうな？」

「もちろんです」

「そしてライオネル・ウィトバーグ卿は無実なのだね？」

「ええ。ただし、今も見張りはついています。精神がかなり錯乱しているみたいで」

「たぶんおまえとアリーは一緒に彼と会うべきだろう」

「そうですね」マークは同意した。「今週中にぼくらは市内にあるぼくの家へ移る予定です。そうしたら、お父さん、あの家はお返ししますよ」

ジョゼフはにやりとした。「わたしはこのロッジが気に入っている。急いで移る必要はない。新婚夫婦の邪魔はしたくないが、どうしても仕事でロンドンへ戻らなければならなくなったら、おまえたちの許しを得て家へ帰らせてもらうよ」

父親との話を終え、マークはギャロウェイの背にまたがってロンドンへ戻った。お気に入りの馬の脚を痛めたくなかったので、市内へ入ったところで駆けるのをやめさせた。しかし、家へ近づくにつれて早くアリーの顔を見たいという思いが募った。

ようやく父親の家がある通りへ入った。

前方の道路を一台の馬車が進んでいた。大きくて立派な馬車、マークが見た記憶のない馬車だ。

歩道を歩いている――いや、走っている――ひとりの女性がいた。

マークが見守っていると馬車からひとりの男が飛びおりた。手になにかを持っている。

それが月の光を受けてきらめいた。

ナイフのように。

アリーは走りながら後ろを振り返った。

馬車から男がひとり現れた。暗いので男の容姿も顔もまったく見えない。

ただし、なにかを持っていることはわかる。

それが街灯の明かりの下で光った。

ぞっとする映像がアリーの脳裏をよぎった。

大声でわめきちらしている黒い喪服姿のエレノア・ブランドン。悲しみに暮れた未亡人を演じて、アリーに呪《のろ》いの言葉を浴びせているエレノア・ブランドン。

今は病院のベッドに横たわっているエレノア・ブランドン。喉には切り裂かれた真っ赤な筋を縫いあわせた跡……。

アリーは必死に走った。

「やめろ！」

アリーは雷鳴のような命令の声を聞き、通りにだれか別の人間がいることを知った。マークだ。声でわかった。彼女は見ようとして振り返りかけた。

その瞬間、馬車からおりてきた人物が彼女にぶつかった。ふたりはもつれあって地面に倒れ、男がアリーの上になった。

彼女は恐怖に駆られて悲鳴をあげ、もがいた。

マークが男を上から引きはがしたときに、その顔が見えた。

「セイン！」アリーは叫んだ。

「放してくれ！」セインがマークに怒鳴った。「ふたりとも、いったいどうしたんだ？」

彼はきいた。

恐怖でセインの目は飛びだしそうだったが、マークの手で万力のように喉を締めつけられているとあっては、それも理解できた。

「ナイフはどこだ？」マークが厳しい口調で問いただした。

「ナイフだって?」マークが喉を締めつけている手をゆるめると、セインが問い返した。「光ったのが見えたぞ」

だが、マークがそう言っているあいだに、アリーはさっきまでセインが持っていたものを見た。それは事務用の封筒で、光ったのは口を閉じるのに使われる小さな金属製の留め金だった。彼女は地面から封筒を拾いあげ、説明代わりにマークのほうへ差しだした。

そのころには御者が馬車からおりていたが、彼らとは距離をとっていた。「ミスター・グリア?」御者はこわごわ呼びかけた。「大丈夫ですか?」

「ああ、大丈夫だ」セインが大声で応じた。「ぼくなら大丈夫。ではないかな?」彼はおずおずとマークにきいた。マークが手を離そうとしないので、彼は懇願した。「頼む、武器なんか持っていないよ」

マークはゆっくりと手を離した。「説明しろ」

セインは乱れた服を直そうとした。「ぼくはただ追加の切り抜きをアリーに渡そうとしただけだ」彼は憤慨して言って、アリーをにらんだ。

その目は語っていた。〝助けてくれ!〟

「セイン、ありがとう」アリーは小声で礼を述べ、まだ疑っているマークへ視線を移した。アリーに向けられたマークの視線が短剣のように彼女の胸に突き刺さる。アリーはセインに目を戻した。「あなたは馬車を持っていないと言ったじゃない」彼女は言った。

「持っていないよ」

「じゃあ……」

「あれは編集長のだ」セインが憤然と言った。「貸してくれたんだ。編集長はぼくが世紀の大事件を追っていると信じているのさ」

「本当にきみは追っているのか？」マークがきいた。

「それは……」セインは言いかけてアリーを見た。

「わたし……わたしたち、話しあう必要があるわ」彼女はもごもごと言った。

マークは彼女をにらみ、それからセインの上着を開くと、脇腹からふくらはぎまでなでおろして武器を持っていないことを確かめた。

「動くなよ」マークはセインに警告し、馬車のほうへ歩いていった。不安そうに見ていた御者が脇へどいた。

マークは馬車のなかへ姿を消した。

「彼は頭がどうかしちゃったのか？」セインがアリーにささやいた。

彼女は首を横に振った。しばらくしてマークがおりてきた。

「家へ入ったほうがいいんじゃない？」アリーがほのめかした。彼らの立っている場所にいちばん近い家の窓のカーテンが開けられたのを見たのだ。

「そうしよう」マークが同意した。セインを見る彼の目は相変わらず疑惑に満ちていた。

セインはうなずいた。「あそこへ馬車をつけてくれないか。ファロウ卿の家の前へ」彼は大声で御者に言った。

そのときまでアリーはマークがどうやって来たのか知らなかった。彼が口笛を吹くと、ギャロウェイがだく足で駆けてきた。なぜかわからないが、アリーは馬でさえこれほどまでに従順であることに一瞬、腹立たしさを覚えた。

マークが家のほうへ歩きだした。どうやらバートラムが通りを少し行ったところでなにかあったと気づいたらしく、家の前へ出てきた。彼はアリーを見て目を丸くした。

「これはなんと……」バートラムは口をつぐんでマークを見た。「ずっと家を見張っていました、本当です」

「心配しなくていい、バートラム。きみに妻が裏の塀を乗り越えないよう見張っていろとまでは頼まなかったからな」マークが言った。「きみはそうやって家を抜けだしたのだろう、アリー?」

「塀を乗り越えて家を抜けだしただって?」セインがアリーにきいた。彼女はセインの声に愉快そうな響きと賛嘆の念がこもっているのを感じとった。マークににらまれてセインの顔からたちまち笑みが消えた。

マークがアリーをにらみつけた。

「ごめんなさい、バートラム」アリーはささやいてバートラムの前をすり抜け、入口へ急いだ。セインとマークがあとに続いた。

ドアが開く音を聞きつけてジーターが出てきた。彼もアリーを見て驚いた顔をした。

「なんとまあ……」

「気にしないでくれ、ジーター」マークは言った。「書斎へ行って座ろうか」立派な設備の整った書斎のドアを指さす。そこの棚には本がぎっしり並んでいて、やわらかな茶色の革を張った大きな椅子がある。

アリーが先頭に立って進んでいった。ジーターの尋ねる声が聞こえた。「紅茶をお持ちしましょうか?」

「ウイスキーはあるかい?」セインがきいた。

「もちろんです」ジーターが答えた。

「一杯飲みたい気分なんだ」セインは言った。「かまわないかな?」

「ええ、わたしもお願いするわ」

マークはにらんだきりでなにも言わなかった。ジーターは飲み物を用意しに行った。

書斎へ入ると、マークは大きな机の端に腰かけた。アリーは机に面した椅子のひとつに座り、セインが別の椅子に座った。

「それで?」マークが言った。

「わたし、新聞社へ行ったの」アリーは打ち明けた。

「ぼくははっきり言っておいたはずだぞ、家にいるようにと。それからミスター・グリアに近づいてはいけないとも言っておいた」

「家を離れないなんて、わたし、約束しなかったわ」アリーは反論した。そして不安そうに咳払《せきばら》いをした。「あなたははっきりおっしゃったのよ、わたしは囚人ではないって」

「ここにいるきみの仲間は、きみがまだおばさんたちと暮らしていたときに、何者かがコテージへ押し入ろうとしたことを知っているのかい？」マークが尋ねた。

セインがアリーを見つめた。「まさか！」彼は言った。「どうして？」

「知らないわ」アリーはささやいて立ちあがった。「マーク、こんなことはばかげているわ」

ドアをノックする音がし、ジーターが飲み物を持って入ってきた。アリーはウイスキーが嫌いだったけれど、渡されたグラスを一気に飲み干した。マークがじっと見つめているのを知っていた。

ジーターはほかのふたりにグラスを渡し終えたところだった。「お代わりをお持ちしましょうか、奥様？」彼が尋ねた。

「ええ」アリーは答えた。

「だめだ」マークがジーターにきっぱり言った。

アリーは顔をしかめてマークを見た。ジーターは彼女を喜ばせるためにできる限りのことをするだろうが、マークの意に逆らってまではしないだろう。執事は無表情な顔で部屋を出ていき、ドアを閉めた。

マークは腕組みをした。

セイン・グリアがマークを見て言った。「あなたはぼくが殺人犯だと考えていたのか！」

「きみはさっき暗い道路でぼくの妻を追いかけたじゃないか」

セインはかぶりを振った。「ぼくにあのような残虐行為ができると考えるなんて……」

「現にできる人間がいたんだ」

「どうしてぼくだと？」

「きみには機会があった。関係者全員を知っていた。そしてあちこちで開かれた反王制主義者の集会について書いた」

「それがぼくの仕事だ」セインは言った。彼はすっかり気落ちしていた。「誓ってもいい……ぼくには絶対……絶対に……」

「アリー？」マークが言った。

彼女はため息をついて目を伏せた。「マーク」どうにか彼の名前を口にしたが、彼女はもう一度深く息を吸わなければならなかった。「わたし、また論説を書いて投稿したの」

マークなら眉をつりあげただけで群集を鎮めることができるだろう、とアリーは思った。マークを見る勇気がなかった彼女は本棚の前を行ったり来たりし始めた。

「匿名Aは人々に大きな影響を与えたわ」しばらくしてアリーは断固たる口調で言い、歩きまわるのをやめてマークを見た。「それにわたしは自分の論説を誇りに思っている」そっと言い添えた。「でも……本当は今書いているような文章を書きたかったんじゃない。これからも書きつづけるつもりだけど、わたしの夢は小説を書くことなの」アリーは声が震えそうになるのをなんとかこらえて続けた。「わたしたち、匿名Aはセイン・グリアだという噂《うわさ》を流そうと考えているの」

マークは顔をしかめ、アリーからセインに視線を移した。

セインがあえぐように言った。「アリーが考えたんだ」

「死刑宣告を下されたも同然だぞ」マークがセインに警告した。

「噂を流したあとで、セインになにが起こるか見張っていれば大丈夫よ」アリーがマークに言った。

「ぼくなら喜んで引き受けるよ」セインが静かに言った。

「おそらくきみは殺人者に命を狙《ねら》われることになるだろう。それがわかっていてもやるのか？」

「そこがぼくらの狙い目なんだ」セインが言った。

マークがアリーを見た。

「犯人を捕まえるために罠《わな》を仕掛けておくのよ」アリーは言った。

「罠の仕掛け方なら、ぼくのほうがよく知っている」マークがいらだたしそうに言った。

「よかった。だって、わたしは全然自信がないんですもの」アリーは小声で言った。

「で、明日の新聞に載る論説はどういう内容なんだ？」マークが尋ねた。

「まず、人々はすぐ結論に飛びつきたがって、目の前の状況のうち自分の見たいものしか見ないという文章で始まるの」アリーはいったんそこで切り、深く息を吸ってセインを見た。「それから、しばしばわたしたちの生活は欺瞞《ぎまん》や見せかけに満ちており、だれもがみな覆面をして生きているのだという内容に移る。それはジャック・プラインとエリザベス・プラインの生活を深く掘りさげた結果、得られた考察よ。お金に対する貪欲《どんよく》さと、愛人と一緒になりたいという彼女の欲望が、ああした悲劇へとつながったんだわ」アリーはためらってから続けた。「次に、筆者は書いてあるよりもっと多くのことをいろいろ知っているのだとほのめかし、憎むべき行為の容疑者となった場合は、いくら社会的に高い地位にある人間でも、官憲の追及を免れるべきではないという文章で締めくくってあるわ」

マークはアリーをまじまじと見つめたあと、セインのほうを向いた。「きみは本当に生贄《いけにえ》の子羊になる覚悟があるのか？　そんな論説を書いたのがきみだとわかったら、ナイトに叙せられた男たちや、国じゅうの貴族たちが、いっせいにきみを縛り首にしろと言いだすだろう」

セインはわずかに青ざめたものの、うなずいた。

マークは再びアリーのほうへ向きなおった。「すまないが、今の説明を聞いても、ぼくにはいまだにさっぱり理解できない。そんな論説で、どうやってだれかを罠にかけられるんだ？」彼は鋭い視線をセインに向けた。「それに、そんなものがきみの昇進にとってなんの役に立つんだ？」

「すべてが終わったら、セインが事件に関する記事を掲載するの。そして論説は殺人者をおびき出すために書いたことを明らかにするってわけ」アリーが言った。

「いいとも。それによって、こんな計画に協力した男の愚かさが説明できるというものだ。しかし、殺人者を逮捕するには、警察が待ち構えている場所と時間に襲撃があるように仕向けなければならないが、どうやってそれをやるつもりだ？　セインの喉が掻《か》っ切られたあとでは遅いんだよ」マークは楽しそうにつけ加えた。

　再びセインは青ざめた。

「わたしが思うに、その前に大きな難問が控えているわ」アリーは言った。「セインが匿名Aだという噂を、どうやって流すかよ」

「それなら簡単だ」マークがささやいたので、アリーは彼も計画に協力する気がありそうだと知り、驚くと同時に喜んだ。「ぼくはクラブで昼食をとるから、その機会を利用できる。だれかとテニスをしてもいい。アンガスとアンドルーにこっそり耳打ちくらいしようか。もちろんふたり別々に」

アリーはためらいがちに言った。「ふたりに匿名Aの正体を耳打ちするとき、セインがわたしにコテージでインタビューする予定だということも教えたらどうかしら。わたしがおばさんたちに育てられたことや、未来の伯爵と結婚するに至ったいきさつを、すてきな記事にするつもりだって。コテージへ続く道路は、あなたが殺人犯を捕まえようとした場所でしょう?」

マークがじっと彼女を見つめた。「きみをコテージへはやらないよ」彼は静かに言った。

「わたしはコテージにいる必要があるわ。なにもかも想定されたとおりに運ばなくてはだめ。セインがコテージへ来る途中で襲われる可能性はないと思うの。だって、コテージへ来るはずのセインが来なかったら、すぐに犯行がばれてしまうもの」

「うまくいくかもしれない」マークが言った。「ぼくがきみたちをコテージへ送り届けて話をさせておき、ぼくは帰ってくればいい」

「うまい解決方法だ」セインが言った。「しかも、ぼくにとってありがたいことに安全な方法でもある」

「しかし、実行はしない」マークが言った。

「そうだね。悪い考えだから」セインが同意した。

「どうして?」アリーはきいた。

「きみをかかわらせたくないからさ」

「なんですって？」

「アリー、これはいちかばちかの危険な賭《かけ》なんだよ」セインが言った。

だが、アリーには彼の言葉が聞こえなかったようだ。彼女は口を真一文字に引き結んで体をこわばらせ、マークを見つめていた。「どういうこと？」

「いいかい、ぼくはきみたちをコテージへ送り届けたあと、そこを離れる。それからセインがインタビューを終えてコテージを去るとき、ぼくは距離を置いて彼のあとをつける。そうなると、きみはコテージにおばさんたちと残されるんだよ」

アリーの目が細くなった。「明日、新聞社へ行って、わたしが匿名Aですと大威張りで発表することだってできるのよ」

マークが机から腰をあげた。「ベッドルームで縛りつけられていたら、できないさ」彼はきっぱり言いきった。

「ぼくはもう帰らなくては」セインが言った。「あと一時間以内に馬車を返さなくてはならないんだ」

アリーはマークと同じように腕組みをして両脚を踏ん張り、彼のすぐ前に立った。「あの噂は明日流れることになるわ」彼女はやんわりと言った。

「どうやら明日一日きみを縛りつけておくことになりそうだ」

「わたしを永久に鎖でつないでおくつもり？」

「やむを得なければ」

「マーク、お願い」

「こうしているあいだにも時間が過ぎていってしまう」セインがつぶやいた。

「おばさんたちはどうするんだ」マークがアリーにきいた。「きみはおばさんたちを気づかう心をなくしてしまったのか？」

「ばかなことを言わないで。おばさんたちは安全のためにカーライル城に滞在してもらうつもりよ」

マークはため息をついてかぶりを振った。「きみはひとつ大事な点を忘れている」

「なんなの？」アリーは尋ねた。

「サー・アンガス・カニンガムは州長官だということさ」

「それが？」アリーは不審そうな表情で問い返した。

「彼がその気になれば、馬でコテージへ駆けつけて銃をぶっ放し、きみたちふたりが死んだのを確認してから、セインが例の殺人者で、きみはセインが始めた銃撃戦の不運な犠牲者だと主張することだってできるんだよ」

「ぼくは銃なんか持っていない」セインが反論した。

「そんなことは問題ではないさ。きみの死体のそばに銃を置いておけばすむことだ」マークが言った。

「彼の言うことは的を射ているよ」セインがアリーに言った。

「あのね」アリーは言った。「とにかくなにか手を打たなくてはだめなの。犯人をのさばらせておいちゃいけないわ。マーク、あなたはコテージが襲われた理由を」彼女は言葉を切り、セインをちらりと見て再び続けた。「わたしの生まれのせいか、あるいは犯人に郵便局までつけられた結果、わたしが匿名Aであることを知られたせいだと考えているのよね。だったら、セインはこの計画からはずしたほうがいいかもしれない。あなたはお友達に向かっていかにも確信ありそうに、論説を書いたのはきっと新妻に違いないと話したらどうかしら」

マークは腰に両手をあてて一歩近づき、怒りのこもった目で彼女を見おろした。「きみの頭は完全にどうかしてしまったのか?」

「本当にぼくはもう帰らないと」セインが言った。

アリーは夫の胸に手を置いた。「マーク、いずれにしても、あの論説は明日の新聞に載るわ。それにあなたは、わたしが論説の筆者であることを犯人に知られていると考えているのよね。あなたがわたしを安全な立場に置いておきたいと本気で思っているのなら、わたしをおとりとして使うべきだわ」

マークは彼女の手をつかんで脇へどけた。「きみにはこれ以上なにもさせない」彼は熱っぽく言った。「ぼくは本気だよ、アリー。なにもさせやしない」

「論説は明日の……」

「ぼくに考えがある」マークは厳しい口調で言って書斎を出ていった。

玄関のドアが音高く閉まった。

セインが長々と息を吐いた。「結局のところ、うん……うまくいった」

アリーは彼をにらみつけた。

「だって、ほら、彼に殺されなかったからね」セインは立ちあがった。「アリー……きみの用意が整ったら、彼の準備ができたら……いつでもいい、ぼくにどうしてほしいのか教えてくれ」

「ありがとう、セイン」

アリーは書斎にとどまったままセインが出ていくのを見守った。それからウイスキーをもう一杯飲まずにはいられなくなって下唇をかんだ。

18

　家を出たセイン・グリアが一刻も早く新聞社へ戻ろうと、待っている馬車のほうへ足を急がせていたとき、私道に立って空高く昇った月を眺めているマーク・ファロウの姿が目に入った。

　マークがセインを見て声をかけてきた。「わかっているだろうな、彼女はぼくらふたりをいいように操っていたんだぞ」

「しかし……彼女はぼくが追いかけてくることを知らなかった」セインは反論した。

「ああ、きみが追いかけてきたのは彼女にとって好都合だったのさ」マークはそっけなくささやいた。

「しかし……」

「たとえきみが来なかったとしても、彼女はきみの名前を利用しただろう。きみが進んで手を貸す気さえあれば万事うまく運ぶだろうと、彼女はぼくにまんまと思いこませたに違いない。それもこれも、彼女自身すでに危険な立場に置かれていることをぼくに改めて気づかせ、その立場を利用してぼくを説得するためだ」マークがセインに言った。

「あなたはそれを本当だと思う?」

「彼女がコテージにひとりでいたときに何者かが侵入しようとしたことは知っている。そいつはおばさんたちが外出中であることを知っていたのだろう。そのころはまだ、殺人者は慎重に行動しようとしていたようだ。ところが今では……そいつはアリーたち四人を殺すことになんのためらいも覚えはしまい。やつにとって殺人はしごく簡単な行為になりおおせたのだと思う」

「そんな人間が、いったいなぜ正体も現さずに日常生活を送っていられるのだろう?」セインが疑問を口にした。

マークは頭を振った。「わからない。たぶん……いつかは正体を現すだろう」彼はセインを見た。「だがそうなる前に、どのくらい忌まわしい行為が繰り返されることやら」

「なにか計画があるのかい?」セインがきいた。

マーク・ファロウは暗い笑みを浮かべた。「できつつある」彼は言った。

「アリーにも話しておいたが、ぼくにしてほしいことがあったらいつでも言ってくれ。ぼくはなんでもするつもりだ」セインはそう言ったものの、体が震えるのを抑えきれなかった。

マーク・ファロウがセインの肩に手を置いた。「そのときになったら教えるよ」

セインはうなずき、ようやく馬車のほうへ歩きだした。

マークが戻ってきたとき、アリーはまだ書斎に座っていた。手のなかには二杯めのウイスキーのグラスがあった。

彼女はマークが室内へ入ってくるのを見ながらウイスキーをすすった。

「興味をそそられる」彼が言った。

「じゃあ、乗り気に……?」

「きみのことだよ。勇気を奮い起こそうと酒を飲んでいる」

「ひどい味よ」アリーは言った。

「きみはわが国の歴史上最悪の殺人者のひとりを捕まえるために、おとりになってもいいと言っているが、ぼくを意のままに操ろうとたくらむのに、ウイスキーの力を借りなきゃならないんだね」

彼女は顔を赤らめた。「わたし……違うわ！　そんなことは断じて……ええ、あなたが納得しないのではと怖かったの」

マークは歩いていって椅子のかたわらにひざまずき、彼女の手からウイスキーのグラスをとった。「きみは本気で小説を書こうと考えているのかい？　物議をかもして命とりになるかもしれない論説ではなく?」

「昔からずっと小説を書きたいと思ってきたわ」アリーは答えた。

「来なさい」マークは立ちあがり、アリーの両手をとって立たせた。彼女の目が不安と疑惑の色をたたえてマークの目を見た。

「どこへ？」彼女はささやいた。

「夕食を食べに。それからベッドへ」マークが言った。

「あなたは……まさか……」

「きみをベッドに縛りつけるんじゃないかって？」

「さっき、あなたはそう言ったじゃない」

「いいや、アリー。さあ、夕食をとってベッドに入ろう」マークはきっぱりと言った。


食事を終えて階段を二階へあがり終えたとき、電話の鳴る音がした。マークは立ちどまって断り、アリーをベッドルームのドアの前に残して階段をおりていった。電話をとりついで新婚夫婦の邪魔をしたら悪いのでは、とジーターが悩んだら気の毒だと考えたのだ。

アリーはベッドルームへ入って質素な綿のナイトガウンに着替え、髪にブラシを入れながら待った。マークは戻ってこなかった。アリーは化粧台の前に座って、キャットからもらったスカラベを手にとった。結婚式の日にどうしても身につけると言い張った、あのスカラベだ。

呪《のろ》いを払うスカラベ。なんて美しいのだろう。そして、あのような恐怖に駆られたわたしは、なんと哀れで愚かだったことか。エレノア・ブランドンの嘆きは偽りだった。女優顔負けの演技者。気の毒に、彼女は夫殺しの陰謀に進んで加担した罪を命で償わなければならなかった。

でも、わたしはこのスカラベが気に入っている。ひょっとしたらこれが幸運のお守りだったのかもしれない。

ようやくベッドルームのドアをノックする音がした。びっくりして飛びあがったアリーは自分をあざわらい、気まぐれにスカラベをナイトガウンへとめた。

「奥様?」そっと呼びかけるジーターの声がした。

アリーはナイトガウン姿であることなどおかまいなしにドアをさっと開けた。少しも見苦しい姿ではなかった。

「どうしたの?」彼女は尋ねた。

「もうおやすみになられたのかどうかわからなかったもので」ジーターはおずおずとほほえんだ。

「ちっともかまわないわ。どうしたの?」

「ミスター・ファロウは……呼ばれてお出かけになりました」

アリーはため息をついた。「呼ばれたって、だれに、どんな理由で?」

ジーターは困りきった様子をしている。答えたくないのだろうか。

「ジーター？」

「ミスター・グリアを乗せた馬車が新聞社へ戻らなかったのです。彼はここへ来るために馬車を借りたらしいのですが、それがいつまでたっても戻らないので、新聞社のほうで心配して電話をよこしたのです」

アリーは寒気を覚え、大きく息を吸った。セイン・グリアになにかあったら彼女の責任だ。

それどころか、もしもマークになにかあったら……。

「バートラムが同行しました」ジーターがやさしく言った。アリーはそれを聞いて、この人はわたしの考えが読めるのかしら、それともわたしの表情に考えがはっきり出ていたのかしら、といぶかしんだ。

「ありがとう」彼女は言った。

「ご心配なさらぬように、奥様。わたしはずっと家にいます」

「ありがとう」アリーはほほえんでもう一度言った。「あなたがいれば安心だわ」

ジーターは歩み去った。アリーはドアを閉めて室内を歩きまわった。そしてベッドに横たわり、すぐにまた起きあがった。

マークが戻ってくるまで眠れそうにない。そのときになってやっとアリーは、セインが今日の午後持ってきた封筒のことを思いだした。

彼女は立ちあがり、はだしのままそっとベッドルームを抜けだして階下へ急いだ。リビングルームを通って書斎へ行く。途中、ジーターの姿は見えなかった。アリーは腹立たしい留め金をはずして封筒の中身を机の上へ空けた。新聞を切り抜いたそれらの記事は、彼女が以前目を通したものと大差なかった。いろいろな催し、パーティ、集会、さまざまな反王制主義者の団体が出した声明文。アリーは記事をひとつひとつ調べ、サー・アンガスかサー・アンドルーのどちらかが反王制主義者であることを示す証拠を見つけようとした。ふたりはどちらもナイトに叙せられている。ということは、勲功を無視されて政府に恨みを抱いたという動機ではなさそうだ。

記事には写真かスケッチがついているものと、ついていないものがある。アリーの目がスケッチのついている記事のところでとまった。彼女は眉をひそめてじっくり眺め、そして息をのんだ。それは英国の財産法や称号に関する法律がいかに不平等であるかを論じた匿名記事で、文章はくだくだしいが、添えられているスケッチが彼女の興味を引いた。おそらく二年ほど前に描かれたものだ。

絵のなかの身元不詳の女性がエリザベス・プラインであることは容易にわかった。そのかたわらにひとりの男性が立っている。

サー・アンドルーだろうか？

それともサー・アンガス？　贅肉《ぜいにく》を落としてひげを剃《そ》れば彼に見えなくもない。アリーは確信を得られずにがっかりしてため息をつき、切り抜きの山を押しやった。それから再び引き寄せてもう一度調べだした。反王制主義者たちの活動とは関係のない記事がひとつあった。教会での資金集めのための催しに関する記事で、やはりスケッチが添えられていた。至るところに花が咲き乱れ、女性たちは華やかな帽子をかぶっている。描かれているのは、教会の前の主教だったメイソン牧師が聴衆に語りかけている場面で、最前列にいるのは……エリザベス・プラインとおぼしき女性だ。

その両側に男性がいる。アリーはそれが単なるスケッチであることを恨めしく思いながらじっくり見つめた。男性のひとりは彼女の夫だろうか？　いいえ、違う、ここに描かれているのもやはり、ひげを剃り落としたサー・アンガス・カニンガムに見える。そしてもうひとりの男性は……エリザベスのいとこだ。サー・アンドルー・ハリントン。

アリーはため息をつき、ひとりごとをつぶやいた。「するとあなたは……さっそうとしてはいるけどあまりに血縁の近いいとこと浮気をしていたの？　それともすばらしい業績のあるずっと年上の男性だったの？」

彼女が考えにふけっていると、玄関のすぐ外でなにかがぶつかるようなどしんという音がした。

アリーは凍りついた。

じっとしたまま耳を澄ます。

二階からだれかが動きまわっているような音がしてくる。アリーは静かに立ちあがり、数秒間そのままじっとしていたあと、書斎のドアへ歩いていって開けた。大声でジーターを呼ぼうかと考えたが、直感が声を出すなと警告した。

リビングルームを駆け抜けてダイニングルームへ入り、キッチンとその奥の朝食用の部屋をのぞいた。ジーターは一階にはいない。

二階にいるのかしら？

さっきのどしんという音はなに？

アリーはリビングルームを横切って電話のところへ行ったものの、使うべきかどうか迷った。電話をかけるときにはどうしても大きな音がするから、だれかがすでに家へ入りこんでいた場合、たちどころにこちらの居場所を悟られてしまう。

またもや二階から音が聞こえた。しかも音はアリーが寝ているはずのベッドルームからしてくるようだ。

そのとき、玄関ドアの外側でまた音がした。

アリーは悩んだ。ためしに電話をかけてみるわけにはいかない。家のなかに侵入者がいたら、交換手につながる前に襲われてしまう。

それになにより、電話線が切られているかもしれない。

そろそろと玄関へ移動していったアリーは、ドアが半開きになっているのを見た。ドアは鍵《かぎ》で開けられたのではなく、こじ開けられていた。

ナイフでこじ開けたのだろうか？

またもや二階を動きまわる音……。

玄関の外から小さなうめき声が聞こえた。

〝いったいぜんたいジーターはどこにいるの？〟

彼女は答えを知るのが怖かった。

二階から聞こえてくる音が突然、身の毛もよだつ音へと変わった。なにかがぶつかるようなくぐもった音。それが何度も繰り返される。

アリーはドアのノブを握り、ちょうつがいに油が差してありますようにと願いながら押し開けて外へ出た。

そしてうめき声の源を見つけた。


マークの電話を受けたイアン・ダグラスはさっそく大規模な捜索を開始した。

マークとバートラムは自宅近くの道路を受け持ち、警察はロンドンじゅうの道路をくまなく捜した。

ふたりがキングズ・クロス駅近くへ来たとき、制服姿の警官が馬に乗ってやってきた。

「閣下!」警官がマークに呼びかけた。「馬車が見つかりました! ハイドパークのそばです。一緒に来てください」

彼らは夜の街を馬に乗って駆け、たちまちハイドパーク脇《わき》の馬車のところへ来た。先に到着したイアン・ダグラスが馬車の開いたドアの前に立っていた。

「空っぽだ」イアンがマークに教えた。

「グリアは?」マークはきいた。

「影も形もない」イアンが答えた。

マークはがっかりして馬車を見つめた。この馬車のなかはほんの数時間前に探したばかりだ。彼は無力感に襲われて頭を振った。

「なかを探したのか?」マークはイアンに尋ねた。

イアンがうなずいた。「なにも見つからなかった」

マークは開いているドアへ大股に歩いていって馬車へ乗りこんだ。なかにはなにもなかった。御者はいない。セイン・グリアもいない。証拠はなにひとつない。マークは馬車をおりようと向きを変えたところで動きをとめた。

座席に血痕《けっこん》がついていた。喉を切り裂かれたときに出るようなおびただしい血量ではない。どちらかといえば擦り傷から出た血のしみに見える。

外で叫び声がした。マークが馬車を飛びおりて声のしたほうを見ると、警官のひとりが歩道際に生えている茂みのそばからイアンに手を振っていた。

「死体があります」警官が大声で言った。

イアンとマークはそちらへ向かって駆けだした。男がひとり、うつ伏せの状態で地面に倒れていた。イアンが脈を調べて頭を振り、死体を引っくり返した。

死体の下にまだあたたかい血だまりができていた。

男は目を見開き、自分を襲った恐怖の源を見えない目で見つめている。

イアンが立ちあがった。

「公園内を捜そう」マークは言った。

「もう捜させているよ。きみはこの男を見たことがあるか?」イアンがきいた。

「御者だ。今日見かけた」マークは答えた。

死んだ御者、消えたセイン・グリア、馬車の座席についている血痕。

マークは体の向きを変えてすたすたと馬のところへ歩いていった。バートラムがついてくる。

「どこへ行くんだ?」イアンが背後から呼びかけた。

「家だ!　手の空いている警官を残らずよこしてくれ」

マークはギャロウェイの背に飛び乗って家の方角へ向け、声をかけて疾駆させた。

「セイン！」アリーは叫び、倒れている男のかたわらにひざまずいた。セインはドアのノブをつかもうとしているかのように、手を前へのばしたままうつ伏せの状態で倒れていた。「セイン？」彼女はさわってみた。死んではいない。体があたたかいし、浅いながらも息をしている。アリーは彼を転がして仰向けにさせ、頭を抱きあげた。

セインのまぶたが痙攣《けいれん》して開き、すぐにまた閉じた。

彼の額に大きな傷ができていた。助けを呼ばなくては。アリーはそう思って彼の頭を地面に置いた。そのとき、再びセインの目が開き、さらに大きく見開かれた。

アリーは玄関から漏れてくる光が急に明るさを増したことに気づいた。ドアが大きく開かれたのだ。彼女は振り向こうとした。

突然、がっしりした腕が彼女の体にまわされて、布切れが顔へ押しあてられた。アリーは布にしみこませてある薬品のにおいをかぎ、顔から布切れを遠ざけようと必死にもがいた。

太い腕を爪で引っかいたアリーは、ナイトガウンにスカラベをとめておいたことを思いだし、死に物狂いで震える指をそちらへのばした。そのあいだも吐き気と暗闇《くらやみ》が交互に襲ってきて彼女を打ち負かそうとする。

手がスカラベのピンをつかんだ。

アリーは倒れかかりながらも襲撃者の目があると思われる方角に狙《ねら》いを定め、あらん限りの力をこめてピン先を突きだした。

男の喉から怒りと苦痛のうめき声がほとばしり、一瞬、腕の力がゆるんだ。アリーは意識を保とうと懸命の努力をしながら、足で後方を思いきり蹴《け》った。

男が後ろへのけぞる。そのすきに、彼女は表の道路目がけて脱兎《だっと》のごとく走りだした。

だが、走りだしてすぐ、もうひとりの人物が前方にいるのが見えた。男は暗闇にまぎれて立っている。

黒いマントをまとって。

アリーは方角を変えて、家の裏手を目指して走った。塀際に生えている木へ達したときは、追っ手の足音がぐんぐん迫ってくるのがわかった。彼女は大きく息を吸ってするすると木を登った。

そして隣家の庭へ飛びおりると、入口へ駆けていって、大声で叫びながら木のドアをどんどんたたいた。

後ろのほうで地面に飛びおりる音と悪態をつく声がした。襲撃者が追いかけてきたのだ。

アリーは力任せにドアをたたいた。「助けて！」

喉が詰まって大声は出せなかったが、なかにいるだれかがドアをたたく音を聞きつけてくれたに違いない。

「助けて！」

追っ手はすぐ背後に迫っている。こうなったら表の道路へ出て走り、マントの男がそこまでは追いかけてこないことを祈るしかない。

アリーは悲鳴をあげて駆けだしたが、彼女の祈りは聞き届けられなかった。

男はすぐそこにいた。道路へ出る前に捕まったアリーは猛烈にあらがっているうちに、男がそれまで幾度となく見た目をしていることに気づいた。笑いと魅力に満ちていた目。

アリーはもう一度叫ぼうと口を開けた。

今度は薬品のしみこんだ布切れから逃れられなかった。

襲ってきた圧倒的な暗闇に逆らうすべはなかった。

マークは家の前へ乗りつけてさっと馬をおりた。失望が彼を襲った。玄関のドアが開けっぱなしになっている。

ドアへ駆けていく途中、玄関のそばの茂みが踏みしだかれていることに気づいた。玄関前の階段でしゃがんだマークは血痕を見つけた。

すぐあとからバートラムが来た。

「ここにだれかがいたんだ」マークは言った。

「今はだれもいません」バートラムが言った。

ナイトシャツ姿でスリッパを履いた男性が、表の道路に出ていた。マークは彼が隣人のひとりであることに気づいた。「悲鳴とドアをたたく音が聞こえました！　それでできるだけ早く一階へおりてきたのですが……馬車が待っていて、男がそれに乗って走り去ったのです」

「どちらの方角へ？」マークは尋ねた。

男性は指さした。だが、そのときにはすでにマークは馬車の向かった先がどこであるのかを確信していた。

「すみませんが」彼はとまどっているナイトシャツ姿の男性に言った。「家のなかに父の執事がいるはずです。生きているか死んでいるかわかりません。彼を見つけて、助けを呼んでやっていただけませんか。バートラム、父のロッジへ電話してくれ。できるだけ多くの人数をかき集めて道路を捜すように頼むんだ。それからイアンの部下の警官たちに、なるべく早くついてくるよう伝えてくれ」

それだけ言うと、マークはギャロウェイの背に飛び乗って、馬車が去った方角へ馬を疾駆させた。

意識をとり戻したアリーは自分がまだ生きていることを知って驚いた。襲ってきた吐き気があまりにすさまじかったので、これなら気絶していたほうがまだましだと思えたほどだ。激しい揺れ方から、馬車が夜の道を突っ走っているのがわかる。アリーには自分がどのくらい長く意識を失っていたのかも、なぜまだ生きているのかもわからなかった。自分が半ば座席にもたれ、半ば床に座りこんでいるのはわかる。それと、自分の体が一方の側にある二本の脚にぶつかったり、もう一方の側にあるだれかの体にぶつかったりしているのも。彼女は用心しながら薄目を開けた。

一方の側にあるのはセインの体だった。

そしてもう一方の側にあるのは……。

「このくそあま！　おれの目をつぶしやがって」彼女は毒づく声を聞いた。何年も前から彼女が知っていた男の深みのある声だ。

州長官のサー・アンガス・カニンガム。

不意にアリーは例の記事を――そしてスケッチを――もう少し調べたら、なにを発見することになったのかを悟った。

殺人者はふたりいたのだ。

なぜかアリーたち全員が、御者は殺人者の従者であって、犯行の本当の共犯者ではないと思いこんでいた。それは考え違いだった。

髪をつかまれて頭をぐいと持ちあげられ、アリーは金切り声をあげた。

喉をナイフで切り裂かれるだろうと覚悟したが、サー・アンガスは彼女の顔を見ようとしただけだった。

彼女は彼の片目をつぶしてやれたのがわかって喜んだ。サー・アンガスの左目はまぶたが腫《は》れあがって完全にふさがっている。しかも体には引っかき傷と打ち身ができているはずだ。

「どのくらい痛むか知りたいのか？　おまえの目をえぐり出してやりたいよ！」サー・アンガスはわめいた。

アリーは目に恐怖でなく侮蔑《ぶべつ》の色を浮かべて彼をにらみつけようとしたが、心のなかには恐怖が渦巻いていた。

しかし、サー・アンガスはまだ彼女を殺してはいない。先のばしにしているのだ。それが計画の一環なのに違いない。今に至ってもまだ犯行を隠しおおせると考えているのだろうか。

「セインになにをしたの？　わたしたちをどこへ連れていくつもり？　なぜこんなことをするの？」アリーは時間稼ぎをしようとして尋ねた。サー・アンガスに長く話させておけばおくほど、彼女は長く生きていられる。そして彼女が長く生きていればいるほど、マークが追いかけてきて彼女を救いだす可能性が高くなるのだ。

「森のコテージへ連れていくに決まっておる」

すでにアリーをとらえている恐怖心よりもっと大きななにかが襲ってきて心に居座った。おばさんたち！

「まったく考えもつかなかった」サー・アンガスがつぶやいた。「森のなかで育ったかわいらしい女の子が、こんな不倶戴天《ふぐたいてん》の敵になろうとは。匿名Aか」彼は吐き捨てるように言った。

「あなたはわたしのあとをつけたのね」アリーは周囲のことにまるきり目を向けていなかった。

「博物館での資金集めの催しからな。おれは封筒の中身さえ見たよ。賭《か》けてもいい、頭がいいとうぬぼれているおまえの亭主でさえ、オリヴィア・コテージという名前の意味を理解してはおらん」彼はふふんと鼻を鳴らした。「まさか〝わたしはコテージに住んでいる《アイ・リヴ・イン・ア・コテージ》〟を縮めたものだったとは」

「あなたをそれほど喜ばせてあげられるなんて、わたしもうまい名前を考えついたものでしょう。実はほかに考えつかなかったの」

「おまえは自分をどれほど賢い人間と考えていたかしれんが、今となってはどうでもいいことだ」

「そう、あなたのほうこそずいぶん賢いじゃない。犯人があなたでもサー・アンドルーでもなく、その両方だったなんて、さすがのわたしも気づかなかった」

「だがな、アリー、犯人はわれわれのどちらでもないのだよ。わからないのかね？」サー・アンガスはぞっとする笑みを浮かべた。「コテージでおまえの喉を切り裂くのは、そのハンサムな若い新聞記者だ。知ってのとおり、その若者はおまえにぞっこんほれこんでいるが、おまえはほかの男と結婚した。そこで彼はおまえを殺すしかないと思いこむ。ところが気の毒に、おまえを深く愛していた彼は、おまえを殺したことに耐えられなくなり、後悔のあまり自分を撃って死ぬ。そこへ当然ながらおまえの亭主が駆けつける。彼は新聞記者なんぞを信用した自分に愛想をつかす。それからどうするか？　彼もまた自分を撃って事件に決着をつけるのさ」

相変わらず髪をがっしりつかまれていたので、アリーは相手の顔を見あげているほかなかった。「マーク・ファロウは絶対に自殺なんかしない。あなたもばかね。彼は犯人があなただということを、あなたとサー・アンドルーだということを、知っているわ」

サー・アンガスはかぶりを振った。「やつが知っていたら」彼は穏やかに言った。「おれはとっくに捕まっているよ」

「明日までには捕まるわ」アリーは断言した。

彼は首を横に振ってアリーをじっと見つめ、ようやく髪をつかんでいる手をゆるめた。そしてとうとう彼女を放し、座席にゆったり座りなおした。彼のその態度をほかの人間が見たら、ふたりはなにげない日常会話を交わしていると思ったかもしれない。

「いいか、アリー、おまえはおれにこんなひどいことをしたが、それでもおれは気の毒に思う。おまえは昔から好奇心旺盛《おうせい》で美しい魅力的な女の子だった」サー・アンガスは冷たい笑い声をあげた。「最初から幸せな未来を約束されていた。スターリング卿《きょう》に目をかけられ、マーク・ファロウとひそかな婚約までなされていた。これほど近くにいたおれが、おまえの秘密を知らずに終わるとでも思ったか？」彼はきいた。

アリーは新たな恐怖のさざなみが背筋を伝うのを感じた。

「秘密って、なんのこと？」彼女は問い返した。

「おまえがこれほど邪魔な存在になる前から、おれはいずれやらなくてはならないだろうと心配していたよ……おまえを片づけなくてはならないだろうってな」

「わたしを片づけなくてはならないですって？」

「もちろん証拠はなにもなかったが、おれは状況をひとつひとつ念入りに検討してみた。イーストエンドにおけるマギーの仕事のことや、世間の連中が切り裂きジャックと信じこんでいる男にマギーが殺されかけたことは知っていた。おまえの、頭のいかれた病気の父親は無実だったよ。そのあと、おまえを王室一族から隠す必要が生じた。おまえは出生の秘密を明かされる前に死んだほうがいいのだ」

アリーは気分が悪くなったが、なんとか気持ちを奮い立たせて肩をすくめた。「たとえそのとおりだとしても、あなたの説には欠点があるわ。わたしを王室一族から隠さなければならなかったのなら、スターリング卿の庇護《ひご》のもとに置くのは道理にかなわないんじゃないかしら」

守勢に立たされたサー・アンガスは、困ったように頭を振った。もしかしたらこの人は罠《わな》が狭まりつつあるのを感づいて、今では自分を守るためだけに奮闘しているのではないかしら、とアリーはいぶかしんだ。

「わたしを助けてくれたら、あなたは絞首刑にならないですむわ」彼女は言った。

「悪いな、本当に悪い。おれの目をこんなふうにしなかったら助けてやったかもしれん。しかし気の毒だが、おまえはどうしても死ななければならん」サー・アンガスが言った。

「あなたとアンドルーがあの女性たちを殺しさえしなかったら、あなた方の犯行は発覚しなかったかもしれないのに」アリーは言った。「きっとお気の毒なウィトバーグ卿が裁判にかけられたでしょうね」

「ああ、わかっている。おまえだって死なずにすんだかもしれん。なぜって、正直なところ、おまえは切り札みたいなものだったからな。あのとおりウィトバーグ卿が精神に少々異常を来したのは好都合だった。ところで彼は、なにをあれほど必死でおまえに話そうとしたんだ？　彼もおまえの出生の秘密を知っていたのか？　残念ながら、あのときおれは近くにいなかったから聞こえなかった。あの老いぼれの馬車に血のついたマントを置いておくという、うまい手を考えついたのはアンドルーだ。だれにも見とがめられずにそれをやったからには、アンドルーの動きはまさに電光石火の早業だったに違いない」

「あれはなに？」アリーは尋ねた。

「なんだと？」サー・アンガスはあわてふためいてきょろきょろとあたりを見まわした。

アリーは座席の彼の横にクロロホルムの瓶があることに気づいた。それを手に入れるためには、サー・アンガスの注意をほかへそらさなければならない。たとえ彼を意識不明にできたとしても、まだ御者を相手にしなければならない。

サー・アンドルーを。

「ほら、聞いて」アリーは言った。

「なにも聞こえんぞ」サー・アンガスは言ったものの、耳を澄ましている。

「ひづめの音がするわ」彼女は言った。

驚いたことに、実際にひづめの音が聞こえた。最初、アリーは嘘《うそ》をついたのだが、今では……そのとおりだ！

だれかがやってくる。


これほど速く馬を駆けさせたことは生まれてこのかた一度もなかったが、マークはギャロウェイを乗りつぶしてもいいくらいの気持ちだったし、低く垂れた枝が顔をこするのも気にしなかった。彼としてはただ、殺人者たちが追いつかれる前に目的地へ到達できるだろうと油断していることを願うしかなかった。やつらはあの策略でどのくらい長くぼくを家から遠ざけておけると考えたのだろう。そう思うとマークの心に怒りと不安がわき返った。セイン・グリアが御者を殺したあとでアリーをさらいに戻った――ぼくがそう信じるなどと、やつらは本気で考えたのだろうか。

マークが猛烈な速さで馬を疾駆させたのに、時間の歩みは驚くほどのろかった……。

やがてついに馬車の姿をとらえた。

まだかなりの距離がある。マークはギャロウェイに拍車をかけてさらに速度をあげさせた。不思議なことに、馬は主人と同じく死に物狂いになったときは予備のエネルギーを放出できるようだった。

彼らが目標物のすぐ背後へ迫ったとき、黒いマントをまとって帽子を目深にかぶったサー・アンドルーが御者台の上で振り返った。彼は泡汗をかいている馬車馬の脇腹へ思いきり手綱をたたきつけ、携帯している武器に手をのばした。

つかのまではあれ、マークは後退を余儀なくされた。なにしろサー・アンドルーは射撃の名手として知られているのだ。

だが、マークは馬車にほとんど追いついていた。

銃声がとどろき、弾丸がマークをかすめて飛び過ぎていった。彼は弾丸が巻き起こした風を頬に感じた。

マークはギャロウェイに拍車をかけ、左右に揺れながら疾走している馬車の反対側へまわりこんだ。今度はマークも用意ができていた。この速さで駆けていては、マークでさえ拳銃《けんじゅう》では的をはずすかもしれない。

鞭《むち》のほうが少しくらい狙いがはずれてもあたる確率が高い。

彼は慣れた手つきでぴしゃりと鞭を振るった。鞭がサー・アンドルーの首に巻きついた。マークがぐいと引っ張ると、サー・アンドルーは喉が詰まったような悲鳴をあげて御者台から地面へ転げ落ちた。

マークには彼が生きているのか死んだのかを確認する余裕はなかった。相変わらず馬たちは馬車を引いたままものすごい速さで駆けつづけている。マークはギャロウェイを寄せていって、なびいている手綱をどうにかつかんだ。馬車のなかの人物に自分がいることを悟られたくなかったので、狂ったように走りつづける馬たちに〝どうどう!〟と呼びかけるのはやめた。

なんとかして馬車のなかへ入らなければならない。

ようやく速度が落ち始めたので、チャンスが生まれた。

マークはギャロウェイから馬車へ飛び移って屋根の縁にしがみついた。

一瞬、両脚が危なっかしく垂れさがり、折れそうなほどの負荷が両腕にかかった。

すぐに彼は足場を探りあてた。

「いったいどうなっているんだ?」突然、サー・アンガスが大声をあげた。

なにかが馬車にぶつかっている。

サー・アンガスは拳銃を抜いてやみくもに一発撃った。そして再び狙いをつけた。

アリーは必死の思いでクロロホルムの瓶に手をのばした。

サー・アンガスが怒声をあげて彼女をつかもうとする。

アリーの指がかろうじて瓶をつかんだ瞬間、彼女の髪がぐいと引っ張られた。彼女は苦痛にあらがいながらなんとか瓶の栓をはずした。

クロロホルムのにおいでたちまち頭がくらくらした。わたしに与えられたのは数秒だけ、と彼女は思った……。

瓶の中身をサー・アンガスの顔目がけてぶちまけた。

銃の引き金が引かれ、今度も弾丸がでたらめな方角へ飛んでいった。アリーはマークにあたりませんようにと祈るしかなかった。

外にいるのがマークなら……。

マークに違いない。

アリーはそれを知っていた……。

クロロホルムが彼女自身の顔にはね返って、世界が暗闇に閉ざされたときでさえも。

間近で放たれた銃弾はマークの袖《そで》を切り裂いて飛び過ぎていった。二発めの銃弾が馬車の屋根を貫いたのだ。

馬たちがさらに速度を落としたので、マークは馬車のドアを開けることができた。彼の心臓が喉元までせりあがった。

なかに三人が倒れていた。

セイン・グリア。

サー・アンガス。彼の巨体が入口をふさいでいる。

そしてアリー。彼の隣の床にぐったり倒れている。

甘ったるいクロロホルムの刺激臭が鼻をついた。軽いめまいに襲われたマークはあわてて息をとめた。馬車はいまだに進みつづけている。彼はサー・アンガスの体を外へほうりだすと、息をとめたままなかへ身を乗り入れ、アリーを抱えあげて馬車から飛びおりた。

馬車はさらに十メートルほど進んでとまり、怯《おび》えた馬の一頭がいなないた。

マークはアリーを道路脇へそうっと横たえた。そのとき、いくつものひづめの音が前方から近づいてくるのが聞こえた。

最初に到着したのはマークの父親で、その横にブライアン・スターリングが控えていた。

「馬車のなかにセイン・グリアがいます！　彼をおろしてやってください。なかにはクロロホルムが充満しています」

ブライアンが馬をおりて馬車のほうへ駆けていった。父親がマークのかたわらにしゃがんだ。

「アリーは……？」

「息をしています」マークは言った。「脈があります」

ブライアン・スターリングがぐったりしているセイン・グリアを抱えて戻ってきた。

「ここからだと城がいちばん近いから、そこへ彼らを運んでいこう」彼は言った。

そのときにはバートラムが馬に乗った数人の警官を従えて到着していた。ブライアンはセインを警官のひとりに渡し、これから城へ向かうようにと指示した。マークはほかのなにもかもを忘れ、やさしくアリーを抱きかかえて、荒い息をしている汗まみれのギャロウェイのところへ戻った。

「もうひとっ走り頼むぞ。できるだけ速く駆けてくれ」

今度もまたいくら速く馬を駆けさせても遅々として前へ進まないように思われた。それでもとうとう彼らは城に着いた。

門はシェルビーによって開けられていた。入口の階段の上にカミールが待っていた。彼女の後ろにおばたちが心配そうに控えていたが、男たちがぐったりしているアリーとセインを抱えて玄関広間へどっと入ったときも落ち着いていた。「アリーを彼女の部屋へ。それから……ミスター・グリアでしたっけ？……その隣の部屋へ。なにが原因でこのような状態になったのかご存じですか？」シェルビーがきいた。

「クロロホルムだ」マークは手短に言った。

「だったら大丈夫、意識をとり戻すわ」カミールが言った。

小さなすすり泣きが聞こえた。メリーだ。マークは心を鬼にしておばたちを無視し、階段を目指した。早くアリーをベッドに横たえ、自分の目で薬品の影響の程度や怪我《けが》をしていないかどうかを調べたかった。

「きっと意識をとり戻すわ」カミールが断言した。彼女はメイドのモリーを呼んで、医者が到着するまでミスター・グリアの世話をするよう頼んだ。医者にはすでに連絡ずみだった。

マークはアリーの部屋へ駆けこんで彼女をベッドへ横たえた。再び脈をとってみたところ、力強く打っていた。耳を胸のそばへやると、呼吸で上下しているのが感じられた。彼が心配のあまりカミールを見あげると、彼女が勇気づけるようにほほえんだ。

そのときになってマークは三人のおばが部屋のなかへついてきて、黙ったまま肩を寄せあって立っていることに気づいた。

メリーが前へ歩みでて言った。「彼女は生きのびるわ。わたしたちのアリーは大切なプリンセスですもの、きっと生きのびるわ」

マークの体が恐怖で震えた。アリーのナイトガウンは破れて泥がついており、髪には葉っぱや小枝が絡まっている。それでいながら、青ざめて身じろぎもせずベッドに横たわっている今のアリーほど美しい彼女を、マークは見た覚えがなかった。彼は体を震わせてアリーの唇にそっとキスした。

彼女のまぶたがぴくぴく震えて目が開き、マークの目を見つめた。顔にかすかな笑みが浮かんだ。

彼女の目が再び閉じた。

マークはベッドのかたわらにひざまずいて神に感謝した。

そうとも、彼女は生きのびるだろう。


アリーは目を開けた。しばらくのあいだ、彼女は目の焦点を合わせられなかった。やがて彼女は自分が生きていることや、どこにいるのかを悟った。もっとも、古代の胸像や壺《つぼ》やパピルスに囲まれていたので、最初のうちエジプトのどこかの墓に横たわっているのだろうと錯覚したのも無理はなかった。アリーはにっこりして安堵《あんど》の吐息をついた。そこは城のなかの彼女の部屋だった。

数秒後、彼の顔が目に入った。野性的で、すごくハンサムな顔が。「わたしったら一瞬、大昔のファラオたちに会いにエジプトへ旅したのかと思っちゃった」アリーはささやいた。

「いいや、きみは城にいるんだよ。残念ながら、ぼくたちの城ではないが。知っているだろうね、ぼくたちにも城があるんだよ」マークが彼女の手をとってキスした。

「目を覚ましたわ！」だれかが言ったのを聞いて、アリーはあたりを見まわした。そのとたんに頭がくらくらしたので、まだ急に動くのはよくないと気づいた。女性陣が全員そろっていた。ヴァイオレットにメリーにエディス。それからマギーとカミールとキャットも。

アリーはにっこりほほえみ、まず三人のおばたちのほうを向いた。後見人の三人は気を悪くはしないだろう。

「ずっとみんなの夢を見ていたわ」アリーはささやいた。「あなた方はとてもかわいらしい妖精《ようせい》で、わたしの上をひらひら舞いながら見守ってくれていたの」

「妖精ですって？　やれやれだわ。わたしたちはまじめな英国の女よ」ヴァイオレットが憤然と言った。

「アリーは小さなころからすばらしい想像力の持ち主だったから」メリーが言った。

「アリーはわたしたちをからかっているのよ」エディスが言って、マークの横をすり抜け、アリーをぎゅっと抱きしめた。

「みんなを抱きしめさせてちょうだい」アリーは言った。彼女がなんとか三人を一緒に抱いてキスすると、ヴァイオレットでさえくすくす笑った。アリーはマギーとキャットとカミールにも同じことをした。

やがて安堵のため息とともに六人の女性は部屋を出ていったが、出ていきながらカミールが、アリーも目を覚ましたことだし、紅茶を持ってこさせましょう、とマークに言った。

アリーが不意にマークの手をつかんだ。「あなた……あなた、怪我をしていないわよね？　弾があたらなかった？」

　マークは首を横に振った。「きみが助けてくれたんだ」

　彼女はなんとかほほえんだ。「そしてあなたがわたしを助けてくれたんだわ」彼女は顔をしかめた。「どうやって？　サー・アンドルーはどうなったの？　それからサー・アンガスは？　それとセイン！」

「セインは意識をとり戻して、隣の部屋で手厚い看護を受けているよ。サー・アンドルーは死んだ」

「どのようにして？」

「首の骨が折れたんだ。猛スピードで走っている馬車の御者台から落ちて」

　アリーはうなずいてほっと息を吐き、再びマークの手を握りしめた。「ジーターは？」

「彼らはジーターを殴って気絶させただけだ。たぶんその場しのぎの手段だったのだろう。ジーターは快復する。といっても、ぼくはまだ実際に彼と会ってはいないけれどね。隣に住んでいる人が起きだしてきていたので、ぼくはジーターを見に行くよう頼んだ。その人はスウェーデンの大使だとあとでわかったが、ジーターを見つけて警察に知らせ、それから親切にも病院へ連れていってくれたんだ。ジーターが快復することをわざわざ連絡してくれたのは、その大使なのさ。もちろんジーターはぼくらの信頼に応《こた》えられなかったと思って、大いに自責の念に駆られるだろう。あとでジーターにサー・アンガスとサー・アンドルーのふたりが共謀して極悪行為を働いていたのだと説明しなくちゃならないけど、彼はすぐには信じないだろうな」

「サー・アンガスは？」アリーは尋ねた。

「彼は絞首刑になるだろう……生きのびればだが」

「なにがあったの？」

「ぼくが仕返しをしようとしてやったんじゃないよ。そうではなくて……」マークは咳払《せきばら》いをして説明した。「意識をとり戻したサー・アンガスがイアンの部下に殴りかかったらしい。イアンが引き離したら、今度はイアンに殴りかかったので、部下のひとりがやむなく銃で撃ったのだそうだ」

「どんな状態なの？」

「現在、彼は刑務所の病棟に収容されている。快復するかどうかは疑わしいらしいよ」

アリーはうなずいた。哀れみは覚えなかった。アンガスは法を遵守することを誓った州長官だ。その彼が法を犯し、人の命を奪っていたのだ。

「これで一件落着だ」

アリーは再びうなずいた。そのときになって彼女は破れた白のナイトガウンではなく、やわらかな金色のナイトガウンをまとっていることに気づいた。これはわたしのものだったかしら？　彼女は思いだせなかった。

「レディ・マギーのだよ」マークが彼女のいぶかしそうな表情を見てやさしく言った。

「そう」アリーはつぶやき、頭を振った。「じゃあ、わたしの世話をしてくれていたのは、あの人たちだったのね。わたし、妖精たちが周囲をそわそわ動きまわっているような気がしたの」彼女は眉をひそめた。「マーク、こうして事件の全容が解明されてみると、本当に恐ろしいと思うわ」

マークは息を深く吸った。「判明したことをつなぎあわせてみると、どうやら軍隊にいたときに、サー・アンドルーになにかが起こったらしいね」

「それと、サー・アンガスに？」アリーが尋ねた。

マークはうなずいた。「わが大英帝国を築きあげるにあたって、兵員も武器も不十分なまま戦場へ送られたために、女王陛下に裏切られたと感じた兵士は大勢いた。サー・アンドルーはナイトに叙せられたものの、心のなかに王室への恨みや不満が次第に芽生えていったようだ。彼は身に備わった魅力を存分に発揮して貴族階級のなかに友人をたくさん作り、上流社会に着々と足場を築いたが、そのあいだも王室への憎悪を募らせつづけた。現代の世にあっては、同じように王室への憎悪を抱いている人間は大勢いる。政府には改革が必要だと考えている人や、ヴィクトリア女王をはじめとする王室一族は外交に役立っているどころか、国庫の負担となる金食い虫だと感じている人がたくさんいるんだよ。どうやらアンドルーはいとこのエリザベスに長年恋心を抱いていたらしく、その思いを遂げる目的で、同じく王室を憎んでいた彼女の夫のジャックと親しくなった。しかもジャックには金があったのに対し、アンドルーのほうはテニスをしたり、クラブで飲食をしたり、上等な服を買ったりで、金はいくらあっても足りない。そんなわけで、ジャックの金を奪うための殺害計画が、彼の心のなかで次第にふくらんでいったのだろう。サー・アンガスはどうかといえば、彼が現在の職を得るのにアンドルーが骨折ったようだ。アンガスは他人の考えに影響されやすいと見てとったアンドルーは、王制主義の欠陥をあげつらって彼を反王制主義者へと転向させた。ぼくが思うに、アンガスは権力志向型の人間で、政治体制が変わればもっと大きな権力を手中にできると考えたのではないかな。彼らは金銭的な見返りと政治目標の達成というふたつの動機で殺人を犯した。エリザベスのせいで犯行が発覚することを恐れたアンドルーは、彼女への感情よりも、わが身を守ることに重点を置いて行動したんだ。彼らが共犯者である女性たちを殺害したのは、彼女たちにうっかりしゃべられたり、法廷で証言台に立たれたりしたら困るからなのさ」

「お気の毒なウィトバーグ卿は濡《ぬ》れ衣《ぎぬ》を着せられて処刑されたかもしれないんだわ」アリーは真剣な目でマークを見た。「今日あったことが、わたしはいまだによく理解できないの。わたしたちの計画は完璧《かんぺき》に思えたのに」

「今日、サー・アンガスは村にいなかったらしいよ。村で行われるフェスティバルの広告を新聞に出すという口実で新聞社へ来たそうだ。彼は以前、きみを郵便局までつけたことがあって、そのときにきみが匿名Aであることを知ったのだろう。今日、彼にとって思いがけない幸運が訪れた。クラブでサー・アンドルーに会えた彼は、ふたりで計画を練り始めたらしいんだ」

「そうだったの」アリーはつぶやいた。

「彼がロンドンできみを殺さなくて本当によかったと思うよ」マークの声が震えていたので、アリーは驚いた。

「彼らはコテージでセインとわたしを殺せば、セインが嫉妬《しっと》に狂ってわたしを殺し、それから良心の呵責《かしゃく》に耐えかねて自殺したのだとあなたが思いこむに違いないって考えたみたい」アリーはためらったあとで続けた。「それに彼は知っていたわ、サー・アンガスは知っていたの……わたしの出生の秘密を。たとえわたしが匿名Aでなくても、彼はわたしを殺したのではないかしら。あなたも死ぬことになっていたのよ。どうやらセインが女王を守ろうという一心で反王制主義者たちを殺したという筋書きができていたみたいね」彼女は身震いしてごくりと唾《つば》をのみこんだ。

マークが彼女の手をしっかり握った。「彼らは絶対に成功しなかっただろう。御者の死体を発見してすぐ、ぼくはなにがあったのかを正確に悟ったよ。気の毒に、彼もまた今回の一連の悲劇の犠牲者だ」とはいえ……あとほんの数分遅れたら、彼らは目的を達したかもしれないのだ。

「わたし、時間稼ぎをしたのよ」

「なんだって?」

アリーはにっこり笑って彼の手をとり、枕《まくら》に背をもたせかけた。「エレノアが悲嘆に暮れたふりをしてわたしに呪いの言葉を浴びせた夜、キャットが贈り物をくれたの。スカラベのブローチよ。それについているピンでアンガスの目を刺してやったわ」

「彼になにがあったのだろうと、ぼくらは不思議に思ったんだ。まったく機転のきく娘さんだ」マークが彼女に言った。

アリーはほほえんだ。「ときどきはね」マークのほうへ手をのばした。「あなただってとても機転のきく少年よ」彼女はからかった。

マークは身をかがめてもう一度彼女にキスした。薬品と襲撃の影響がまだ残っていることを心配して、彼はアリーをやさしく扱おうとした。

だが……。

どうせアリーは自分のしたいようにするだろう。マークはそう思って彼女を両腕に抱き、かたわらに横たわった。

ヴィクトリア女王がアリーと新聞記者のセインに会いたがった。殺人事件に関するセインの最新記事は、真相を正しくとらえて客観的に記述していたので、国民は納得して騒ぎはおさまった。

マークはヴィクトリア女王の私室の隣にある謁見の間へふたりを案内した。女王がマークを気に入っていることは明らかだった。マークのほうでも女王に対してにこにこと愛想よく振る舞った。

ヴィクトリア女王はアリーを念入りに、そして愛情をこめて見つめたが、それでいて目に深い悲しみがこもっているようにアリーには思えた。

セインは有頂天だった。とりわけヴィクトリア女王にお茶を一緒にと誘われたときは、うれしくて舞いあがりそうだった。

「これからどうするの、マーク？」女王が威厳のある口調で尋ねた。「しばらくは落ち着いて幸せな新婚生活を楽しめそう？」

「はい」マークが言った。アリーはその単純なやりとりのなかに、言葉では言い表せない感情の交流があるのを感じた。「そう思います。妻はエジプトにずいぶん興味があるようなので、おそらく今度のシーズンは親友のスターリング夫妻やマクドナルド夫妻に同行して調査旅行へ出かけることになるでしょう。ジェームズ卿とレディ・マギーも説き伏せて一緒に行くかもしれません」

「すてきだこと」女王はうれしそうに言ったあとで、深々とため息をついた。「あなたがいないあいだ寂しくなるわ。で、そのあとは、マーク？」

「そのあとは、女王陛下、帰国して陛下のために身を粉にしてつくす所存です」

「あなたは今では結婚している身なのですよ」女王がマークに気づかせた。

「ええ。ですが、結婚した相手は実にすばらしい女性なのです。この妻となら、どんな考えも、夢や願望も、そして冒険も、分かちあうことができるでしょう」マークはアリーにほほえみかけた。彼女は夫の手をとってぎゅっと握りしめた。

「大変な幸運にめぐりあえたものね」女王が言った。「それからミスター・グリア、あなたは必ずや新聞記者として立派な道を歩むだろうと信じていますよ」

セインは顔を赤らめてうなずいた。

まもなくお茶が終わり、謁見は終了した。三人が立ちあがると、侍女のひとりが彼らを外へ案内した。

「バッキンガム宮殿か」門を歩いて出るときに、セインが感慨深げに言った。「ぼくはその客になったんだ」

「あなたは王室から感謝されるだけのことをしたんですもの」アリーが明るくほほえんでセインに言った。

「ますますもって仕事に励まなくては」セインが皮肉っぽく応じた。

「まったくだ」マークが言い、にっこり笑ってアリーを見た。そしてセインに手を差しだした。「さてと、ぼくらは一週間ほど留守にするからね」

た。

「どこへ行くんだい?」

「北へ。アリーに一族の城を見せておこうと思って」

「楽しんでくるといい。だけど、ぼくのことを忘れないでくれよ」セインがふたりに言った。

「絶対に忘れないわ」アリーは断言した。

彼らはそこで別れた。早くもセインは、エジプトへ調査旅行に出かけるファロウ夫妻についてどんな記事を書こうかと考えていた。

彼は立ちどまって、去っていくふたりを振り返った。アリーとマークは手に手をとって数歩ごとにほほえみを交わしながら歩いていく。

セインはそっとため息をついた。

「そうしてふたりはいつまでも幸せに暮らしました、とさ」彼は大声で言った。

それから彼は笑みを浮かべ、通りを新聞社目指して歩いていった。

訳者あとがき

時はヴィクトリア朝の最末期。世の中は王室の廃止を声高に叫ぶ人々の群れで騒然としている。そんな折、ヒロインのアリーはロンドン郊外で追いはぎに襲われるが、彼女の名前を聞いた追いはぎは驚いてなにもとらずに放してくれた。いったい彼女の名前が追いはぎにとってどんな意味を持っていたのだろう。しかも追いはぎは、ただの物とりではなくて、なにか別の意図があって行動しているように思われる……。

出生にいわくありげな孤児として『呪《のろ》いの城の伯爵』に姿を見せた少女が、今回は文才豊かな美しい女性となって登場し、本作品のヒロインを務める。

時代背景となっているヴィクトリア朝は、世界じゅうに植民地を築いて帝国の版図を拡大した、英国史上最も輝かしい時代であった。産業革命によって世界の工場となった英国は、〝君臨すれども統治せず〟を貫いた女王のもと、議会制民主主義を発展させた。とはいえ、六十四年という英国史上最も長きにわたって統治したヴィクトリア女王の時代が、常に安泰だったわけではない。一八六一年に夫君のアルバート公が亡くなったときは、女王は悲嘆のあまり宮殿にこもって一切の公務から遠ざかり、もっぱら夫のありし日をしのんで過ごす隠遁《いんとん》生活に入った。だが、それが何年にもわたったため、国事をないがしろにしているとの批判が高まって王室不要論が叫ばれ、一時、共和主義運動の波が高まった。

女王が公務に復帰したのは、ようやく一八七〇年代の半ばになってからで、その後、八七年に即位五十周年、九七年に即位六十周年の祝典が催され、幸せな晩年を過ごしたあと、女王は一九〇一年に八十二歳で亡くなった。

最近の世論調査によれば、英国国民の四人にひとりは王室を廃止すべきだとの意見で、それがダイアナ妃の離婚や事故死の際のように王室に過失があったと思われるときは、半数近くにも高まるという。本書に、切り裂きジャック事件のときに女王が裏で糸を引いているのではないかと非難の声があがったとあるが、実際、女王の孫のクラレンス公が殺人犯ではないかと噂《うわさ》されて、そのときは王室に非難が浴びせられた。本書のヒロインの父親とされるこのクラレンス公は、かなりの放蕩《ほうとう》児で、二十八歳の若さで亡くなっている。死因はインフルエンザに併発した肺炎だが、梅毒やモルヒネの過剰投与説もある。

作者のヘザー・グレアムはそうした史実を巧みに織りこんで一級の物語に仕上げているので、お楽しみいただきたい。

二〇〇七年十月　　風音さやか

訳者　風音さやか

長野県生まれ。編集業務に携わりながら翻訳学校に通い、翻訳の道に入る。1990年ごろよりハーレクイン社の作品を手がける。主な訳書に、ヘザー・グレアム『呪いの城の伯爵』『砂漠に消えた人魚』『冷たい夢』『視線の先の狂気』（以上、MIRA文庫）などがある。

遙かな森の天使

2008年2月15日発行　第1刷

著　　者／ヘザー・グレアム

訳　　者／風音さやか（かざと　さやか）

発 行 人／ベリンダ・ホブス

発 行 所／株式会社 ハーレクイン

東京都千代田区内神田1-14-6

電話／03-3292-8091（営業）

03-3292-8457（読者サービス係）

印刷・製本／凸版印刷株式会社

装 幀 者／岩崎恵美

ISBN978-4-596-91273-2

呪いの城の伯爵
ヘザー・グレアム
風音さやか 訳

大英博物館職員のカミールは、後見人を救うため古代エジプトの呪いがかけられたと噂される伯爵の城を訪れた。そこで彼女を待っていたのは…。

砂漠に消えた人魚
ヘザー・グレアム
風音さやか 訳

19世紀末、嵐のテムズ川に人魚のように現れた娘。彼女の特殊な才能に気づいたサー・ハンターは遺跡発掘旅行のアシスタントに彼女を抜擢するが…。

モアランド公爵家の秘密
遠い夢の秘宝
キャンディス・キャンプ
平江まゆみ 訳

兄を殺した次期公爵テオを裁くため、アメリカ人女性新聞記者ミーガンは、ロンドンの公爵家に双子の家庭教師として潜入するが…。人気シリーズ完結編。

愛はジャスミンの香り
スーザン・エリザベス・フィリップス
細郷妙子 訳

南北戦争直後、南部の令嬢キットは農園を取り戻すため、後継者に指名された北軍の英雄ケインの館へ忍び込む。少年に間違われて雇われた彼女だが…。

シャーブルックの花嫁
キャサリン・コールター
富永佐知子 訳

19世紀初頭、伯爵家の当主ダグラスは任務で英国を離れている間に公爵令嬢が輿入れを済ませているよう手配した。しかし、帰国した彼を待っていたのは…。

異国の子爵と月の令嬢
クリスティーナ・ドット
細郷妙子 訳

19世紀、貴族の令嬢三人が家庭教師の斡旋所を作った。初依頼を受けた教師は冷静沈着なシャーロット。砂漠育ちの子爵一家も難なく指導できそうに思えたが…。